U0006317

The BS Dictionary

Uncovering the Origins and True Meanings of Business Speak

這些商務行話為什麼這麼有哏？

趣味解析 301 個內行人才懂的商務詞彙，讓你聽得懂、還會用，不再一臉表情包

鮑勃·威爾馮 Bob Wiltfong　提姆·伊藤 Tim Ito 著

林楸燕 譯

致我的妻子吉兒：
你是我眼裡的女神、搖滾明星、永遠最棒的人。
重點是，我愛你！

致我的孩子們：
當你們覺得身陷問題之中，生命似乎將你丟下收爛攤子，
你們要知道的是我們在這世上都會參與一連串的午餐學習（lunch
& learn）時間，還有爸爸媽媽愛你們直到宇宙的盡頭。
——鮑勃

致我的母親與父親，
他們是我認識的人之中最棒的。
致我的妻子茉莉與我的兒子艾力克斯與艾瑞克：
你們每天都為我帶來喜悅。

致俄亥俄州萊克伍德鎮與當地居民：
你們展現了萊克伍德鎮的精神，而我很驕傲地說我也來自那裡。

最後，致我的朋友們：
謝謝你們一直以來的支持。
——提姆

目錄

N

O

P

Q

特別收錄

前言

親愛的讀者，

我們就開門見山直接跟你說。不論如何，多數人都得為了生存一直不斷地工作。我們能詳述原因為何，但是這樣就變成美化真相，多此一舉，不是嗎？為什麼要徒勞無功費力尋找原因呢？真相就擺在眼前。

因此，我們認為解釋工作上常見用語的意義，解開擴展認知與讓我們工作升級的俚語與慣用語都是很重要的事情。簡單說，工作上的溝通方式即是影響我們未來的真正原因，而這也決定我們是否能建立具影響力的個人品牌認知度。請相信我們吧！畢竟我們是公司訓練與行銷方面的老手專家。

有些辭典只給予部分基本的詞語和需要注意的定義，但我們遠遠超越這種程度。實際上，所有你要找的精隨都在此。

我們跳脫常規，呈現每個詞彙與用語運用在商業世界裡的真實意義。有些人認為領導者可能會覺得這些「商務行話」不值得他們花時間了解，只是用來增加本書網頁搜尋聲量的無用之物。我們知道商務行話的定義確實跳脫一般標準字典的框架，而我們還有一群分析優劣、機會與威脅的編輯團隊不斷批評我們的作為。然而我們還是堅持理念，把我們的 John Hancock 人壽險[1]都壓在這些如隱藏版彩蛋的商務行話定義上面了。因為我們認為辛苦的心血結晶可以帶來很棒的成果，而且這是一本很適合用來與客戶直接打交道的獨特書籍。Net-Net 投資法[2]永遠是雙贏的，你懂我的意思。

這也是為什麼我們要寫出這本顛覆傳統規則的書：提供商業環境中最常出現的慣用詞彙與用語的明確定義。因此，以下書籍內容及時深入探索這些詞彙真實的意義。這樣全方位方式最終目的是能讓你用新型態的溝通方法稱霸商業世界！願意探索閱讀此書內容的你，很棒！

說真的，我們希望你們好好享受這本書。我們很享受發掘這些詞彙和用語的來源以及寫出商業人士使用這些詞語時真正意指為何的過程。

我們希望針對人們在工作上彼此溝通的方式，以及隨著時間受

---

[1] 編註：John Hancock 為位於波士頓、成立於 1862 年的人壽保險公司。
[2] 編註：原文為 The net-net is a win-win.net-net 投資法又稱為雪茄菸屁股投資法，是用公司保守清算價值來評估股票的內在價值，指找到一間即使被清算後的價值仍高於股票市場價值的企業，即可確保獲利。（https://rich01.com/net-net-value-invest/）

到各類影響而不斷演進的溝通方式，本書能提供深刻見解。事實就是如果沒有商務行話，就沒有商業活動，但同時我們也希望本書能激勵各位更具原創性，在工作上溝通想法時，能稍微少用點商務行話。

——鮑勃與提姆

謝辭

撰寫像這樣的書顯然需要龐大的研究，而在成書過程中，許多資源皆扮演了不可或缺的角色。尤其是網路，這上面有巨量的資訊——有些資訊能證實且正確、有些則帶有誤導的內容；而有些頂多是貌似有理。但網路資訊總還是瞭解詞彙來源的好線索。我們的確仰賴網路資源開啟研究，並盡量找到有根據的資源驗證我們在網路上找到的說法。根據以上所說，若本書中如有任何錯誤事實都該歸咎於我們。

以下的資源提供我們研究上深具價值的資訊：

- 《牛津英語詞典》（*The Oxford Dictionary*，*OED*）被稱作「最完整的英語語言記錄」，對於查詢詞彙與用語首次使用的紀錄而言確實是個很棒的資源。
- 喬許‧切特溫德（Josh Chetwynd）的《運動隱喻指南》（*The Field Guide to Sports Metaphors*），對於運動如何影響語言有興趣的讀者，這本書非讀不可。喬許是我們的好友也是個好人。敬請閱讀他的著作。
- Google 的 Ngram Viewer（http://books.google.com/ngrams）能夠查詢從西元 1500 年以來的書本與手抄文獻稿，老實說這功能實在驚人，並且此網站提供全新的窗口探尋某些用語的來源與歷史，而其中某些用語從來就沒有被記錄過。

- 網站
  - The Phrase Finder（www.phrases.org.uk）；我們運用這個很棒的網站以查詢某些用語最初的引用，並用它作為了解用語的起始點。
  - Online Etymology Dictionary (www.etymonline.com)
  - The Word Detective (www.word-detective.com)
  - Wikipedia. 它不僅有豐富的資訊，也是用來查證相互矛盾資料的好網站。
  - Dictionary.com
  - Thesaurus.com
  - Merriam-Webster Dictionary (M-W.com)
- 有太多的書籍、留言板與網站沒辦法在此提及，但這些資源至少都提供他人已找到的資訊，作為本書研究的起點。

如果沒有人才發展協會（Association for Talent Development）的重要人士，包括我們非凡的編輯凱薩琳‧史戴福爾德（Kathryn Stafford）與梅莉莎‧瓊斯（Melissa Jones）、我們的行銷大師凱‧赫克勒（Kay Hechler）、本書的負責人賈斯汀‧布魯西諾（Justin Brusino）以及我們全能的管理傳播執行長雷恩‧張可可（Ryan Changcoco）等人的專業指導，我們無法完成此書。

鮑勃也想感謝阿拉吉（Aragi）的作家經紀人杜佛·歐斯汀（Duvall Osteen），感謝她從一開始就相信他與本書的企劃。杜佛，你最棒了！除此之外，非常感謝柴克·史托佛（Zack Stovall），他的動畫作品補充了本書構想素材的早期版本。柴克，你的畫作也許沒有出現在完成的作品中，但你的精神存在本書之中。最後，提姆·伊藤，如果沒有你的努力與願景，這本書根本不會出現。鮑勃感謝你的指導與幫助。能與你共同完成此書是我的榮幸。

接近尾聲之際，我們想要感謝我們的太太與孩子，謝謝他們的包容（特別是我們滔滔不絕說著這個或那個詞彙的來源時）。如果沒有你們，我們無法成為將理想付諸實行的先鋒。

本書收錄三百多個詞彙。想要幫我們超越這個里程碑嗎？請將建議寄到 info@thebsdictionary.com，我們會試著將你的建議納入第二版。

——鮑勃·威爾馮與提姆·伊藤於 2020 年 4 月

簡介

書寫這本書的想法來自某天發生在我家的一件事，就是我太太突然變成一個我不認識的人。我太太吉兒是位非常聰穎、能力傑出的女企業家。在命運注定的那天，她正要開始與同事的電話會議。我剛與她聊完某事（我忘了是什麼事），我們的溝通順暢無阻，彼此都了解雙方的每個詞彙、每個想法。這就是我認識超過二十五年的女子。我們「瞭解」彼此。我們想法一致。

接著電話會議開始。

吉兒開始說出我從來沒聽她說過的詞彙。像是 straw man、table stakes 與 SEO。更糟的是，她用這些詞彙時很有自信，更令人訝異的是她的同事完全瞭解，並用聽起來像外來字的用語——Internet of Things、blockchain、pivot——回覆她。這就像與另一半結婚多年，忽然發現對方是間諜，而你之前從來都沒有起過疑心。我想像當她掛上電話後，與她對質的場景：「女人，你到底是誰？！我現在就要答案。不要再說謊了！」

吉兒到底在哪裡學到這些詞彙，為什麼她與同事都懂這些詞彙的意思，而我卻不懂？這些詞彙就像我不知道如何使用的外語詞彙（而我害怕承認我不懂）。

這就是我開始搜索你在本書中會讀到用語的原因。我一開始並沒有要寫書。我只是想多學點。而當我某次搜索，正在瞭解 the tallest midget 用語時，我開始在想：「應該有本專門介紹這類用語的書。」

商業世界總是有自己的語言，其使用者來自各個世代與各個大陸，但與商務行話相關的辭典卻很少。雖然這看起來並非迫切的問題，其中卻有重要的議題需要探討。

首先，商務行話（簡稱 BS……其實是個雙關語）改變相當迅速。「科技能快速傳播事物，也能快速消滅事物，因此今日很酷炫的東西可能流行一個禮拜，然後就消失不見了。」在康乃爾大學詹森商學院（Cornell SC Johnson College）教授管理溝通的資深講師安琪拉·諾柏葛蘭傑（Angela Noble-Grange）這麼說。這代表如果你發現自己身處於商業會議中，卻不了解他人使用的詞彙或片語的意義為何（而且害怕說出自己不懂），其實你並不孤單。

本書的共同作者提姆·伊藤當時在《美國新聞與世界報導》（*U.S. News & World Report*）擔任研究員，有位資深記者前來交稿，並宣佈接下來幾天他會 Out of Pocket（不在）。提姆從來都沒聽過這個用語，也搞不懂它的意義為何。從語境脈絡推測，他知道這用語意指某件重要的事，但它的意思是這位記者破產了嗎？還是他沒有任何乾淨的衣物了？一位同事終於釐清他的困惑（完整定義，請參見書中 out-of-pocket 部分）。

更多證據顯示在發生在我朋友身上的事。她在新聞界與房地產業從業三十年，而她跟我說，當她第一次聽到 B2B 時，她不知道它代表的意義。她擔心會顯露無知，因此前幾此聽到這用語時，她都含糊應付過去，然後私底下查詢 Google 了解此用語的意思。

本書為了解決缺乏商務行話辭典的問題，針對一些英語中最為人熟知的商業詞彙，提供最新的定義。你不需要是剛畢業的商學院學生，或是為了做生意，忙著分析難以理解的英文句意的外國旅客，你都能從本書中獲得益處。我們確定即便是資歷豐富的商業人士也能從本書中發現一些令他感到意外的詞彙定義與來源。

提及詞彙的來源，有句名言說：「歷史是由勝利者書寫的。」（history is written by victors）[1] 就字源與大眾所相信的事物而言，如果在勝利者前加上「搜尋引擎最佳化的」，句意也會是正確的。的確，網路自然是開啟了解用語來源的地方，因為它存有大量的資料和資訊。但是 Google 搜尋結果跳出的第一頁——我們就老實說吧，沒有人會看第二頁——就很多方面來說，可能帶有誤導他人的資訊（參見第 313 頁）。留言板上有各類專業的人士發表意見。有些網站上則有看似很具權威性的文章。具品牌知名度的網站（像是 the History Channel 和 Merriam-Webster) 也提供他們的見解；還有《紐約時報》（*The New York Times*）已故的知名語言作家威廉‧薩費爾（William Safire）的作品；為《華爾街日報》（*The Wall Street Journal*）書寫語言專欄的班‧辛莫爾（Ben Zimmer）；密西根大學的安‧庫爾呈（Ann Curzan）以及其他頻繁被引用的字源學家。

有時（嗯，也許多半是如此）網站彼此互相引用來源——即使有信譽的網站也會走捷徑，將來源指向搜尋結果中的第一筆資料。有時候該資料來源正確無誤；其他時候，該資料只是強烈擁護陰謀論的一員。

某人說了某個用語，但並未即時被記錄下來，也讓搜尋更加困難。我們遇到好幾個這樣的例子。例如：push the envelope 一詞似乎來自於 1950 年代末期到 1960 年早期進行水星太空計畫的美國飛行員，但顯然一直到 1979 年湯姆‧沃爾夫（Tom Wolfe）的《太空先鋒》（*The Right Stuff*）書裡，這個用語才被記錄下來。

有其他的例子是用詞的出處深埋在網路之中，因為某些資料就是無法出現在 Goggle 演算法的介面上。舉 lunch & learn 為例。如果你就跟我們一樣在網路上鍵入搜尋「lunch & learn 的出處為何？」或「誰創造了 lunch & learn 一詞？」，你會找不到答案——至少在搜尋結果前十頁之內都是找不到的。我們接著查詢《牛津英語詞典》（*OED*，以「最完整的英語語言記錄」聞名），而它竟然沒有此用語的首次出處。

該怎麼辦？我們接著搜尋 Google Books，此網站的資料庫收錄回溯到西元 1500 年代的出版品，我們找到一則資料，收錄於 1973 年美國農業部的《農業推廣評論》（*Extension Service Review*），模糊提及 lunch & learn 的概念。我們在 Google Book 文件裡找到部分段落，由此帶我們找到完整的線上文章。根據那篇文章，兩位家庭主婦——內布拉斯加州的珊卓·史達寇（Sandra Stockall）與珍奈特·格蘭瑟姆（Jeanette Grantham）——創造了這個用語。[2]（這很合理。只有像我們一樣的怪人才會想知道 lunch &learn 一詞的出處，這確實不是一般人每天心裡會想著的事情。）

在本書中，提姆與我試著用商務行話好笑的一面讓這個主題變得輕鬆點。其實這是商務行話本身荒謬之處。但提到用語的出處，我們可是比誰都嚴肅。我們十分仰賴信任的資料（仔細列在謝辭的部分），包括《牛津英語詞典》這令人嘆為觀止的資源。[3] 為了補充所發現的資料，我們盡可能試著確定原始出處的文件，或向其他有信譽的資料進行確認。

成書的過程中，我們了解了另一件事，就是如果你想要藉著創造某個詞語得到名聲，你就一定得記錄下該詞語。例如：你想要發明一個新用詞——我們假設是一種名叫 thrash disco 的新音樂風格——的時候，你必須要寫下該用語，這樣網路上才搜到。接著，你需要將該用語以及你怎麼創造它的方式傳出去。因此，你將會成為該用語歷史的勝利者，所有獲利將流向你，而你將獲得網路榮耀。[4]

但為什麼這本書會出現呢？為什麼商業世界裡有許多人想要使用他們可能不知道來源而且也不會在平常生活中會用到的用語呢？諾柏‧葛蘭傑（Noble-Grange）提出兩個理論。

「一個理由是影響力。」他說：「如何讓別人做你想要他們做的事？說服對方或影響對方。這稱作好感度（likability）。你想要他人喜歡你，因此你用他們會使用的語言。你可能開始模仿對方做的事情。以上的行為都會建立你的好感度。另一個理由是可信度。如果你使用的語言是階級比你還高的人使用的話，你聽來就會讓人覺得很聰明。有些人很吃這套。他們會聽你的話並說：『哇，你聽起來很聰明。』甚至不會質疑你說的內容。〔你〕說話的方式帶著權威性用並用這樣的語調，〔那麼你〕有時能立即〔獲得〕他人的信任，因為你說話的方式聽起來很屬害。」

朋友們，這就是你的生活中需要商務行話辭典的原因。我們希望本書能幫助你增進職場上的好感度與可信度，並希望你能喜歡本書，如同我們很享受成書過程的樂趣。

——鮑勃・威爾馮

# #

24/365 副詞、形容詞

1. 一天 24 小時，一年 365 天。 2. 能夠持續一整年不休息，而且不死掉。

商務行話定義：我不是人類。我是人機合體的生化人。我無法感受憐憫、後悔或恐懼。我不需要抹防曬乳。Xbox 是我的另一半。我是馬斯克（Elon Musk）[①]。

來源：《牛津英語詞典》將此用語首次出現追溯到籃球選手雷諾茲（Jerry Reynolds），1983 年的《運動畫刊》（*Sports Illustrated*）引述他提及他的跳投「能持續一天 24 小時，一週 7 天，一年 365 天都不間斷。」（good 24 hours a day, seven hours days a week）雷諾茲當時在路易斯安那州立大學的籃球

[①] 編註：特斯拉汽車執行長。

隊效力，他顯然認為自己很厲害。不然，為什麼他會說自己的
跳投能從不間斷呢？[1]

24/7 副詞、形容詞

1. 一天 24 小時，一週 7 天。 2. 能夠整日整夜都不休息。

商務行話定義：我是認真的，我是馬斯克。告訴我如何找到
莎拉・康納（Sarah Connor），不然就只有死路一條。

來源：這個用語也出自雷諾茲（Jerry Reynolds）！ 24/7 的出
處也能追溯到這位籃球員（參見 24/365）。我們想知道他是
否真的如此厲害。我的意思是我們都是籃球迷，卻都沒有聽
過這號人物，所以我們對他的統計數字做了些研究。結果雷諾
茲在 NBA 裡打了八年的球，待過的球隊包括密爾瓦基公鹿隊
（Milwaukee Bucks）、西雅圖超音速隊（Seattle Supersonics）
以及奧蘭多魔術隊（Orlando Magic）。不賴。說到這裡，他
職業生涯的投籃命中率為 41.8%，低於同時期 NBA 球員的平
均投籃命中率 43.5%。所以雷諾茲與他聲稱的樣貌有差距。就
數學而言，更精確描述他的跳投的分數應該為 4/10（或……
用 2 約分……2/5）。然而，說一個人的跳投能在一天 24 小
時中持續 10 小時，或一週 7 天裡持續 3 天，與「24/7」和
「24/365」相比，這聽起來就沒那麼酷了。幹得好，雷諾茲。

你做得很棒。[2]

360° 形容詞、名詞

1．從不同的工作場域中蒐集資訊，通常以機密形式進行。 2.稱呼某種關乎領導能力的評鑑機制，評鑑內容來自各個同事的回饋。

商務行話定義：鬼鬼祟祟地四處走動，但其實正在試圖蒐集情報來讓行銷部的某個倒霉鬼走路。

來源：商業世界裡的 360° 用語源於一個圓有 360 度：對於事物有完整、圓形的看法。圓有 360° 的出處可追溯到美索不達米亞人（有些人會更精確地說是巴比倫人），他們發展了六十進位制的計數系統，並將這套系統則傳給埃及人。埃及有 360 天曆年，跟我們的 365 天曆年相去不遠。他們認為根據星星的位置，地球每天移動一度直到 360 天後回到同樣的位置，完成一個完整圓。因此，就是我們所知 360 度的圓。[3]

根據《牛津英語詞典》，第一次出現比喻「360 度」看待事物的方式來自 1965 年 7 月 11 日的《紐約時報書評》一文章評論的書是潔西・希爾福特的《拜倫・瓊斯爵爺的解放》（*The Liberation of Lord Byron Jones*）：「從小說最純粹的角度來看，這本書……異常地令人失望。然而，就一部以 360 度（360-degree）審視 1960 年代南方『情況』的作品來說，本書蘊含了驚人的社會學意義。」

在大眾用語中，此用語常常被誤用（特別在美國），像是有人會這樣說：「他做出生命的 360 度轉彎。」如果你計算一下，這句話的意思是此人回到一開始出發的地方。[4]

aboveboard 形容詞、副詞

1. 正統的、誠實的、開放的。 2. 在開放視野中，沒有詭計、隱瞞或偽裝。

商務行話定義：1. 通常指的是相反意義。
2. 相信我們。你不會想知道「board」底下的是什麼。

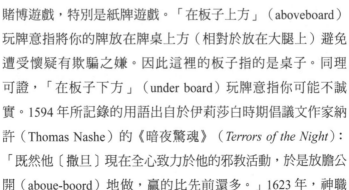

來源：《牛津英語詞典》的研究人員說這用語首次出現在紙本上是在 1594 年，源自於賭博遊戲，特別是紙牌遊戲。「在板子上方」（aboveboard）玩牌意指將你的牌放在牌桌上方（相對於放在大腿上）避免遭受懷疑有欺騙之嫌。因此這裡的板子指的是桌子。同理可證，「在板子下方」（under board）玩牌意指你可能不誠實。1594 年所記錄的用語出自於伊莉莎白時期倡議文作家納許（Thomas Nashe）的《暗夜驚魂》（*Terrors of the Night*）：「既然他〔撒旦〕現在全心致力於他的邪教活動，於是放膽公開（aboue-boord）地做，贏的比先前還多。」1623 年，神職

人員卡本特（Richard Carpenter）在《有道德的基督徒》（*The Conscionable Christian*）書中，使用的用語較接近現代的商務行話意義：「他所有的交易都很公平且誠實無欺（above board）。」[1]

across-the-board 形容詞

1. 將所有階級與分類納入考量。2. 適用於每個部份或個體、一視同仁。

商務行話定義：Google 檢索第一頁的結果中，你不只參考前四筆資料，竟把它好好看完，而且如果你覺得真有收獲，也許還可能繼續看第二頁的結果。

來源：相對於 aboveboard 之中的 board 指的是桌子，本用語中的 board 指的是「賭金結算告示版」（tote board），常見於各地賽馬場，板上提供給賽馬場常客實用的投注賠率與彩金金額。Across-the-board 的出處源自「全面下注」（across-the-board），意指下注於同一匹馬，不論這匹馬跑第一名、第二名或第三名，大家就是賭牠的勝率。此時，告示板上前三名的名字都會是同一匹馬。而 across-the-board 首次以獨立文義被使用的記錄見於 1901 年的《亞特蘭大憲法報》（*The Atlanta Constitution*）：「潔西堂妹在最後一段賽程努力衝刺之後，贏

得越野障礙賽馬比賽，比最佳紀錄 4 分 09 秒還快了 7 秒鐘。
而在第四賽道上非常不被看好的艾尼斯博士則使盡全力地跑，
『橫越告示板』（across the board），獲得第二名。」[2]

action 動詞

1. 實行。2. 處理。

商務行話定義：1. 將名詞當作近似動詞的用法使用。 2. 諷刺
的是，此用語當作動詞使用時，這意味著說話者並不會實際進
行任何動作。

來源：這個字當作動詞使用已有數百年的歷史。它作為名詞
則是首次出現於法律界，從十四世紀法國字 accion 而來，意
指「訴訟」或「案件」。《牛津英語詞典》提到此用語第一次
作為動詞，出現於 1734 年菲爾丁（Henry Fielding）的戲劇
《唐吉訶德在英國》（*Don Quixote in England*）：「我沒有提
出質疑，只是請他採取行動（action him out on't）。」[3]《牛
津英語詞典》說 action 首次以商務行話形式使用出自 1960 年
倫敦的《時代雜誌》（*Times*）：「紀錄下詳細資料後，這個
訊息立刻傳遞（is actioned）出去。」我們能輕易提供更多
早期運用 action 當作動詞的例子，但我們想還是之後再進行
（action）這個任務好了。

action man / man of action 名詞

1. 一個看重表現與行為勝於言語或思考的人。2. 他的生活以身體力行而非思考問題為主。

商務行話定義：當老闆把一個任務丟給你，你就是一個 action man，接著你轉頭把這個任務丟給下屬，現在你的下屬是一位 man of action 了。

來源：已知最早使用 action man 的文字紀錄源自於一頭名叫蒂娜（Dinah）的母牛。《弗雷斯諾蜂共和報》（*Fresno Bee Republican*）於 1943 年的一篇報導中提到這隻刷新紀錄的母牛：「也許〔一頭能生產比自己體重多十七倍的牛奶的牛〕蒂娜與她的主人……運用了一些該州著名的造船實業家（action man）亨利‧J‧凱瑟（Henry J. Kaiser）的『生產奇蹟』哲學。」英國的行動人（Action Man）玩具也可能與此商務行話的普及有關。一家名叫帕利托（Palitoy）的公司從 1966 年到 1984 年間銷售行動人玩偶與公仔，而這些行動人玩具以孩之寶（Hasbro）在美國販售頗受好評的 GI 喬擬真人物公仔為基礎而來。[4] 對於記得這玩具的人來說，action man 的真正意思可能是「不斷在最慘烈的打鬥遊戲中一再慘死的超級英雄─當然，是在肯尼與芭比的更慘烈的新型態『打鬥 / 分手遊戲』出現以前。」

actionable 形容詞

1. 任何能夠對其採取行動的事物。2 可進行訴訟的。

商務行話定義：清單上的品項沒有一個來自研發團隊。

來源：actionable 一詞首次以「提起一項法律行動」之意出現，是在十七世紀早期的英國古文物學家蘭巴德（William Lambarde）的《執政官：評論英國高等法院》（*Archion：or, A Commentary Upon the High Courts of Justice in England*）：「遭到無法提出訴訟的（not actionable）詆毀與汙衊攻擊與刺傷。」[5] 到了，二十世紀，此用語演變成用以指稱任何能夠被採取或使用的事物。1913 年弗雷德里克（Christine Frederick）的《新式持家：家庭管理的效率研究》（*The New Housekeeping：Efficiency Studies in Home Management*）一書中提到：「拒絕讓腦袋在問題上游移拖延，而無法做出明確、能包含行動的（actionable）結論」。[6]

admin 名詞

行政助理

商務行話定義：1. 個人奴隸。
2. 名義上來說，此人不該做獨

立判斷或辨別。實際上的狀況是，此人決定了辦公室所有的決策。3. 健忘的時候，你會稱呼為「那個誰」的人。

來源：雖然 admin 可以指稱系統管理員，但根據本書目的，在此我們的參考資料以 admin 指稱從前被稱呼為祕書的那種角色。Admin 一詞為縮寫，源自於十五世紀的中世紀法文 administrateur，意指「被授予權力管理的人」。然而，今日此用語時常與行政助理的角色做連結（諷刺的是行政助理本身可能一點都沒有權力管理或者權力無限大，端訂角色而定。）第一個已知使用 admin 作為行政助理出自莫平（Armistead Maupin）的《城市故事》（*Tales of the City*）—尤指 1978 年出版的第一冊：「我……做了一年半的行政助理（admin assistant）。」[7]最後，隨著 secretary 一詞在二十世紀末期沒落後，admin 則變成標準用語（nom de rigueur）。大轉折點發生在 1998 年，當時國際專業祕書協會（Professional Secretaries International，前身為國家祕書協會（National Secretaries Association）將官方名稱改為國際行政專業協會（International Association of Administrative Professionals），這即是認知到大範圍的社會變遷。[8]

against the grain 慣用語

　　1. 異於標準。2. 與普通平常相反。

商務行話定義：1. 辦公室的萬聖節派對上，你刻意扮成巧克力好時之吻（Hershey's kiss），即使你知道有人會以為你扮的是便便表情符號。2. 用強納斯兄弟（Jonas Brothers）的海報裝飾你的辦公室隔間。

來源：雖然此片語喚起「沿著木紋雕刻」的畫面[①]（木板雕刻師會說你得要自負後果），但早期使用此片語的引文並沒有提到木頭。[9] 的確如此，第一個紀錄使用 against the grain 用語來自於 1607 年莎士比亞劇作《科利奧蘭納斯》（*Coriolanus*），此悲劇根據羅馬將軍蓋尤斯‧馬修斯‧科里奧蘭納斯（Gaius Marcius Coriolanus）寫成。[10] 此劇為莎翁寫作最後的兩部悲劇之一，另一齣則是《安東尼與克麗奧佩托拉》（*Antony and Cleopatra*）。引文出處如下：

> 說話，你選擇了他因著我們的命令，
> 而非由你的真心所引導，而你的心裡
> 掛念著你寧可必須做之事
> 而非你應該做之事，讓你背道而馳（against the grain）
> 選他為執政官他：將錯誤歸咎我們之上。[11]

[①] 編註：grain 亦有「把……漆成木紋或石紋狀」之意。

all-hands meeting 名詞

　　1. 全體員工必要出席的會議。

　　商務行話定義：1. 當管理階層告訴你，儘管財務前景不佳，你已經準備好如同辛巴在《獅子王》（*The Lion King*）第三幕一般，晉升向上。2. 當公司領導人打斷你的工作，為的是要告訴你應該回去桌子前工作的理由。

　　來源：此用語據信是從十六世紀晚期的海軍術語 all hands 演變而來，原意指船上全體人員。另一個相關的術語 all hands on deck，意指呼叫所有船員集合到甲板上，特別是危急需要幫忙之時。[12] 1655 年，此用語開始首次出現在工作場域中：「願所有人員（all hands）動起來，每個人都能在愛中自助與助人。」[13] 一個全體員工都必須出席的會議不一定都暗指出現危機，雖然這場合也可能會出現危機（參見 2018 年 Google 或 Facebook 的全體員工會議。）[14] 在網路出現的年代，全體員工會議比較是閉門會議，而會議上提出的資訊主要是提供給出席的員工。然而，現今許多公司知道在全體會議上提出的資訊可能很快就會出現在記者的推特發文上。

an ax to grind 慣用語

　　1. 為了某些利己的原因而說出某些話或做某事。2. 懷有不可告人的復仇動機。

商務行話定義：1. 當你在超市見到前老闆——就是對你說，公司正在「精簡人事」而解雇你的那位——而你立刻開始想著要怎樣切進隊伍比他快完成結帳，就是這種感覺。2. 就經典的

文學類型來說，如同大仲馬（Alexander Dumas）的《基督山恩仇錄》（*The Count of Monte Cristo*）中，愛德蒙（Edmund Dante）對蒙德哥（Mondego）進行等待已久的報仇行動。就漫畫故事類型來說，如同法米勒（Frank Miller）的《萬惡城市》（*Sin City*）中，馬弗（Marv）要為歌蒂（Goldie）的死復仇。

來源：此用語一般被認為來自富蘭克林（Benjamin Franklin），然而有人宣稱一位賓州的作者麥洛（Charles Miner）首次使用此用語；兩人皆書寫了關於磨利斧頭的警世故事。富蘭克林的傳記成書於晚年，並在他死後才於 1791 年出版，書中記載一位男子要求鐵匠磨利他的斧頭，但最後卻變成自己推磨石機、自己磨斧頭。另一方面，麥洛據信為 1810 年的《哨兵報》（*The Centinel*）上，一篇未署名而標題為〈誰將轉動磨石？〉（"Who'll Turn Grindstone？"）文章的作者，此文中他首次使用 axe to grind 的片語：「當我看到佔著肥缺的人，吹著號角招呼對手陣營跳槽支持某人，我就在想，

也難怪，畢竟沒有那人，他就沒有肥缺可以佔了，他的確有私人理由（an axe to grind）。」[15]

anointed 名詞

被賜福或預選的人或物。

商務行話定義：1. 管理階層眼中，一位看起來不會出錯的員工。2. 週五下班的狂歡時段，你最不想邀請的辦公室同事。

來源：這個商務行話源自中世紀法文字 enoint，意指塗上油或用油、油膏牛奶、奶油或其他油脂塗抹。這樣的動作被用在各種宗教中，當作引薦某種神靈降臨或成聖的儀式。例如一個為基督塗膏油的場景據說發生於伯大尼的瑪利（Mary of Bethany）將油膏到在耶穌雙腳之時。根據《牛津英語詞典》，此用語開始作為名詞使用最早出現於西元 1500 多年。今日，anointing 可能更有世俗的意涵，雖然它仍舊特別帶有某種「預選之人」（chosen one），擔任有權力的位置之意。而雖然此用語不一定帶有抹油或奶油於某人身上的動作，但我們確定某些同事會很想用另一種形式塗抹（抹黑）對方。[16]

ask 名詞

禮貌地請求或詢問。

商務行話定義：1.我們正努力找出第一個商務行話定義。主要的意思就是一旦結構完整，我們就會提供詳細內容。2 當你覺得用 request 或 question 二字不夠酷的時候。

來源：關於用 ask 當作名詞有些爭議—那就是這是否為實際的用語。事實上，ask 作為名詞使用已有千年的歷史。[17] 特別是《牛津英語詞典》中收錄西元 1000 年到西元 1230 之間，三則使用用語的紀錄，雖然我們現在使用的用語主要是 1980 年的產物。（我們再次見到八〇年代搞砸事物的方式。）到 2004年，ask 當作名詞使用的情況變得如此令人厭煩，因此有位資深微軟工程師雷蒙‧陳（Raymond Chen) 寫了一段關於此用語普遍出現在微軟公司內部的狀況：

> Ask（當作名詞）
> 這狀況約在過去幾年已經完全入侵微軟公司用語，而這狀況讓我很錯亂。你可能在會議中聽到：「我們這邊主要的訴求（ask）是什麼？」語言小提醒：你所謂的訴求應該稱作 request。再者，所謂的 ask 通常比較像 demand 或 requirement。但這些字聽起來很不友善，你不覺得嗎？為什麼不用像 ask 這樣比較溫

暖、柔和的字，讓語氣尖銳之處稍微緩和呢？

回答：因為它不是一個名詞。[18]

at the end of the day 慣用語

1. 分析過所有可能性之後。2. 等同「說到底」、「目前來說」或「底線」。

商務行話定義：這是另一種表達「我喜歡在發表意見前，先說些多餘的話」的意思。

來源：此用語最早的紀錄出現在蘇格蘭牧師厄斯金（Ebenezer Erskine）牧師大人的佈道文，此文在他身故後於 1826 年出版。厄斯金與他激烈的演講促成了分離教會（the Session Church，由蘇格蘭國教會的異議份子組成）的成立。他使用此俚語的方式近似今日的用法：「相較之下，基督的群羊並不多……就群羊的數目來說，他們的數目很少。抽象地想，最終（at the end of the day），他們會變成『無人能細數的無數群眾』；但與邪惡群眾相比，他們的數目的確很少。」[19]

此用語在 1980 年代愈來愈盛行（再次，有更多證據指出 1980

年代幫助摧毀我們現在熟知的世界），但到了 2008 年，at the end of the day 在一項英國民意調查中獲選為最煩人的陳腔爛調。[20]

authoritatively 副詞

擁有當權者的許可或份量。

商務行話定義：能夠一邊對著他人擺出專橫無理的態度，一邊同時還能板著臉面無表情。

來源：根據《牛津英語詞典》，首次使用 authoritatively 的紀錄出現在 1443 年帕考克（Reginald Pecock）的《基督教規範》（*The Reule of Crysten Religioun*），由葛雷特（William Cabell Greet）編輯而成：「他所認識的人確實是違背神的律法的罪人，他以權威口吻（auctoritatively）譴責這些人。」這個字源自拉丁文 auctoritativus，可以暗指任何獨裁行為，或是某人獲得同意或授權而進行的動作。

今日此用語有時用來嘲笑某些人做事看起來很有權威，但也許實際上缺乏真實的影響力。[21] 我們最愛的引文包括《百萬金臂》（*Bull Durham*）中投球快速但仍需磨練的小聯盟投手紐克·拉盧什（Nuke Laloosh），他想要「用權威（with authority）公開宣告我的存在」，以及電視節目《辦公室》（*The Office*）中的德懷特・施魯特（Dwight Schrute），他說要對同事展示他的權威（authority）：「我喜歡抓到人們正在做壞事的樣子。這就是為什麼我總是突襲開門。」[22]

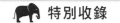

來自電影台詞的商務行話 I

電影《百萬金臂》（*Bull Durham*）裡有段對話：「用權威（with authority）公開宣告我的存在」，而這只是許多電影台詞混入商務行話世界的例子之一。對某些人來說，用電影名言進行商業交談是很有趣的方式。其他例子包括：

- 來自《大亨遊戲》（*Glengarry Glenross*）的「咖啡只給贏家」（Coffee's for closer）
- 來自《星際大戰》（*Star Wars*）的「願原力與你同在」（May the force be with you.）
- 來自《魔鬼終結者》（*Terminator*）「我會再回來的」（I'll be back.）
- 來自《計程車司機》（*Taxi Driver*）「你在跟我講話嗎？」（You talkin' to me?）
- 《福祿雙霸天》（*The Blues Brothers*）「我們在執行上帝的任務」（We're on a mission from God.）

這提醒了好萊塢如何形塑我們日常生活的溝通。以下為八則在工作世界裡最有影響力的電影台詞，以及這些台詞如何翻譯成到位的商務行話。

No.8

「給我錢！」（Show me the money！）

—— 《征服情海》（*Jerry Maguire*）

具影響力的原因：源自於很棒的一幕中的一句好台詞，這句話很適用於商業情境。但是，源自於同部電影的另一句台詞「你一句『哈囉』就征服了我。」（You had me at hello）掩蓋了此句台詞的光彩。

適用於商業語言的原因：「有錢能使鬼推磨；光出一張嘴沒用」（Money talks; bullsh*t walks）（沒有詛咒的意思）—這句台詞告訴各位商業合作夥伴，他們能最能夠表達重視你或你的貢獻的最佳方式，就是付錢給你。

No.7

「如果你建造了，『他們』就會前來。」（If you build it, [they] will come.）

—— 《夢幻成真》（*Field of Dreams*）

具影響力的原因：這部電影會讓你笑，也會讓你哭。此電影背景設在愛荷華州的一個小鎮，講述著農夫雷·金斯拉（Ray

Kinsella，由凱文‧科斯納〔Kevin Costner〕飾演）聽到一個聲音告訴他在玉米田中蓋棒球場的故事。當他真的做了，鬼魂出現在他面前（包括他已逝世的父親），這展現了生命中第二次機會的力量。

適用於商務行話的原因：這句台詞常常被用在說服人們投資目前還沒有強烈客群的標的物。例如：星巴克即是遵從此口號，創造了大眾對咖啡的廣大需求。蘋果電腦行銷 iPad 時也靠著此想法。殘酷的現實是，凱文‧科斯納扮演的角色在玉米田裡建造棒球場的同時，幾乎要失去他的農場，而這些公司擁抱著只要成立一項很棒的生意，客戶自然會朝著你而來的想法時，似乎選擇忽略這個可能的後果。

No.6
「我要給他一個無法拒絕的條件。」（I'm gonna make him an offer he can't refuse.）

——《教父》（*The Godfather*）

具影響力的原因：這個電影有很多很棒的台詞。我們個人最愛的是「把槍留下；帶走西西里起司捲。」（leave the gun; take the cannoli.）然而，「我要給他一個無法拒絕的條件」完美地應用於商業界，此句也變成某人試著要成交時很受歡迎的台詞。

適用於商務行話的原因：沒有甚麼比引用黑手黨的話更能說明你對眼前進行的商業交易的認真程度。說真的，這個組織可是會把死馬的頭放到電影製片的床上，只是為了要傳遞訊息而已。

No.5

「**我們這裡看到的……是溝通失敗。**」（**What we've got here…is failure to communicate.**）

—— 《鐵窗喋血》（*Cool Hand Luke*）

具影響力的原因：隊長（斯特羅瑟・馬丁〔Strother Martin〕飾演）打了盧克（由總是很酷的保羅・紐曼〔Paul Newman〕飾演），將他打倒在地，接著說了以下有名的台詞：

> 我們這裡看到的是……溝通失敗。有人些就是聽不見。所以，你們看到我們上週做的事，這也是他自找的……嗯，他自作自受！我比你們更不希望看到這樣的事情發生。

What we've got here is⋯ failure to communicate. Some men you just can't reach. So, you get what we had here last week, which is the way he wants it⋯well, he gets it! I don't like it any more than you men.

這些台詞會特別令人難忘的原因在於馬丁說台詞的方式，他以一種近似結巴、斷斷續續的方式強調不同的字，而在槍與玫瑰（Guns N' Roses）1991 年歌曲〈內戰〉（*Civil War*）的開頭重現了這樣值得紀念的說話方式。

適用於商務行話的原因：你是否曾經在會議上見到兩個同事不斷各說各話，最後什麼結果都沒有達成？以上的台詞就很適合用於結束這樣的會議後，與出席會議的同事講的俏皮話。儘管如此，有點需要注意的是：不要嘗試複製馬丁像發聲運動般抑揚頓挫的說話方式。效果不會很好的。

之後會列出前四名使用於商務行話的電影台詞，參見第 84 頁。

B

B-school 名詞

商學院

商務行話定義：1. 你花了很多錢進去，為了學習怎樣賺更多錢。2. 提供鮑伯‧席格（Bob Seger）1978 年〈我就像一個數字〉（*Feel Like a Number*）這首歌主要靈感來源的機構。

來源：我們不清楚誰是第一個創造 B-school 的人，但我們猜測應該是 1819 年巴黎一些追求時髦的學生所創造出來的。因為世界第一所商學院巴黎高等商業學院（ESCP Europe）就是那年在巴黎創建。如果不是在那時候的巴黎，那就大約是在 1882 年，賓州大學華頓商學院（Wharton School of the University of Pennsylvania）成為美國第一所商學院時。[1] 如果我們對此詞彙的出處直覺正確的話，我們推測 B-school 一詞應該是在這樣的狀況下創造的：

「嘿，亨利。你要不要跟我和其他同學一起去學校圖書館讀書？」

「不要啦，安東尼。你們去吧。我已經約了一些女生到我家聽貝多芬奏鳴曲中最新的演奏版本。我們今晚上要一起做些商學院（B-school）的功課。」

b to b 或 B2B 形容詞

1. 公司藉此進行買賣交易。 2. 公司間進行的交易，而非個人消費者之間的交易。

商務行話定義：會計部門的泰瑞常誤將此詞彙當作是新英格蘭鄉間舒服的小旅店。

來源：根據《牛津英語詞典》，第一個提到 B2B 文字出處是從 1994 年《行銷新聞》（*Marketing News*）的一段文字：「美國市場行銷協會（AMA）啟動 B2B 行銷交換平台，這是一個網路佈告欄，服務對象是進行企業與企業之間行銷研究的學者與從業人員，提供即將到來的事件、研究網站、課程與有趣文章的資訊。」[2]

但是，任何一個十二歲的南韓女孩都會告訴你，這個詞彙一直到 2012 年才真正出現。由徐恩光（Seo Eun-Kwang）、李旼赫（Lee Min-hyuk）、李昌燮（Lee Chang-sub）、任炫植（Im Hyun-sik）、Peniel（Peniel Shin）、鄭鎰勳（Jung Il-hoon）與

陸星材（Yook Sung-jae）組成的男子團體 BtoB 出道之際，這個詞彙才出現。同年，他們發表首張單曲《*Born to Bea*》，裡面收錄了〈*Insane*〉與〈*Imagine*〉等歌曲，但你已經知道了，對吧？我的老天呀！快點，我們在談的是 BtoB！他們實在好帥喔！[3]

back burner 名詞

1. 重要性較低之處。 2. 不在優先順序當中，或暫時延期的狀況。

商務行話定義：通常等同於說：「絕不會再見到或聽到這個想法。」

來源：冷戰給了我們很多東西：開始使用藍芽（謝謝你，海蒂·拉瑪〔Hedy Lamarr〕）、全球都能使用的 GPS 定位系統（你應該感到羞愧，蘇聯），還有利用熊來測試超音速噴射機的彈射座椅（這到底是……！？）。[4] Back burner 也可以加到清單上。根據《牛津英語詞典》，已知第一個提到 back burner 的文字紀錄——作為描述推遲某事的方法——出現在 1963 年 4 月倫敦的《時代雜誌》：「由於赫魯雪夫先生對於英美兩國的提議不感興趣，於是隨著柏林與蘇維埃政府撤出古巴，禁止核試驗的計畫將會暫時延後（back burner），美國人是這樣說

的。」

有些人推測 back burner 的出現早於上方的例子，因為舊式燒
木頭或煤炭的爐子出現的時間早於 1960 年代中期。[5] 然而，
我們了解自己使用的爐子（或者至少 Google 是這樣說的），
因此為避免再次因此事出現流血事件，讓我們一次解決爐子愛
好者之間的糾葛。燃燒木頭與煤炭的爐子沒有後方的爐子。不
同地方的爐子因下方柴火爐的位置不同，所以上方的爐面有溫
度較高或較低的地方，但本身並沒有後方的爐子。直到引進瓦
斯（最早為 1830 年代）之後，back burner 的用法才合理，接
著才延伸意指烹飪之外的活動。[6]

back of the envelope 名詞

1. 隨性、快速地方式進行粗略的計算。2. 比較像是猜測而非精
確估算的答案。

商務行話定義：就是那種匆忙的計算，會讓你得小跑步追著
正走進電梯的老闆，結果落得被電梯門夾住一隻腳的下場。

來源：糟糕！你以為爐子愛好者為了 back burner 這個商務
行話進行的戰爭已經很嚴重了嗎？爭奪誰才是 back of the
envelope 的一連串戰爭才夠看！

在首位使用者的候選人名單中，我們有創造世界第一個核子反應爐的物理學家恩里科·費米（Enrico Fermi, 1901-1905），對上分子增幅器的發明人查爾斯·湯斯（Charles Townes, 1915-2015）。[7] 支持費米的人（我們稱為費粉）說他以使用簡單計算方法，溝通複雜的科學概念文明，並且發明了一系列稱為「費米問題」（Fermi questions）或「信封背後的計算式」（back-of-the-envelope calculations）的計算方法。湯斯和他的支持者（我們稱為湯粉）則說在 1968 年的某天，湯斯在華盛頓特區等待早餐時，乎然對於正在進行的研究有靈光一閃的想法。「我從口袋拿出一個信封（pulled out an envelope from my pocket），並寫下這個方程式，而它看起來好像真的行得通。哇嗚。」[8]

所以，誰到底發明了這個商務行話？我們也不確定，但我們知道湯粉與費粉今天下課後要在遊樂場上一次解決這個問題。記得來看喔！

bait and switch 名詞

1. 推銷低價產品，或推銷具有特點的產品，但當交易確定完成的時候，卻要加上額外費用（或拿掉原本行銷的特點）的行為。2. 意圖以低階產品或價格更高的產品取代推銷的產品。

商務行話定義：任何分時渡假（Timeshare）的提議。[①]

來源：誘導轉向（bait-and-switch）技巧可能從商業交易出現的第一天就存在了。最早的紀錄出自於十七世紀中國張應俞關於詐騙的《杜騙新書》（約在 1617 年出版），書中收錄八十四個關於買賣價格過高或詐欺的短篇故事，其中包括誘導轉向的計謀。[9] 這本書聲稱目的是為了教導讀者關於不同種出現於明朝後期的詐騙手法及如何避免被詐騙。張應俞的知識來源神祕未知，但他有時譴責騙子騙人的手法，有時又稱讚他們的手法高明。根據《牛津英語詞典》，英語中第一個已知提到 bait and switch 的紀錄則出現的較晚，在 1953 年 8 月的《讀者文摘》（*Reader's Digest*）書中：「這是我對於誘導他人接著改變對方購買意向的詐騙介紹（bait 'em and switch 'em）……我知道「誘導式廣告」是今日廣告界最廣泛濫用的最大詐騙方式。」

ballpark 名詞

　　1. 大約。2. 粗略估計。

---

① 編註：指一個人在每年的特定時期對某個度假資產所擁有的使用權。

商務行話定義：從你知道的那個東西（you-know-what）中提出個數字。

來源： 此片語很可能源自美國棒球。[10] 然而，最早提到此用語的紀錄則間接說明在第二次世界大戰期間此用語已經普遍流行在美國空軍中，作為指稱一個大約區域的俚語。《牛津英語字典》提及首次援用 ballpark 用詞的評論出現於1943 年。在該年 10 月份的西維吉尼亞州的《查爾斯頓憲報》（*Charleston Gazette*）中出現以下的句子：「如同空軍軍官所言，此舉將整個魯爾區帶進『美國戰士約略的攻擊區域（ballpark）。』」1943 年時，德國的魯爾區成為同盟國聯軍長達五個月戰略性轟炸行動的目標，因為同盟國視此區為屬於納粹的大規模工業區。到了 7 月，德國境內三分之一的防空炮都移防到魯爾區，這讓英國軍人暱稱此區為「一去不返之區」。[11]

balls in the air 慣用語

1. 同時進行數項工作。 2. 影射如同雜耍表演者，同時間應付大量的事情。

商務行話定義：會用此用語的人時常是連一顆球都無法應付的人。

來源：在這美國用語之前，英國已經有類似的用語 keep the ball up。兩個用語指的是同樣的事：不管周圍其他的事情，保持進行一項動作。1781 年的英國，有位名叫邊沁（Jeremy Bentham）的激進社會哲學家，在一封信裡提到這個用語：「我有時會寫一些

東西，只是保持思緒的活躍（keep the ball up）。」[12] 我們在美國則是使用雜耍用詞 balls in the air 來表達同樣的概念。你問說雜耍活動到底從何時而起？嗯，已知最早提到雜耍的紀錄比耶穌出生還早兩千年。雜耍活動出現在一座埃及墳墓的牆上壁畫中。很怪的是隔了一千五百年之後，雜耍活動的證據才再次出現在希臘的藝術品上。[13] 這之間的時間差，可以讓球停在空中很久（keep your balls in the air）。

bandwidth 名詞

1. 電信通訊中一個範圍內的頻率。2. 數位科技中資料傳輸的速度。3. 根據能取得的資源，完成任務的能力。 4. 處理任務的能力。

商務行話定義：受到比十二世紀農奴還稍微好一點的對待時，你個人忍受臨界點的位置。

來源：在電子學中，頻寬及是以赫茲為單位，用以衡量作為特定用途的電子光譜的寬度（一段持續的頻率間距）。較大的頻寬能讓更多資料「通道」從其中穿過。除了可見光的光譜，第一次發現電子光譜發生在 1800 年，在赫歇爾（William Herschel）發現紅外線。根據《牛津英語字典》最早提到 bandwidth 的紀錄出自於 1930 年代的《無線電工程師學會會議手冊》（*Proceedings of the Institute of Radio Engineers*）：「隨著標準越來越高，則需要越大的頻寬（band width）。」1990 年代，頻寬開始被用來描述網路的資料傳輸，不論該系統是否使用電子光譜，以此代表系統全部傳輸能力。近來，此用語的意義更從「資料能力」拓寬到「個人能力」——如同「布萊恩，我真的很想繼續聽你說你有多聰明，但我真的沒有力氣（bandwidth）再對著你微笑、點頭了」。[14]

bang for the buck 名詞

讓自己的錢得到最多回饋。

商務行話定義：1. 花數百萬元招募與引進新員工，而且他們留在公司超過了一年。2. 午休時，5 美元能讓你在塔可鐘速食（Taco Bell）買到墨西哥捲餅。

來源：此用語在 1950 年代很流行。大多數的資料認為此用語

來自美國國防部部長查爾斯‧威爾森（Charles Wilson）。然而，根據《牛津英語字典》，第一個 bang for the buck 的文字記錄出自於 1953 年 12 月份《紐約先驅論壇報》（*New York Herald Tribune*）由史都華‧艾爾索普（Stewart Alsop）書寫的文章中：「他們認為『花少錢得更多』（more bang for a buck）的理論是裁員的藉口而非真正的理由。『支出』當然是第一個可想而知的理由，接下來才是『獲利』。」

對於此用語如何出現，有幾個受歡迎的理論。[15] 一個理論是此用語來自炸藥與採礦產業，指稱每單位炸藥能產生的動態能量。其他理論則認為此用語來自賣淫產業──《牛津英語字典》收錄 1937 年出現的第一個 bang 用法的文字記錄，意指「與……進行性行為」。[16] 但是，我們找不到可靠的資料能夠支持以上兩個起源故事和這裡提到的商務行話之間的關聯。

banner year 名詞

1. 一間公司歷史上營業額最好的一年。2. 某事物在某一年特別成功。

商務行話定義：當你的功績調薪比率超越生活消費（參見 once in a blue moon）。

來源：此用語能追溯到 1014 年的愛爾蘭，當達卡斯人（Dalcassians, 愛爾蘭語稱為 Dal gCais 或「卡斯的族人」）帶著旗幟加入克隆塔夫戰役（the battle of Clontarf）。（克隆塔夫這城鎮的名字聽起來像捏造的，你不覺得嗎？或是像《星際大爭霸》（*Battlestar Gallactica*）中人們前往探索的星球名稱。）快速轉到十九世紀，工會組織（烘培師傅、屠夫、石匠等等）帶著支持者旗幟出現在政治集會的習俗開始在愛爾蘭各地流行。越多旗幟支持的候選人，贏得選取的機率越大，因此獲得所謂的一個「特別好的一年」（banner year）。[17]

baseline 名詞

1. 某人在某案子或活動中當前的表現。2. 基礎標準或基礎層次。3. 用來之後衡量比較的基準點。

商務行話定義：早些將事情先做一半，之後再進行時就能從容不迫。

來源：第一個使用 baseline 字面意義的用法從數學而來—更確切地說，算術。其中一個例子來自於十六世紀的倫納德·迪格斯（Leonard Digges）的著作《測量手冊》（*A Book Called Tectonicon*），其中他提到：「三角形的基礎線（base line）」。但是，一直到三百多年後才有人以比喻的方式使用

此用語。《牛津英語字典》收錄第一個將 baseline 用作比喻的紀錄來自托馬斯·查爾姆斯（Thomas Chalmers）於 1836 年至 1842 年間寫成的書。查爾姆斯是位蘇格蘭牧師並且也是位社會改革家，被稱作是「蘇格蘭十九世紀最偉大的神職人員」。還有，各位紐西蘭粉絲們，查爾姆斯港（Port Chalmers，紐西蘭城市達丁尼的主要港口）就是以他為名的，很屬害吧。他使用 baseline 的方式如下：「人類天性的罪或墮落條文可以被視為建構許多其他準則和用以評估信仰的主要條文（base line）。」[18]

bean counter 名詞

指稱會計人員的貶抑用語。

商務行話定義：當「咀嚼數字的人」（number cruncher）與「做無聊工作的人」（pencil pusher）攻擊力道不夠時。

來源：Bean counter 在過去的時代有幾個不同的意義，包括了指稱十九世紀末與二十世紀初在美國豆類銷售的櫃台。一則早年的用法出於 1907 年 6 月 1 日出刊的《路易斯頓晚報》（*Lewiston Evening*

Journal）：「這位又瘦又英俊的職員……走到豆類櫃台（bean counter）後自行忙著將包裹搬到櫃上給晚間交易使用」。[19]

然而，今日此用語主要的使用方式（會計人員的另一個稱呼）很可能源自於德文用語的翻譯。德文 erbsenzähler（erbsen= 豆子，zähler= 櫃台）出現在漢斯‧雅各布‧克里斯托弗‧馮‧格里梅爾森豪森（Hans Jakob Christoffel von Grimmelshausen）——容我們離題一下，但這聽起來簡直像從魏斯‧安德森電影而來的名字——1688 年的《阿呆物語》（*Simplicius Simplicissimus*），其使用於同樣的情境脈絡中。這本小說內容繞著三十年戰爭中的自傳式體驗，被認為是十七世紀德國文學中最偉大的作品之一。順帶一提，它的排名大概僅次於《五個步驟教你如何在黑死病中生存！》（*How Not to Die From the Black Death in 5 Easy Steps!*）

beat a dead horse 慣用語

1. 付出努力於沒有機會獲勝的地方。2. 浪費精力在受挫的事業或無法改變的情況。

商務行話定義：這是你第五次，不，等等，是第六次要求老闆加薪。

來源：此片語（或是類此片語的用法）的首次文字紀錄出現在 1859 年倫敦的報紙《看守員與衛斯理廣告》（*Watchman and Wesleyan Advertiser*）中，刊載了英國國會辯論的報導：「布萊特先生對自己的冬季改革宣傳不甚滿意，此事甚囂塵上，傳言他感嘆說這就如同再鞭打一匹死馬一般（flogging a dead horse），因而放棄。」此用語的起源──to flog 或 beat a dead horse──來自能夠接受鞭打馬匹，使其加速的時代。[20]

beauty contest 名詞

1. 就字面意義來說，人們之間競逐誰能贏得最有吸引力的。2. 就商業意義來說，有收購意願的潛在買家，同時間競標同一間公司。

商務行話定義：通常涉及在商業世界不夠漂亮，以至於無法參加實際的選美活動的人。

來源：第一場現代選美比賽在 1854 年由 P.T. 巴納姆（P.T. Barnum）舉辦，但因民眾抗議而停辦。巴納姆先前已經舉辦過狗兒、嬰兒和鳥兒的選美比賽。我們現在所知道的選美活動能追溯到 1921 年於亞特蘭大城首次舉辦以「跨城市的選美比賽」（Inter-city Beauty Contest）為名的美國小姐選美活動。[21]

約在同時，beauty contest 的用語開始
出現於描述政治競爭，這樣競爭的
結果通常受到候選人的個性與媒體
形象所影響，而非其政策或能力：
「同樣的機構反對選『美』（beauty

contests）競賽，而這樣的競賽成為南方幾個州選擇州立圖書
館館員時的特色。」《牛津英語字典》則提到此用語商業定義
的文字記錄首次出現在 1976 年《富比士雜誌》（*Forbes*）的
文章裡：「經銷權選擇變成選美大賽（beauty contest）一事，
成為德州酒吧的話題長達三個月之久。」[22]

beef up 動詞

1. 使……增強。2. 增強力量。

商務行話定義：總是可以用在履歷表上的事情。

來源：根據《牛津英語字典》，第一個提到 beef 並帶有
「增強」字義的文學紀錄正是 1851 年梅爾維爾（Herman
Melville）的經典小說《白鯨記》（*Moby Dick*）：「喔，越疊
越高（pile on the beef）……喔！年輕人，快跳躍吧。」帶有
「增強力量」的完整 beef up 片語首次出現在 1941 年阿爾弗
雷德·奧利佛·波拉（Alfred Oliver Pollard）的《越過第三帝

國的轟炸機》（*Bombers Over the Reich*）裡：「從美國飛抵英國的空中堡壘重型轟炸機做了一些調整；『增備』（beefed up）…火力較大的槍枝，讓轟炸機每分鐘能有九百發彈藥的速度。」[23]

best of breed 名詞、形容詞

1. 該種類或類別中最佳的東西。 2. 同等級產品中，被認為是最棒的產品。

商務行話定義：沒關係的。我的意思是，這不算很糟，尤其當你跟其他糟糕的事情相比的時候……等等。為什麼你這麼難過？是你問我的意見，所以我……天啊。不要哭啦。

來源：第一個「最佳育種」（best of breed）犬展於 1859 年的 6 月在英國的泰恩河畔新堡（Newcastle upon Tyne）舉辦。而美國最大、最富盛名則是威斯名斯特犬展，創建於 1877 年，自此每年都在紐約市的麥迪遜花園舉辦。根據《牛津英語字典》，一直到 1984 年，在一本《個人電腦雜誌》（*PC magazine*）中才首次見到將此用語用在商業意涵上：「現在你可以在最值得信任的希思公司（The Heath Company）一次購齊品質最優良，適合各種電腦的主機板、周邊產品與軟體。我們保證這些都是同級產品中最佳的選擇（the best of breed）。」

best practice 名詞

1. 與其他方法或技巧相比，一種能達成較優良成果的方法或技巧。

商務行話定義：此用語很適合用在命名電視劇裡的新醫院。我們可以預見廣告會這樣說：「紐約大學醫學院學生安德莉亞‧貝斯特（Andrea Best）分配到阿拉斯加小鎮，然後因此愛上當地的人事物，這也讓她了解生命中不只有醫學。這就是Best Practice（貝斯特實習醫生）！」

來源：Best practice 開始經常出現在書籍的時間為十八世紀。其中一個早期的例子來自於 1746 年農夫艾利斯（William Ellis）的《改進的農業；現代種植方式的展示》（*Agriculture Improv'd: or, The Practice of Modern Husbandry Display'd*）：「因為這位女士享受並十分投入於學習本書中最新、最優良的種植技術（the latest and best Practice of Husbandry），於是因此鼓勵各方建議，並欣然接受。」[24]

此出處早於《牛津英語字典》裡收錄的 1927 年某期《大眾科學》（*Popular Science*）：「建築工人能否仰賴城市的自來水管法規，具體指出最佳工法（best practice）？」

beta testing 動詞

1. 一群預定為使用者的人試用新產品的新發展階段。2. 一項新產品通常免費發放給開發機構裡的員工使用，以證明該產品能發揮預定的功用，而這個過程即為測試階段。

商務行話定義：1. 在毫無戒心的民眾身上測試新東西，並希望沒有人會因為受傷而提告。2. 另一種表達「亂槍打鳥」（throwing spaghetti at the wall）的方式。

來源：根據本書於 Google Ngram Viewer 上搜尋用法的結果，此用語最早使用於 1920 年代數個文件中，主要是科學研究的文件。我們找到其中的一個紀錄內容有許多「第一階段測試」（alpha）和「第二階段測試」（beta）的例子，包括數個資料圖表，圖上標有將兩階段的試驗。這是一個例子：「根據讀寫程度分組，第一階段測驗施予在高達五百人的群組；而第二階段測試（beta test）則施予在一百人的群組。」[25] 然而，此用語廣泛用作商務行話則是在 IBM（1960 年代）鼎盛時期變得普及，此時的工程師以此用語指稱新產品發展的第二階段。第一階段測試代表了在投入進行設計和發展之前，進行的可行性與可製造性的評估，而第二階段測試（beta test）則代表展示工程模組如預定的方式運行。[26]

big data 名詞

1. 收集而來的資料，但因為資料太大、過於複雜而無傳統資料庫管理工具進行處理。2. 從公司內部與外部收集而來的傳統和數位資料數據，這是能夠持續發掘與分析的資料來源。

商務行話定義：當你想讓正在進行的工作聽起來超級重要或超級困難（而不是你十歲的孩子能很快搞懂的）。

來源：有些人認為是任職於歐萊禮媒體（O'Reilly Media）的羅傑‧馬古拉斯（Roger Magoulas）於 2005 年推動 big data 普及使用。（有趣的是，一年後這家公司也創造了 web2.0 的用語。）然而，有些人則認為此用語的首次出現遠早於馬古拉斯。約翰‧馬沙（John Mashey）在 1990 年代為視算科技（Silicon Graphics）的首席科學家，他於九〇年代中期與後期針對小群眾發表數百場的演講，解釋大數據的概念，其中 1998 年有一場的標題為「大數據與下一波內部壓力（Big Data and the Next Wave of Infrastress）」。[27] 同時，《牛津英語字典》則援用 1980 年來自於密西根大學的研究報告，作為 big data 來源的起始年：「這些大問題都沒有真的擊倒大數據（big-data）人。」[28] 不論此用語的來源為何，big data 成為二十一世紀最普遍的商業時髦詞彙之一。

binary 形容詞

1. 由或關於只用數字 0 和 1 將程式編碼、寫入某物。2 . 有兩種元素或面向。

商務行話定義：如果你在談話中使用這個字，你很有可能是 A）社交尷尬症的人，並且 B）你比大多數的同事還來得聰明。

來源：「這不是二元論！」（It's not binary！）塞斯·羅根（Seth Rogen）飾演的史蒂夫·沃茲尼克（Steve Wozniak）對著由麥可·法斯賓達（Michael Fassbender）達飾演的史帝夫·賈伯斯（Steve Jobs）在 2015 年以蘋果創辦人為名的電影中這麼說。「你可以既優雅又天賦過人。」[29]

這些對話是由編劇艾倫·索金（Aaron Sorkin）為電影所創作，使用 binary 形容兩種可能（卻相斥）的結果在新千禧年之際越來越常出現於商業場合。最立即的理由即是此用語的來源，特別是運算方面。但這用語本身——以及二進位數字的現代觀念——可以追溯至 1689 年哥特佛萊德·萊布尼茲（Gottfried Leibniz）的論文《論只使用符號 0 和 1 的二進位算術》（*Explication de L'arithmétique Binaire*）。一直要到兩百年之後，才有喬治·布爾（George Boole）與克勞德·夏農（Claude Shannon）將二進位數字應用到運算之上。布爾於 1854 年針對邏輯的代數系統—後人稱為布林代數—發表了一篇極具階段代表性的論文，此論文提出邏輯問題能夠藉由數學方程式進而解答，方式是將 1 值稱為對的論述（true statements），而 0 值稱為錯誤的論述（false statements）。同時，身為電子學工程師的夏農剛好在密西根大學修習一門提及布爾的哲學課，他之後將此原則應用在他於 1937 年發表的碩士論文《繼電器與開關電路的符號分析》（*A Symbolic Analysis of Relay and Switching Circuits*），其中他將布爾的邏輯系統結合電話呼叫路由技術找出以電子傳輸所有資訊的方式。[30] 基本上那就是電腦最終仰賴以及做為構成所有二進位碼基礎的 1 值和 0 值的關鍵見解：二進位碼是用來寫入資料的，像是電腦處理器使用的指令。夏農提到他偶然發現應用哲學與科技這兩個完全不同領域：「剛好沒有其他人同時對於這兩個領域都熟悉。」[31] 如同羅根飾演的角色說的：「那不是二元論！」

bio break 名詞

會議間，前往洗手間的暫離時間。

商務行話定義： 1. 一種用禮貌性說法表達：「嘿，我們要不要休息十分鐘上個廁所，免得我忍不住尿出來？」2. 一個坐在廁所裡，查看社交軟體訊息以及出神想像生活原本能夠如何的白日夢中。

來源：Biological break 當作上廁所的說法首
次出現在二十世紀晚期的書裡。其中一個早先
的例子是 1991 年吉姆·里奇（Jim Ritchie）
的《蘇庫故事集：南方的迷人傳奇》（*Shocco*

Tales: Southern Fried Sagas），他在書裡第五十頁提到：「包
廂內狹小的空間的確有個缺點。當你離開位子上廁所（take a
biological break），你得要擠過其他蜷縮的人，然後你的位置
也沒了。」簡寫 Bio break 在 1990 年代中期之後廣為流傳。
《連線雜誌》（*Wired*）於 1994 年時報導提到這簡寫是「上
廁所的科技俚語」。用於同個動作的老派委婉用詞包括「去
補個妝」（visit the powder room）、「使用設施」（use the
facilities），當然還有「別擋路！我要尿出來了」（Get out the
way! I need to go.）。[32]

bitcoin 名詞

1. 一種於 2019 年引入的數位付款系統。2. 一種使用最先進的
點對點技術，執行即刻付款的數位或虛擬貨幣。

商務行話定義：二十年之後，能被認為
如同 email 一般創新的發明（參見 game
changer）或如同雷射唱片一樣過時的東
西（參見 miss the boat/bus）。

來源：本書內所有詞彙的起源故事當中，Bitcoin（與其相關聯的商務行話 blockchain）的故事可能是最酷的。在 2008 年時，一位科學家用 Satoshi Nakamoto 的假名發表了一篇九頁長的白皮書在一個郵件清單上，給對於密碼學（針對安全通訊的練習與研究技術）有興趣的人閱讀。[33]《比特幣：點對點電子現金系統》（*Bitcoin: A Peer-to-Peer Electronic Cash System*）書中詳細列出如何創造稱作「比特幣」的全新加密貨幣。

比特幣與政府發行的貨幣不同之處在於，它是由去中心機構所運作（沒有銀行或政府發行或為之背書），並且承諾提供低於傳統線上付款機制的轉帳費用。實際上沒有實體的比特幣，只有存在雲端公開分類帳的存款紀錄——連同所有的比特幣轉帳交易——由大量的運算能力所驗證（參見 blockchain）。你可能已經猜到白皮書裡提到此用語的首次公開紀錄：「我正在研發一個新的電子現金系統，中間沒有公正第三人（trusted third party），完全由點對點進行……比特幣：一個點對點的電子現金系統。」

自此，比特幣得到許多媒體關注。[34] 2012 年 12 月的《外交政策》（*Foreign Policy*）雜誌提到：「比特幣（Bitcoin）……可能會成為全球貿易的未來或高科技洗錢的方式一端視你問的是誰。」2014 年的《愛爾蘭週日獨立報》（*Sunday Independent*）的商業版面報導提到：「比特幣（Bitcoin）不是真的貨幣，它是種商品。它本身沒有價值，它的價值全來自人們願意花多少錢來購買它。」

不管如何，關於比特幣有件事是確定的：不管 Nakamoto 是誰，他們很可能靠著比特幣賺了很多錢。專家估計一開始（在 2009 年）進場購買比特幣的人現在很可能已是億萬富翁了。[35]

bleeding-edge 形容詞

1. 極尖端的。 2. 全新或充滿願景，但帶著高度風險的。3. 在創新或發展的最前端。

商務行話定義：1. 如此的尖端科技以至於我們得要殺了某人才能製作它。2. 像刀一樣尖利（是啊，感覺真棒）。[36]

來源：此用語首次出現於 1980 年代，其意思與 leading-edge 與 cutting-edge 非常相同。Bleeding-edge 的首次文字記錄出現於 1983 年早期，由一位無名的銀行高階主管提及後來被甲骨文公司（Oracle）收購的美商存儲科技公司（Storage Technology Corporation）時使用此用語，他說：「我們最終遇見尖端（bleeding edge）而非先進科技。」[37] 雖然此用語最常用於提到新科的時候，它也能用來描述美術的新風格。Bleeding-edge 很可能本來是 leading-edge 的雙關語。在航空學

裡，leading edge 用來指稱位於飛機前端引導飛機動作的機翼或螺旋槳葉的專有名詞。Leading edge 用來比喻某個領域裡的最新發展。Bleeding edge 則是幽默地暗指成為危險武器的最新發展。[38]

blockchain 名詞

1. 片段的數位資訊（區塊）儲存於公開的資料庫（鏈）2. 獨一無二加密的資料，視其追蹤需求，能在一個點儲存大量的交易歷史資料。

商務行話定義：大多數人都不太懂的東西，於是談到此物時，人們只會微笑點頭示意。

來源：記得我們說過的比特幣起源的故事嗎？同一個故事在這裡又出現了，因為區塊鏈的故事也源於同一個白皮書。2008年時，有人以 Satoshi Nakamoto 的假名神祕地發表在一個郵件清單上給對於密碼學（針對安全通訊的練習與研究技術）有興趣的人閱讀。[39]《比特幣：點對點電子現金系統》詳細列出如何根據精密的數學方程式和架構製作全新的加密貨幣。而此架構最後包含了第一個區塊鏈——這幫助確保人們使用加密貨幣時是真正在網路上進行價值交換。

有史以來第一個關於用密碼保全的區塊（我們之後稱為的「區塊鏈」〔blockchain〕）的作品出現於 1991 年到 1992 年之間，由數學家史都華「哈柏（Stuart Haber）與 W. 史考特・史鐸納塔（W. Scott Stornetta）發表了一些關於區塊鏈的看法。[40] 然而是 Nakamoto 解密並製造了第一個區塊鏈。Nakamoto 的身分直至今日仍不明，但據揣測他們是一群電腦科學專家（而且不是日裔），住在美國與數個歐洲國家。

blue sky 動詞

1. 出現新構想或新方法。2. 創意思考。3. 探索一個構想，但沒有立即的商業目的。

商務行話定義：浪費時間在思考構想，而這些構想永遠不會獲准進行生產。

來源：此用語據說源自於二十世紀早期，有位高等法院法官宣示想要保護投資者免於「價值如同一片藍天」的投機投資。1929 年股市崩盤之前的幾年，有許多公司提出即將獲得巨大利益，這些都是誇大、無法實際兌現的承諾。1930 年代各州政府執行所謂的「藍天法案」，立意為保護投資者，避免未來遭遇誇大不實的公司。[41] 隨著時間的推移，blue sky 開始帶有較正面的意涵。《牛津英語字典》說 1959 年杜克法學院出版品

給了我們第一個帶有正面意義的 blue sky 文字記錄:「許多大公司將一大半的研究與發展預算放在『非目標導向』或『具願景』(‘blue sky’) 的研究,很相信長時間下來,獲得的新知識會很值得。」

boil the ocean 動詞

1.開始做一項不可能的任務或案子。 2.讓一個任務或案子變的不必要的困難。

商務行話定義:試圖弄懂美國的稅制。

來源:來源通常認為來自美國幽默作家威爾・羅傑斯(Will Rogers),據說他曾經在第一次大戰期間建議將海水煮滾作為對付德國 U 艇的方式:「你們就將海水煮滾(boil the oceans)。德國 U 艇就會燒紅,然後浮到海面。接著你們只要瞄準他們就好。」[42] 羅傑斯對於如何實際將海水煮滾的問題置之不理,他只說他從來都不擔心細節問題。聽起來羅傑斯很適合當本書的共同作者。

boondoggle 名詞

1. 用不符合道德的方式使用公款。2. 浪費、無意義的工作或活動，但表面看起來有價值。

商務行話定義：1. 上班時查看社交媒體訊息，並稱之為「市場調查」。2. 給巴吉度獵犬的可愛名字。

來源：1920 年代晚期到 1930 年代早期，美國童子軍在暑期夏令營會用塑膠或皮長條帶子編織與打結製作頸繩、領巾圈與手環。來自紐約羅徹斯特的鷹級童軍羅伯‧林克（Robert Link）為新的工藝品創造了一個詞彙：boondoggling。[43]

在此之前，很少有美國人聽過這個字，一直到 1935 年 4 月 4 日這個字突然出現在頭版新聞。[44] 當時《紐約時報》報導聯邦公共事業振興署（WPA）花費超過三百萬美元訓練失業的白領工人，而訓練內容包括學習芭蕾舞、皮影戲以及繩結製作。雖然此項開支幫助數百位失業的教師，並教導來自貧窮社區的孩童發揮創意利用原本已被當成垃圾的材料。羅斯福總統新政的批評者猛烈抨擊這些聽起來愚蠢「無用的」（"boondoggling"）活動代表了他們認為公共事業振興署無用花費的證據。羅斯福總統在 1936 年 1 月的演講承認：「這是個很漂亮的字，」之後他又加了句：「如果我們能夠運用無用之物（boondoggle）撐過大蕭條，這個字將會長久銘記在美國人的心中。」

這個字的確成為美國政治詞彙的一部分，但並不是羅斯福總統希望的方式。諷刺的是這項活動本是用來鼓勵孩童再次運用廢料，但最後卻成了廢料的同義字。

bootstrap 名詞

1. 創業但沒有外援或外來資金。 2. 在很少外部資源的情況下進行一項困難的任務。

商務行話定義：每次面對會計部門能力不足的蠢蛋（bozos）張開嘴（yappers）說你的想法會花太多錢（moolah）時，你都得做的事。

來源：現實中，你根本不可能拉著自己靴子上的鞋帶，然後把自己從地面上提起來。不過我們先忽略這一點，來看看這個詞的來源。

「用靴子的鞋帶將自己拉起離開地面」（Pulling yourself up by your own bootstraps）是二十世紀為人熟知的用語。最早的紀錄之一出現在 1918 年《厄普頓·辛克萊雜誌》（*Uptown Sinclair's: A Monthly Magazine*）中，引言為知名的社會運動人士嘲弄地提到「拉靴子鞋帶提起自己的人」（bootstrap-lifters）：「讀者提到拉靴子鞋帶提起自己？（bootstrap-lifting）我曾經看過這場面：廣大的平原上，男人與女人密集的擠在一團，他們的手指勾住靴子的鞋帶，不舒服、痛苦地蜷曲身體。他們真努力提起自己；左提右拉直到臉部脹紅，體力耗盡。」

喬伊斯（James Joyce）在 1922 年出版的《尤里西斯》（*Ulysses*）中也提到：「有些人靠著拉著自己的靴子鞋帶（by the aid of their bootstraps），奮力向上從最底端到頂端。」

有些早期的電腦使用一種叫做「漸進式開機」（bootstrapping）的程序，間接提到了這個用語。此程序包括載入小量的程式碼，接著漸進式地載入更複雜的程式碼，直到電腦準備好可以使用為止。意指開啟電腦的「開機」（booting）就是由此程序得名。

然而，有些研究員則說此用語的來源其實是種污辱的話。它用來描述只會幻想的人——你知道就像是有人花了數百個小時寫一本關於商務行話的書，想著這本書未來會讓他們賺錢。這個意思很合理（就像我們之前提到的，因為根本不可能拉著靴子的鞋帶提起自己），但歷史上的某個時間點，這個用語的意義從指稱幻想行為變成指稱堅毅與足智多謀。[45]

bottom line 名詞

1. 帳戶最後總額、一張資產負債表或他種財務文件。2. 最終結果（參見 at the end of the day）。

商務行話定義：你彎腰撿起掉在地上的便利貼時，旁邊的人會看到的東西。[②]

來源：這個商務行話最有可能受到會計世界的啟發。《牛津英語字典》說，從 1831 年起 bottom line 開始在書寫上指稱帳戶或帳單的最後一行資料（通常顯示最後的獲利或虧損）。第一個帶有此意義的報導出現在 1831 年 4 月 15 日羅德島州《普羅維登斯愛國報》（*Providence Patriot*）上：「反對黨的經理人與農夫之間有很多帳務問題要解決；而如果我們沒有弄錯的話，帳務的最終結果（bottom line）會顯示有利於農夫的結餘數字。」[46]

brainstorm 動詞

1. 沒有準備，卻想出好點子。 2.「自發地」想出好點子或解決問題。

商務行話定義：你的頭腦＋暴風雨＝一個極不利於短時間內需快速清晰思考的腦內環境條件。

來源：一開始，brainstorm 這個字意指的是某人暫時發瘋、狂怒並且無法控制自己的狀況。[47] 早期的紀錄之一見於賽謬爾・布雷斯布里吉・海明（Samuel Bracebridge Hemyng）的《鑲白邊的烏雲》（*Dark Cloud With Silver Lining*）：「接著一場猛烈的腦內風暴（brainstorm）席捲了她。陰鬱盤踞在她的眉頭，為幽暗不明的未來罩上暗黑、模糊的陰影。」

就解決問題的創意嘗試來說，此用語時常被認為是由 BBDO 廣告公司的廣告主管艾力克斯・歐斯朋（Alex Osborn）發明，當時他對於員工的創造能力感到失望並覺得有更好的方式能夠開發員工的創造力。[48] 據說他創造 brainstorming 這個字，描述他於 1930 年代晚期發明的解決方法，但我們發現這個說法並不是真的。[49]

Brainstorm 用於商務行話的情境早在歐斯朋創造之前就存在了十二年。1925 年 2 月芝加哥《大學幽默》（*College Humor*）雜誌中刊登一篇文章內容收錄此用語帶有商務行話意義的句

---

② 編註：bottom 也有「屁股」之意。

子：「他進行腦力激盪（brainstorm）。」照這樣說，歐斯朋腦力激盪運用此字的方式很有可能就是借用這個字，然後說它是自己創造的（這雖然不完全是原創，但還不失為一個聰明厲害的方式。）

bullish 形容詞

1. 有希望的；樂觀的。2. 有獲利的潛力。

商務行話定義：常被用在全國廣播公司商業頻道（CNBC）的評論人身上，但這些人應該更悲觀才對。

來源：市場用語 bull 首次出現於 1714 年。那時，鬥熊與鬥牛都是相當普遍（而且可怕）的習俗。人們會將熊（或牛）鍊在一個場地中，接著派其他的動物（通常是狗）進行攻擊，當作給在場觀眾的娛樂活動。很病態，對吧？

根據推測，鬥熊與鬥牛當時受歡迎的程度——以及華爾街銅牛③的聯想——解釋了為什麼股票市場裡公牛（積極與樂觀）變成了熊（保守與悲觀）的對比。順帶一提……

對於熊成為悲觀主義的同義字，主要的理論提到原因來自一句十六世紀的格言：「還沒抓到熊前，先賣了熊皮」（selling the bear's skin before one has caught the bear）或「不要在還沒抓到熊前先賣了熊皮」（Don't sell the bear's skin before you've killed him）等同於「不要在雞蛋孵化前數有幾隻雞」（Don't count your chicken before they've hatched.）。到十八世紀早期，股票市場的人開始販賣尚未屬於他們的東西（最終希望在交易執行前，能以比賣出價更便宜的價格買入，獲得利潤。），這導致了他們已經「賣了熊皮」（sold the bearskin）的說法，而進行這樣買賣的人則被稱作「賣熊皮的人」（bearskin jobber）。[50]

burning platform 名詞

1. 即將逼近的危機。2. 急迫需要作出決定或改變行為。

商務行話定義：當矽谷科技公司的執行長建議你拓展業務進軍釀酒業的時候（查看 AltaVista 的真實故事）。

來源：此用語的來源故事真是噩夢一場。1988 年 7 月時，安

---

③ 編註：華爾街銅牛（Charging Bull），有正準備暴衝的公牛的意思。這座雕像象徵了市場的景氣，不過雕像是 1989 年建成，在此作者僅是跳時空地表達自己的聯想。

迪・莫倉（Andy Mochan）正在蘇格蘭海岸外的北海上的鑽油平台 Piper Alpha 上工作。有一天晚上，一場爆炸撼動了整個鑽油平台，並造成平台大火。莫倉設法逃離熊熊火焰，一路逃到平台邊緣。莫倉面對著逼近的大火，似乎必死無疑，於是他決定縱身跳入 100 英呎下冰凍的北大西洋海水中。幸運地，從高空跳入水中的他生還了，且有船隻救了他。後來莫倉被問到為什麼會選擇可能致命的跳躍時，他說：「不跳的話，就是等著被燒。」[51] 自此，商務人士開始使用 burning platform 作為簡稱，描述那些需做出生存選擇的情況。

buy-in 名詞、動詞

1. 同意或接受。2. 支持。

商務行話定義：從老闆而來的同事壓力，讓你同意某件蠢事。

來源：此口頭語為 buy into 的簡稱，可作為名詞或動詞使用。Buy into 的早期用法是從買進股票的概念而來，開始約在十七世紀晚期到進入十八世紀。最早的使用紀錄來自於 1681 年經濟學作家與商人的喬賽亞・蔡爾德爵士（Sir Josiah Child）的著作《論東印度貿易》（*Treatise E.-India Trade*）：「我……寧可買進（buy in）這支股票……以 300l. 的價格買入 100l. 接著在偶數日的禮拜一買進任何新股票。」根據《牛津英語字

典》，第一個口語使用 buy in 當作贊同某個想法的例子出現於
1971 年的《哲學季刊》（*Philosophical Quarterly*）：

> 所有其他人都服從了必須守約的規則……條件是我也
> 會照做（一個當我透過說出「我保證」來對一個機構
> 表示同意與支持〔buy in〕時，就會產生的條件）。

來自電影台詞的商務行話 II

以下是商務行話世界裡前四名的電影台詞。

No. 4.「貪婪……是美德」（Greed…is good）

—— 《華爾街》（*Wall Street*）

具影響力的原因：電影中，華爾街金融家葛登·蓋柯（Gordon Gekko）（由麥克·道格拉斯（Michael Douglas）飾演）在泰爾德紙業公司股東大會上說了這句話：「貪婪——由於找不到更好的字眼，我們姑且說——是美德。」（Greed, for lack of a better word, is good）當時，這台詞嚇壞了觀眾，因為大多數人從沒聽過支持那樣惡行的論點。有趣的是身為編劇與導演的奧利佛·史東（Oliver Stone）預想這部電影是對於華爾街的邪惡與逾矩行為提出警示的故事，但道格拉斯的演技實在太扣人心弦，以致於商學院畢業生前仆後繼湧入，想要進入投資銀行與其他的華爾街機構工作。

適用於商務行話的原因：如果你談到買賣，你就會談到金錢；如果你談到金錢，你就會談到貪婪的可能性。這也是這句台詞在商業世界有很多應用機會的原因——特別用在談笑的時候。如果你真的很想惡搞其他人，我們鼓勵你將電影裡蓋柯的演講全部背起來，下次當法務團隊建議要嚴格遵守所有會阻擋賺錢之路的環境、財務、健康或安全規範時，用這句台詞回答對方。

No. 3.「我們不在堪薩斯州了」（We're not in Kansas anymore）
——《綠野仙蹤》（*The Wizard of Oz*）

具影響力的原因：龍捲風席捲老家堪薩斯州後，由茱蒂·嘉蘭（Judy Garland）飾演的桃樂絲帶著狗兒托托抵達奇幻的奧茲王國，這時她說了一句顯而易懂的話：「托托，我覺得我們不在堪薩斯州了。」（Toto, I have a feeling we're not in Kansas anymore.）這句話並沒有出現在李曼·法蘭克·鮑姆（L. Frank Baum）的原著中，因此有人認為這句話帶有些許嘲弄口氣，覺得好萊塢人認為中西部人一般過於天真幼稚。得了吧，這是《綠野仙蹤》aka 史上最棒的電影之一。

適用於商務行話的原因：如果你像本書共同作者鮑伯·威爾森一樣來自堪薩斯州，你可能就不會喜歡這句台詞。因為這句話通常是用來貶低中西部的人，暗示他們缺乏素養。而且這些大剌剌對著堪薩斯人說這句電影台詞的人，都以為這句話真的只是電影台詞，但其實他們早就聽過幾百遍了。這就像是走向住在紐約當地的紐約客，然後對著對方說："Bada-bing"，或對著加州當地人說："Duuuude"一樣。這麼說來，這個來自《綠野仙蹤》的台詞確實對於商務行話有助益，還有其他的句子也是：「沒有任何地方像家一樣」（There's no place like home）、「如果我有頭腦就好了」（If I only had a brain）、「跟著黃色磚道走」（Follow the yellow-brick road）、「叮咚，女巫死掉了」（Ding-dong, the witch is dead）以及「不用注意簾幕後的那個人」（Pay no attention to the man behind the curtain）。

No. 2.「你需要一艘更大的船」（You're going to need a bigger boat）

—— 《大白鯊》（*Jaws*）

具影響力的原因：馬丁‧布羅迪（Martin Brody，由羅伊‧謝德〔Roy Sheider〕飾演）是瑪莎葡萄園島的警長，他在電影中第一次見到大白鯊，然後往後走向昆特（Quint，由羅伯‧蕭〔Robert Shaw〕飾演），一邊說出這句名言：「你需要一艘更大的船。」（You're going to need a bigger boat），嘴上同時還叼了根菸。有趣的是這句話原本沒有出現在劇本中，而是謝德在幾個拍攝鏡頭中即興演出時說的，這句話原本是拍片現場劇組流傳的笑話，因為用來拍片的船實際上不適合拍攝這些場景。

適用於商業語言的原因：我們一有機會就使用這句話的字面意思。試試看以下的情況：下次你提出行銷預算而執行長將預算砍半時，用上這句話，看看有什麼效果。你很可能會得到電影中昆特的反應—將船弄得更破爛。對了，這句話也很適合用在撲克牌遊戲（當你手上有王牌能完勝其他人的時候）。

No. 1.「這裡最高可以到數字 11」（These go to 11.）
——《搖滾萬萬歲》（*This is Spinal Tap*）

具影響力的原因：吉他手奈吉爾・杜芬諾（Nigel Tufnel，由克里斯多福・葛斯特〔Christopher Guest〕飾演）正對著紀錄片導演馬蒂・帝柏吉（Marty DiBergi，由羅柏・雷納〔Robert Reiner〕飾演）解說放大器的結構。放大器的調音鈕標示最高可以到達數字 11，而非一般常見的數字 10。帝柏吉問說：「為什麼你不將數字 10 的音量設置的更大聲，然後它就可以是最大的數字？」杜芬諾沒有聽出帝柏吉問題背後的邏輯，只回說：「這裡最高可以到數字 11。」《搖滾萬萬歲》（*This Is Spinal Tap*）這部偽紀錄片裡囊括了一些喜劇電影歷史上最棒的經典短句：

» 「愚蠢與聰穎的界線……只有一線之隔。」（It's such a fine line between stupid…and clever.）
» 「他們是兩種全然不同的夢想家；基本上就像火與水。我覺得自己在樂團裡的角色就處於兩者之間，有點像溫水。」（They're two distinct types of visionaries; it's like fire and ice, basically. I feel my role in the band is to be somewhere in the middle of that, kind of like lukewarm water.）
» 「我們很想站在這裡聊天，但我們必須要去大廳坐著，等著豪華禮車來接我們。」（We'd love to stand around and chat but we gotta sit down the lobby and wait for the limo.）

適用於商務行話的原因：老實講，請隨意取用這些台詞，嘲弄那些在你的公司中總是自信過度的人——特別是那位產品副理，他似乎很喜歡將所有人類已知的每一種功能設置都放入新產品發表之中。

cannibalize 動詞

1. 發表一項新產品,且此產品上市後佔去該公司原本既有產品的市佔率。2. 從某物、某產品或公司內部,將某部分、設備、資產、雇員等資源挪到他處運用。

商務行話定義:自我毀滅地割掉鼻子⋯⋯然後吃掉那鼻子。[①]

來源:此用語源自西班牙文 canibal,一開始由西班牙人用在西印度群島上的原住民,歐洲人相信這些原住民是吃人的野蠻人。據說這個字是哥倫布翻譯當地人稱呼自己的方式(kalino, karina)。[1] 他怎麼會翻成吃人者的緣由,我們也許永遠不會知道。知名的愛爾蘭哲學家與英國國會議員的艾德蒙・柏克(Edmund Burke)在 1798 年也在自己的回憶錄中用了這個字:「⋯⋯那是為了以變化與調味來刺激他們食人的慾望(cannibal appetites)(人家都以為他們已經被餵飽了);當時

[①] 編註:原文 Cut off your nose to spite your face. 為一英文片語,意指在極端負面情緒中為解決問題卻做出傷害自己、自我毀滅的事。

的吉斯家族（The Guises）如果有需要時，就進行新的謀殺和屠殺。」[2]

除了人吃人的意思之外，cannibalize 的商業意義於 1920 年時首次被提及。根據《牛津英語字典》，當年 4 月印第安納《洛根斯波特法羅斯論壇報》（*Logansport Pharos Tribune*）：「《先驅報》與《觀察家報》已經合併，《先驅報》的銷量大勝（cannibalized）《紀錄報》、《泰晤士報》與《跨海洋報》。」然而，此用語一直要到 1940 年才開始普遍出現於商業界。理論是二次世界大戰中士兵將某些沒有使用的機器，其部分取出，用以修理其他機器——這過程被士兵們稱作是「拼修」（cannibalizing）——並且在日常生活對話中頻繁使用此語，因此廣為流傳。[3]

career suicide 名詞

1. 讓你同時失去現在的工作與任何在同個領域找到工作機會的動作。2. 做某事讓你失去信譽以及所有個人發展的機會。

商務行話定義：與董事會裡任何成員喝酒以及／或談論政治話題。

來源：如果你在找「職業自殺樂團」（Career Suicide），他們

於 2001 年在多倫多成軍。然而，career suicide 的商業涵義來源——以及帶給現下的影響——則神祕多了。物證 A：特斯拉的創辦人馬斯克在 2018 年發了一則推特，內容提到他想要讓特斯拉成為私人公司，而且他已經「找到資金」能進行。問題是他沒有諮詢過董事會，就先發布消息，因此根據美國證券交易委員會：「馬斯克從沒有討論，更沒有與可能潛在的資金來源確認主要條件，包括價格。」馬斯克被迫離開特斯拉董事長的職位並且得付出兩千萬美元的罰款……但他可以保留特斯拉執行長的職位。[4] 物證 B：2016 年時流出一段影片，內容拍攝到總統候選人川普與電視主持人比利，布希（Billy Bush）之間一段關於女性的猥褻下流對話。十天後，布希失去了在《今日秀》的工作，而川普則當選了美國總統。

此片語什麼時候出現文字紀錄？根據《牛津英語字典》，最早的紀錄來自於 1948 年 9 月 17 日的南達科他州休倫湖《每日平原人報》（*Huron Huronite and Daily Plainsman*）禮拜五的報紙上：「他們害怕說『yes』，展現了共產黨成員知道他們被討厭、不受歡迎，而接受加入成員的決定會自毀前程（career suicide）。」[5]

catalyst for change 名詞

1. 引發新行動或動作的東西。 2. 引發改變動作或思想的人或事件。

商務行話定義：與在公司會計部門待非……常……久的萊利相反的人。

來源：大多數的資料都引用 1902 年作為 catalyst 這個字首次出現於英文紀錄的時間。這個字從希臘文而來，結合了 kata（往下）與 lyein（鬆開），意指稱某種能讓化學反應加快速度，或在原本不會發生反應的情況下產生反應。[6]

到底是誰首先使用 catalyst for change 我們並不清楚，但此用語於 1960 年代早期開始普遍使用。我們找到最早的出處之一是 1961 年一本名叫《管理組織主要改變》（*Managing Major Change in Organizations*）的期刊：「『預期問題與計畫解決辦法怎麼能由首次參與管理主要改變者進行制定？』在背景之下，促成改變者（change catalyst）的角色因此出現。」[7] 此用語也與推動數位社會或商業界進步的關鍵人物有關聯。其中一個例子：雪莉・奇斯霍爾姆（Shirley Chisholm）。1972 年時她是第一位鄭重參與美國總統選舉的非裔女性美國人。1968 年時她也是第一位當選國會議員的非裔女性美國人。她的自傳名稱是《雪莉・奇斯霍爾姆：推動改變的人》（*Shirley*

Chisholm: Catalyst for Change）

client-centric 形容詞

1. 特別將焦點放在客戶身上的做生意方式。2. 將客戶置於商業
哲學、運作方式或想法的中心。

商務行話定義：這就是我們公司。恩，我的意思是我們做決
定都是根據顧客的最佳利益而定。沒錯。對的。（避免眼神接
觸，接著岔開話題）

來源：Client 這個字據信第一次出現在詞彙裡約是十四世紀，
指稱依賴他人者，受他人幫助或保護的人。Client 指稱為律師
的客戶，首次於十五世紀時出現，而到十七世紀時，這個字的
意思擴展到任何將自身利益交於他人照料或管理。[8]

Client-centric 的確切來源並不明確，但它可能來自任何產業，
包括心理學與社會工作。根據《牛津英語字典》，最早的出處
之一來自於 1931 年的《社會力量》（*Social Forces*）：「她的
（社工的）想法不再以案主為中心（client-centered）。」1940
年代時，對於心理學領域有最大影響之一是美國心理學家卡
爾·羅傑斯（Carl Rogers），他針對心理學建立了一套更人性
化方式，稱為案主中心療法（client-centered）。另一個可能為

商務行話的來源為知名的消費者與客戶關係思想家彼得·杜拉克（Peter Drucker），他於 1954 年在《管理的實踐》（*The Practice of Management*）寫到關於消費者中心的方式：「一家公司的成立、生產的產品與是否能夠蓬勃成長都決定在消費者的手上。」[9]

cookie-cutter 形容詞

1. 一般的；沒有想像力的。2. 指稱大量生產的東西或缺乏任何顯著特色的東西。

商務行話定義：送給老闆一個印有「世上最棒老闆」的馬克杯。

來源：此用語當然指的是用來裁切餅乾形狀的烘培器材。最可靠的字源資料追溯這些實際用來烘培的工具首次出現於十九世紀中期，而後來用做比喻的紀錄則是到二十世紀。[10] 但撰寫這本書的我們並沒有用千篇一律的俗套看待我們的研究。我們甚至找到比上述資料來源都更早的引用，而且竟在同一處出現了指稱工具與作為比喻的用法！我們當時真的有因為這項發現興奮了一下。

1834 年時，《詹姆士與約翰對談法令與自由行動者》

（*Conversation on Decrees and Free Agency, Between James and John*）（P.S：基本上此學說是用來解釋與捍衛長老教會）出版。以下是書裡的一段內容：「麵團準備並且桿平，有趣的壓模工作來了。將餅乾模（cookie cutter）壓下，然後餅乾形狀就出來了……我們將餅乾模方法用於宗教教育上……大多數的社群並沒有認真嘗試為孩童、年輕人與老人提供生活所需，而我們原本千篇一律的方法（cookie-cutter method）略過了這些人。」[11]

core competency 名詞

1. 一間公司或一個人的基礎實力。2. 一項能讓企業與其他競爭者做出區別的界定能力或優勢。

商務行話定義：當你能達成做平板式支撐動作超過三十秒，你也許會說的話。

來源：Core competency 已知出處其實相對新。此用語來自 1990 年《哈佛商業評論》（*Harvard Business Review*）中一篇由 C. K. 普拉哈拉德（C.K. Prahalad）與蓋瑞・哈爾默（Gary Hamel）合著題名為〈企業核心能力〉（"The Core Competence of the Corporation"）的文章，作者於文中建議未來十年的企業

執行長「應由他們辨識、培養與應用能實現成長的核心能力（core competencies）進而加以評估。」他們觀察到成功企業視本身為「能力的彙集 v.s. 買賣的彙集」，而這些能力「讓各項買賣面對不斷改變的機會能夠快速調整、適應」。此用語後來演變成指稱公司在各種交易的強項，還有個人在某些領域中的強項。[12]

cost-effective 形容詞

不用花費很多金錢就能得到好結果。

商務行話定義：當你想跟會計「調情」時會想用的字。我們最了解這回事了。畢竟，你們之中有多少人曾經拜訪過俄亥俄州立大學的會計名人堂？我們就去過。

來源：《牛津英語字典》和《韋氏字典》收錄此用語首次的使用紀錄約是 1960 年代中晚期。其中一個例子來自 1963 年 10 月 31 日的《華盛頓郵報》：（*Washington Post*）：「這些戰時的軍事優勢不能也不該被貼上減價標籤，還被用來研究和平時期的成本效益（cost effectiveness）。」其他較不為人知的來源指出此用語的文字記錄最早出現於 1836 年，並於 1887 年出現在有紀錄的文件中。我們無法驗證十九世紀的文件，但如果這說法是真的，我們一定會強調《牛津英語字典》和《韋氏字典》

的說法，因為比起研究十九世紀的文本，這樣比較具有成本效益（cost effective）。[13]

creatives 名詞

1. 設計師。 2. 設計師製造的材料（參見 deliverable）。

商務行話定義：知道怎樣使用 PowerPoint 的人。

來源：根據《韋氏字典》，儘管 creative 也作為 creation 的同義字，但 creative 當作名詞使用的紀錄至少從 1830 年代就出現了。1839 年的《孟買時報》（*Bombay Times*）這樣寫道：

> 很遺憾，印度三軍並沒有組成一個偉大的軍隊。不過，雖然軍種之間的不同的確存在，但在這次發生的職員之間的爭端中，可以證明，政府鼓吹三軍之間和諧相處的好政策，是應致力避免所有可能製造 (creatives) 三軍之間互相妒忌的舉動。

Creatives 來自於形容詞 creative，而 creative 則是從拉丁文 creð（「創造」、「製造」）而來。Create 最早的英文使用紀錄出現在十四世紀喬叟的《牧師的故事》（*The Parson's Tale*），意指神的創造。[14] 現代用語中的 Creatives 指的是由設計師製造的真實產品，特別在廣告業，這樣的使用法源自 1930 年代。荷普·海爾（Hope Hale）在《紐約論壇報》（*New York Tribune*）寫下了以下描述當時的「瘋子」的一段話：「一堆大學生準設計師（college creatives）認為廣告『遊戲』是個能收到大筆金錢，然後悠遊玩樂於鉛筆、油漆桶與打字機之間的希望之地。我推薦給這些設計師一些沒沒無聞的格魯喬②。」[15]

critical mass 名詞

1. 某物佔有優勢的一個主要因素或引爆點。2. 開始或維持一項投資活動所需最少規模或數量的東西。

商務行話定義：當公司的 YouTube 影片超過十五個人觀看，而且其中並不包括被你交待的朋友或家人。

來源：Critical mass 現在幾乎能廣泛指稱任何數量的東西。在社會動學中，此用語指的是社會系統的採納階段；在工程學中，此用語指的是軟體產品生命週期的水平；在單車界中，它指的是一系列世界級競速比賽的名稱；在政治上，它指的是英國政治施壓團體或由拉爾夫·納德

（Ralph Nader）發起的龐大反核聯合團體；在設計上，它指稱的是總部位於加拿大卡加利的顧問公司；而在機器人學中，它指的是位於紐澤西州恩格爾伍德市的德懷特—恩格爾伍德學校的一個學生科展團隊（他們於 2016 年的「可怕星期天」〔Scary Sunday〕機器人人戰中以第一名勝出！）。[16]

然而現代在商業界使用的 critical mass 普遍認為是由物理學演變而來，指稱的是促成持續的核子連鎖反應所需可進行核分裂（能夠進行核子分裂）物質的最少數量。[17] 例如：1940 年代的原子彈競賽期間，許多物理學家使用 critical 搭配其他的字：像是 size、volume、condition 等字眼 —— 除了 mass 之外——用以描述當時的狀況。Critical mass 特別被以下兩個出版品使用：1945 年 8 月份的《史邁斯報告》（*Smyth Report*）與 1943 年的《洛斯阿拉莫斯入門》（*Los Alamos Primer*）。[18]

另一個促成此商務行話盛行的因素就是遊戲理論家湯瑪斯・謝林（Thomas Schelling）的著作與社會動力學領域的社會學家馬克・格蘭諾維特（Mark Granovetter）。謝林首先在社區內種族隔離的文章中建立了此用語的概念，雖然他並沒有明確命名之，而此文章發表於 1971 年的《數學社會學期刊》（*Journal of Mathematical Sociology*）上。他之後在 1978 年出版的《微觀動機與宏觀行為》（*Micromotives and Macrobehavior*）一書中將此概念精煉，在書中談到汙染時，他用了 critical density 這用語。在他的文章〈集體行為的檻模型〉（"Threshold Models of Collective Behavior）裡，格蘭諾維特以我們現今理解的方式為此詞提供定義和拼寫形式。[19]

cross-functional 形容詞

1. 擁有不同的專長或技術。2. 不同領域專長的人朝向共同目標努力。

商務行話定義： 1. 理論上，一個組織內來自不同的部門的人員，組成工作團隊。只希望這樣每次都有效果……。2. 能用中指同時說你好跟再見。

來源： 西北互助人壽保險公司（Northwestern Mutual life insurance）據信為 1950 年代運用跨部門團隊的先驅，當時該公司的執行長匯集了來自財務、投資、精算以及其他部門，一同研究電腦對於商業世界的影響為何。由於該團隊的關係，西北互助人壽成為美國境內第一個成立資訊部門的公司之一。今日跨部門團隊則是因著其他原因而受招集，包含鼓勵多元性、創新、組織聯合以及領導責任。[20]

cross-pollination 名詞

1. 將不同背景與經歷的人聚在一起，一同激盪想法。 2. 來自不同專業的人為了相互利益而分享知識。

商務行話定義：從他人身上竊取想法，而你覺得這些人不會告你（參見 dovetail）。

來源：授粉（pollination）為形容種子植物的花粉從雄性植物的生殖器官到達雌性生殖器官的過程，由十八世紀德國自然學家克里斯蒂安・康拉德・斯普壬格（Christian Konrad Sprengel）首次使用。當他於 1793 年發表第一項以此為題的研究時，因為此題目並無創新，所以當時很多人沒有理會他的想法。然而，他的確有支持者 —— 這之中包括達爾文（Charles Darwin）—— 達爾文假定異花授粉（他稱作「異花授精」〔cross-fertilization〕）得以保持野外物種的同質性但同時也保持活力，而非自花授精的影響。他在 1876 年於《異花授精與自花授精在植物界中的效果》（*The Effects of Cross and Self Fertilisation in the Vegetable Kingdom*）寫到：「異花授粉（Cross-fertilization）有時有不同性別的花彼此分隔因而確保了授粉的過程。」而已知第一個使用 cross-pollination 的紀錄則來得較晚 —— 根據《牛津英語字典》於 1882 年 —— 在悉尼・霍華德・維恩斯（Sydney Howard Vines）的《植物學教科書：形態學與生理學》（*Text-Book of Botany: Morphological* *and Physiological*）：「蘭花的異花授粉（cross-pollination）的設計。」[21]

cross-sell 名詞

提供額外的產品或服務給既有的客戶以換取金錢。

商務行話定義：賣給客戶他們不真的需要的商品來多賺一筆錢。

來源：你可能會以為 Amazon 發明了交叉銷售的方式，因著它的「購買此商品的客戶還購買了⋯⋯」特色，但事實是交叉銷售的歷史與零售和銷售一樣悠久。然而，這項行為是一直到最近才有了此稱號。《牛津英語字典》收錄第一個出版品使用 cross-selling 的紀錄出現於 1972 年《銀行家》（*Bankers*）雜誌的文章裡：「新的銀行服務能提供最佳的產品，來自交叉銷售（cross selling）『給』原本就與銀行有某種來往關係的客戶。」

但是我們找到比以上出處更早的紀錄。1960 年美國參議院洲際及對外貿易委員會以「汽車經銷商的領土安全」為題舉辦聽證會，同年 6 月 20 日到 22 日的文字紀錄裡提到：「63% 的汽車經銷商表示交叉銷售（cross-sales）與國內銷售對他們而言能帶來同等的利益」，而下一行的標題則包含：「2. 交叉銷售（cross-sales）如何影響銷售量與利潤。」[22]

雖然不清楚汽車產品是否創造了這個用語，但有些企業跟其他企業相比之下就是以交叉銷售的手法聞名。例如：麥當勞的「您要不要加點一份薯條？」；浮現腦海的還有百思買（Best Buy）的員工詢問您是否需要購買新電視的延長保固。[23]

cutting edge 形容詞

1. 創新的、先驅的。2. 發展的最重要位置。

商務行話定義：老闆用來描述新的生意或產品的形容詞，而不說「可能會是事業殺手」、「我不知道這東西到底是否可行」或「這可能會毀掉我們」。

來源：這顯然有點諷刺（以及相對於一般看法），但 cutting-edge 其實是相當古老的詞彙。將 cutting edge 當作用來切割的工具或器械的某個部分最早出現於十九世紀初的文獻裡。有些資料使用比喻的用法（也就是我們目前理解此詞彙的方式）也能追溯到同樣的時間範圍之內，雖然我們無法獨立確切證實這

樣的看法。[24]

我們所知道的是，cutting-edge 用於非工具意義的紀錄是在
1960 年代之後開始大量出現。我們找到其中一個來自 1960 年
代查爾斯·庫爾斯頓·吉利斯皮（Charles Coulton Gillispie）
所著《客觀性的邊緣：論科學思想的歷史》（*The Edge of
Objectivity: An Essay in the History of Scientific Ideas*）的引文：
「自從伽利略以降，物理學已是科學的尖端部分（cutting
edge），而動力學的數學化則是科學革命的關鍵動作。」[25]

D

data dump 名詞

1. 將大量資訊從一個系統傳輸到另一個系統或地點。2. 處理一些尚未校訂過的研究。

商務行話定義：給老闆一大堆無用的資料並希望他們看到這堆資料後，會認為你很認真工作。

來源：這個字據信是源自 database dump，用來描述從資料庫下載資訊，通常是巨量資訊。電腦化資料庫於 1960 年代開始在美國公司裡出現。

那時有兩種受歡迎的資料模式：一種叫做網狀數據庫系統（CODASYL），而另一種稱作分層數據庫系統（IMS）。然而獲得最大商業上成功效果的是 SABRE 系統——由 IBM 採用，協助美國航空管理訂位資料。[1]《牛津英語字典》首次列出 data dump 的文字紀錄是在 1965 年。但是我們找到一個更早的紀錄於 1962 年 NASA 文件《電腦系統檢索與資料分析》（*Computer Program Retrieval and Data Analysis*）之中，有個段落標題如下：「自動檢測設備壓縮資料垃圾組件（DATA DUMP PACKAGE）」。[2]

deep-dive 動詞

1. 深入研究。 2. 埋首於解決問題或創造點子的情況。

商務行話定義：原本說你要真的非常、非常、非常努力研究某個東西，但當沒有人在看的時候，你其實散漫鬆懈。

來源：根據《韋氏字典》，deep-dive 這個字演變成現在常見用法，經過了幾個發展階段。dive 本身作為字彙使用有超過一千多年的歷史，但當作投入某個活動的意思則是相對近代的十六世紀。而第一個使用 deep 修飾 dive 這個字的紀錄出現在 1785 年塞謬爾・傑克遜・普拉特（Samuel Jackson Pratt）的《雜文集》（*Miscellanies*）中：「神啊，一陣旋風！深深投入（deep dive），即到達賜福之地。」但是 deep-dive 當作「全面檢視」的意思則出現比較晚，約在二十世紀晚期。其中一個例子來自 1998 年馬丁・諾曼（Martin Norman）在《汽車產業》（*Automotive Industries*）文章裡提到：「微軟高層說到

這個內部稱為阿波羅的計畫，目標是創造給予車載電腦的標準Windows 嵌入式作業系統平台、融入語音為基礎的介面、建立一個標準的導航應用程式並全面深入（deep dive）車載數據通訊系統。」[3]

deliverable 名詞、形容詞

1. 像是貨物等物品，本身是或能夠被運送，用以完成合約（參見 creatives）。2. 對於能夠達成的某事保持實際的期待

商務行話定義：Fyre Festival 的相反詞[①]（參見 dumpster fire）

來源：Deliverable 做形容詞，意思為「本身是 / 或能夠被運送」，首次使用於十八世紀。但是《牛津英語字典》說直到 1948 年這個字首次有紀錄作為名詞用。《行銷學期刊》（*Journal of Marketing*）：「從原本寄出 955 封請求信之中……收到的回覆（deliverables）之中，185 個或 19.4% 的家庭同意參加專題討論。」[4]

---

① 編註：Fyre Festival 為一場以失敗告終的音樂節，創辦人 Billy McFarland 和 Ja Rule 在巴哈馬找到一座島嶼，以網路行銷手法吸引人群到此參加奢華音樂節，最後在執行面上卻完全失守，創辦人挨告，此音樂節也被視為一龐氏騙局。

deploy 動詞

1. 執行。2. 安排某物的位置以方便使用。

商務行話定義：1. 對著天上的飛機大叫，就像來自《逃出夢幻島》（*Fantasy Island*）中的塔圖（Tattoo）喝了太多邁泰調酒之後的模樣。[5]2. 你知道只有五個動詞以 depl 開頭，分別是 deploy、deplane、deplete、deplore、deplume 嗎？別客氣。現在也許你可以將這個知識用於他處。3. 當你說這個字時，會讓你覺得自己像軍隊的將軍。

來源：據信將活字版印刷帶到英國的威廉・卡斯頓（William Caxton，1422-91）使用 deploye 和 dysploye 等字在當時他印出的書中。[6]那些字的字根來自於法文。但是我們今日所知的 deploy 則一直到十八世紀晚期才被納入。《牛津英語字典》記錄了該文字首次被提及於 1786 年《歐洲雜誌》（*European Magazine*）裡一篇題名為〈戰爭的進程〉（Progress of War）的文章中：「他的縱隊……很輕鬆有序地完成佈署（deploy'd）。」

digital native 名詞

成長於數位科技年代的人，因此從小即熟知電腦與網路。

商務行話定義：1. 一個忙於為 IG 上一百萬粉絲照相，因此聽你說話漫不經心的人。2. 相同的情況也發生在 IG 上那些一百萬粉絲的身上。

來源：許多人認為是 2001 年馬克・普倫斯基（Marc Prensky）的〈數位原住民與數位移民〉（Digital Natives, Digital Immigrants）一文讓這個用語普遍化，文中他指出美國教育的衰敗與教育者無法理解現代學生的需求有關。[7] 然而，natives 這個字用作描述數位世代的用法最早出現於 1996 年廣為流傳的文章：約翰・佩里・巴洛（John Perry Barlow）的〈網路獨立宣言〉（A Declaration of the Independence of Cyberspace）。文中針對網路快速成長造成的管控問題：「你害怕你的孩子，因為在他們成長的世界中，你永遠只是移民。」[8]

disruptive 形容詞

1. 關乎於一項徹底改變或取代一項產業或生意的新產品、服務或構想。2. 將一個現存的市場、產業或科技連根拔起，然後創造一項較有效率的新產品。3. 毀滅與創造並存。

或

disruptive innovation 名詞

　　1. 一項新產品、服務或想法，其應用顯著影響市場或產業運作的方式。2. 引進全新或不同的東西，造成市場或產業的震撼。3. 稱呼擁有較少資源的小型公司能夠成功挑戰現存悠久的公司並且獲取競爭優勢的過程。

商務行話定義：用一個詞彙來形容你的工作或公司，但你其實不完全了解其實它並沒有那麼具破壞性。

來源：已故的哈佛商學院教授克萊頓・克里斯坦森（Clayton Christensen）首次於 1995 年《哈佛商業評論》（*Harvard Business Review*）中的一篇題名為〈掌握破壞式科技浪潮〉（Disruptive Technologies: Catching the Wave）的文章中介紹了破壞式商業的理論。2003 年時，他出版了《創新者的解答》（*The Innovator's Solution*）一書，因此讓 disruptive innovation 這詞彙以商業模式普遍流行。

支持這個概念的人常常會拿網路做為破壞式創新理論的經典例子。網路是項新科技，創造了從所未見的賺錢方式。這當然也造成其他商業模式的損失。例如大型的圖書販售連鎖企業，就輸給 Amazon，因為 Amazon 能夠不用在每個城鎮擁有實體店，但卻可以展示貨品，並且能將書籍送到買者的家。[10]

dog and pony show 名詞

過度演練的報告，其報告風格勝於內容。

商務行話定義：幾乎所有以房地產快速致富為主題的研討會都是這類型的東西。

來源：這個用語一開始在十九世紀晚期到二十世紀早期的美國使用，指稱巡迴小城鎮與鄉村地區的小型馬戲團。1885 年的《奧馬哈每日蜂報》（*Omaha Daily Bee*）提到：「昨天莫里斯教授的狗兒與小馬秀（dog and pony show）在午後場與傍晚場吸引了滿場的觀眾。」這名稱來自表演中主要的重頭戲，一般都由狗兒與小馬演出。最惡名昭彰就是 1886 年金恩奇博士著名的狗兒與小馬秀（Prof. Gentry's Famous Dog & Pony Show），由亨利・金恩奇跟他的兄弟們一同巡迴表演，一開始稱作「金恩奇的馬兒與狗兒秀」。[11] 字典編撰者與語言學家格蘭特・巴瑞特（Grant Barrett）則說此用語到了 1940 年代變成用在軍隊與政府的象徵語言，指稱一個活動的風格設計勝於其內容。[12]

dogfooding / eating your own dog food 動詞

1. 一家使用自家勞工測試自家產品的公司。 2. 先用自家人員測試新產品，以找出新產品的瑕疵。

商務行話定義：1. 你是黑莓機公司的工程師，而你被迫使用公司的產品，但你寧願使用自己的 iPhone。2. 唉呦，你總不會跟我說雀巢普瑞納（Purina）的經理們都沒試過自家的寵物零食肉條吧？

來源：有些人相信 dogfooding 或 eating your own dog food 用語出自 1988 年的微軟公司，當時微軟經理保羅‧馬瑞茲（Paul Maritz）寄給公司另一位經理一封標題為「吃我們自己的狗食」（Eating Our Own Dogfood）的電子郵件，挑戰同事，以增加公司產品於內部的使用率。從那件事情之後，此用語的使用就在公司裡傳開了。據說激發馬瑞茲想到此用語的靈感來自於 1970 年代洛恩‧格林（Lorne Greene）的愛寶狗食（Alpo dog food）電視廣告，因為格林在廣告中說自己的狗都吃愛寶狗食。[13] 而其他人則認為是 Kal Kan 寵物食品的總經理克萊門

特‧L. 赫希（Clement L. Hirsch）創造此用語，據說他曾在公司股東大會上吃了一罐自家的狗糧。他擁有純種賽馬，一個每年舉辦的知名比賽還以他為名。[14]

dovetail 動詞

1. 擴展他人的想法。 2. 和諧地加入或融入其中。

商務行話定義：搶別人的好點子並且宣稱是自己的（參見 brainstorm）

來源：Dovetail 據信源自於木匠業，特別是用來連接兩片木材的榫接頭（tenon joint）。榫接頭置入另一片木材，接著連接本體，它的名字來自於其三角形形狀類似鳥類的尾巴造型。[15] 這些鳩尾榫或榫接頭其實已存在數千年之久，在古中國帝王葬禮上就有使用它的證據。

然而，此用語進入英語的時間晚多了。根據辭源學資料，大約在西元十六世紀晚期之際。[16] 最早的文字紀錄來自於 1565 年湯瑪斯·庫柏（Thomas Cooper）第一版的《英文拉丁文詞典》（*Thesaurus Linguae Romanae & Britannicae*）：「木匠作品中有著燕尾造型或鴿尾造型（dooue tayle）的東西，用來扣緊兩片木材或將兩片木材相接，讓木片不會拉開。」《牛津英語字典》說直到西元十九世紀早期，此用語的比喻法才開始使用，意指將兩個不一樣的東西連接在一起。

downsize 名詞

1. 縮小公司規模或裁減員工人數。2. 將某人資遣。

商務行話定義：上一分鐘扮演一個好朋友，下一分鐘即護送對方離開辦公室大樓。

來源：許多資料相信美國的汽車產業——特別是通用汽車（GM）——於 1970 年代創造了 downsize 這個字。但是我們的研究顯示此用語一開始出現於 1960 年代的服飾業。當時的製造商開始將服飾的尺寸標得更小號，此過程稱作「縮小尺寸」（downsize）。《牛津英語字典》引用 1968 年 6 月 1 日的《亞利桑那共和報》（*Phoenix Republic*）的內容：「近年來的流行產業將其商品的尺寸縮小（has been down-sizing），以討好美國女性的自尊心，因為她的身材尺寸改變了。」

後來美國汽車產業採用了此用語，當時的汽車業正因應 1975 年車輛平均油耗標準（Corporate Average Fuel Economy，CAFE）的施行而開始製造小型車輛。[17] 稍早前曾提到，幾個資料來源認為通用汽車創造了這個用語，但 1975 年 5 月紐約市米德爾敦城的《時代先驅報》（*The Times Herald-Record*）卻將早期紀錄歸於福特：「馬克利說到 1981 年之前福特會再花 23 億元……『縮編』（downsize）公司規模。」

不管是誰先使用了這個詞彙，到 1980 年代中期時，數家公司已將 downsizing 等同於縮減工作機會，而在這十幾年的時間，此用語出現的次數益加頻繁。[18] 舉例來說，伊士曼柯達公司（Eastman Kodak）在 1982 年到 1992 年期間縮編了四次……而到今日該公司縮編到幾乎不見了。[19]

drill down 動詞

1. 仔細檢視某物（參見 deep-dive）。2. 利用電腦資料，從概要資訊移動到更細節具體的資訊。

商務行話定義：1. 實際遵照影印機螢幕上的指示進行操作，以搞清楚為什麼影印機無法正常運作。2. 當資訊人員一邊操作一邊對著你咕噥說：「你試過重新開機了嗎？」

來源：Drill down 首次的使用紀錄出於軍事用途，指稱軍校學生彼此之間競爭，誰最能遵照訓練命令進行最持久的演練。1889 年 8 月的《歐克雷爾每日領導者報》（*Eau Claire Daily Leader*）裡出現：「每次演練公布結果的時候大家都很興奮，因為每個人都盡最大努力表現，以爭取最佳表現者的榮耀……這週每個晚上都會有演練（drill down）。」[20] 軍事用法是否影響後來的商務行話，我們並不知道，但是一直要到一個世紀之後，drill down 才與軟體／資訊科技產業有關聯，意指遵

照資料庫或網站的目錄深入查看資訊。《牛津英語字典》收錄將此用語用於資訊科技的文字紀錄出自 1987 年《PC 週刊》（*PC Week*）裡的一篇文章：「藉由點選目錄或資料夾，你能夠『深層瀏覽』（drill down）目錄或資料夾，取得你想要傳送的檔案。」

D

drinking the Kool-Aid[②] **動詞**

1. 盲目地接受某物。2. 展現絕對服從或忠誠。

商務行話定義：任何捲進安隆醜聞[③]的安達信會計師事務所（Arthur Andersen）員工都適用這個詞。

來源：此用語的出處源自一個悲劇。1978 年時，數百位美國人民聖殿教（the Peoples Temple）的信眾，在教主吉姆·瓊斯（Jim Jones）的領導之下，在蓋亞那北部的瓊斯鎮集體服下摻有氰化物的飲料自殺。[21] 這個粉狀即溶飲料可能不是 Kool-Aid 這個品牌，但可能是競爭對手 Flavor Aid。然而，因著當時 Kool-Aid 受歡迎的程度，它跟這個悲劇事件畫上等號。

此用語的負面用法很快就出現於 1978 年 12 月，威廉·斯隆·科芬（Reverend William Sloane Coffin）與基督和平會（Pax Christi）說美國的核武戰爭計畫以及民事防護準備是種

「沒有加氰化物的 Kool-Aid 演練」（the Kool-Aid drill without cyanide）。

用 Kool-Aid 指稱盲目服從的用法出現於 1984 年，一位雷根總統時期派任的行政官員美國民權委員會主席小克拉倫斯‧M. 彭德爾頓（Clarence M. Pendleton Jr.）批評民權領導者像是傑西‧傑克森（Jesse Jackson）、佛農‧喬丹（Vernon Jordan）與班傑明‧霍克斯（Benjamin Hooks）:「我們拒絕被引導入另一個政治瓊斯鎮，就像我們在總統大選時被引導的情況。不要再提供 Kool-Aid 了，傑西、喬丹與霍克斯。我們想要自由。」[22]

ducks in a row 名詞

1. 每件事情都安排的有條不紊。2. 準備完全。

商務行話定義：總之不能拿來形容鐵達尼號上負責確認救生艇數量足夠的那個人。（參見 due diligence）。

---

② 編註：Kool-Aid 是一種調味飲料。
③ 編註：由高階主管傑弗里‧史基林（Jeffrey Skilling）為首的高管團隊，鑽漏洞掩蓋了公司數十億美元的債務，而作為審計委員會的安達信會計師事務所因捲入此醜聞，在 2001 年解體。

來源：關於此用語有趣的地方在於許多人都認為它源自於運動項目——鴨柱保齡球或甚至是撞球（撞球術語稱一顆球正好停在袋口前為 duck）——但大多數的專家認為此用語暗指的是一隻母鴨帶著排成整齊劃一行列的小鴨。雖然華盛頓郵報於 1932 年提到「經濟小鴨準備好了」（economic ducks in a row），但第一個文字紀錄則是出現  在維吉尼亞州彼得斯堡的《每日進步報》（*Daily Progress*），1910 年 6 月有則報導提到：「當政黨或甚至國家政府認為自己已經『準備妥當』（their ducks in a row）時，常常發生的是意外事件出現，然後將原本規畫好的計劃打亂。」[23]

due diligence 名詞

1.「確定每件事都得到適當的看顧與注意」所需的時間與精力（參見 ducks in a row）。2. 收集或揭露跟潛在交易或生意相關資訊的過程。

商務行話定義：跟讓特洛伊木馬進城的人相反。

來源：根據《牛津英語字典》，此用語的第一個文字紀錄出現於 1450 年一篇名為《訓誡上帝的孩子與神之子之論完美》（*The Chastising of God's Children, and The Treatise of Perfection* *of the Sons of God*):「在愛裡,永恆吸引進入⋯⋯那些全然服從(dewe diligence)於此吸引的人⋯⋯進入極惡之罪的汙穢中⋯⋯可能也不會墮落。」天呀,中世紀的人們真的很愛在寫字時於每個字後面加上 y 和 e,不是嗎?

1600 年時,英國歷史學家理查·卡里(Richard Carew)是第一位將現代拼法的 due diligence 寫下來的人,他在〈鯡魚的故事〉(A Herring's Tale)提到君主下令要大家「完全服從」(with due diligence)其命令。有趣的是,卡里是第一位認為英文有成為世界語言潛力的人之一。在卡里的作品之後,due diligence 很快地進入法律專業領域。根據喬安娜·波克·馬爾蒂尼諾尼(Joanna Bourkc-Martignoni)在其著作《核實調查與其應用於保護女性免於遭受暴力》(*Due Diligence and Its Application to Protect Women From Violence*)中提到十七世紀時數位法官包括雨果·格羅修斯(Hugo Grotius)、理查·咫基(Richard Zouche)、塞繆爾·普芬道夫(Samuel Pufendorf)等人,他們的著作討論君主保護外國公民的責任時提及「核實調查」(due diligence)的概念。[25]

dumpster fire 名詞

1. 徹底的超級災難(極為糟糕的事)。2. 不受控制的人或事物,而且沒有人想要應付處理(棘手的人事物)。3. 尷尬、處理不當的混亂（一團糟）。

商務行話定義：三星 Galaxy Note 7 智慧型手機的電池。就是你（指）。

D

來源：1936 年時，一位住在田納西州諾克斯維爾市名叫喬治·丹普斯特（George Dempster）的人發明了一項新的垃圾收集系統，此系統能機械式舉起大型垃圾箱並將其 內容物倒入垃圾車中。而他將 dump 這個字結合自己的姓氏命名新發明為「Dempster-Dumpster」。自此 dumpster 徹底成為一個類屬名詞，因此美聯社現在命令這個字要小寫，雖然垃圾桶大火出現的時間早於大垃圾桶，但要精確指出 dumpster fire 開始用作為商務行話的時間卻很難辦到。dumpster fire 的字面意義早就出現於 1970 年代的在地報紙與消防隊的訓練文件中。但是一直要到 2003 年《亞利桑那共和報》（*Arizona Republic*）裡一篇針對當年改編電影《德州電鋸殺人狂》（*The Texas Chainsaw Massacre*）的評論中，我們首次見到 dumpster fire 帶有象徵意義的文字紀錄：「電影界中的垃圾桶大火（dumpster fire）——很臭但不重要。」[26] 我們能想像老皮面人會想要拿著電鋸切割那篇評論，然後將它丟到大型垃圾桶裡。

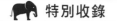
提供參考（FYI）的商務行話縮寫

EQ、FAQ 與 MO 都是在本書裡有提供定義的商務行話縮寫。隨著商業界傳送簡訊與即時訊息的普遍流行，縮寫清單越來越長。例如，BTW（順帶一提）、IMHO（依我淺見）以及 BRB（稍後回來）[1]

AKA　also know as（又名）

DIY　do it yourself（自己動手做）

DOB　date of birth（出生日）

ETA　estimated time of arrival（預定抵達時間）

FYI　for your information（供你參考）

HR　human resources（人資）

MD　medical doctor（醫生）

MIA　missing in action（失蹤人員）

PC　personal computer（個人電腦）

PR　public relations（公共關係）

PS　post scriptum（拉丁文：備註，英文裡則是「啊，還有」）

RIP　rest in peace（願你安息）

RSVP　in French répondez s'il vous plaî（法文：請回覆／英文：請回覆或保留位置）

TBD　to be determined（待確定）

TGIF　thanks God it's Friday（感謝老天終於來到星期五了）

EQ 名詞

1.「情緒商數」（Emotional quotient）的首字母縮寫（EQ），通常中文簡稱「情商」。 2. 在社交互動之中，認知與管理自我情緒以及他人情緒的能力。3. 一個人的「情緒智力」（emotional intelligence），有時在標準化的心理測驗中以分數表示。 4.用同情心與同理心理解他人、擁有發展良好的社交技巧，並將自己的行動與行為引導朝向這樣的情緒覺察的能力。

商務行話定義：當工作上遭遇不太順的一天，（缺乏或擁有）自己振作起來的能力。

來源：這個商務行話有兩個起源故事：一個是首先出現於英文用法的時候，而另一個是在商業語言普遍流行的時候。不幸的是許多線上資料（沒錯我們就是在說你們，維基百科和心理學百科——參見 throwing shade）將兩個起源故事搞混，所以我們來釐清到底怎麼一回事。

根據《牛津英語字典》，EQ 首次出現的文字紀錄可以追溯到 1926 年的一本教授中學生與高中生英語語言藝術的期刊之中：「真的具天賦的孩子需要高 EQ（或情緒商數）來結合高 IQ。出自《英語期刊》（*English Journal*）」。[1]《牛津英語字典》引用另一本學術雜誌《音樂教育家》（*Music Educators*）裡另一個使用一樣片語 emotional quotient 的例子：「也許是我們學校教育過度重視智力商數，忽略了情緒商數（emotional quotient）。」

就商業世界而言，EQ（emotional quotient）常常被認為源自另一個於 1990 年代中期的時髦用語 emotional intelligence。然而在這邊必須先釐清某些線上資料的內容（再次說抱歉了，維基百科與心理學百科——參見 throw under the bus）。emotional intelligence 首次提及的文字紀錄可以追溯至 1849 年一本名為《原始人》（*Man Primeval*）的書，作者為牧師與大學校長約翰·哈里斯（John Harris）：「創造關係發生之處的情緒智體（emotional intelligence），他靜觀物體。」1995 年，心理學家兼記者丹尼爾·高爾曼（Daniel Goleman）出版了極為成功的書《情感智力》（*Emotional Intelligence*），因此向大眾廣為宣傳了 emotional intelligence（與 EQ）。[2] 這本書是從心理學家彼得·薩洛維（Peter Salovey）與約翰·梅爾（John Mayer）先前的研究為基礎而來。[3] 但是 emotional intelligence 這個用語遭受些科學界裡的人批評，認為此用語過於簡化領導力與商業討論時提及的情緒智力概念。[4]

Easter egg 名詞

圈內梗、隱藏訊息或者是電腦軟體或媒體內的圖像。

商務行話定義：當你的老闆說：「你工作太認真了。也許你該放個假」的時候。

來源：報復是 easter egg 起源故事背後的驅動力。1979 年時，任職於雅達利（Atari）的華倫‧羅比奈特（Warren Robinett）對公司禁止工程師的名字出現在遊戲工作人員名單裡感到憤怒。雅達利是擔心競爭對手會因此而拐走員工，因此將工程師的名字從遊戲工作人員名單拿掉來防止此事發生。羅比奈特很反對公司的作法，因此他偷偷地將「由華倫‧羅比奈特製作」的訊息藏在由他所製作的《魔幻歷險》（*Adventure*）遊戲中。只有當玩家在遊戲的某個部分操控遊戲游標移動越過某一個特定像素（這個「灰色點」）之後，這個訊息才會出現。

看招吧，雅達利! 羅比奈特不久之後就離開了雅達利，但他從沒有跟公司說他的作為。然而，一位玩家很快就發現灰色點與羅比奈特的訊息，並告知雅達利這件事。雅達利的管理階層一開始想要移除訊息然

後重新再次發行該遊戲，但這樣的作法被認為代價昂貴。因此，雅達利客戶部門的軟體發展處主任史提夫・萊特（Steve Wright）建議應該保留這個訊息並且鼓勵未來的遊戲裡出現類似給玩家「彩蛋尋寶」（Easter egg hunt）驚喜。[5]

EBITDA 名詞

1. 為「稅前息前折舊攤銷前的收益」（earning before interest, tax, depreciation, and amortization）的縮寫（EBITDA）。2. 尚未減去會計與財務扣款之前的收入。

商務行話定義：第一次聽到這個用語時，你馬上就發現，要瞭解它的意思就必須上網查。

來源：據說，一位暱稱為「有線電視大王」（King of Cable）的男子將此用語帶入商業界裡。約翰・馬龍（John Malone）是當今美國最大的地主，而他的暱稱來自他（首次）賺得大筆財富是在有線電視發展初期。如故事所說，1980 與 1990 年代，馬龍對於有線電視產業抱持一種關鍵的深刻見解。當華爾街與當時他的同輩都對於公司的淨收益與每股盈餘著迷不已之際，馬隆則是想著要將淨收益最小化。他認為淨收益越高代表著稅費也越高。因此他開始仰賴尚未減去利息、稅費、折舊、攤銷費用之前的收益或縮寫成 EBID 的稅前息前折舊攤銷前收

益，幫助他決定是否買賣一家公司。不久之後，財務分析家開始使用 EBITDA 作為分析公司獲利狀況的公制標準：「梅西百貨的 EBITDA 預測為 15.5% 的銷售額。」[6]

在向前走之前，我們應該先來了解金融世界裡其他有著類似 EBITDA 發音，但又不太像的商務行話。它們是：

- EBIT（Earnings Before Interest and Taxes）：息前稅前收益。「未計所得稅與利息費用的公司淨收益。EBIT 作為衡量一家公司稅前與未受資本結構支出影響收益的核心業務表現。」[7]
- EBT（Earnings Before Tax）：稅前收益。「反映尚未計稅前所實現的營業收益，而 EBIT 則排除稅與利息費用。EBT 計算的方式為將靜收益加回稅費，以計算公司的盈餘。」[8]
- EBITA（Earnings Before Interest）：稅前息前攤銷前收益。它也是一種投資者用來衡量公司獲利程度的指標。

elephant in the room 慣用語

一項明顯遭受忽略或迴避的問題或爭議，通常是因為忽略比起處理還來得輕鬆。

商務行話定義：每年付 5200 萬美元給公司的執行長，但公司

仍需要進行下一輪的裁
員動作。

來源：大多數的資
料將此用語的來源歸
於伊萬‧安德烈耶維
奇‧克雷洛夫（Ivan
Andreyevich Krylov），他於 1814 年寫了一篇寓言故事〈好奇
的人〉（The Inquisitive Man），故事裡的主角前往博物館參
觀，他注意到博物館內的所有細節，但卻沒注意到有一隻大
象的存在。此用語開始普遍流行。杜斯妥也夫斯基（Fyodor
Dostoevsky）在《群魔》（Demons）裡寫道：「別林斯基就
像克雷洛夫的好奇的人一般，沒有注意博物館裡的大象（the
elephant in the museum）。」之後，有些資料認為 1959 年 6
月 20 日的《紐約時報》首次記錄此用語當作明喻的用法：
「向學校提供資金一事變成一個大問題，就像客廳裡的大象
（having an elephant in the living room）一般。它實在大到讓人
無法忽略。」[9]

elevator pitch 名詞

1. 簡潔又有說服力的銷售行銷。2. 簡短但具說服力地概述一項
構想。

商務行話定義：儘管立意良好，但通常是一串雜亂無章的話語，讓聽者感覺自己像在線上看片，但中間的廣告時間卻無法快轉。

來源：有很多關於 elevator pitch 起源的故事，但只有一些受到注意。第一個故事來自記者伊琳·羅森茨維（Ilene Rosenzweig）。1990 年代期間，她正與也是記者的麥克·克魯梭（Michael Caruso）交往。她提到克魯梭當時是《浮華世界》（*Vanity Fair*）的資深編輯，他試著跟當時的主編蒂娜·布朗（Tina Brown）遊說他的故事構想，但總是找不到機會，因為布朗總是在移動。因此，克魯梭為了遊說布朗，於是在她空檔時間跟在她身旁，像是在搭電梯的時候。因此羅森茨維認為 elevator pitch 由此而來。[10]

第二個故事發生的時間早於羅森茨維與克魯梭的故事，菲利普·克羅斯比（Philip Crosby）在著作《我行我素的藝術》（*The Art of Getting Your Own Sweet Way*）1981 發行的第二版裡提到：「我在教授品質管理時，總是教導學生學習『電梯演講』（elevator speech）。這是一種你跟大老闆一同搭電梯時，一分鐘內能講完的無所不包、動力十足的構想。」兩位統計學家：任職於奇異公司的蓋瑞·韓（Gerry Hahn）與克羅拉多大學教授湯姆・博德曼（Tom Boardman），注意到克羅斯比的想法，於是他們接著與其他統計學家推廣這個概念。從此（如同故事所說），越來越多人知道 elevator pitch。[11]

emerging 形容詞

1. 產生或出現的。2. 發展中的。

商務行話定義： 放在 markets、issues 或 infectious diseases 之前的修飾語。

來源： 此用語源自於拉丁文 ēmergere，首次使用的紀錄據信出自 1646 年英國國教神職人員與大學校長賽謬爾・波頓（Samuel Bolton）的著作裡。[12] 波頓在《犯錯的解釋》（*The Arraignment of Errors*）文中寫到：「教會裡對於剛出現的（emerging）錯誤的糾正能力。」除了以上的紀錄之外，似乎沒有人知道此用語到底何時出現（emerged）在商務行話世界。（看到我們如何現學現賣了嗎？）

empower 動詞

1. 使（某人）在工作或生活上變得更堅強、更自信。2. 使能夠或准許。

商務行話定義：1. 人資部人員收回員工參與度調查之後會說的第一個字。2. 這個太常被使用，已經變得毫無意義——除非是潛能開發專家東尼・羅賓斯（Tony Robbins）用這個字，他說這個字的時候不知何故總能激勵人們踏上炙熱的炭火。[13]

來源：我們認為 empower 這個字可能是商務行話裡面最糟糕的詞彙之一，因為這個字被過度使用，因此很少有人覺得使用這個字時能受到激勵。話雖如此，我們還是來看它的起源吧。

Empower 這個字由古法文的字首 *en-*，意指「在…之內」或「進入…之內」，而字根 power 則是來自於十四世紀（意指「能力」或「力量」）。根據《牛津英語字典》和《韋氏字典》，已知首次使用 empowerment 的紀錄約出現在十七世紀中期，但其實它直到最近幾十年才再次回歸流行。有些資料特別指出美國社會心理學家朱利安・拉帕柏特（Julian Rappaport）的重要性，因為 1984 年他深具影響力的著作《培力的研究》（*Studies in Empowerment*）讓這個字重回流行，提供像是面對公共服務與教務時，如何重新思考等基本方式。我們希望這些資訊能夠讓你們再也不需要在說商務行話時使用這個字。[14]

end to end 慣用語

1. 包括過程中所有階段。2. 提供符合客戶需求的所有必需零件與資源，不需要涉及其他供應商。

商務行話定義：稱為一站式購物的解決方法……而其訂價方式也是如此。

來源：根據字源學資料，end 這個字的使用自十世紀以來就已出現，但這不是我們要在這邊談的東西。最近，end to end 源自 1960 年代與 1970 年代的電腦網際網路設計框架，這些框架構成現代網際網路的運作基礎。之後變成「端對端原則」（end-to-end principle）。一開始是由保羅・巴蘭（Paul Baran）與唐納・戴維斯（Donald Davies）於 1960 年代研究分封交換網路時首次提出說明。路易斯・普贊（Louis Pouzin）也是之後於 1970 年代使用端對端策略在封包交換網路（CYCLADES）上的先驅。根據希姆森・加芬克爾（Simson Garfinkel）在《麻省理工科技評論》（*MIT Technology Review*）的文章裡談到，端對端原則構成現今的網路架構，並且有時也被當作是網路中立性的直系先驅：「端對端（end-to-end）原則認為從網路一端進入的資訊應該毫無修改的從另一端出來。」[15]

ergonomic 形容詞

設計目的是讓工作場合裡的體感舒適度或效率最大化。

商務行話定義：你賴在床上、將筆電側放在與你的視線等高的位置工作。

來源：你看到同事坐著的那個皮拉提斯球嗎？或是那張會讓你想要坐下然後彎腰駝背的站立桌？

這些都是人體工學領域的一部分。Ergonomics 這個字源自於希臘文 ergon（工作）與 nomos（自然律法），此用語可以追溯到 1857 年在波蘭由沃傑西奇‧賈斯特澤博斯基（Wojciech Jastrzebowski）所寫一系列四篇文章。然而，根據人體工學觀點發展的預防性措施則要到二十世紀才開始出現。

1921 年，日本人體工學研究開始由創立倉敷勞動科學研究機構（Kurashiki Institute of Science of Labour）的暉峻義等（Gito Teruoka）與 1921 年發表〈效率研究：人體工學〉（Research of Efficiency: Ergonomics）一文的田中寬一（Kan-ichi Tanaka）等二人推動。之後，ergonomics 的名稱正式於 1949 年英國海軍部的會議上

提出，焦點放在環境的設計以優化人類福祉與表現。這個事件幫助促成國際人類工效學學會（International Ergonomics of Association, IEA）的創立，以及加速世界各國、各地區建立人體工學相關的社團或協會組織。[16]

E

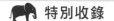

容易混淆的商務行話專有詞彙：
一起來認識時常搞混詞彙的……
意溼（Butt）……哦…意思（Bud）①

是 for all intensive purposes 還是 for all intents and purposes②？身為本書的讀者，你知道答案。不幸的是許多人不知道，而且他們還是使用錯誤的用法。以下是今日世界中其他容易搞混的商務行話。¹

錯誤用語	正確用語
shoe-in	shoo-in（勝券在握者）
I could care less	I couldn't care less（我一點都不在乎）
sight of hand	sleight of hand（花招；手法）
baited breath	bated breath（屏住呼吸）
honed in	homed in（直搗核心）
wet your appetite	whet your appetite（喚醒對某事的慾望）

---

① 編註：原標題即 nip sth in the bud，「防患於未然」。
② 編註：出自十六世紀英文法律，意為「實際上」。

錯誤用語	正確用語
peaked my interest	piqued my interest（引起我的興趣）
tow the line	toe the line（循規蹈矩）
mute point	moot point（待商榷的議題）
nip it in the butt	nip it in the bud（防患於未然）

F

FAQ 名詞

1.「經常提出的問題」（frequently asked questions）的首字母縮寫（FAQ）。2. 回答一系列使用者時常提出的典型問題的文件。

商務行話定義：針對所有你曾經想知道的事情提供答案，除了你真正想知道的事情以外。

來源：讓我們針對 FAQ 的來源以 FAQ（常見問題）的形式進行回答。

對於分享知識的問答形式首次出現的範例是哪些？

首次出現問答形式的例子可以追溯到西元前 400 年。當時柏拉圖開始根據問題與回答的形式書寫對話錄。十三世紀後半時，湯瑪斯・阿奎那（Thomas Aquinas）在其著作《神學大全》（*Summa Theologica*）中，他對於一系列常見關於基督教的問題書寫了一系列的回覆。1647 年時，馬修・霍普金斯

（Mathew Hopkins）在著作《發現女巫》（*The Discovery of Witches*）裡羅列了問題與答案的列表，但他將其稱為「某些詢問的回答」（Certain Queries answered）──CQA，如果你願意的話也可以這樣說。

FAQ 的首字母縮寫形式甚麼時候正式出現？

1980 年代早期，由於 NASA 內部郵件討論群組的技術限制的關係，縮寫 FAQ 首次正式出現。

為什麼 FAQ 會從 NASA 出現？

在 AEPANET（一個分享讓位於不同地理位置的電腦分享數位資源的開創性網路）上，NASA 使用者常常在郵件討論群裡刊登同樣的問題，而不在檔案庫裡找尋答案。[1] 重複正確的回答這件事變得很繁瑣乏味，因此電腦系統管理員尋找能解決這個問題的方法。

刊登 FAQ 的 NASA 電腦系統管理員是誰？

尤金·米亞（Eugene Miya）在 1982 年與 1985 年之間為了 NASA 的太空郵件討論區而開發了 FAQs。這樣的形式後來被其他的郵件討論區以及 Usenet 網路論壇所採用。第一個刊登每週 FAQ 的人是傑夫·波坎斯（Jef Poskanzer），發佈於 Usenet net.graphics/com.graphics 的新聞群組。[2]

face time 名詞

1. 花時間親自拜訪某人，相對於透過電話或其他的溝通方式。
2. 員工花在工作場所中的時間總量。

商務行話定義：1. 職涯專欄會推薦你以此方式跟老闆說話，當然，除非你的老闆根本受不了你。2. 你用來與父母聯絡的視訊通話，而你的父母顯然還無法找到鏡頭到底在哪裡。

來源：不是，我們當然不是在談論 Apple 知名的視訊與通話服務軟體 FaceTime，此軟體是由羅伯特·賈西亞（Robert Garcia）於 2010 年 6 月以他在公司的遊戲中心裡的工作為基礎開發而成。[3] Face Time——兩個單字拼成的詞彙——至少於 1970 年代就已出現文字紀錄。

最早的文字紀錄之一來自《美國新聞與世界報導》（*U.S. News & World Report*）於 1978 年報導有關當時的總統吉米·

卡特（Jimmy Carter）：「於白宮新聞室短暫停留……確保自己能在晚間電視新聞上能有幾秒露臉（face time）的寶貴時間。」[4] 佩里·M·史密斯少將（Major General Perry M. Smith）在其 1989 年的著作《五角大廈任務》（*Assignment: Pentagon*）裡彙整了美國國防部的內行人術語表包括：「見面時間（Face time）：待在大老闆身邊，嘗試用勤奮與忠誠讓對方留下深刻印象的時間。」[5] 其他人說此用語早已流行於大學校園內數十年，但指稱的意思有點不同：刻意被看到或意外被看到。

facilitate 動詞

1. 協助某物的進展或某人的進步。2. 使某個行動或過程變得簡單。

商務行話定義：當你是一位公司老闆而且說出這樣的話：「你們，加油！這些裝置不會自己生出來！」或「你剛剛真的跟我這樣說話嗎？」或「為什麼？嗯，我是開支票的人。這就是為什麼！」

來源：根據《牛津英語字典》，facilitate 可能是從法文 faciliter 借字，並結合一些英語元素，然後才變成今日所知的詞彙。1599 年時，耶穌會教士羅伯特·派森斯（Robert

Parsons）是首次使用此字於文字紀錄的人，他說：「我們與之和解或即將和解的團體，其成員還有其素質是如此大力促成了（facilitate）這個計畫。」[6] 這句話來自派森斯的《一個溫和的警語給嘗試貶低天主教徒的法蘭西斯·海斯汀騎士先生與其激烈又煽動的標語》（*A Temperate Ward-Word to the Turbulent and Seditious Wach-word of Sir Francis Hastinges, Kinight, Who Indevoreth to Slander the whole Catholique Cause*）。 這個書的標題以現代用語的方式表達的話可能翻譯成「以很酷的方式說：法蘭西斯先生是個批評我們天主教徒的無知蠢蛋。」（A Cool Way to Say Sir Francis Hastings Is a Jack'ss Who Is Throwing Shade on Us Catholics.）

facing 動詞

1. 與外地客戶的互動。2. 用你的想法與方法引導客戶。3. 將商品移動到能讓客戶看到的最便利與最吸引人的位置。

商務行話定義：將員工中最好看的人擺在外場，最醜的藏在後台。

來源：此用語來自零售界，特別是雜貨店，在此它被當作是獲得成功的驅動原則。我們不確定為什麼它會被稱為是 facing，但我們猜測是因為它涉及將最想銷售的產品轉向面對

客戶。雜貨店最早出現於十四世紀。店裡銷售乾貨，像是香料、糖果和茶，因為他們的品項通常大量進貨，所以這樣的生意用意指「批發」的法國字 grossier 命名。第一個自助雜貨店是小豬市場（Piggly Wiggly），於 1916 年在田納西州曼非斯市開業。在此之前，雜貨店都是「櫃台交易」，表示客戶詢問雜貨店店員從庫存裡取出貨品。而創新的店面則允許客戶很快地找到他們想買的貨品，並且增加衝動購物的可能性，因此導致了將產品「陳列」（facing）作為商業手法的興起。[7] 此用語從那時候起意思擴增，包含較大的商業構想。

fake news 名詞

1. 製造或散佈用以損害公眾人物、政治運動或公司信譽的假消息。2. 對大眾而言具強大吸引力的虛構故事，而且有很大一群人認為此虛構故事是真的。

商務行話定義：為了保住工作，你會在那些告發你在辦公室辦活動中的醜態的報告書上面貼上這個詞彙。

來源：有鑑於最近的新聞頭條，你可能會認為此用語是個現代詞彙。但是，fake news 已經存在了數百年之久。西元前十三世紀，拉美西斯

二世（Ramses the Great）散佈謊言與宣傳，即使卡迭石戰役（the Battle of Kadesh）的真實情況是交戰兩方僵持不下，但他卻將此戰役描繪成埃及軍隊的出奇制勝。西元前第一世紀時，第一位羅馬皇帝奧古斯都（Octavian）向他的對手馬克．安東尼（Mark Antony）進行一場假消息宣傳競賽。奧古斯都陣營將安東尼形塑為一個喜愛玩弄女性的酒鬼，而且還成為埃及皇后克麗奧佩脫拉七世的魁儡。在西元第二與第三世紀時，一種宣稱基督教徒從事食人與亂倫儀式的假消息廣被散播。[8]（等等，你的意思是我在 BuzzFeed 上面看到「基督教徒做出最可怕的十大行為」清單不是真的囉？！）

根據《韋氏字典》，這些事件首次被標為「假消息」（fake news）是從十六世紀開始，見於 1575 年、由愛德華．海洛伊斯（Edward Hellowes）所翻譯的《安東尼奧．德．格瓦拉的安東尼．格瓦拉先生的家庭書信》（*Familiar Epistles of Sir Anthony of Guevara by Antonio de Guevara*）當中：「宮廷裡其他事物都有好價格，或是說好聽一點，非常廉價：像是偷機取巧、可怕的謊言、誤導的消息（false news）、不誠實的女子、虛假的友誼、持續對立、雙面惡意、浮誇話語以及錯誤的希望，這八項事物在我們的宮廷裡有非常多，甚至可以正式開店做生意了。」

十九世紀末，描述的詞彙終於變成 fake news，首見於《辛辛那提商業論壇報》（*Cincinnati Commercial Tribune*）裡：「國務卿布魯諾宣稱關於他家人的假新聞（Fake News）已經散佈全國各地。」[9]

但是 2016 年的美國總統選舉促使 fake news 在今日的商務行話的情境中普遍流行。《娛樂週刊》（*Entertainment Weekly*）於 2017 年 7 月報導川普開始在他的推特帳號使用此用語，並在 2016 年的年底發布了以下這則推文：「CNN 報導說我會在任職總統期間仍參與《誰是接班人》（*The Apprentice*）的節目，甚至是兼職主持人，這簡直荒謬至極，是個假新聞（FAKE NEWS）！」[10] 接下來的六個月內，川普在推特上使用這用語超過七十次，通常用於指控知名公正的報章媒體，像是《紐約時報》、《華盛頓郵報》與美國有線電視新聞網（CNN）等報導假新聞。[11]

feeding frenzy 名詞

1. 消費者搶購潮。2. 對於新聞或事件中的主角有無法滿足的好奇心。 3. 為了某事物發狂般地競爭或敵對的過程。

商務行話定義：1. 當魯尼留了一盒 Krispy Kreme 甜甜圈在員工茶水間之後會發生的事情。2. 一項美國年度傳統：黑色星期五購物節時，為了成為第一位進入商店大門的人，消費者們已準備好摧毀對方。

來源：據說此用語出現於二十世紀中期，一開始是指稱鯊魚瘋狂攻擊獵物的情況。其中一則早期紀錄出於 1960 年 2 月的《運動畫刊》（*Sports Illustrated*）之中：「當鯊魚瘋狂獵食（in a feeding frenzy）的時候，靠水面靠太近作鬼臉的人，可能會丟掉他的頭——臉、鬼臉跟其他剩下的部分。」此用語現在時常用於政治與新聞界——任職於這些領域的人應該不曾表現出食肉動物的舉動，對吧？[12]

first mover 名詞

1. 因為首先進入市場而取得競爭優勢的服務或產品。2. 首先取得進入新市場先機的個人或公司。3. 首先採取行動，你就能取得主導權並且征服一切的概念。

商務行話定義：理論上是最有機會成功的公司。實際上是最有機會讓後來出現的公司複製並且超越自己的公司（還記得 Friendster、Netscape 和 TiVo 嗎？[13]）

來源：根據《牛津英語字典》，第一個使用 first mover 的紀錄（指稱人或讓某事物進行的東西）來自 1385 年喬叟的《騎士的故事》（*Knight's Tale*）：「首創（firste moeuere）天地者。」但是一直要到六百年之後，此用語才進入商業導向的語境。1988 年哈佛商學院大衛・蒙哥馬利（David Montgomery）和共同作者馬文・利柏曼（Marvin Lieberman）在論文中使用了 first-mover advantage，而讓此用語普遍化。他們用之描述成功開創一項產品進入市場的公司，因此創造了勝過競爭對手的先天優勢，包含技術領先與資產先佔。[14]

但是這不代表先驅總是會成功。的確在該論文發表後，證據顯示許多後繼者反而受益，因此佔有某產品或服務的市場佔有率優勢。一個明顯的例子：Netscape 發明了瀏覽器，但微軟的 Internet Explorer 卻佔有整個市場，直到最後由 Google 的 Chrome 所取代。同樣地，Amazon 是在 Books.com 之後才進入網路書店市場的公司。也許原本的論文應該要修改成：「先驅優勢，但除了面對獨佔市場的龍頭之外」。2000 年時，《快公司》（*Fast Company*）發表了一篇題為〈先出發者，最後才到〉（He Who Moves First, Finishes Last）的文章，這個概念受到激烈辯論。[15]

flavor of the month 慣用語

1. 最近流行的消費者潮流。2. 最近流行的管理方式。

商務行話定義：1. 任何一種執行長的「寵物專案」（指最受喜愛與關注的專案）。2. 公司最近雇用的員工。 3. 焦糖巧克力脆片。[16]

來源：如同我們能猜到的，此用語來自美國的冰淇淋產業，特別是 1930 年代的廣告標語。我們不清楚到底是誰創造了這個用語，但最早的紀錄之一見於 1936 年 6 月《曼斯菲爾德新聞日報》（*The Mansfield News Journal*）的廣告裡：「如果你還沒嚐過由泰林公司（Telling's）生產的席爾泰斯特新鮮草莓冰淇淋，你真的錯過了嚐到美味冰淇淋的機會。這個口味是由席爾泰斯特試吃員挑選出來的 6 月限定口味（flavor of the month）」。這個例子之後，還有其他幾家美國冰淇淋公司開始使用此用語。到了 1946 年時，此用語已經被廣為接受，甚至連州立貿易協會都開始推廣；1946 年 9 月份的《冰淇淋評論》（*Ice Cream Review*）提到：「伊利諾州冰淇淋製造商協會組成一個委員會，對於 1947 年的推薦冰淇淋口味與當月口味（flavor-of-the-month）的計畫進行認真研究。」[17]

今日，此用語能夠指稱任何閃亮的新事物，特別是科技事物。
例如：區塊鍊可能（諷刺地）是 Ben & Jerry 冰淇淋店當月的
新口味：「當你在櫃台結帳時，冰淇淋公司將會付一分錢用以
交換你的冰淇淋桶所釋放的碳……這是商業界首次由區塊鍊提
供服務的交易碳排放配額的例子。」[18]

FOMO 名詞

1.「錯失恐懼症」（Fearing of missing out）的首字母縮寫
（FOMO）。2. 對於某件令人感到興奮或有趣的事情正在他處
發生，而你卻不在其中，消息通常由社群媒體上的文章而來，
你因此而感到焦慮。

商務行話定義：1. 是的，這就是你在應該工作的時候卻點開
Facebook、Twitter、Instagram 與 Snapchat 查看的狀況。2. 你
會想要確定此用語的字母拼寫正確，因為 MOFO 指的是完全
不同的東西。

來源：自從人類歷史的開始，錯失恐懼總
是存在（「嘿，葛拉格。你有注意到我們的
洞穴人鄰居今天得到一顆輪子？好希望我們
也有一顆。」），但一直到網路與社交媒體
的世代，這特定形式的社會焦慮開始被認為

是種特定的情況。

「錯失恐懼症」（Fearing of missing out）這個概念一開始由行銷策略師丹‧赫曼（Dan Herman）提出，他於 2000 年在《品牌管理期刊》（*Journal of Brand Management*）裡發表了第一份針對這個議題的學術論文，文章標題為〈引入短期品牌：新的消費者現實下的新品牌推廣工具〉（Introducing Short-Term Brands: A New Branding Tool for a New Consumer Reality）。[19] 而 FOMO 的縮寫則是由當時仍是哈佛商學院學生派屈克‧麥金尼斯（Patrick McGinnis）廣為宣傳，他於 2004 年在《哈伯斯雜誌》（*The Harbus*）發表題名為〈麥金尼斯的兩個 FO：哈佛商學院的社會理論〉（McGinnis' Two FOs: Social Theory at HBS）。而他的另一個「害怕？」即害怕一個較好的意見，似乎就沒這麼受歡迎。[20] 對於為什麼會這樣我們有自己的想法，但我們擔心你會有更好的想法，因此就不提我們的想法了。

for all intents and purposes 慣用語

1. 與另一項東西有同樣的效果或結果。2. 實際上。

商務行話定義：如果你以為這個片語事實上是 for all intensive purposes，那麼你更有可能也會說出 I could care less（代替正確的 I couldn't care less）。[21]

來源：此用語常常被誤說（與誤用）為 for all intensive purposes，其首次使用紀錄相當明確，在 1546 年英王亨利八世在位期間的一項英國國會法案裡：「所有主要方面（to all intents, constructions, and purposes）」，國王從而確立他的聲明即是（各個方面而言）此國家的法律。有趣的是誤用 all intensive purposes 並不是最近才出現的，這樣的誤用最早出現在 1870 年《韋恩堡每日公報》（*Fort Wayne Daily Gazette*）裡，記者報導：「他從未在美國國會或是州議會或市政府辦公室之中有代表職，就實際（all intensive purposes）政治上而言，他可以說是早就已經死亡。」近年來，all intensive purposes 普遍出現在 1980 年代的紀錄裡，也許是因為當時加護病房與加護治療與藥物激增的緣故。[22]

Fourth Industrial Revolution 名詞

1. 當今的商業環境中，充滿了像是機器人、虛擬實境與人工智慧等等正改變人類工作的方式。2. 今日工作環境裡的科技進展，正在模糊真實世界與科技世界的界線。

商務行話定義：這是一個你會看到公司同事某天跟你說：「我需要你的衣服、靴子跟摩托車。」的世界。[23]（還記得

《魔鬼終結者》〔The Terminator〕嗎？）

來源：啊，如果你得要選一個
2020 年商務行話的時髦術語，
「第四次工業革命」（Fourth
Industrial Revolution）（或如同時
髦的孩子會說的「工業 4.0」或
「4IR」）很有機會脫穎而出。你問說到底什麼是第四次工業
革命，以及你為什麼會錯過前三次工業革命呢？恩，為了回答
你的問題，我們以下就來說明清楚事情的發生經過。

第一次工業革命始於十八世紀晚期，人類從主要依賴動物與人
類勞動力作為能源來源轉變為化石燃料與機械動力的使用。第
二次工業革命於西元十九世紀末至 1920 年代之間發生。此次
革命主要帶來電力、勞力分工、有線通信與大規模生產主等重
大改變。第三次工業革命即是數位革命，約於 1969 年隨著強
力電腦計算機、網路與自動生產的誕生揭開序幕。

接下來我們來到第四次工業革命，此用語由世界經濟論壇
（the World Economic Forum）的創辦人兼執行長克勞斯‧史
瓦布（Klaus Schwab）所創造。[24] 史瓦布在 2015 年一篇在《外
交》（Foreign Affairs）雜誌上的文章裡將第四次工業革命定
義為科技世代，其結合硬體、軟體與生物學（智慧整合感控系

統）以及通訊和連線的進步發展。他說這個時期將會以機器人、人工智慧、奈米科技、量子計算機、物聯網（the Internet of Things，簡稱 IoT）、第五代無線科技與全自動汽車等領域的重大突破作為其特點。[25]

感覺難以招架嗎？等到我們定義第五次工業革命時再說吧。

F

funnel, the 名詞

1. 描繪從感知到採取行動的消費者模式。2. 每個銷售過程都是從大量潛在客戶開始，到最後只有少數人真的會進行購買。

商務行話定義：為「銷售立方體」（sales cube）和「行銷斜方六面體」（marketing rhombohedron）直接競爭者。

來源：此用語也稱作「購買漏斗」（the purchase funnel）、「行銷漏斗」（the marketing funnel）、「銷售漏斗」（the sales funnel）和「消費者漏斗」（the consumer funnel），源自購買過程中每個階段的消費者數量總額，這樣的圖表近似於圓錐或漏斗形。

此概念可以追溯到 1898 年由廣告人艾爾默·路易斯（Elmo Lewis）發展的消費者購物流程模型，描繪品牌開始吸引消費者注意的瞬間到真正進行購買動作的時刻。路易斯的想法通常被稱為 AIDA 模式，縮寫字母代表 awareness（引起感知）、interest（產生興趣）、desire（培養慾望）和 action（採取行動）。第一個將 AIDA 的概念與漏斗型做連結的紀錄出現在 1924 年威廉‧湯森（William Townsend）的《債券推銷術》（*Bond Salesmanship*）裡談到這個架構。[26]

G

game plan 名詞

1. 達成預期結果的策略或方法。2. 考慮周詳的行動方案。

商務行話定義：當潛在客戶說：「我不喜歡剛才那些點子。你還有其他想法嗎？」之後，你腦袋一片空白在找的東西。

來源：《韋氏字典》提到 game plan 首次文字記錄出現於 1941 年。[1] 但我們找不到確切的出處，所以我們決定啟動計畫找出處。我們查詢了《柯林斯英語詞典》（*Collins Dictionary*），該字典裡有一幅長條圖，指出 game plan 首次文字紀錄是在 1816 年，但直到 1970 年時此用語的使用才開始有向上攀升的趨勢。但是，我們仍找不到確切的出處紀錄。[2] 我們接著查詢「線上詞源字典」（Online Etymology Dictionary），證實 game plan 的首次文字紀錄的確出現於 1941 年，來自美國橄欖球運動。[3] 直到我們訂閱了《牛津英語字典》的檔案，才查到 1957 年田納西《金斯波特報》（*Kingsport*）裡有該用語首次的文字紀錄：「幾年前你提到你的孩子每閱讀聖經裡的一個經卷，就能獲得 1 美元。我們決定在 David 身上嘗試施行這個方

案（game plan）。」

game changer 名詞

1. 以顯著方式改變現存情況、活動的新元素、因素。2. 調整事物的改變。

商務行話定義：1. 在重大簡報之前意外將咖啡灑了全身。 2. 突然意識到你在辦公室外面大吼的對象就是你即將面試的人。3. 你一直都沒意識到自己開了擴音，而且有人提醒你的時候已經太晚了。

來源：對於 game changer 的起源有些爭議。有些人（強烈）認為此用語與 1980 年代的棒球有關，指稱能改變整個球賽結果的球員或是影響球賽的關鍵表現。其他人則相信首次文字紀錄與撲克牌有關。1930 年 6 月 29 日《亞特蘭大憲法報》（*Atlanta Constitution's*）的「橋牌論壇」（"Bridge Forum"）帶著輕視的態度旁觀促進橋牌遊戲的嘗試：「改變遊戲（game changers）的人總是很忙碌。」第一個將 game changer 用於比喻意義的早期紀錄出自凱薩琳・海登（Catherine Hayden）的《策略專長指南：提供策略家，超過四百五十個關鍵概念與技巧的定義、闡釋與評估》（*The Handbook of Strategic Expertise: Over 450 Key Concepts and Techniques*

Defined, Illustrated, and Evaluated for the Strategist）：「改變遊戲規則的事物（Game Changer）：一項改變遊戲競爭規則的產業事件。改變遊戲規則的事物通常是種進化過程，其過程改變產業的競爭勢力或產業內部結構，或顯示創新的競爭者能改變競爭勢力。」[5]

gatekeeper 名詞

1. 阻止不受歡迎的車流從入口處通過。2. 控制取得資訊或資訊流量的人。

商務行話定義：1. 所有的行政助理（參見 admin）。2. 當你接到一通未知來電時，你的語音信箱扮演的角色。

來源：《牛津英語字典》收錄第一個 gatekeeper（作為管理大門的人）的文字記錄出自 1572 年詩人約翰‧希斯金（John

Higgins）的《修羅茲字典》（*Huloets Dictionary*），其中將 gatekeeper 定義為「大門看守者或門房」（gate keeper, or a porter）。第一個將 gatekeeper 用於比喻義出現於 1867 年《自然科學會報》（*Philosophical Transactions of the*

Royal Society of London）的一篇文章裡：「賽巴蒂爾提到精皐作為尿道前列腺部的守門員（gatekeeper）。」你可能跟我們一樣有點疑惑，尿道跟皇家科學院的哲學期刊有什麼關聯。嗯，結果揭曉原來《自然科學會報》是世界上第一個科學期刊也是最長壽的期刊（開始於 1665 年）[6]，但他們偏偏要用一個怪異的標題作為名稱（看看原文標題有多「不科學」）。

我們在商務行話的世界裡最熟知的守門人理論，一開始是在 1943 年時由社會學家庫爾特・勒溫（Kurt Lewin）在《飲食習慣與改變方式背後的勢力》（*Forces Behind Food Habits and Method of Change*）書裡介紹。其中勒溫描述妻子或母親決定何種食物最終能夠端上家裡的餐桌。勒溫本人被認為是社會心理學領域的創始人，他廣泛書寫與群體動力領域和改變過程等相關著作。對於後者而言，他的三步驟改變過程仍被視為是機構的基礎模式。勒溫運用 gatekeeping 之後，他的影響力快速於 1950 年代傳播至其他領域，包括媒體界，其中 gatekeeper 指稱記者決定哪些資料能被選入故事裡，以及編輯決定哪些故事能夠印刷出版。[7]

Generation C 或 Gen X 名詞

1. 1960 年代早期至中期與 1980 年代早期之間出生的人。2. 於 1980 年代到 1990 年代之間成年的世代。3. 介於嬰兒潮世代

（美國此波嬰兒潮發生在二戰後 1946 至 1964 年）之後但在千禧世代之前出生的人口群體。

商務行話定義：被視為沒有方向、不負責任與缺乏參與社會意願的世代。你知道，就是長大後以商業用語為主題寫一本書的那種人。

來源：X 世代可能在此名稱出現之前已經被貼上標籤。《牛津英語字典》引用第一個使用 Generation X 的文字紀錄出現於《假期》（*Holiday*）雜誌文章裡：「你可能會想問 X 世代（Generation X）到底是什麼？……這些是見過並感受到過去二十年以來的極端痛苦……面臨現今壓力漩渦但仍不斷嘗試著保持平衡並且對於接下來五十年的歷史有著最大話語權的年輕人。」快轉到 1991 年，道格拉斯・柯普蘭（Douglas Coupland）將此詞彙用於其深具指標性的小說《X 世代：速成文化的故事》（*Generation X: Tales for an Accelerated Culture*）裡，並將此世代的人描繪成一群懶惰、憤世嫉俗並對社會充滿不滿的年輕人，因為這世代之中的許多人都是鑰匙兒童，成長在父母離異或是極度缺乏成人看顧的家庭之中。[8] 雖然這些人也被稱作「MTV 世代」，但因為 X 世代這個名稱運用非常廣泛，因此影響到下個世代 X 和 Y 世代的命名。

有趣的是雖然柯普蘭是讓 X 世代的用語普遍流行的推手，

但他本人從來都沒有完全相信 X 世代的概念。他於 1994 年曾這樣說：「我說出這樣的話聽起來像是異端，但我認為 X 世代（Generation X）不存在。我認為許多人誤認為 X 世代（Generation X）的存在，只是認知到有其他一群人，不論指稱的是誰，就是比起珍芳達嬰兒潮世代還年輕的一群人而已。」

2017 年的《浮華世界》裡有一篇文章暗指這個世代——懷有濃厚諷刺、淡漠與恐懼——可能會是改變美國最近社會動盪與政治紛亂最有可能的最後希望。[9]

get / keep the ball rolling 慣用語

1. 開始或保持一項工作的進行。2. 保持一項想法或工作的動能（參見 strike while the iron is hot）。

商務行話定義：當腦力激盪（brainstorming）、進行駭客馬拉松任務（hackathon）或是大家意見一致（meeting of the minds）的時候

來源：根據《牛津英語字典》，keep the ball rolling（據信 get the ball rolling 從

此片語演變而來）的源起可追溯至十八世紀晚期。的確，1770
年喬瑟夫・區（Joseph Chew）出版的《威廉・強生爵士文
集》（*The Papers of Sir William Johnson*）裡出現以下的句子：
「由於在此的隆重會議和派任委員會，使得紐約的協會了解
到⋯⋯所以球需要保持滾動狀態（to be keept rolling）。」然
而，大多數的資料都認為讓此用語普遍流行的推手是美國總統
威廉・哈里森（William Harrison）。他於 1840 年競選總統時
用了稱為「勝利球」的宣傳手法，是一種用皮革與錫做成的，
非常巨大的球（直徑有十英呎長），並由群眾將球由這場選舉
造勢大會推往下一場集會，一邊複誦著：「讓哈里森球繼續滾
動！」（Keep the Harrison ball rolling!）他們甚至創造了一首
歌曲：

是什麼造成這場騷動，推動，推動
穿透我們的國家？
原來是一顆滾動的球，
蒂珀卡努與泰勒也都來了，
蒂珀卡努與泰勒也都來了⋯⋯①

哈里森當年打敗了馬丁・范・布倫（Martin Van Buren），成
為美國第九屆總統，但諷刺的是他並沒有讓球繼續滾動下去：
他當了三十一天的總統之後就因為肺炎而去世了。[12]

get with the program 名詞

1. 遵從普遍或公認的想法或行為（參見 toe the line）。2. 做被期待做的事；遵守規則（參見 buy-in）。

商務行話定義：當你必須進行某項任務，而該任務非常愚蠢或完全違背常理時，你會聽到有人對你說的話。

來源：大多數專家都同意此用語是美國 1960 年代的口語用法，根據 Google，當時普遍流行於出版刊物裡。但它實際的出處卻不怎麼清楚。有些人認為此用語來自匿名戒酒會（Alcoholics Anonymous，AA）與其「十二步驟」戒護計畫。在「十二步驟」其中苦苦掙扎的人據說會受到「遵守計畫」（get with the program）的勸戒（不然他們會死於酒精成癮）。[13] 同時，已故的紐約時報流行詞源專欄作家威廉・薩費爾指出 get with the program 的早期用法出自政治界，具體來說是在加州聖塔芭芭拉工作的共和黨競選工作人員雪倫・戴維斯（Sharon Davis）。她在 1968 年總統競選活動期間經常使用此用語。[14]

但是，我們找到一則早期資料顯示此用語可能不是來自匿名戒

---

① 編註：「蒂珀卡努」是哈里森總統的綽號，因為他在 1811 年的蒂珀卡努戰役中帶兵對上由首領特庫姆塞（Tecumseh）領軍的、反抗白人勢力的北美洲印第安人肖尼族（Shawnee）軍隊，並大獲全勝。「泰勒」則是他當年選舉搭擋的副總統。

酒會或政治界,而是軍方。1963 年 1 月美國空軍出版的《航空安全》(*Aerospace Safety*)期刊裡,查爾斯·H·梅茲吉爾少校(Major Charles H. Metzger)寫到:「因此隊員們,讓我們順應潮流(get with the program)。」[15]

ghosting 動詞

1. 突然斷了與某人之間的聯繫,沒有任何解釋。2. 針對某位發表貼文的人物或其他所有人,隱藏所有評論、討論串或其他線上內容,但同時卻讓貼文者不知道這樣的改變。

商務行話定義:1. 你要求加薪之後,老闆會做的事。2. 常見於社群媒體上的消遣活動。

來源:鬼魂(稱作幽靈)的出現可以追溯至數千年前埃及和希臘的作品之中。荷馬的《伊里亞德》(*Illiad*)或《奧德賽》(*The Odyssey*)。自此,提及 ghosting 的用語各個不同,但指稱的意義從實際抓鬼行動到影像處理、模糊的電視訊號、印刷錯誤,甚至是替別人捉刀寫作的行為。[16] 大多數人相信現

代使用 ghosting 用語是源自於千禧年中期的社交媒體,但我們在 1992 年加德納·多索伊斯(Gardner Dozois)的作品《測地線之夢》(*Geodisic Dreams*)之中找到怪異相似的紀

錄：「她敲了一下並替他開門，然後沒說任何話，一邊帶著修女般的微笑，像食肉動物般敏捷消失（ghosting away）。」[17]

女星莎莉・賽隆（Charlize Theron）承認於 2015 年忽視男星西恩・潘（Sean Pen）的電話與簡訊搞失蹤時，也許她熟知多索伊斯的作品。這對最強名人情侶檔的分手導致《紐約時報》為解釋搞失蹤（ghosting）而寫了大篇幅的報導。

GIF 名詞 發音為 JIF 或 GIF

1. 大多數電腦系統與網站裡常見的影像檔案種類。2. 為「圖像交換格式」（graphics interchange format）的縮寫。3. 通常出現在電視或分享影片檔案的循環動畫。

商務行話定義：1. 人資部門的法蘭克關上辦公室門後真正在電腦上看的東西。2. 很可能是可愛狗狗貓貓耍萌的影片。

來源：首先，我們先來看這個用語的發音方式。GIF 的發明人史帝夫・威爾希特（Steve Wihite）於 1980 年代的一場電腦會議上堅持此用語的發音為 jif——如同 gelatin 和 giant 裡的輕聲的 g——而許多專家都如此發音。但其實兩種發音方式目前都常被使用，大多數的字典同時列出此用語裡 g 的有聲與輕聲兩種發音方式。[19] 以下是更多關於 GIF 出處的內容。

GIF 檔案格式（原本稱為「87a」）被發明——與首次於文字紀錄裡提到——是在 1987 年。當時的 CompuServe 公司（The CompuServe Corporation）創造了 GIF，讓各種不同的電腦系統能夠進行交換與展示高畫質的圖像。此技術獨到之處在於它使用的編碼技術，即便使用速度非常慢的數據機，也能讓資料在相當短的時間內下載完畢。2000 年初期，在 Myspace 風潮之下，GIF 普遍流行的程度驟升，後來的發展就不用我們多說了。[20]

G

gig economy 名詞

1. 依著兼職、暫時或自由職業的工作，進行生產、分配與消費產品或服務。2. 相對於長期、全職工作，以盛行短期合約與暫時或自由職業為特徵的勞力市場。

商務行話定義：你說你正在面試工作，實際上是失業中。

來源：Gig economy 約在 2009 年初的金融危機高點時變得相當普遍，當時失業者藉著打零工或同時做數份他們能找到的兼差工作謀生。gig 這個字可以追溯至 1920 年代，據說源自於爵士音樂，用以描述由幾位音樂家暫時組成的團體表演。雖然今日的 gig economy 的根源來自 1940 年代——當時美國企業與辦公室開始雇用家庭主婦，因而使人力產業成長——有些經濟

學家指出在零工經濟裡找工作的狀況與十九世紀工業革命之前的情況類似。當時的人常常身兼數份零工,以湊足夠生活的收入。現今「一人一職涯的模式」雖然遭受零工經濟的攪擾,從歷史上的角度來看其實是相當近代的現象。[21]

give-and-take 名詞

1. 參與的雙方都有同等機會交換想法或評論。2. 同意彼此調整或妥協。

商務行話定義:當你已經在一段談話中激怒了潛在的商業夥伴,你會邀請他做的事。

來源:想到有一種運動能發展出如此多的常見英語用詞實在令人感到驚奇。不,我們說的不是棒球(雖然棒球也提供了相當多的詞語),我們再一次談的是賽馬。(參見第 249 頁的特別收錄)

根據《牛津英語字典》,此用語的出處可以追溯到 1769 年某種稱為「公平交流賽」(give-and-take plate),此競賽規則是長得較高壯的馬匹比起矮小馬匹需要乘載較多重量。1769年 8 月的《聖詹姆斯新聞》(*St. James's Chronicle*)裡提到:「將會在惠依胥丘陵(Huish Down)舉行……獎金有 50 英鎊的公平競賽（Give and Take），任何馬匹，母馬或去勢公馬皆可。」這樣的競賽現在稱為「讓分比賽」（handicaps），這樣的比賽中許多年紀較長或經常贏得比賽的馬匹，比起年紀較小或比較不常贏得勝利的競賽馬匹，必須乘載更多重量。到了 1778 年，此用語開始用於比喻，意指「互相讓利的行為」。最早的文字紀錄出自 1778 年法蘭西斯‧伯妮（Frances Burney）的小說《依芙蓮娜》（*Evelina*）：「相互讓利（Give and take）對所有國家都公平。」[22]

附註：千萬不要將此用語跟意指大約或略為估計某事物的 give or take 搞混。（參見第 135 頁的特別收錄）

glad-handing 動詞

1. 努力贏得好感而與在場每個人握手。2. 帶著虛假溫暖外表，跟人打招呼或歡迎對方。

商務行話定義：非常有效率地在辦公室傳染流感。

來源：此用語被認為是 give a glad hand to 的簡寫，來自十九世紀晚期的美國，但現在相當廣泛地使用在描述政客對著群眾用帶有活力但

缺乏真誠的打招呼方式。如果我們能準確指出哪個人創造了此用語的話，我們一定會 glad-hand 他，但很遺憾我們沒能夠找到。我們能做的是跟你說 glad-hand 首次文字紀錄的時間。根據《牛津英語字典》，此紀錄出現在 1895 年由密西根大學學生出版名為《內陸人》（*Inlander*）的文學雜誌之中：「假熱情的握手（Give the glad hand）歡迎。」[23]

go-to guy 名詞

1. 遭遇困難處境時，你會想要仰賴的人。2. 你在重要時刻會想找他諮詢專家知識、建議或表現的人。

商務行話定義：1962 年負責迪卡唱片（Decca Records）選秀的人曾說過一句名言：「披頭四在商業表演界沒有未來」，我們指的就是與之相反的人。[24]

來源：根據資料，此用語出自於籃球界，於 1980 年中期廣為流傳。首次文字紀錄之一來自於 1985 年洛杉磯快艇隊的教練唐・錢尼（Don Chaney），談及該隊球員德瑞克・史密斯（Derek Smith）時這樣說：「德瑞克是我的關鍵人物之一（one of my go-to guys），關鍵時刻我會希望持球的是他。」史密斯待在 NBA 九年之間替五個球隊效力，籃球生涯尾聲時的投球命中率為 49.9%。[25] 因此，史密斯除了是個「關鍵

人物」，我們也可說他的投球能力也接近「能持續一天 24 小時，一週 7 天，一年 365 天都不間斷」（good 24 hours a day, seven days a week, 365 days a year），就像雷諾茲的投籃能力。（參見 24/365）

GOAT 名詞

1.「永遠最棒」（Greatest of all time）的縮寫（GOAT）。2. 某項活動或職業裡被認為最棒的人。

商務行話定義：當負責辦公室用品的人員重新填裝員工休息室裡的咖啡機時，你會對他說的話。

來源：如果你不是生在拳擊稱霸世界的年代，你很難理解 1960 年代與 1970 年代之間像拳擊手穆罕默德・阿里（Muhammad Ali）這樣的人物。他被稱作「路易維爾之唇」（Louisville Lip）（還記得「像蝶般飛舞，像蜂般猛刺」〔float

like a butterfly, sting like a bee〕嗎？），他個性大膽、傲慢、聲量大，並且自命為「永遠最偉大的人」（the greatest of all time），而此 GOAT 的縮寫就是由此而來。

1962 年阿里（當時他叫卡修斯·克萊〔Cassius Clay〕）賽前預測他將擊倒當時的重量級冠軍桑尼·利斯頓（Sonny Liston）並跟記者說：「我是最偉大的人！」（I am the greatest!）利斯頓第七回合不出場比賽，阿里擊敗了他之後，對著在場的媒體大聲喊叫重述賽前的宣言，說他是「最偉大的人」。他於 1960 年代中期將名字改為穆罕默德·阿里之後，在接下來的訪談裡，開始經常自稱為「永遠最偉大的人」。然而，此用語的縮寫的來源則是 1922 年 6 月穆罕默德·阿里的妻子盧妮·阿里（Lonnie Ali）提出文件申請 G. O. A. T. 公司（此公司受理代表前拳擊手阿里所有用於商業用途的智慧財產）。

說到此，《韋氏字典》提及直到 1996 年才有 G.O.A.T. 發音為 goat 的紀錄出現，那是在「奧蘭多魔術論壇」（Orlando Magic forum）裡提及潘妮·哈德威（Penny Hardaway）的時候。《韋氏字典》編輯彼得·索克洛斯基（Peter Sokolowski）說：「這句子是：『潘妮是最厲害的人」（the Goat）。」[26] 但真正將 G.O.A.T 發音為 goat 帶入主流市場的正是饒舌歌手 LL 酷 J（LL Cool J），他於 2000 年 9 月發行 G.O.A.T（Greatest of All Time）專輯。1996 年時，這位饒舌歌手在《滾石雜誌》（*Rolling Stone*）訪談裡將一張排名第一的專輯的初衷歸於拳王阿里，他說：「如果沒有穆罕默德·阿里，就不會有《媽媽說擊倒他》（Mama Said Knock You Out）這張專輯，也不會出現 G.O.A.T 這個用語。」[27]

golden parachute / golden handshake / golden umbrella 名詞

1. 金額龐大的資遣費，通常給予的對象為公司高階管理人員。

2. 如果公司高層主管因為公司合併或收購的關係而被迫離職時，保證給予其一大筆費用或其他種類的財務補償。

商務行話定義：在某公司領導人遭指控能力不足、性騷擾或兩種指控都有的氛圍之中，給予其一大筆數目驚人的金錢，使其離職。

來源：用來指稱此行為的用語因為使用地域不同而有不同的說法。Golden parachute 源自美國，而 golden handshake 則來自英國。誰知道 golden umbrella 從何而來？西班牙嗎？[28]

雖然 golden parachute 和 golden handshake 首次出現的時間都落在 1960 年代初期到中期，前者的起源故事可能是兩者之中比較有趣的。Golden parachute 來自於 1961 年債權人與古怪的億萬富翁霍華・休斯（Howard Hughes）之間爭奪控制環球航空（Trans World Airlines，TWA）的爭端中而來。[29] 環球航空當時的法律地位相當不穩，因此當小查爾斯・C. 蒂林哈斯特（Charles C. Tillinghast Jr.）出任該公司董事長的時候，他的雇用合約裡寫著如果因著爭奪主導權的事件而使他失去工作，公司保證提供他一大筆資遣費。蒂林

哈斯特後來於 1976 年離開環球航空，進入一家投資銀行擔任
副董事長，該銀行接著由美林證券（Merrill Lynch）買下，因
此蒂林哈斯特的黃金跳傘未曾打開過。[30] 這應該是件好事，因
為事實上由黃金製成的跳傘可能無法讓你安全降落。

guerrilla marketing 名詞

1. 與傳統媒體背道而馳的、非比尋常的廣告。2. 創新、低支出
的行銷技巧，但能帶來產品大量曝光的效果。

商務行話定義：忙碌的街角，有位穿著自由女神像服裝的男
子，雙手旋轉著一塊人型箭頭標誌。

來源：Guerrilla 源自於十九世紀初期的西班牙，約在半島戰
爭時期（the Peninsular War，1808-1814）被收入英文，此戰爭
中成群的西班牙農民與牧羊人滋擾佔據當地的法國人。這些戰
士不被視為「非正規軍隊」（irregular），而被稱為「游擊戰
士」（guerrilla fighters）。

Guerrilla marketing 首次的文字紀錄出現在 1971 年的《倫敦
雜誌》（*London Magazine*）裡：「編造廣告語與觀點……
與刺激，以增加我的游擊行銷策略（my guerilla marketing
strategy）。」然而，此用語在 1984 年傑・康拉德・李文森

G

（Jay Conrad Levinson）出版著作《游擊行銷》（*Guerrilla Marketing*）之後，廣為流傳。李文森原來的游擊行銷概念僅是用最少的預算讓一項產品或服務（通常在公眾場合中）觸及最大量的人們。但是，現在此用語能用以詮釋、指稱所有非傳統的策略——包括那些用來惹惱客戶的策略——因此，反而比較靠近原來 guerrilla 的定義。[31]

G

與軍事相關的商務行話：
長官，商業用語向您報到！

Guerrilla marketing 只是你在本書裡找到與軍事相關的詞彙之一。還有許多這樣的用語。事實上，當你翻閱此書，你可以找到一則又一則以某種方式與軍隊連結的用語。以下是一些本書沒有收錄，但在商業界時常使用的軍式商務行話。

ASAP	盡快
Benedict Arnold	叛徒[2]
blockbuster	大勝利
deadline	某事物必須完成的期限
face the music	承認自己的錯誤
good to go	準備行動
hotshot	特別重要的人物或擁有超凡才能的人
I heard it through the grapevine	透過流言或傳聞聽到的消息

---

② 編註：美國獨立戰爭時期的軍官，本以革命為名為美國而戰，後卻投靠英國。

Murphy's law	任何會出錯的事情，就會出錯
not on my watch	你負責掌管時，絕不會出事
on standby	準備在需要時採取行動
skimming off the top	沒有經過報告或支付稅金就從基金裡領出現金
slush fund	留做非法、貪污舞弊目的資金

H

hackathon 名詞

　　1. 大量的人聚在一起合作開發電腦程式設計，一般持續數天的活動（又稱為駭客節 hackfes 或程式碼節 codefest）。2. 電腦程式設計師集合在一起，密集工作開發軟體專案的活動（又稱為駭客日 hack day）。

商務行話定義：電腦程式設計師一般會出遠門參與的活動（並且因為是一年來首次出門，需要適應外面的光線）。

來源：Hackathon 為語言學家所說的混成詞（portmanteau，意指「混合物」），源自於 hack 與 marathon 二字。[1] 根據《牛津英語字典》，第一個 hackathon 的文字紀錄出現於 1990 年世界最舊的電腦網路通信系統 Usenet 裡的一個新聞群組。[2] 一位使用者貼文寫到：「剛去了場駭客馬拉松（Hack-A-Thon）。有點疲憊，但現在還很早，大概是凌晨三點。我剛登入 Vax 系統，看到兩位也參加駭客馬拉松（Hack-A-Thon）的

人已經在線上。」雖然這也許是當時的時空背景下 Hack-A-Thon 第一次使用的證據，但一直要到 1999 年 6 月於加拿大卡爾加里市舉辦第一次（至少有廣為記錄）的駭客馬拉松活動。這場活動是在一場鮮為人知的會議，約有十位使用一種免費、開放程式碼 OpenBSD 系統的程式開發人員參與。2000 年之後駭客馬拉松變得十分普遍，基本上可以說現在似乎每個人都參與其中。[3] 例如：實境秀駭客馬拉松、大麻駭客馬拉松、NBA 駭客馬拉松，甚至梵蒂岡駭客馬拉松等。[4]

H

halo effect 名詞

1. 對於一項產品、公司或品牌的正向感受轉移到相關聯的產品、公司或品牌。2. 對於某項物品的正向體驗擴及至更廣泛的品牌的時候。3. 一項品牌希望藉由將自己與其他品牌做連結以達到企盼的影響。

商務行話定義：這是為什麼 Fyre Festival 願意為坎達爾·珍娜（Kendall Jenner）的一則 IG 貼文支付 25 萬美元。[5]

來源：此用語由心理學家愛德華·桑代克（Edward Thorndike）於 1920 年創造。他的研究指出當你覺得某人越有吸引力，你越可能覺得對方是好人。桑代克在〈心理評比常見錯誤〉（A Constant Error in Psychological Ratings）一文中提到

「暈輪效應」（halo effect）。自此，研究人員進行吸引力的影響力與其對於司法與教育系統的影響，並且擴展其定義以涵蓋商業與品牌行銷。[6]

hammer out 動詞

1. 努力朝向意見一致。 2. 好似重複敲擊般的製造或產生。

商務行話定義：1. MC 哈默（MC Hammer）在單曲〈2 Legit 2 Quit〉成為最新熱門歌曲之後，對流行音樂明星所說的話。2. 律師時常用此語戲劇化地解釋在敲定一份困難的交易合約時，他們扮演的角色價值（實際敲定的過程中的確可能包含雙方面來回重覆推敲）。

來源：第一個類似鎚子的真實工具出現在三百三十萬年前，由考古學家於肯亞圖爾卡納湖（Lake Turkana）附近區域挖掘出土。hammer 首次出現於古英文裡，源自日耳曼部族，意指用來敲擊東西的「石頭武器」或「頂部為石頭的工具」。專家指出 hammer 字面意義開始使用之後，同時也發展出種類廣泛的比喻用法，包括名詞形式和做為動詞使用。例如：十四世紀時，一個 hammer 是「一個打擊或擊倒反對勢力的人或代理人」。[7]根據《韋氏字典》，hammer out 的首次使用紀錄出現的較晚約是在 1632 年。[8]

handle 名詞

1. 公開名稱。　2. 用以識別的線上論壇暱稱。

商務行話定義：如果你將卡戴珊（Kardashian）的名稱放在任何公眾帳號名稱上，你保證會有至少一百萬的粉絲。

來源：1970 年代的 CB 廣播電台熱潮通常被認為是 handle 與線上使用者名稱相關聯的出處。就如同網路通信，在 CB 廣播上使用暱稱讓人們用近似於匿名的方式認識彼此。例如：前美國第一夫人貝蒂·福特（Betty Ford）在 CB 廣播上使用「第一媽咪」（First Mama）作為暱稱。

然而《牛津英語字典》卻指出第一個將 handle 意指某人暱稱的文字紀錄出現於 1940 年代，早於 CB 廣播。1838 年時，約瑟夫·克雷·尼爾（Joseph Clay Neal）在《炭筆素描：大都會景色》（*Charcoal Sketches; or, Scenes in a Metropolis*）寫到：「來自父親名（patronymic）的氣宇不凡暱稱（handle）就像是氣球與其主人之間的作用關係，他們對此感到心滿意足。」（別擔心。我們也必須查字典找 patronymic 的意思。它指的是「取自父親的名」）

因此，這些情況之下，到底 handle 是如何變成公開暱稱的同義詞呢？其中一位致力於發掘此用語出處的線上使用者說：

「Handle 是名字的舊俗稱，可以追溯到老西部牛仔們。電報員沿用之，接著火腿電台操作員從前者身上得到這個用語。CB 電台操作員模仿火腿電台的用法。我可以保證第二次世界大戰後的業餘無線電使用者（火腿族）使用『handle』的紀錄遠早於 CB 電台熱潮。」收到了，老弟。我們後門有個條子，因此我們這邊先停，先進入下個詞條。[9]

hands-down 形容詞

1. 簡單的。2. 確定的。

商務行話定義：「新可樂」（New Coke）[①]的製造者在產品上市前可能預測會有的成果。

來源：這是另一個源自「運動之王」（sport of kings）的用語（參見第 249 頁的特別收錄）。是的，此用語出自賽馬運動，特指騎師控制馬匹的手勢。例如：馬兒跑太快以致於可能在終點線前就精疲力竭，騎師的雙手往上，將韁繩往後拉動，讓馬匹的減速，更能控制比賽節奏。另一方面，如果馬匹能維持平

[①] 編註：1985 年，面對百事可樂的強力競爭，可口可樂推出「新可口可樂」（New Coke），使用不同於傳統的新配方，盡量接近百事可樂的口味。但沒想到 New Coke 卻引起可口可樂死忠粉的反彈，最終成為生業決策失敗的例子。

穩的速度奔馳，而騎師的雙手則不需要有太多動作，因此他們可能會「雙手放下」韁繩或馬鞭。

根據《牛津英語字典》，此用語最早的文字紀錄出現於 1832 年的《貝爾的倫敦生活與運動報紙》（*Bell's Life in London and Sporting Chronicle*）。切特溫德在 1852 年他的著作《運動隱喻指南》裡也說同樣的報紙提到描述賽馬的文字：

> 我們在第二天的賽事裡看到……獲勝的說故事者和凱特之間的競爭……後者的表現原本可以更好，要是（騎師的）雙手能夠放下（with his hands down），讓這匹雌馬能有機會向前衝，而非一直向後拉著這匹馬的話，比賽也因而失利。[10]

此用語於十九世紀中期相當普遍流行，因此廣泛成為達成事情所需要用的最少或不費力方式的同義詞。

hardball 名詞

1. 用最強硬的方式積極地進行任何遊戲，包括真實人生。2. 不妥協、冷酷的方式或交易。

商務行話定義：在紐約市上下班尖峰時間，擁擠的地鐵車廂靠站時你必須要採取的態度。

來源：為了探索此用語的來源，我們必須要堅定的相信棒球是由阿伯納‧達博岱（Abner Doubleday）於 1839 年在紐約州古柏鎮所發明。[11] 實際上，現在大多數的棒球歷史學家都認為這不是事實。美國棒球最可能是由十八世紀英國與愛爾蘭的跑柱式棒球發展而來。[12]

Hardball 常被用於形容實際用於棒球賽的球，因為球是硬的。不久之後，此用語開始用作比喻「堅強、不妥協的行為」。[13]《牛津英語字典》提到帶有以上意義的用語紀錄首次出現於 1889 年《克里夫蘭領導家》（*Cleveland Leader*）的評論裡：「克里夫蘭隊現在也有投手了，如果他們能繼續保持現在的狀態，這將會讓波士頓、紐約和費城隊等要採取強硬手段（play hard ball）才能贏得比賽。」

has legs 慣用語

1. 具有延續的影響力。2. 具有持續的潛力、持續受歡迎、保持興趣，或甚至增加流行程度。

商務行話定義：此構想出現之後，通常會跟著出現一陣肆無忌憚「姆哈哈哈哈哈哈」的商業界貪婪與邪惡的笑聲。

來源：你以為只有棒球和賽馬帶給我們一大堆慣用語嗎？等你知道一堆跟 leg 有關的用語再說吧！以下是包含 leg 相關商務行話的列表，沒有特別安排順序：shake a leg（快一點）、pulling your leg（開玩笑）、leg work（跑腿的工作）、sea legs（不暈船的能力）、not having a leg to stand on（沒有根據；站不住腳）、a leg up（佔有優勢），當然還有 it has legs（還沒結束；還有發展性）。[15]

根據《牛津英語字典》，這個正被討論的用語首次的文字紀錄出現於 1930 年德州民間故事協會的出版品裡：「他的東西已經被到處模仿，當他寫的東西四處流傳時，他會說：『它有腳』（it had legs）。」此用語的概念來自某物藉由擁有雙腿或長出雙腿，可以像討人厭的小蟲子爬入其他東西之中。記者常使用它形容後續有多種不同追蹤觀點的故事。像是：「卡戴珊家族的故事不斷地出現新變體，就像長了腳一樣（has legs）流傳……並且持續改變性向……還有製作 X 級影片……以及……」

附註：另一個會在商業世界裡使用此用語的地方就是跟同事吃晚餐的時候。你可能知道紅酒也 has legs（有酒滴痕，稱作 wine legs）。這些是喝酒時酒杯內壁掛著酒滴痕跡。越多酒滴痕跡，酒裡面的酒精含量越多（喝個酩酊大醉吧，要不要呢？）

hashtag 名詞

1. 在社交媒體網站與應用程式中，文字或片語前加上用來辨識訊息是否與特定主題相關的主題符號。2. 主題標籤「#」用於社交媒體貼文，以辨識關鍵字或感興趣主題，讓搜尋更容易。

商務行話定義： 1. 將「#」放在文字前，希冀大眾會用這些文字來搜尋你的公司，但可能不會發生，因為他們正忙著搜尋「#免費贈送」或「#貓」。2. 因為要求對方將「井字號」（octothorpe）標在你的婚禮貼文上，可能會引起一些奇怪的反應。

來源：「#」代表什麼呢？如果你回答：「井字號」，你沒有錯，因為在電話鍵盤上的確有這個符號，但實事上可能是你已經超過三十歲，而且有點跟不上時代。今日，符號#代表一個文字標籤的開始，一開始出現於社交媒 Twitter，用以標記團體之用，但之後傳播至其他的社交媒體。[16]

重大的一刻發生在 2007 年 8 月 23 日晚上 12 點 25 分，當開源軟體倡導者克里斯・梅希納（Chris Messina）發了以下的推文：「你們覺得使用#（井字號）標著團體如何。像是 #barcamp。」[17] 梅希納反覆與其他推特使用者解釋此符號的使用方式之後，他繼續在兩天之後說：「想要加入一個平台，只需要加個#，像這樣：#barcamp，柵欄就打開了！」因此，井

字號就變成文字標籤！梅希納說：「文字標籤（hashtags）轉
瞬即逝的特點，讓使用它變得容易使用，非常適用在 Twitter
等改變快速的媒體上。」

是的……也許對於某些公司來說是移動速度太快了。2012
年時，旗下擁有黑莓手機的行動研究通信公司（Research in
Motion）正要推播公布工作機會，因而創了一個文字標籤
#RIMjobs。如果你不知道什麼是「舔肛門」（a rim job），兩
種想法：1. 別擔心，行動研究通信公司裡的社群媒體團隊顯然
也不知道。2. 千萬不要在上班時搜尋這個詞彙（這是 #NSFW
〔Not Safe For Work，上班不要看〕）[1]

heavy hitter 名詞

1. 一個非常重要或深具影響力的人士或品牌。2. 一位非常成功
的人士或公司。

商務行話定義：通常用於談起名人代言人的時候（收費也的
確像個名人）。

來源：這詞彙不僅出處有爭議，連它首次使用的時間也很有
爭議。不同的資料來源一致同意的是此用語明確出自運動，雖
然哪種運動還有待商榷。有些人認為此用語來自拳擊（奮力出

拳的人），而有些人則認為此用語的出處與棒球有比較緊密的關聯——得到額外安打或全壘打的人（也稱為力量型打者／power hitter）

至於首次使用紀錄的時間，《韋氏字典》等資料引用最早的紀錄出現在 1922 年。[19] 但是，羅伯特‧韓瑞克森（Robert Hendrickson）的書《天佑美國：1500 則愛國字彙與片語的由來》（*God Bless America: The Origins of Over 1,500 Patriotic Words and Phrases*）則認為最早使用紀錄出自 1887 年，而《牛津英語字典》則引用 1874 年的《芝加哥論壇報》（*Chicago Tribune*）作為最早紀錄：「它〔較有彈性的球〕讓力量型打者（heavy hitters）有機會展現他們的力量。」[20] 哪一個資料才正確？我們留待詞源學研究的強者去判定。

heavy lifting 名詞
1. 艱難的工作。2. 耗費精力的責任，需要非常多的努力。

商務行話定義：1. 為了讓新方案成功，你如何不間斷、勞累地工作。而且你知道你老闆會說這是「簡單的部分」。2. 你去外地開會時，如何試圖讓自己離開旅館的吃到飽。

來源：根據《牛津英語字典》，第一個將 heavy lifting 用於

比喻意義的紀錄（不是指舉起沉重的物體）出自
1934 年的《紐約時報》：「高登・史丹利・寇克蘭
（Gordon Stanley Cochrane）——也就是米奇本人[②]
——的身分增為捕手加經理……寇克蘭現在主導一
切，如果他想要的話，他是可以只做謀略工作，讓
球員上場比賽（do the heavy lifting）。但他說他會上場擔任一
百二十五場比賽的捕手。他從來都不害怕上場。」

你可能猜到高登・史丹利「米奇」・寇克蘭是美國職業棒球
員、經理與教練，被認為是棒球史上最棒的捕手之一。[21] 有了
這個文字紀錄，你可以將 heavy lifting 加入跟棒球相關的商務
行話的長串清單之中。[22]（參考第 394 頁的特別收錄）

hedge your bet 動詞

1. 為自己留一條後路。2. 為了彌補可能發生的潛在損失而採取
的行動。3. 雙邊押寶，用以確保不論結果如何，你都能獲利。

商務行話定義：當你申請了哈佛大學，同時也申請在地的社
區大學，以防萬一嘛。

來源：根據英國的 Phrase Finder，hedge 在英語中作為動詞使
用的紀錄最早出現於十六世紀，帶有「說模稜兩可的話或迴

避承諾」的意義。[23] 其中一個例子來自於 1600 年莎士比亞的《溫莎的風流婦人》（*The Merry Wives of Windsor*）「我、我自己有時，將懼怕上帝放在左手邊，必要時將榮譽放在另一邊，樂意改變心意、雙邊下注（to hedge）並改變立場。」完整的用語 hedge (one's) bets 則是十幾年後才出現，意指「藉由拿出少數金額與貸方賭博，即是分散下注。」首次使用紀錄出現在 1672 年第二代白金漢公爵喬治・維利爾（George Villiers）的諷刺戲劇《彩排》（*The Rehearsal*）裡：「現在，評論家們，盡情使壞吧，這裡勢均力敵；因為，像是個賭博騙子，我兩邊都押寶（have hedg'd）。」[24]

herding cats / squirrels 名詞

1. 處理困難、混亂的情況（請讀：juggling hand grenades）。2. 組織一群因為某事物而分心的人（就像是指導由五歲兒童組成的足球隊）。

商務行話定義：就像是在「瘋狂 3 月」[3] 舉行全體員工都需出席的

---

② 編註：高登的綽號是 Mickey。
③ 編註：每年 3 月，是全美大學體育協會第一級男籃錦標賽（NCAA 錦標賽）賽事最密集的時候。

會議。

來源：要找到此用語的真實出處很困難。因為許多不同的意見同時繞著轉。就像，哪個片語呢？對了，就是 herding cats！[25] 有些人認為此用語的出處來自 1979 年的電影《萬世魔星》（*Monty Python's Life of Brian*），電影裡麥可‧帕林（Michael Palin）飾演的牧羊人說：「你能想像一群貓（a herd of cats）等著被剃毛的樣子嗎？喵！喵！喔耶。」另一方面，《牛津英語字典》提到此用語首次的文字紀錄出自 1986 年的《國家期刊》（*National Journal*）：「耶夏將必須持續應付抱持各種不同意見的小組委員會成員，他說這項任務『可能會像嘗試牧貓』（to herdcats）。」然而，Google Answers 則認為此用語出自前一年的《華盛頓郵報》，作家布萊德‧蘭里（Brad Lemley）寫到：「在 L 組之中，大衛‧史托福監督六位一流的程式設計師，這是項比『牧貓』（herding cats）還難的管理挑戰。」[26]

不論此用語的實際出處是哪種，herding cats 可以被列入貓類相關的商務行話之中，因此在出處部分，貓類用語能與棒球相關的用語競爭（參見第 394 頁的特別收錄）。[27] 可惜，與松鼠相關的出處代表較少較，我們只找到一個主要與松鼠有關的商務行話慣用法，就是 squirrel away。[28] 很蠢吧！

hired gun 名詞

1. 聘請前來解決困難問題或爭議的外人。2. 一位參與處理管理階層爛攤子的顧問。

商務行話定義：你老闆的大學好兄弟空降，整頓肅清你們的辦公室……然後把你給炒了。

來源：我們可以告訴你 hired gun 的來源，但我們得要把你幹掉。說真的，就我們詞彙專家能告訴你的是，此用語的詞源指出它的字面意義最早出現約在 1820 年代。其中一個紀錄來自 1828 年英國的《由專責委員會製做的英國賦稅收入與公共支出的第二份報告》（*Second Report From the Select Committee on the Public Income and Expenditure of the United Kingdom*）——由眾議院委任製做的報告——報告內有一張「支付給一名在普利茅斯的霍伊專家（Hired Gun）人員（擔任軍械師）」支出圖表，列出總支出為 116 英鎊。有趣的是作家楚門·卡波提（Truman Capote）也在其 1965 年的知名著作《冷血》（*In Cold Blood*）裡使用此片語：「他總是一直在說他靠當殺手（a hired gun）賴以謀生的事情。」資料顯示此用語約在此時普遍流行，但我們不清楚它何時開始用於不用拔槍的商業情境。[29]

honcho（如同 the head honcho 或 big honcho）名詞

1. 負責人。2. 所有老闆的老闆。

商務行話定義：當老闆不在時，用來揶揄的說法，同時兼做出引號手勢。

來源：從日文 hanch 借用而來，原意為組長，此用語在第二次大戰時期由駐日本的海外軍人帶回。《牛津英語字典》提到此用語首次的使用紀錄出自《科肖克頓論壇報》（*Coshocton Tribune*）上的照片說明文字：「這個囚犯是戰犯監獄裡的『頭頭』（honcho），就是團體首領。」二戰期間，日本人稱戰俘營中負責工作分組的英國或澳洲軍官為 hanch。到了 1960 年代，此字彙成為美國會話俚語的一部分──雖然我們用羅馬字母 o 取代第一音節的 a，但發音保持不變。[30]

honeypot 名詞

一種誘餌電腦系統，設計用來吸引或追蹤駭客或寄垃圾信件的人員。

商務行話定義：一種你的技術團隊沒有足夠的資源或資金做出來的誘餌電腦系統。

來源：最早描述「誘敵」（honeypot）技巧的紀錄出現於
1989年克里福德·史鐸（Clifford Stoll）的著作《杜鵑的蛋：
在計算機間諜活動的迷宮中追蹤間諜》（*The Cuckoo's Egg:
Tracking a Spy Through the Maze of Computer Espionage*）中。[31]
史鐸以第一人稱視角描繪追捕入侵加州勞倫斯柏克萊國家實驗
室（Lawrence Berkeley National Laboratory，LBNL）電腦駭客
的過程。史鐸發現入侵是透過衛星位置在西德。史鐸為了要引
誘駭客曝露自己的行蹤，因此精心設計了一個騙局──誘捕熊
（意指駭客）的蜂蜜罐（honeypot）──其中在LBNL創立一
個虛構的部門，此部門的成立是因為一項虛假的合約，關於一
種稱為SDI真實飛彈防禦系統。史鐸發現駭客對於虛構的SDI
檔案特別有興趣時，囚此在SDInet（由名叫芭芭拉·雪溫的
虛構祕書負責管理）帳號上存放大型檔案，裡面滿是聽起來讓
人印象深刻的官方語言。這個計謀成功，而警方發現駭客的家
在西德漢諾威。駭客的名字為Marcus Hess，他從事竊取的資
料再轉賣給蘇聯KGB的活動，已經有數年的時間。[32]

hump day 名詞

　　1. 禮拜三。2. 一週的中間。

商務行話定義：週間黑洞漩渦般的工作日中一絲絲微弱的希
望之光。（#WhyMommyAndDaddyDrink）

來源：Hump day 與禮拜三的關聯性相當清楚，從古英文 Wōdnesdæg 或是「沃登日」（Wooden's Day），還有中世紀英文 Wednesdei，「沃登日」（day of Wonden）就可以看出來④，但它的起源卻不怎麼確定。[33] 有些人認為 hump day 一開始出現在 1965 年《美國地區英文詞典》（*Dictionary of American Regional English*）之中。其他人則認為此用語使用的歷史早於以上的紀錄，約在 1950 年代或甚至是 1940 年代，當時此用語意指目標的里程碑，在此里程碑之後事情變得容易許多。其中一個例子是 1959 年《長堤新聞電報》（*Long Beach Press Telegram*）：「巡邏的高潮都落在禮拜三（Hump Day）……巡邏到此日已經過了一半，而剩下的部分都是下坡路段。」[34] 我們確定此用語不是源自蓋可汽車保險公司電視廣告裡的駱駝⑤，現在你就不要再這樣想了。

---

④ 編註：此處作者有反諷意味，因為無論就古英文還是中世紀英文，都看不出和「hump day」有何關聯。

⑤ 編註：hump 亦有駝峰之意。

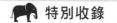
與貓狗相關的商務行話：
「貓狗一窩！瘋狂大亂鬥！」
Cats and Dogs Living
Together！Mass Hysteria！

以上台詞出自 1984 年的電影《魔鬼剋星》（*Ghostbusters*），
由爆笑的比爾‧墨瑞（Bill Murray）詮釋。貓狗祥和地同住一
窩的想法的確代表我們熟知的世界即將分崩離析。同樣的說
法也可以用於商業界裡。只有 raining cats and dogs 將兩種動物放
在同一片語中。除此之外，這兩種動物在我們的世界裡各自過
著不同的生活，儘管生活都很忙碌就是了。

除了列於此書他處的貓科和犬科相關的詞條（參見 herding
cats 與 screw the pooch），以下是一些時常可於商業對話中聽
到語貓狗相關的慣用語。

貓咪

Cat got your tongue	一時語塞
cat out of the bag	祕密揭曉
copy cat	模仿他人的行為或表現
fat cat	有錢或有影響力的人
look what the cat dragged in	不整齊或狼狽的抵達樣貌
nine lives	不被傷害或殺害的能力
playing cat and mouse	來回挑釁與威脅對手

狗

barking up the wrong tree	採取錯誤的行動或選錯人說話
bite the hand that feeds you	沒有善待你生存仰賴的對象。
call of the dogs	停止手邊正進行的動作
dog-eat-dog	需要與他人競爭以得到自己想要的
every dog has his day	每個人最終都會得到應得的結果
top dog	老闆或勝利者
turn tail	撤退
work like a dog	非常努力工作
you can't teach an old dog new tricks	對於上年紀的人來說，學習新事物很困難。

I

ideation 名詞

1. 形成構想或影像的過程。 2. 創造新構
想（參照 brainstorm）。

商務行話定義：當你覺得說 let's come up
with some ideas here 不夠酷時會用的詞彙。

來源：普遍看法認為 ideation 可能跟近代現象，例如設計思
維，較有關聯，但其實此詞彙已經存在幾乎有兩個世紀之久。
根據《牛津英語字典》，此詞彙首次的文字紀錄出現在 1818
年詩人兼哲學家塞繆爾‧泰勒‧柯勒律治（Samuel Taylor
Coleridge）的筆記本裡：「事實，主要為自我表露，或因某物
或構思過程而出現的想法（Ideation）。」有趣的是柯勒律治
的筆記本並不是為了出版給大眾閱讀而寫的。基本上這是他個
人日記，直到後來他覺得筆記本是值得留給學生的傳承紀錄，
因此將其出版。

in a nutshell 形容詞、副詞

1. 用幾個字表達。 2. 簡潔、濃縮的。

商務行話定義：你可能想著：「這裝得下我老闆的腦袋。」

來源：此用語一開始的原意其實指的是任何能放進核果的簡短文字紀錄。大多數學者相信老普林尼（Pliny the Elder）在西元 77 年於其著作《博物志》（*Natural History*）中提到西賽羅（Cicero）將荷馬的《伊里亞德》寫在羊皮紙上，然後封存於核果中。（《伊里亞德》用標準字體大小書寫時，約有數百頁的厚度）。時常引用古典作品的莎士比亞也在 1603 年讓哈姆雷特說了以下的台詞：「我若不做那些噩夢，即使是被困在核桃殼裡（in a nutshell），我也可自命為擁有廣土的帝王。」[2]

in the weeds 形容詞

1. 沉浸於細節或困於細節之中。 2. 完全不知所措並且無法跟上步伐。 3. 在問題、麻煩或困難中掙扎。

商務行話定義：1. 非常像管理員工的感受。2. 非常像教養孩子的感受。

來源：我們深陷於 in the weeds 出處的各種瑣碎細節之中。有

些人認為此用語出自美國軍隊，意指身處於很可能遭到射殺的情況，因為躺「在草地裡」（in the weeds）的關係。其他人則說此用語源自於農業。如果在收成農作物時太靠近地面，你很可能一路上都會拾起雜草。另一群人則認為源自禁酒時期。將酒類藏在後頭（就是 in the weeds 的字面意義）就能夠擋住前來搜索酒類的政府官員的探查。還有人認為這是高爾夫球用語，意指將球打偏離平坦球道「進入草叢中」（in the weeds），這樣的情況之下要將球打進洞裡會變得相當棘手。最後，有人認為這是餐廳用語，身在「草叢之中」（in the weeds）代表餐廳客人眾多員工難以招架。[3] 我們能確定與 in the weeds 相關聯的一件事是 2000 年由莫利・林沃德（Molly Ringwald）主演的電影，它正是此電影的名稱。[4] 不客氣。

incentivize 動詞

1. 為了增加生產力而提供或給予獎勵。 2. 提供（某人）做某事的誘因。

商務行話定義：這就是為什麼需要全員到齊的會議都會供餐。

來源：《牛津英語字典》追溯 incentivize 的首次使用紀錄出現在 1968 年英國《衛報》（*Guardian*），當時的用語是以英國用法拼寫而成：「你必須要訴諸人們的貪婪。最成功的車站站

務員能夠激勵（incentivise）前場員工。」美國一直到要 1980 年才在《時代雜誌》見到此用語的使用紀錄：「美國人沒有儲油的習慣，因為他們『沒有足夠的誘因」（not sufficiently incentivized）。」

如果你真的想知道的話，英式與美式拼字方式不同在於英式英語保留原本從其他語言——主要是法語與德語——原本的拼字方式，而美式英語的拼法主要根據詞彙發音的方式。1755 年塞繆爾·詹森（Samuel Johnson）出版對於英式英語拼法深具權威性的《詹森字典》（*A Dictionary of the English Language*）後，更是確立了這樣的差異性。諾亞·韋伯斯特的《英文簡要字典》（*A Compendious Dictionary of the English Language*）首次出版於 1806 年，取代英式拼法，將美式拼法推廣普遍化，例如 color 而非 colour。[6]

influencer 名詞

能引導他人，使其對產品產生與自己類似的品味或意見的人，影響方式通常透過社群媒體貼文上的大量粉絲。

商務行話定義：你從來都沒聽過、但你的孩子敬仰與崇拜的人。

來源：《牛津英語字典》的研究指出 influencer 的使用（作為能影響他人的人）能追溯至 1660 年，當時亨利·莫爾（Henry More）被稱為「英國教會的領導與有影響力（influencer）的人〕。維基百科詞條提及莫爾身為劍橋柏拉圖學派的哲學家「嘗試運用由十七世紀笛卡爾發展的機械哲學的細節以建立非無實體物質的存在。」我們猜想這樣的東西在當時會讓你成為有影響力的人。當然，近來此詞彙的使用都與社交媒體的行銷策略緊密相關，這樣的策略運用不一定是哲學家的人，老實說可能連怎麼手寫哲學家這三個字都有困難的人。2019 年，（卡戴珊家族的）凱莉·珍奈（Kylie Jenner）成為世上最年輕的靠自己奮鬥成功的億萬富翁（取代馬克·祖克伯〔Mark Zuckerberg〕的地位），這大部分都要歸功於她的網紅身份。[8]

Internet of Things (IoT) 名詞

1. 每個裝有微晶片的物體，此晶片讓物品能有網路連接性。2. 設備、家電與其他裝有電腦晶片的物品，以上的裝置都能透過網路收集與傳輸資料。

商務行話定義：這是機器人有一天會搶走你飯碗的原因。

來源：此用語的起源開始於一位想要給自己的 PowerPoint 報告取個朗朗上口名稱的男子。凱文·艾許頓（Kevin Ashton）

當時在寶僑公司（Procter & Gamble）工作，他說，有天他：「必須要做 PowerPoint 報告，當時為 1990 年代，為了說服公司的資深高層……我們應該要將無線射頻識別標籤，即是微小的微晶片放到寶僑公司生產的每個產品。他們不知道我要跟他們說什麼，但他們知道網路是件大事。因此我將 Internet 這個字放入報告標題，用來吸引高層的注意力。因此我很匆忙地稱這個報告為物聯網（Internet of Things），因為我們想要能夠追蹤寶僑公司供應鏈提供的公西。最後這個報告很成功，而且它一路跟著我去。我絕不會更改標題。」[9]

艾斯頓去的地方就是麻省理工學院，他在那邊共同創立了一個研究中心，以「物聯網」（Internet of Things）概念為研究中心範圍。艾斯頓說常常有人誤解 IoT，誤認它代表一台冰箱跟烤土司機對話。其實不是。艾斯頓說真實世界裡最好了解物聯網的例子就是智慧型手機：「智慧型手機裡約有十個感應器。他們都與網路連結。你能夠照相然後上傳，並且讓演算法辨識照片裡的人臉。你現在到哪裡都需要用到 GPS，這就是網路位置感知。這就是物聯網（Internet of Things）。」[10]

IT 名詞

1.「資訊科技」（Information technology）的縮寫（IT）。 2. 使用電腦設備處理電子資料。

商務行話定義：辦公室裡的電腦設備總是在最巧的時間一直出問題。

來源：隨著個人電腦於 1980 年代的興起，普遍的看法認為 IT 部門是蠻新的用語。但是，資訊科技，又簡稱 IT，首次書寫記錄出現在 1952 年，於 1958 年湯馬斯‧L‧懷斯勒（Thomas L. Whilser）和哈洛‧J‧李維特（Harold J. Leavitt）在《哈佛商業評論》上發表一篇題名使用到 IT 之後，此用語開始普遍流行。[11] 當時，很少有機構有像「IT 部門」的組織——主要是需要儲存資料的銀行與醫院。IT 只用來描述儲存資料的過程。今日，電腦程式設計與軟體發展（在某段時間，以上兩者都是由數學家和電腦科學家處理，因為整個過程非常複雜）都被納入 IT 部門，以及所有的隨機服務。這些服務總在你最需要他們的時候一直出問題，而修理過程總是遙遙無期的久。

it is what it is 慣用語

1. 無法改變或調整的事物。2. 必定要接受或處理情況就是如此（又稱 que será será）[①]。

商務行話定義：等同「我沒有責任需要為所

[①] 編註：「Whatever will be, will be」翻成西班牙語的念法，但並非正式文法。

有發生的壞事負責，希望這個無意義的句子能夠終止這樣的爭論」的說法。

來源：演講稿撰寫人與《紐約時報》語言專欄作家薩費爾指出此用語首見於 1949 年 J.E. 羅倫斯（J.E. Lawrence）在《內布拉斯加州日報》（*Nebraska State Journal*）的專欄文章，此文章談及開墾生活形塑性格的方式：「新土地既嚴酷又充滿力量並且耐寒抗旱。此地鄙視任何弱者的象徵。此地即無假象也無虛偽。就是這樣（It is what it is），無需致歉。」薩費爾也指出此用語在二十世紀末和進入二十一世紀之間使用的頻率增加。[12] 增加使用頻率包含了一陣以 it is what it is 為題的活動，像是 2001 年比利·佛羅里克（Billy Frolick）用它作為電影名稱，而一年後即興樂團絃樂起司事件樂隊（The String Cheese Incident）則用它作為其受歡迎歌曲的歌名。[13] 有些人說 it is what it is 現在在商業對話中普遍流行有其道理，因為我們就是喜愛能在某項結果中免除責任的人。[14] 如果你不同意以上的說法，我也沒辦法，反正就是這樣。

J

jet lag 名詞

1. 搭飛機越過數個時區之後感到的疲憊感。 2. 長途飛行之後身體的晝夜節律遭到打亂，因此暫時感到疲勞與易怒的情形。

商務行話定義：1. 當你只靠直覺運作時，你將內在的醜陋面釋放到外面世界。2. "I'm a hot mess right now"（我正覺得一團亂）的另一種好聽說法。

來源：新聞資料指出 jet lag 首此使用紀錄出現於 1966 年《洛杉磯時報》（*Los Angeles Times*）的文章中，作者荷瑞斯‧蘇坦（Horace Sutton）寫到：「如果你是國際富人的一員，然後飛到加德滿都與國王馬亨德拉喝咖啡，你會受到時差（Jet Lag），這是一種像宿醉的疲累感。時差來自簡單的事實，即噴射飛機飛行速度極快，快到你的身體節奏都被拋到身後。」但是《牛津英語字典》指出另一個更早的新聞出處，為 1965 年《紐約先驅論壇報》的文章：「時差（Jet lag）突然襲來。受害者從飛機上離開時……像精靈一樣開心，迅速通過海關，回到家或入住飯店……與朋友打招呼後，接下來幾個小時就陷

入輕度昏迷。」

有些人猜測 jet lag 就像其他的商務行話，可能有文字記錄之前就已經使用了一段時間（最早為 1950 年代）。當時，jet leg 只會影響「國際富人群」，也就是那群能夠負擔一邊穿越時區的飛機旅行，一邊接受提供美食與美酒的奢華與特權服務的人。今日，那些同樣的人依舊受到時差的影響，但現在美好的飛機佳餚已經被一包蝴蝶餅與一罐蘇打飲料所取代。[1]

J

jockey for position 名詞

1. 為了取得優勢，進行競爭。2. 使用一切必要的方式來比敵人佔更多優勢。

商務行話定義： 1. 當執行長宣布要退休時，經理們會做的事。2. 十二歲女孩在小賈斯汀的演唱會上會做的事情。

來源： 此用語源自賽馬，特指賽馬騎師在比賽過程已控制賽馬，取得較有獲勝優勢的位置。雖然《牛津英語字典》提及 1835 年出現此用語變體首次的文字紀錄，但一直要到二十年紀中期，此用語才開始使用於商業語境之中，指稱為了專注某個獎項、獎賞或促銷而排隊的人：「在亞伯達省，沒有陪審團的時候，法官面前總是擠得水洩不通（jockeying for position），因為律師們都拼命卡位要找到對的法官。」[2]

John Hancock 名詞

1. 美國政治家，首位簽署獨立宣言的人。2. 親筆簽名。

商務行話定義：1. 推銷員使用的片語，用來取代「趕快在這裡簽命把自己賣了吧，傻瓜」（Sign your life away right here, sucker）。2. 別人的名字……. 除非你的真名就是約翰・漢考克（John Hancock）。但是拜託，這個機率有多大？我們確定世界上有幾位約翰・漢考克，也許有些人會開玩笑拿這個名字當作星巴克的顧客名，只是到底有幾個人會買這本書？最多一個或兩個人吧。而這些人之中又有幾個真的現在讀到這個段落呢？零。沒有人會這樣做。（參見 it is what it is）

來源：約翰・漢考克作為第二屆大陸會議的主席為獨立宣言於 1776 年 7 月 4 日生效後第一位的簽署人，之後將其送印。他的簽名動作如此誇張，讓他的簽名又大又粗，確保英王喬治（King George）無論如何都會看到它，因而讓他的名字在美國變成簽署文件的同義詞。[3] 根據《牛津英語字典》，最早約在 1834 年開始，Hancock's signature 變成象徵親自簽

名於文件，證據可見於《道寧鎮國民軍團第二旅的 J. 道寧少校寫給任職於紐約〈每日廣告報〉的老朋友杜伊特先生的書信》（*Letters of J. Downing, Major Downingville Militia, Second Brigade, to his old friend, Mr. Dwight, of the New-York Daily Advertiser*）：「我請格威爾家的人去抄寫一份他的簽名……它很像道寧少校原有的筆跡，歷史久遠到如同約翰‧漢考克在《獨立宣言》上的簽名筆跡（as old John Hancock's）。」

jump (or beat) the gun 慣用語

1. 在獲得同意或授權時間之前就開始行動。 2. 匆促行動；過早行動。

商務行話定義： 在外地客人都還沒拿完一輪時，就開始享用原本是提供給他們的吃到飽自助吧。

來源： 正如人們所料想到的，此用語來自田徑比賽，其緣由來自比賽中用以示意比賽開始的槍枝。根據《牛津英語字典》，最早的紀錄用語為 beating the pistol，來自 1905 年山謬爾‧克魯瑟（Samuel Crowther，划船運動）與亞瑟‧魯爾（Arthur Ruhl，田徑運動）的著作《划船與田徑運動》（*Rowing and Track Athletics*）：「搶跑很少會受罰……發令員與官員都是得過且過的心態，因此讓『提早起跑』（beating the pistol）成為沒有運動家精神的跑者經常使用的計謀。」現代用語中，我們找到其中一則早期紀錄來自 1932 年 5 月的《男孩生活雜誌》（*Boy's Life*，由美國童軍出版）：「但是競賽讓他感到煩躁；想到要擊敗的對手，他感到焦慮、緊張不安。因此他搶跑了（jump the gun），發令員請他回去兩次，也許三次。至此，他就沒了勝算。」[4] 除此之外，此用語在今日普遍流行的源頭可能出自披頭四的《白色專輯》（*White Album*）。〈幸福是把溫熱的槍〉（Happiness Is a Warm Gun）有為人熟知的副歌歌詞：Mother Superior jump the gun（母親大人躍過了槍）。[5]

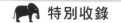
源自聖經的商務行話

根據《牛津英語字典》，除了聖經，沒有任何資料能給予英語這麼多的新詞彙（第二名是莎士比亞）。對於商務行話來說也是如此。除了本書有提供定義的詞彙之外，以下還有一些與聖經相關的商務行話。[1]

bite the dust	失敗或死亡（詩篇 72:9）
blind leading the blind	缺乏技術或知識的人，卻由另一個一樣無能的人領導（馬太福音 15:13-14）
by the skin of your teeth	幾乎沒有成就任何事情（約伯記 19:20）
drop in the bucket	很小、微不足道的量（以賽亞書 40:15）
fly in the ointment	可能會阻止成功的問題（傳道書 10:1）
go to the extra mile	做得比預期的多（馬太福音 5:41）
good Samaritan	無私地幫助其他需要幫忙的人（路加福音 10:30-37）
live by the sword, die by the sword	如果你用暴力對付他人，你可以預期對方也用暴力對付你（馬太福音 26:52）

money is the root of all evil	只專注於財務獲利會招致不好的事情（提摩太前書 6:10）
no rest for the wickcd	你要很努力才能做壞事（以賽亞書 57:20-21）
put words in someone's mouth	曲解他人的意見（撒母耳記下 14:3）
scapegoat	代替別人承受過錯（利未記 16:9-10）
see eye to eye	同意（以賽亞書 52:8）
thorn in your side	經常讓你感到不耐煩的事物（哥林多後書 12:7）
wash your hands of	遠離承擔責任（馬太福音 27:24）
wit's end	耐性耗盡（詩篇 107:27）

K

KISS 首字母縮寫

1. 代表 Keep it simple stupid（保持簡單愚蠢）。2. 代表 Keep it super simple（保持超級簡單）。

商務行話定義：保持簡單愚蠢（用甚至是生來就是個大傻瓜，然後在懺悔星期二的嘉年華時，喝了一些颶風調酒之後，被迫繞著棍子轉了十圈，接著接受腦白質切除手術的蠢蛋，都能了解的基本方式解釋某事）。

來源：此用語據傳是在 1960 年由洛克希德臭鼬工廠（Lockheed Skunk Works，其中包括洛克希德 U-2 偵察機與 SR-71 黑鳥式偵察機）任職的首席工程師凱利・強生（Kelly Johnson）所創造的詞彙。根據故事，此用語的起源來自強森將一些工具交給設計團隊，挑戰他們是否能設計一款在交戰時可以由一般技工使用強森給的那些工具就能維修的飛機。十幾年以來普遍用法將其寫成 Keep it simple, stupid（保持簡單，蠢蛋），而強森則去掉逗點，將其簡化成：Keep it simple stupid（保持簡單又愚蠢）。[1]

KOL 首字母縮寫

key opinion leader(s) 的縮寫。

商務行話定義：任何手上有手機而且願意替自己拍攝做極蠢而且／或者裸體影片的男女（參見 influencer）

來源：有些人認為從行銷的角度上來看，KOL（關鍵意見領袖）與 influencer（擁有影響力的人）不同，差異性在於 KOL 影響一群特定的觀眾，而 influencer 則是帶給觀眾全面性的影響。這可能是由很無聊的部落客創造不同種類的商務行話，但我們知道的是今日 KOL 在商務行話普遍流行的原因該歸功於保羅·拉扎斯費爾德（Paul Lazarsfeld）和埃利胡·卡茨（Elihu Katz）。他們在 1955 年合著《人際間的影響》（*Personal Influence*），其中報導一項先驅研究結果，顯示從媒體而來的訊息可能更進一步由非正式的「意見領袖」攔截、詮釋並且與個人的網絡分享他們所見所聞。[2] 雖然此用語可以追溯至 1660 年，但拉扎斯費爾德與卡茨 1955 年的著作才真的讓 KOL 出現在商務行話的世界。

kid gloves 名詞

1. 以慎重與體貼對待。2. 以極度圓滑或溫柔的方式應對處理。

商務行話定義：通常，那些被以 kid gloves（山羊皮手套）「招待」的人根本應該用拳擊手套對付。

來源：Kid gloves 主要是用真的小羊皮做成的手套。因其細緻的特性，這樣的手套從來都不是用於艱辛的勞力工作；因此，戴著這樣的手套就等同於「擁有蒼白的皮膚」（having pale white skin），意指穿戴手套者有足夠的錢，因而能夠盡情享受室內無所事事的生活。根據《牛津英語字典》，最早的紀錄來自 1677 年由紀・米耶熱（Guy Miege）編纂的法語英語字典，而 kid gloves 直譯成法語（gans de chevre），字面意義即是 goose of goats（山羊的鵝，這翻譯不需合理，因為這是法文，就跟著用吧）。此用語也見於 1693 年威廉・康格里夫（William Congreve）的戲劇《老光棍》（*The Old Bachelor*）裡：「為什麼這位父親買了牛角火藥筒，一本年曆與一個梳子盒；這位母親買了一個水果塔以及一條串著大顆琥珀的項鍊；而女兒則是試戴了兩雙小羊皮手套（two Pair of Kid-Gloves），然後都把它們扯壞了。喔，天呀，現在又來了那天在佛瑞洛芙女士的家用餐的傻子。」[3]

到了十九世紀，此用語開始在英國帶有負面意涵，常使人聯想到「缺乏男子氣概」。當 kid gloves 跨界進入美國時，開始以現代的定義「需要慎重或謹慎地處理」為人所知。紐約《尼克博克雜誌》（*Knickerbocker*）月刊在 1849 年時收錄第一個帶有以上意義的例子：「挑釁的主題不是我們的專長，從來不是；但這樣的主題出現妨礙我們時，我們也不會用謹慎小心的態度（with kid gloves）處理對待之。」[4]

kill the goose that lays the golden egg 慣用語

1. 摧毀一項能持續取得成功、獲利或財富的來源。2. 因目光短淺而摧毀收入或生計來源。

商務行話定義：提及此用語，然後房間裡至少一或兩個人會因此而想到電影《威利・旺卡與巧克力工廠》（*Willy Wonka and the Chocolate Factory*）。[5]

來源：此成語來自《伊索寓言》（*Aesop's Fables*），由伊索收集編輯而成的故事及，而伊索本人是奴隸也是說故事者，據信活躍於西元前 620 年到 564 年間的古希臘。在《產下金蛋的鵝》（*The Goose That Laid the Golden Eggs*）的故事裡，伊索說了關於一對貪婪夫妻的故事（一位農夫與他的太太）殺了一隻一天會下一顆金蛋的鵝。這對夫妻以為會在鵝的體內發現更多金蛋，但這隻鵝的身體就跟其他鵝一樣，最後因而失去他們的生財工具。[6]

商業例子：還記得 AltaVista 這個搜尋引擎嗎？在 Google 出現之前，他就像是那時的 Google，但這家公司決定更想成為 Yahoo。現在它的名字在《驚奇隊長》（*Captain Marvel*）的台詞裡變成 1990 年代中期人眾文化的標記[7]（這是個驚奇的世界；而我們正身於其中）。

kill two birds with one stone 慣用語

透過一個動作完成兩項不同的事情。

商務行話定義： 1. 外地出差能讓你離開家人，同時買一些廉價小飾品回來送給他們。2. 轉寄一封討論案子的電子郵件討論串給老闆，卻忘了討論串中有你跟同事抱怨老闆是大笨蛋的內容。[8]

來源： 此用語據信首次出現在英語中是在 1632 年《現今非洲戰區西班牙人與阿爾及爾人交戰的完整歷史》（*Complete History of the Present Seat of War in Africa Between the Spaniards and Algerines*）一書中。此書的作者被認為是 J・摩根・根特（J. Morgan Gent）。根特寫到一位軍事領導「決定用一

石二鳥的方式（kill two Birds with one Stone），回敬西班牙人給的恭維話語，並處理無禮的土耳其人，他確定這樣的方式之下至少其中一些人會被制止。」此用語在其他語言裡是否有其他文字記錄一事爭論已久，但都沒有出現結論。有些人指出可能的來源是依卡洛斯（Icarus）的神話 —— 他與父親代達洛斯（Daedalus）一同製造了翅膀好逃離迷宮。根據 Grammarphobia 部落格，代達洛斯用一顆石頭殺了兩隻鳥來取得製造翅膀的羽毛。但此神話的主要資料來源都沒有提到代達洛斯取得羽毛的細節。[9]

knockoff 名詞

1. 一項熱門產品的廉價複製品或重製產品。2. 較昂貴品項的未授權複製品，其品質通常很低落。

商務行話定義：在紐約旅行時，於路邊小販攤上以 20 美元買下的勞力士錶。這支錶一週後就壞了。

來源：十九世紀時，此用語可用於指稱若干動作或事情：動作很快地工作、睡著、痛打某人。1919 年 8 月，《雅典娜神殿雜誌》（*The Athenaeum*）中收錄了第一個使用 knock off 意指偷竊某物的文字記錄：「湯米（英國士兵）用了一個不尋常的用語：以『某人偷走了它』（knocked it off）取代『某人帶

走了（潛逃帶走了）它』，以『解釋』他為什麼缺少工具。」最後，knockoff 開始被當作名詞使用，暗指一種廉價或品質不良的複製品。[10]

對於鮑勃・威爾馮來說，knock 和 off 都是他小時候，父親在家裡想要孩子立刻停止做某事情的停止命令用語。「knock〔it〕off!（立刻停止！）」他會這樣說。關於這個版本的 knock〔it〕off，其出處似乎源自於拍賣員的世界。在十九世紀期間，如果沒有人為某物品出價，拍賣員會下令說 knock it off（立刻停止）意思為「讓我們快點處理掉這個東西吧」。[11]

K

knowledge economy 名詞

1. 這種經濟體之下，驅使經濟成長的是資訊的取得、分配與使用，而非傳統的生產工具。2. 一系列工作，其中大量的職位需要創造新知識的能力，而非體力工作（例如：軟體開發人員創造用來組織與探索資料的工具）。

商務行話定義：1.「我們的經濟不再生產任何東西」的另一種說法。2. 在這種經濟體下下的辦公室裡，可以看見很多人坐在懶骨頭上、玩足球檯，或

是滑著滑板車進入冥想室。

來源：常識告訴我們（但是曾幾何時我們可以相信常識）knowledge wisdom 是近幾年由於網路、社群媒體、行動運算（mobile computing）與一系列的智慧裝置等匯集而出現的詞彙。其實這個用語可以追溯至 1960 年代。《牛津英語字典》提及此用語首次的文字紀錄出現於 1967 年每週出刊一次的《週六評論》（*Saturday Review*）裡：「從工業經濟……我們將會……變成越來越像是……一種知識經濟（a knowledge economy），我們一半的勞動力都將與資訊的生產有關。」身為商業管理的權威與作者的彼得‧杜拉克於 1969 年在《不連續的時代》（*The Age of Discontinuity*）裡其中一個章節將 knowledge economy 作為標題，因而推動此用語的使用日漸普遍。杜拉克寫到從工業經濟轉化成一種更仰賴知識或資訊的經濟，在這之中，知識資源像是交易祕密與專業，將逐漸變得與其他的經濟資源同等重要。甚至早在這之前，杜拉克就已經預測一種時代的大轉變，這樣的轉變體現於人們將用腦力生產更多價值，而非勞力。他於 1959 年在《明日的里程碑》（*Landmarks of Tomorrow*）一書中提到「知識工作」（knowledge work）。[12]

kudos 名詞

1. 祝賀。 2. 榮譽、榮耀或讚賞。

商務行話定義：我沒有任何真的有價值的束西能給你——像是錢或像《商業辭典》一樣酷的禮物——所以也許跟你說這個有點蠢的話就夠了吧？

來源：此字彙源自古希臘文 kydos（榮耀），根據《牛津英語字典》，它進入英語源自一個笑話。在 1799 年時，浪漫時期詩人羅伯特·騷塞（Robert Southey）寫到波特蘭公爵威廉·卡文迪許—本廷克（William Cavendish-Bentinck）出任牛津大學校長一事，他提及公爵的毛皮大衣「被以粗鄙的希臘文狂讚一番。」（kudos'd egregiously in heathen Greek）

儘管此用語的英語起源是如此，它逐漸在十九世紀在英國漸漸受到喜愛，接著到了二十世紀演變成為等同於讚美的俚語，特別為記者所使用。[13]

L

lawyer up 動詞

1. 組成律師團（通常接在 you better……之後）。2. 獲得法律服務，特別是面對可能違法事項的偵查審問的時候。

商務行話定義：這是近期競選高階公職的人都會做的事（參見 new normal）

來源：我們必須感謝《紐約重案組》（*NYPD Blue*）讓這個詞彙在現今商業詞彙裡普遍流行。在 1990 年代，《紐約重案組》使用此用語的次數多到變成 drinking game：每次你聽到劇中角色提到 lawyer up，你就要乾掉一杯酒。這樣說來，《牛津英語字典》裡記錄首次提及 lawyer up 就是出現在 1995 年《紐約時報》一篇關於《紐約重案組》的文章：「會讓《紐約重案組》裡的調查員嚇一跳的是嫌犯可能『請律師』（lawyering up）這件事。」[2]

lean in 動詞

1. 積極參與手邊的對話或活動。2. 在工作場所裡展現果決的特質。

商務行話定義：當老闆喋喋不休談著第三季的結果，你表現出好像真的很在乎的樣子。

來源：Facebook 營運長雪柔·桑德伯格（Sheryl Sandberg）於 2013 年出版同名的書籍讓此用語盛行於商務行話世界。[3] 桑德柏格提倡女性應該在工作上 lean in（參與），讓自己的聲音被聽見，而非 leaning out（淡出）。然而，一間右翼政治顧問公司劍橋分析（Cambridge Analytica）沒有經過 Facebook 臉書用戶同意即取得數百萬筆臉書使用者資料的醜聞被揭露，桑德柏格被指控刻意 leaning out（淡化）對話內容，避免責難。[4]

leave-behind 名詞

1. 印刷品。2. 會議或其他社交場合之後，你給客戶的物品。

商務行話定義：在講者離開後，客戶第一個丟掉的東西（通常丟在垃圾桶裡）。

來源：根據《牛津英語字典》，left-behind 最初指稱的是人，

它的起源可以追溯至十九世紀中期。在十九世紀到今日之間，此用語轉變成一個 leave-behind（遺留之物）——一種銷售與行銷詞彙，用於拜訪之後留下來的小冊子或宣傳手冊。[5]

left holding the bag 慣用語

1. 擔起被強加在自己身上的責難或重擔。2. 被迫處在你得要負責但只有孤身一人的情況。

商務行話定義：你們預定要向老闆報告令人失望的案子調查結果的當晚，你同事們全因為流感而倒下。

來源：惡作劇與犯罪世界是此用語最可能的兩個來源，兩者都能追溯至少十八世紀。惡作劇的起源來自「獵鷸鳥」（snipe hunt）的遊戲。遊戲中，一位完全不疑有他的新人被帶到樹林中，他必須要高舉提燈在一個打開的麻布袋上方，等著野生的「鷸鳥」前來——鳥當然不會出現，因為提到的「鷸鳥」是想像出來的。[6] 另一個出處來自英國的組織犯罪，一個人拿著偷來的物品等著警察發現，同時其他的同夥趁機溜走。此概念一開始的用語為 to give somebody the bag to hold（將袋子給他人拿），後來演變為 left holding the bag（被留著提袋子）。其中一個資料引用湯瑪斯・傑佛遜（Thomas Jefferson）於 1973 年的文字：「如果英國破產的狀況持續下去⋯⋯她將

把爛攤子留給西班牙收拾（leave Spain the bag to hold）。」[7]

long in the tooth 形容詞

1. 年老或衰老。 2. 表示他人變老的一種幽默又刻薄方式。

商務行話定義：當你需要跟同事解釋，在電子郵件出現之前的世界是什麼樣子時，你就知道你自己變老了（#OneFootInTheGrave）

來源：此用語影射馬兒的牙齦因為年紀而消退，因此讓牙齒看起來變得比較長。[8]《牛津英語字典》托馬斯·梅德溫（Thomas Medwin）《威爾斯的垂釣者，或運動愛好者的日常》（*Angler in Wales or Days and Nights of Sportsmen*）：「羅辛納提是一匹身形又高又瘦，四隻腳很長的褐色馬，他年紀很大了（very long in the tooth），因為很瘦的關係皮膚都貼著骨頭，一般是由信差騎乘。」

以上的引言是 straight from the horse's mouth（定義：來自最可靠的資料）。如果你跟我們一樣，你可能會 champing at the bit（定義：感到興奮；焦慮不安的），想要與同事分享這個發現，但記得 you can lead a horse to water, but you can't make it drink（定義：你不能勉強他人接受機會）。Don't look a gift horse in the mouth（定義：對方帶著真誠給你的東西，不要太挑剔或表現出一副不感謝的模樣），還在這裡挑錯誤。請 hold your horses（定義：請冷靜下來），然後尋找辦公室 horseplay（定義：一陣亂）的時刻，再將它移到某個地方。[9]

long shot 名詞

1. 成功機會很渺茫的嘗試。2. 獲勝機會不大的人或團隊。

商務行話定義：1. 原本老闆可能對你的新構想直接回應：「想都別想」，但他用此片語取代之。2. 一個由基因工程製造的生物，來自另一維度空間，而且最後還加入了 X-Men。[10] 3. 華盛頓將軍籃球隊（The Washington Generals）。[11]

來源：《牛津英語字典》認為 long shot 首次帶有現代意義的文字記錄出現在 1796 年，出自一篇名為〈約翰‧法斯塔夫的原信件等〉（Original Letters, etc. of Sir John Falstaff）的文章。有些資料說此用語源自從很遠的距離射擊目標，因為這樣的動作很困難而來。然而，大多數的資料說 long shot 的意義實際源自賽馬，這項比賽稱霸了十九世紀與二十世紀的運動生活與新聞報導。的確，到了十九世紀中期，一個 long shot 主要指稱的是在一場特定比賽中獲勝機率很小的馬匹。[12]（參見第 153 頁特別收錄）

lots of moving parts 名詞

1. 一項專案中出現許多不同的要素。2. 一次需要管理許多運作中的組成部分。

商務行話定義：當事情進展不順遂，你想要為自己的無能脫罪並怪到別人頭上時會說的話。

來源：恭喜本用語在《富比世》2012 年投票評比中獲選「最令人討厭的商務行話」之一。[13] 為了幫忙慶祝，我們精心籌畫了一場盛會，加上狗兒與小馬表演秀、Kool-Aid 飲料與一些額外的東西。

說真的，我們能找到此商業用語最早的文字紀錄，是你能想像最直白的使用方式，來自 1947 年國際電梯建造者聯盟（International Union of Elevator Constructors）的《電梯建造者期刊》（*Elevator Constructor*）：「但你知道電梯有許多會移動的零件（lots of moving parts），而這樣的零件都會耗損，屋主聽了一定會很不開心。」[14] 我們找不到此用語的象徵意義是怎樣出現與什麼時候開始使用的證據。然而，老實說，我們手上同時有許多東西得要處理（為了刊登在《富比世》的資訊，跟所有其他事情的盛大計畫），因此必須放棄搜尋。不要責怪我們的無能（參見 it is what it is）。

L

lowball 動詞

1. 提出低報價或出價。 2. 對於某項服務或產品，提出比你最後打算收取的價格還低的報價。

商務行話定義：1. 得到等同於你現在薪水的報酬 2. 高球（highball，一種雞尾酒）的相反（沒有任何商務人士會使用這個詞彙，只有在酒吧點餐時會用到）。

來源：只要有個人或公司急著要出售，總是會有人使用「低球技巧」（lowball techniques，提出遠低於可以接受的要求）對付這些人。1978 年由羅伯特・席爾迪尼（Robert Cialdini）帶領的研究員在《個性與社會心理學雜誌》（*Journal of Personality and Social Psychology*）發表一項定義低球技巧能夠成功的原因的論文。[15]「認知失調」（cognitive dissonance）這個心理學概念在此發揮作用，此概念指稱一個努力了解兩種矛盾元素的人，其心理的舒適（或不舒適）感。席爾迪尼的實驗顯示認知失調讓一個原本想要買進（或賣出）一項產品，並且已經期待此作為會帶來未來獲利的人，不會受到動搖而退出交易，即使他們對於初始的（高或低）出價並不感到特別興奮。

至於是誰將此技巧稱為低球技巧以及何時命名，《牛津英語字典》的專家是認為此用語可能來自棒球。1917 年《紐約論壇報》報導一名棒球投手，他「投出低球」（lowballing）讓球看起像會使打者揮空棒的低球：「威廉對著洋基隊員投低球（lots of moving parts），而輝博則用著名的速球加上一點較少人知曉的曲球應戰。」此引文到底如何讓 lowball 進入商務行話的使用目前未知，但我們願意付費給任何想替我們進行更深入調查的人。我們將用一分錢的低價展開磋商。有人要討價還價嗎？

low-hanging fruit 名詞

1. 容易處理的任務。2. 只要花費少許努力就能贏得、獲得或說服的一件事或人。

商務行話定義：通常高於一般人的預期，但你又不能到四處說：「我們去摘掛得高一點的果實。」（Let's go after the high-hanging fruit!），然後期待其他人能加入你。

來源：low-hanging fruit 的字面意義已經被使用了數百年之久。有些學者認為此首次提及此用語的紀錄出現在 1628 年亨利・雷諾茲（Henry Reynolds）翻譯托爾夸托・塔索（Torquato Tasso）的作品《阿敏塔》（*Aminta*）：

> 只是一名少男，如此年輕但力有未逮
> 無法觸及低垂樹枝上的果實（from the low-hanging

boughs）

來自最近栽植的樹木；我的內在變得

滿懷愛意與甜蜜，因為一位少女，

她的一頭金髮不久之前在風中飄揚；

然而，low-hanging fruit 作為俚語是最近出現的事情。雖然有
些學者引用二十世紀早期的使用證據，但是《牛津英語字典》
說，此用語作為俚語的使用紀錄最早出現於 1968 年英國《衛
報》：「他罕見的影像被巧妙地擷取，輕而易舉，就像摘取低
垂的果實（like low-hanging fruit）。」賓州大學的研究員對
於《紐約時報》進行研究，指出 low-hanging fruit 使用頻率於
1990 年代中期開始增加。今日，此用語在商業界與行銷界，
特別是銷售部門，已是眾所周知的語詞。[16]

L

lunch & learn 名詞

1. 午餐時間進行的會議（亦稱 grub club）。2. 免費午餐時進行
的研討會（亦稱 the learning through）。

商務行話定義：1. 我們就大方承認吧：午餐的部分通常是披
薩，而且只有兩種口味——辣香腸或原味。如果有更多種口
味——素食、香腸，甚至加入一些烘烤過的紅椒——我們的出
席意願會更高。2. 沒辦法在午餐時間得到休息，還得要一邊聽

取「自願」的演講報告，一邊吃爛食物。

來源：事後證實，此用語可能實際源自商業世界之外，來自 1970 年代家庭主婦的領域。我們頂尖的研究團隊發現收錄於 1973 年美國農業部的《農業推廣評論》（*Extension Service Review*），似乎解開誰到底首次使用 lunch & learn 的謎團：「於是他們找尋家管們有空的時段。他們的解決方法：中午時段，這些女性能夠在這個時段一邊『吃午餐』，一邊『學習』（'lunch' and 'learn' at the same time）。」[17] 文章表示兩位家庭主婦提出此構想——內布拉斯加州的珊卓·史達寇與珍奈特·格蘭瑟姆——接下來繼續將 lunch &learn 的概念移至當地兩家工業工廠之中，有六百多人參與其中，而且受到熱烈回響。[18] 所以現在你知道了。我們甚至不用提供披薩。

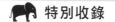
源自拉丁文的商務行話：
拉丁文已死是過度誇大的說法

現在沒有人將拉丁文當作母語。因此，拉丁文被視為「已死」。但千萬不要跟使用商務行話的人提這件事。[1] 商務行話充滿了拉丁文字彙與片語。以下是一些例子。

ad hoc	為了特定項目、目的或目標
bona fide	真實的或真誠的
carpe diem	把握當下
de facto	某人擔任某項職務，然而通常在沒有權利這樣做的情況下進行。
e.g.	舉例來說
ergo	因此
et cetera	符合列入這個清單的額外項目
i.e.	用不同的方式說明某物或提出更明確的例子；就字面可譯為「即是」，而常被誤認與 e.g. 同義
impromptu	即興的；沒有任何預先規劃

per se	強調獨一無二的重要性或某事物的連結
pro bono	未收取費用
quid pro quo	施予恩惠或利益為了同等價值的回報
re	關於；常用於回覆電子郵件的時候
status quo	某事物現存的狀態
verbatim	逐字複誦最初的內容
versus	對比於
vice versa	可替換的東西

M

MO / modus operandi 名詞

1. 運作方式。2. 人或公司運作方式。

商務行話定義：幾乎總是用於解釋某種負面事件或行為（例如：「他讓她相信她做的不錯。接下來他沒有說明原因就辭退她。但那就是他的『行事風格』（MO）。」）

來源：此商務行話來自拉丁文詞彙，意指「運作方式」，它的起源可以追溯至十七世紀。《牛津英語字典》注意到此用語的首次書寫記錄出現在 1654 年理查‧維特拉克（Richard Whitlock）的《對於當代英國人儀態的觀察》（*Zωοτομία, or, Observations on the Present Manners of the English*）：「因為他們的理由，或工作方式（modus operandi，即因果關係）並沒有出現在展示之中。」[1] 縮寫 MO 是最近才出現的用語，《牛津英語字典》收錄 1915 年首次出現文字紀錄。此用語在現在的商業世界之中常用於檢視人的工作行為模式。

magic bullet 名詞

1. 某種解決辦法，能處理先前無法解決的問題，且沒有副作用。2. 某種解決辦法，以不符合邏輯的方式同時處理各種問題。

商務行話定義：柯達公司、Palm 掌上型電腦公司與黑莓公司可以用來跟 iPhone 競爭的方式。

來源：此用語來自醫學界，特別由德國諾貝爾獎得主保羅·埃爾利希（Paul Ehrlich）於 1900 年創造，用來描述殺死特定微生物（像是細菌）卻不會傷害身體的可能性。埃爾利希預設有一種假設的作用劑稱為 zauberkugel（magic bullet，魔彈），它能打擊特定的目標，就像從手槍裡擊發的子彈。最後，他與同事秦佐八郎（Sahachiro Hata）在引起梅毒的微生物上實驗這個概念，並於 1990 年時發現一種在病患身上不會產生有害影響的複合物 606，之後稱作灑爾佛散（Salvarsan）。[2]

Magic bullet 第二種意義來自於 1963 年國總統約翰·甘迺迪遇刺事件。事件之後，一個政府委員會（非官方暱稱為華倫委員會）發布一項發現，斷定甘迺迪與德州州長約翰·康納利（John Connally）都是被同一顆子彈射中，即使證據（例如：澤普魯德影片）顯示由單一子彈造成那種傷害是不太可能的事情。這個 magic bullet theory（魔彈理論）引爆了陰謀論，指出除了李・哈維・奧斯瓦爾德（Lee Harvey Oswald）之外的人士涉入這場槍擊案。[3] 幫自己個忙，上 Youtube 搜一下「神奇唾液」（magic loogie），那是由此事件為靈感創作的某條故事線，收錄在電視節目《歡樂單身派對》（*Seinfeld*）中。[4]

master (s) of the universe 名詞

1. 非常有權力、極度成功或富有的人，特別是在財金界工作的人士（參見 tycoon）。2. 非常成功的人（參見 anointed）。

商務行話定義：這通常是自稱的稱號，用於那些會幫房子取名字的人，例如：「世外桃源 2.0」（Xanadu 2.0）……嗯哼，比爾・蓋茲。或是肯辛頓宮殿花園（Kensington Palace Gardens），對，就是在說你，拉克希米・米塔爾（Lakshmi Mittal）。[5]

來源：作家湯姆・沃爾伏在 1978 年出版著作《虛榮之火》（*The Bonfire of the Vanities*）中將此用語作為商務行話，用以描繪傲慢的華爾街銀行家：「世界上下顛倒。他這個宇宙王者（a Master of the Universe）坐在地上，絞盡腦汁地想出能夠迴避妻子縝密邏輯的善意謊言？」此用語的典故來自於一個

自十七世紀以來在作品之中描述上帝的片語，加上在沃爾夫作品出版前幾年，約在 1980 年代一系列指稱動作英雄角色同名的稱號。[6] 這些「宇宙之王」包括希曼（He-Man）和幽靈王（Skeletor）。[7]

meeting of the minds 名詞

1. 人們之間理解或同意彼此。2. 用來描述與會者意欲形成合約的概念。3. 商業領袖的聚會。

商務行話定義：一項商業聚會，諷刺的是，此項活動可能只需展示些極小的腦部活動。

來源：此用語出自拉丁文片語 consensus ad idem，自十八世紀以來開始用於法律界。此片語翻譯成「同意（同一件）事情」，此意義與商務行話的 meeting of the minds 的意涵實際上有些許差異，而包括美國大法官小奧利弗・溫德爾・霍姆斯（Oliver Wendell Holmes）等法律權威人士則認為 meeting of the minds 背後的概念就很像虛構小說。[8] 不論如何，隨著時間的推移，此用語開始帶有其他的意義，像是商業領導人士（參見 honcho）聚在一起，討論重要事情（如愛達荷州太陽

谷、Google Zeitgeist、世界經濟論壇，或畢德堡會議等）。[9]

meme 名詞

1. 一個圖片、一則影片、一篇文章或等等，經由網路複製與傳播，常常有很有創意、幽默的不同變體。2. 描繪某種文化概念或行為的影像，在網路上透過人與人之間傳播。

商務行話定義：脾氣暴躁的貓。

來源：首先，讓我們來區分一個 meme 與一個 GIF 的差異。一個 meme 一般都是靜態圖（雖然偶爾會移動），通常都是使用大字型，並且出現點出某種主題性或文化性的字詞。而一個 GIF 普遍是從電影或電視節目擷取影像，然後將圖像做成動畫（例如：《六人行》裡的菲比翻白眼）。既然提到這個，讓我們看一下 meme 的起源，如何呢？

此詞彙是由理察・道金斯（Richard Dawkins）在 1976 年於其著作《自私的基因》（*The Selfish Gene*）裡創造出來的字。道金斯認為文化實體——像是歌曲旋律或流行風潮——跟生物特徵一樣可能都受到同樣演化壓力的影響。他想要標注這些複製或重製的單位，因而這樣說：「這項新的濃湯即是人類文化濃湯。我們需要為這個新的重複符號取名，這個名詞要能夠傳達文化傳遞的單位，或是複製的單位。Mimeme 來自一個適切的希臘字根，但我想找一個單音節、聽起來像 gene 的字。如果我將 mimeme 簡化成 meme，我希望我的古典學者朋友能夠原諒我……它應該要能跟 cream 押同韻。meme 的例子包括曲調、想法、口頭禪、服飾流行與製作罐子或建造拱門的方式。」[10]

根據以上的定義，1940 年「吉佬兒到此一遊」（Kilroy was here）的塗鴉現象就是種早期 meme。[11]然而，根據《牛津英語字典》，直到 1998 年 1 月 CNN 的節目《科學與科技週報》（*Science and Technology Week*）播出之後，meme 才被用於今日網路上的商務行話情境：「接下來，他的朋友們已經轉發了它〔一個正在跳舞的嬰兒的動畫圖〕，而此圖就變成網路迷因（a net meme）。」

M

Millennial 名詞

1. 出生於 1981 年至 1996 年之間的人（特別是北美洲人）。 2. 於 2000 年期間成年的一代人 3. 稱作「Y 世代」、「次世代」或「自我世代」。

商務行話定義：被上一代貼上「懶惰、為所欲為而且自戀」標籤的世代，因為我們老人都沒有犯過以上的過失，對吧？

（不是這樣吧！）

來源：一般人為此用語是由威廉·施特勞斯（William Strauss）與尼爾·豪威（Neil Howe）於他們 1991 年出版的書《世代：1584 年到 2069 年的美國未來歷史》（*Generations: The History of America's Future，1584 to 2069*）給予千禧年是帶這個名稱。此名稱出現時，1982 年生的孩子正在上小學的低年級，而媒體首先將這些人可能與即將到來的千禧年連結，即 2000 年高中畢業的人。其他嘗試將此世代貼上的標籤包括 Y 世代（首先由《廣告時代》（*Advertising Age*）雜誌提出）自我世代（心理學家讓·特溫格（Jean Marie Twenge）在一本書裡提及）與「9/11 世代」（來自《新聞週刊》〔*Newsweek*〕雜誌）[12]

M

mindshare 名詞

1. 與其他的競爭者相比，消費者對於一項產品或品牌的認知程度。2. 大眾對於某種現象的認知程度。

商務行話定義：當你決定在 Facebook 上分享對於政治的看法⋯⋯接下來高中跟你同校的一位老同學告訴你，你會這樣想真是個大蠢蛋。

來源：根據《公共關係百科全書》（*Encyclopedia of Public Relations*），紐約杜伯伊斯行銷研究公司（DuBois & Company）的總裁杜伯伊斯·科涅尼爾斯（Dubois Cornelius）在 1940 年代或 1950 年代早期創造了 mindshare 這個詞。[13] 杜伯伊斯相信心佔率（mindshare）能夠預測一家公司的市場佔有率，而且能夠預測公司成功與否的關鍵面向。之後於 1955 年，愛德華·伯尼斯（Edward Bernays）將此概念擴展至相互競爭的概念，不再僅限於產品之上。杜伯尼斯也許是創造此詞彙的第一人，但是，伯尼斯或許有較大的功勞，因為他被認為是公共關係領域的先驅者之一。[14]

miss the boat/bus 慣用語

1. 無法利用機會。2. 無法理解要領。[15]

商務行話定義：某日上班途中，才發現辦公大樓當日關閉。

來源：此用語的起源故事涉及 1840 年代英國的一位教師與他的學生。故事開始於充滿宗教狂熱的牛津大學學者，也是英格蘭教會教士的約翰·紐曼（John Henry Newman），他是牛津運動的領導人——他們是一群深具影響力的英國國教徒，

倡導英格蘭教會應該回歸天主教信仰與儀式。[16] 1845 年，紐曼決定離開英格蘭教會與牛津的教職，改信天主教且成為教士。故事接下來是因為這是件大事，紐曼的追隨者馬克・派丁森（Mark Pattison）想要在紐曼做出決定之日跟他見面談話。但是，不知是不是缺乏勇氣或其他的原因，派丁森錯過了公車（與前往羅馬的機會）。這件事之後紀錄於約翰・莫雷（John Morley）1886 年出版的著作《重要文集》（*Critical miscellanies*）：「雖然他〔派丁森〕看起來在各個方面都與紐曼或他們之中的任一位一樣打從心底就是天主教徒，但根據牛津傳說，可能是體質孱弱無法應付重要、果斷的決定動作，因而讓他錯過公車（miss the omnibus）。」

之後，美國人採用了此概念，但稱之為 miss the boat。1930 年時《阿伯丁新聞與雜誌》（*Aberdeen Press and Journal*）在談到伯納蕭（George Bernard Shaw）的戲劇時提到此用語：「伯納蕭的《魔鬼門徒》（*A Devil's Disciple*）運用了美國精神作為枯燥乏味首演的方式，此做法早已錯過良機（missed the boat），晚了二十年。」[17]

M

mission critical 形容詞

　　1. 對於成功來說不可或缺的要素。2. 讓公司或工作正常運作不可或缺的要素。

商務行話定義：1. 此用語很適合用在 NASA 送太空人進入太空的時候。不太適合用在派 NASA 的實習生去 Panera 麵包店買午餐的時候。2. 繳交年度預算表之際就是需要幽默感的時候。

來源：Mission critical 一開始是軍事用語，後來演變為商業用詞，普遍使用於電腦軟體或硬體系統領域，因此這樣的設備一旦出問題可能嚴重危害公司的安全。此用語首次的文字紀錄出現於 1976 年，反映了它的軍事源頭。《牛津英語字典》指出紀錄來自《航空週刊》（*Aviation Week*）雜誌：「實行由政府供應關鍵任務的（mission-critical）航空電子設備給與美國空軍／洛克威爾國際公司 B-1 轟炸機的研發案正由美國空軍與波音航空公司進行磋商。」[18]

M

mom-and-pop 形容詞

1. 不屬於大型連鎖部分的。2. 獨立的、小型的。3. 表示缺乏精緻度。

商務行話定義：1. 等等，家庭式小店（mom-and-pop store）還存在嗎？！2. 青少年時期，會讓你覺得沒什麼幽默感的人。

來源：買賣物品的歷史可以追溯至西元前 17000 年，我們的

猜測是買賣物品的人之中有些是夫妻，就是我們今日所稱的 mom and pop。[19] 媽媽可能知道生火的材料在何處，而爸爸則是一邊喃喃自語一邊從洞穴中推出一個輪子。然而根據《家庭式商店》（*The Mom and Pop Store*）一書，第一間家庭式零售商店出現約在西元前 650 年的土耳其。[20] 然而這之間花了數千年的時間才出現標記家庭式商店的名稱，雖然這樣的標記目的是用來區分小型商業機構與大型企業體或連鎖企業之間的差異。[21]《牛津英語字典》提到此用語最早的文字紀錄出自社會學家 C. 萊特・米爾斯（C. Wright Mills）1951 年的研究《白領：美國的中產階級》（*White Collar: The American Middle Classes*）一書中：「小店面生意，亦稱為家庭式商店（a Mom-and-Pop store）。」

Monday-morning quarterback 名詞

1. 某人在事情發生之後，不公平地評論某事。2. 某人在知道事實之後，假裝很明智的模樣。

商務行話定義：當你支持的美式足球隊出賽日是在禮拜一晚上，這個片語就沒有用了……或在禮拜四晚上……或在 12 月底的某個奇怪的禮拜六……或在海外，所以沒有人知道開賽的時候到底是禮拜幾。

來源：此片語在 1930 年代引起全國關注。《牛津英語字典》指出此用語首次文字紀錄出現在《梅肯電報》（*Macon Telegraph*），但是在 1931 年 12 月 4 日新英格蘭學院與中學學會在波士頓的一場會議上，Monday-morning quarterback 才以我們現今所知道的商業語言的樣貌出現。在該會議上出席者包括當代最著名的美式足球員之一的哈佛明星球員四分衛貝瑞·伍德（Barry Wood）。他曾經登上《時代雜誌》的封面，日後他成為著名的醫生、醫學研究員與華盛頓大學與約翰霍普金斯大學的醫院院長。當日伍德聆聽出席成員批評當日招募的醜聞事件以及在大學足球比賽過度重視獲勝這件事。當輪到伍德發言時，他指著台下的聽眾說，他們才是造成過度重視獲勝的罪魁禍首，而不是在球場出賽的球員或教練，伍德稱台下的這些人為 the Monday morning quarterbacks（放馬後炮者）。[22] 我們認為如果當場台上有麥克風的話，伍德此時就應該要放手讓麥克風掉在地上，然後下台（參閱：mic drop）。

M

move the needle 動詞

1. 做出明顯改變或引起反應。2. 情況朝著顯而易見的方向改變（參見 mindshare）。

商務行話定義：如果 Excite.com 用 75 萬美元在 1999 年買下 Google 就會發生的事情。[23]

來源：此用語的出處有兩個不同的理論：

» 它來自車子的指針或儀表板指針，當指稱移動代表車子跑的速度越快（在今日電子儀表板出現之前）。

» 它來自地震儀的指針，這代表指針如果移動，則地球正在搖晃。[24]

這兩個出處都沒有相關足夠可靠的資源能夠確定誰說的正確。因此，我們建議兩方的支持者能加入湯粉與費粉（參見 back of the envelope），今天下課後在遊樂場上一次解決這場爭議。

M

N

net-net 名詞

1. 主要的訊息或底線。2. 考慮過所有與之相關的優缺點之後所做出的最終結果。

商務行話定義：不必要地重複字彙，只是為了聽起來更加、更加重要。

來源：Net-net 的出處源自於投資世界。[1] 被稱為是「價值投資之父」，在英國出生的美國投資者、經濟學家與教授的班傑明‧葛拉漢（Benjamin Graham）據說是創造此用語的人，作為只靠著流動資產淨額用以估計一家公司價值的價值投資策略。[2] 一個淨值股票是股價被低估，低於它的流動資產減去負債的金額。葛拉漢寫了兩本價值型投資的書：和大衛‧多德（David Dodd）合寫的《證券分析》（*Security Analysis*，1934）與《智慧型股票投資人》（*The Intelligent Investor*，1949）。據說在 1950 年代，知名的億萬富翁投資家華倫‧巴菲特（Warren Buffet）曾在許多早期投資獲利的項目上使用淨值投資法。一般用法而言，此用語經過這些年的演變已經變成

真實價值或結果的同義字。[3] 朋友啊，而這就是今日商務行話世界中此用語的淨值（net-net）。

new normal 名詞

1. 之前被視為異常至今日變成普遍之事物。2. 2007 至 2008 年的經濟危機之後的金融情況與影響後果。

商務行話定義：同事在網路上發現你的糗照之後，你的「新」生活。

來源：根據《牛津英語字典》，new normal 出現了至少有一百多年之久。但是，帶有現今商務行話意義的出自 2007 至 2008 年的金融危機與直接後果。擔任美國投資管理公司太平洋投資管理公司（PIMCO）聯合首席執行長兼聯合首席投資長的穆罕默德·埃爾埃里安（Mohamed A. El-Erian）在 2009 年時對投資者寫到此刻正發生長期緩慢的經濟成長：「的確，你們之中有人可能已經聽過我們表明世界正在顛簸不平的路上行進，前往新目的地——或 PIMCO 所稱的『新常態』（the new normal）。」媒體在經濟報導上使用此用語，使其普遍化。數年之後，在 2016 年時埃爾埃里安寫了一篇詢問是否「新常態」（new normal）已經結束的文章。[4] 七年就長期歷史來看只是短期時間，但也許這就是事物的新常態，對吧？

nip in the bud 慣用語

1. 在某事物發展初期即停止其發展。2. 在初期就抑制或停止。

商務行話定義：你後悔當初沒有對於辦公室即將裁員的傳聞做的事。

來源：如果你是相信清水樂團（Credence Clearwater Revival）〈壞月亮上升〉（Bad Moon Rising）的歌詞，包括 there's a bathroom on the right（在右手邊有間廁所）的這類人，你可能也將此用語用錯了，它時常被誤解成 nip in the butt（因為這一定很痛）。你可能猜到此用語的出處來自農業，如果你真的（捏或擰）植物嫩芽，你很可能阻止了正處於成長初期的植物。

端視你相信哪個資料。第一個文字紀錄出現於十六世紀晚期，用法為 nip in the bloom 和 nip in the blade。《牛津英語字典》表示 nip in the blade 首次出現在英國醫生與作者湯瑪斯・陸奇（Thomas Lodge）的作品《露塞琳特：尤弗依斯的寶貴遺產》（*Rosalynde, or Euphues golden legacie*）裡：「自然對你展現無比厚愛……而如今……將這些好的部分摘去（nipped in the blade），任由命運女神的易變摧毀。」

接著於 1595 年 nip in the bloom 的用法出現於亨利・切特爾
（Henry Chettle）的浪漫喜劇《皮爾斯・皮南列斯的七年學徒
期》（*Piers Plainnes Seaven Yeres Prentiship*）：「用思想的勞
動來熄滅這些深情的愛，並在情感萌芽時將它扼殺（nip thy
affections in the bloome），讓它永遠不會有能力發芽。」[5] 而
nip in the bud 則在幾年後於 1607 年於朗西斯・博蒙特（Francis
Beaumont）和約翰・弗萊徹（John Fletcher）的喜劇《厭女之
人》（*The Woman Hater*）首次出現：「但我可以眉頭稍皺，
將激情扼殺，即使它仍在萌芽初期（nip a passion Euen in the
bud）。」[6] 有趣的是根據《牛津英語字典》，上述喜劇裡也出
現了一些英語裡首次使用的詞彙，包括 earshot 與 prostitute。[7]

not my first rodeo 慣用語

1. 之前經歷過相同的狀況並且得到深刻理解。2. 並非天真幼稚
的或沒有經驗的。

商務行話定義：另一種表達「我知道所有需要知道的事情，
孩子，所以請閉嘴」的方式。

來源：乍看之下，你可能會以為此用語出自像是美國牛仔、
幽默演員威爾・羅傑斯（Will Rogers）這樣的人，但根據《富
比士雜誌》，此用語首次的文字記錄（或最接近的東西）出自

N

1981 年的電影《親愛的媽咪》
（*Mommie Dearest*）。女主角
瓊‧克勞馥（Joan Crawford，由
費‧唐娜薇〔Faye Dunaway〕
飾演）在某個場景對著百事可樂
的董事會說話，她這樣說：「不

要敷衍我。我不是沒有經驗！（This ain't my first time at the
rodeo!）」[8] 像這句與其他從電影而來的台詞——包括 No wire
hangers!——讓人非常難忘，因此很快就成為當代大眾文化辭
彙的一部分。根據《富比士雜誌》，電影根據克勞馥的女兒克
莉絲汀娜‧克勞馥（Christina Crawford）所寫的書拍成，但原
本書裡根沒有 rodeo 那句台詞，因此創造此用語的人應該歸於
已故的電影編劇法蘭克‧亞伯蘭（Frank Yablans），他也是派
拉蒙影業的前總裁。[9]

N

喔，以防你從沒親自去過牛仔競技表演（rodeo）⋯⋯它是種
展示牛仔技巧的表演或競賽，像是騎牛、套小牛和追牛扳倒。

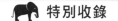

源自賽馬的商務行話：
贏家是……賽馬！

如果你研究語言領域夠久（而我們覺得因為寫了這本書的關係讓我們有機會如此自稱），關於商業語言令人著迷之處在於其創造性，像是創造某些詞彙（例如：yak shaving）或其隱含的歷史（像是 running amok）。有趣的是商務行話的來源廣泛。出處可能來自各個方面：宗教、科技、軍事、法律、藝術、文學、農業等等。但是，有一個領域提供給商業詞彙與片語的豐富背景知識是其他領域都比不上的，就是運動界。這個領域中與獲勝、落敗和平手相關的隱喻很輕易地融入商業情境。棒球可能是對當今商務行話界影響最大的運動，但你可能無法立即想到其實有另一種深具影響力的運動：賽馬。

對許多人而言，賽馬的影響可能僅限於偶爾喝著薄荷朱利普調酒的時候或戴著華麗的帽子出席肯塔基德比賽馬會。你一定有種賽馬是種衰落運動的印象。至少在美國的情況是熱愛賽馬的人已經年老到讓可攜帶式氧氣筒產業賺一筆。但是這樣的情況不是一直都是這樣的。在某段時期，賽馬曾是世界上最盛大的運動，在歐洲與美國皆是如此。從賽馬給予商務行話的詞彙量（或其相關用語普及的程度）就能表明。[1] 以下只是些例子：

- across-the-board（全面的）
- down to the wire（直到最後一刻）
- also-ran（失敗者）
- first out of the gate（始作俑者）
- bad actor（做壞事的人）[2]
- front-runner（領先者）
- by a nose（些微取勝）
- give-and-take（相互遷就）
- caught flat-footed（讓人措手不及）
- hands down（輕易地）
- dark horse（黑馬；爆冷門）
- home stretch（最後階段）
- dead ringer（指容貌特徵和另一人維妙維肖的人。）
- in the money（變得富有）
- inside track（優先地位）
- shoo-in（穩操勝券者）
- jockey for position（卡位）
- straight from the horse's mouth（來自最直接、最可靠的消息來源）
- leg up（幫助他人成功）
- stud（風流男子，如同 he's a stud〔他很風流〕）
- neck and neck（旗鼓相當）

- trifecta（三連勝）
- off to the races（開始某件有趣刺激的事）
- under the wire（最後期限）
- playing the field（興趣廣泛；用情不專）
- upset（不是指生氣，而是不被看好的人打敗大熱門人選的時候）[3]
- photo finish（攝影終判）
- running mate（競選夥伴）

在某段時間，大眾定時收聽廣播或定期出現在賽場觀看比賽，這是相當稀鬆平常的事情。作者勞拉・希倫布蘭德（Laura Hillenbrand）在《海餅乾》（*Seabiscuit*）書中宣稱在 1938 年，即使是著名但不被看好的賽馬，獲得媒體報導的量也勝過富蘭克林・羅斯福（Franklin D. Roosevelt）與希特勒（Hitler）。[4] 的確，在海餅乾與戰爭海軍上將（War Admiral）的傳奇比賽之中，約有四千萬的聽眾收聽廣播賽事，包括羅斯福本人。[5]

今日所有運動項目之中，賽馬是最老的項目之一。考古紀錄顯示在遠古希臘、巴比倫與埃及的社會中都曾出現賽馬活動，而賽馬更是古希臘奧林匹克運動會的項目之一，最早出現於西元前 648 年。[6] 在英國，賽馬最早出現於十二世紀，在英國騎士從十字軍東征之後帶回阿拉伯馬匹，接著用其與英國馬交配繁殖出今日的純種馬。但是，一直到十七世紀中期熱衷賽馬的英王查爾斯二世在位時，賽馬才開始在歐洲社會取得更加重要的角色。

在美國，首次賽馬場開始營業的紀錄出現於 1655 年紐約的薩利斯伯里（Salisbury，現今長島市的部分區域）。自此，賽馬場接連開始在維吉尼亞州與其他地區營業。《美國馬匹血統書》（*The American Stud Book*）始於 1868 年，促使美國組織性賽馬的開始，而到了 1890 年之際，單就美國而言，就有超過三百個正在營業的賽馬場。根據威廉‧H.P. 羅伯森（William H. P. Robertson）的《美國純種賽馬史》（*The History of Thoroughbred Racing in America*）一書，賽馬是 1960 年代美國最受歡迎的觀賞性運動賽事。

《運動隱喻指南》的作者喬許‧切特溫德說有三個因素促使賽馬用語進入公眾意識。[7] 其一，如同先前所提，賽馬運動在英語系世界出現的時間遠早於其他運動，而這之中的許多運動首次出現於維多利亞時期（1837-1901）。其二，賽馬的賭博成分提供了風險與報酬的危險吸引力——賭博相關的詞彙總讓大眾著迷。最後，他認為賽馬（連同棒球和拳擊）等運動在運動文學與運動報導的黃金時期，也就是二十世紀早期初期發展成熟，在這個年代有許多偉大作家像是林‧拉德納（Ring Lardner）和達蒙‧魯尼恩（Damon Runyon）在其專欄書寫與運動相關的文章：「他們〔運動作家〕讓隱喻變成俚語，這些詞彙就在此時進入大眾文化之中。」

O

offline 形容詞

1. 安排於之後的會議，用以討論目前探討事務範圍之外的事情（參見 parking lot）。2. 一台電腦與其他台電腦或通信系統的連結中斷。

商務行話定義：1. 你對某些人的問題一點都不在意，而且你希望他們越晚知道越好，這時，你就會對他們使用這個詞。2. 多虧了賈伯斯，你似乎永遠無法 offline。

來源：驚訝吧 !Offline（與其相反詞 online）的起源並不是跟著網路的發展而出現。最早的紀錄出現於十九世紀的鐵道業與電信業。Online 這個詞彙特別常用於提及信號箱的語境，因為信號箱能夠透過電報線傳送訊息給鐵道線務員，顯示鐵軌的狀態：Train online（軌道有車）或 line clear（軌道清空）。[1]

有趣的是養豬業也參與了形塑 online 成為我們現今所知商務行話的過程。二十世紀早期，有些養豬團體致力追蹤豬隻育種數量與純種度，例如：美國波中豬紀錄協會（American Poland-China Record Association）會記下新生小豬的紀錄，而公布的紀錄稱作 online（例如：Lady Online 366450 或 Model Online 366454）。我們認為當豬隻死亡時，紀錄應該會變成 Lady Offline 366450。總之⋯⋯

網路的到來讓現今 offline 的定義開始成形。網路首先於 1960 年代發明，而 online 開始用以表達透過電子郵件、訊息或其他的訊息工具的方式與網際網路之間的連結情況。[2]反之，offline 指稱為無法透過電信工具連結或達到的狀況。但是，在今日的世界之中，offline 的意義正在改變，因為現在的我們從未曾真正 offline，是吧？你的老闆總是能找到你。

on point 形容詞

O

1. 相關的；精確的（亦稱 spot on）。2. 很棒的。3. 遵規範與規則的。

商務行話定義：與參議院史壯‧瑟蒙（Strom Thurmond）於 1957 年發表 24 小時冗長演講相反的情況。[3]

來源：根據《牛津英語字典》，on point 首次的文字紀錄出現於 1937 年的《大西洋記者》（*Atlantic Reporter*）之中：「我們本州並沒有做出直接清楚（on point）的決定。」至於確切是誰創造了這個用語以及背後的原因，我們就不知道了。但是，我們的猜測是有人想要確定事情溝通清楚無誤的狀況。

on the ball 慣用語

1. 敏捷的；很快採取行動。2. 有能力的；知識淵博的。

商務行話定義：來自外地的大老闆來辦公室視察時，你試著要讓自己看起來的模樣。

來源：根據《運動隱喻指南》，早期提到此用語的文字紀錄來自 1860 年一本與棒球相關的書籍《勤奮的布雷斯布里奇：男學生的時光》（*Ernest Bracebridge, or, Schoolboy Days*），以下的引文關於一位球員在一場跑柱式棒球（棒球的前身）的表現：「雙眼保持注視著球（on the ball），打擊正中球心，他讓球飛越了相當遠的距離。」[4] 因此，在棒球界，任何打者 on the ball 即是指稱該球員聚焦專注的模樣。將同樣的特質應用於商業對話情境開始出現於 1939 年，《牛津英語字典》說 on the ball 出現於詩人與醫生威廉・卡洛斯・威廉斯（William Carlos Williams）書寫的信件之中：「奎維多

（Francisco de Quevedo）的短篇小說⋯⋯非常機警睿智（right on the ball）。」

onboarding 名詞

1. 新進員工為了成為組織內有效率的成員，學會必要知識、技巧與行為的過程。2. 讓新進員工熟悉公司的產品、服務與政策，以利其融入組織。

商務行話定義：理論上，規劃一整年的過程，漸進式地讓新進員工融入公司文化並將其個人目標調整與公司整體目標一致化。實際上，丟給新進員工一台筆電與 W-4 表格，並對他說：「歡迎到職。現在開始工作吧。」

來源：這個管理術語從 1970 年代開始變得普遍，但它的起源可以追溯至幾百年前，當時 on board 能用以描述乘客或船員正登上船，那些已經在船上、走到靠近船隻旁邊（就像在另一艘船），轉乘火車或船隻，或甚至在飲酒的人。[5] 根據《牛津英語字典》，on 出現在 board 旁邊成為片語最早的紀錄出現於十六世紀初期。

無論如何，此用語作為商務行話使用的來源很可能是從登上船隻、飛機、火車或公車。從 1991 年羅伯特・D・馬克思

（Robert D. Marx）、托德‧希克（Todd Jick）和彼得‧J‧佛洛斯特（Peter J. Frost）所創作的《管理現場：影像書》（*Management Live: The Video Book*）裡擷取說明引文如下：「寶僑公司實行了一項『入職』（onboarding）適應期計畫，根據一項公司研究，發現白人男性能較快調整適應公司文化，而少數族群，特別是女性，調整適應的腳步較慢。」[6] 我們相信這個結果承認白人男性較容易適應是因為討論中的公司文化很可能就是由白人男性所創造的？不論如何，今日的入職後適應期計畫可能每個公司都不同。有些可能長達一年，而有些可能遠少於一年。[7]

once in a blue moon 慣用語

1. 做非常罕見的事情。2. 非常少見。

商務行話定義：老闆轉頭呼喚你，說你做得真棒的時候。

來源：Once in a blue moon 是本字典收錄中較奇特的片語之一，特別是因為夜晚的天空沒有藍色的月亮這件事。一般猜測是 blue 來自於現在已不復見的古字 belew，意指「意外顯露」。因此「a betrayer moon」即是額外的春季滿月，這代表人們需要在大齋節時多禁食一個月。另一個關於「blue moon」的理論來自緬因州的《農夫年曆》（*Farmers'*

Almanac），其中該年曆將每月第一個滿月以紅字標記，而第二次滿月（通常每兩、三年出現一次）則以藍字標記。[8]

此用語首次的文字紀錄的出處種類廣泛，端視你信任哪個資料而定。其中一個早期例子出自 1528 年出版由奇切斯特主教威廉‧巴洛（William Barlow）書寫而成的宣傳文冊《論大眾葬禮》（*Treatyse of the Buryall of the Masse*）。其中兩個角色之間的對話提到：「倘若他們說月亮是藍色的（the mone is blewe），我們也必須相信它是真的。」此用語顯然在暗指容易受騙的人會相信任何事情的狀況。其他資料則認為帶有現代意義的用語首次出現在 1821 年出版皮爾斯‧伊根（Pierce Egan）的著作《倫敦的真實生活》（*Real Life in London*）：「哈利與班過得如何呢？好久好久沒有見到你們了（haven't seen you this blue moon）。」同時，《牛津英語字典》指出此用語首次使用紀錄出現於 1833 年出版的《雅典娜神殿雜誌》（*Athenæum*）：「我們並非支持製作外國歌劇而排除英語作曲家作品的永久系統，可是這樣的狀況仍會發生，但是相當罕見的（once in a blue moon）。」

one smart cookie 名詞

　　1. 聰明、機靈的人。2. 能做出好決定、有才智的人。

商務行話定義：如果你到今日還時常使用此用語，我們認為你大概在 1950 年以前出生。

來源：1920 年代時，cookie 成為指稱具有吸引力的女孩的俚語。接下來的二十年，它逐漸失去女性意涵的意思，反而與 tough 和 smart 等字連用。Cookie 在慣用語世界流行於二十世紀中期，當時有其他與 cookie 相關的用法的文字紀錄首次出現，像是 cookie cutter（千篇一律的，1922）與 that's the way the cookie crumbles（事已定局，1957）。我們試圖找出 caught with your hand in the cookie jar（逮了個正著）首次出現的紀錄，但搜尋的結果有點草率（half-baked）。[9]

one-two punch 名詞

1. 一個動作之後緊接著另一個（亦稱 double trouble）。2. 兩人或兩事物的強力整合（亦稱 strong dose）。

商務行話定義：在社群媒體上說了蠢話、遭到嚴厲懲罰，接著又因此而失去工作。[10]

來源：此用語來自拳擊界，其中 old one-two 指稱快速組合出

拳。《牛津英語字典》說首次文字指稱此概念的紀錄出現在 1811 年的《體育雜誌》（*The Sporting Magazine*）：「當他選擇組合出拳（with a one, two），一點都不費力地攻擊對手。」到了 1919 年，此用語已經變成我們今日所使用的形式與意義，可見於當時《奧克蘭論壇報》（*Oakland Tribune*）運動資訊之中：「粉絲們將會看見非常不同的法蘭基。比起前往法國時的他，現在的他強多了，而且他出拳的力道更大。他組合出拳的方式（one-two punch）已經訓練到臻乎完美，他每次出拳落到對手身上就像蜜蜂猛螫。」[11]

隨著時間的推移，one-two punch 開始代表被認為是強勢組合的事物或人們。2019 年 4 月 TechCrunch 網站發布了以下訊息：「你可以將此當作 Amazon 的組合拳（one-two punch）：該公司在電商界廣大的影響力只是打在對手臉上的第一波快速刺拳。在線下零售方面著重資料的創新將會是 Amazon 的第二次更重的直拳。過於專注應付刺拳的傳統零售商根本沒料到直拳的到來。」[12]

O

open the kimono 動詞

1. 揭露機密資訊。2. 分享祕密，如同日本妻子掀開絲綢袍子或和服向丈夫展示一絲不掛的身體。

商務行話定義：當 drop your pants（脫掉褲子）不管用時，此片語能派上用場。

來源：知道越多關於 open the kimono 的意思，你越會覺得此用語隱含的性別歧視與種族歧視的弦外之音，特別是在西方世界裡。[13] 不論如何，open the kimono 開始普遍流行於 1980 年代日本收購美國企業的潮流期間。許多人特別點出微軟公司，據說當時該公司內部廣為使用此用語。然而，最初開始使用這個片語的可不是這個科技巨頭。的確，紐約大學柏魯克分校公共事務學院的講師索妮雅・賈維斯（Sonia Jarvis）提出此用語源自於封建日本時代，指稱的是「證明衣服摺皺之間沒有夾藏武器」的動作。摩根大通公司執行長傑米・戴蒙（Jamie Dimon）曾於 2012 說他的公司對著金融監管機構 open the kimono（開誠布公）。甚至連《美麗佳人》（*Marie Claire*）在 2014 年提及 Netflix 頻道上的使用者的人數時也用了此片語。[14] 然而，open the kimono 在某些情況下使用時變得非常令人厭惡，因此，2015 年《快公司》（*Fast Company*）雜誌舉辦票選，此用語入選最糟糕的三十二個商務行話之一。[15]

org chart 名詞

    1. 顯示公司管理階層的文件。2. 組織結構與指揮鏈的示意圖。

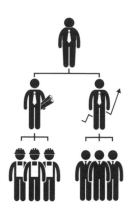

商務行話定義：即使菲爾已於 1997 年離開某職位，你依然可以在這份文件上找到他。

來源：雖然你可能以為組織架構圖源自近來的企業現象，但它其實可以追溯至 1855 年，有位名叫丹尼爾·麥克凱倫（Daniel McCallum）的蘇格蘭裔美國工程師創造了現在認為是首張代表組織架構的圖表。當時擔任紐約伊利鐵路（New York and Erie Railroad）總經理的麥克凱倫並沒有稱此圖表為組織架構圖，但他用它定義角色與責任的分配。他與設計師喬治·侯特·漢蕭（George Holt Henshaw）合作繪製此圖，因為他相信藉此工作關係能夠更透明、更容易理解。

此詞彙 organizational chart 直到二十世紀才開始流行。特別在 1917 年出現一項重大里程碑，IBM──當時稱為 CTR（the Computing-Tabulating-Recording Company）[16]──那時候需要一種能將工作職位的關係階層與彼此之間的關係圖像化的方式。CTR 繪製較有系統性、金字塔式的圖表並且包含更多細項資料，而非早期鐵路系統的樹型圖表。[17] 所以現在當你在看公司的組織圖表，了解一下自己離頂端階層有多遠的時候，你可以怪罪以上兩個源頭。

O

organic growth 名詞

1. 公司的營運由自身的資源、而非依靠借款或併購其他公司所促成的擴張。2. 除了收購、併購和合併其他公司之外，公司能達成的成長率。

商務行話定義：1. 避免剛遭到合併的公司的員工怨恨的最佳方式。2. 你可能用來形容休息室冰箱底層抽屜正生長的東西。

來源：Organic 源自希臘文字 organon，意指「工具、器具或部分」。亞里斯多德針對邏輯書寫的六冊書籍書名也是 organon（organon 在這裡帶有所有論證過程的部分）。十八世紀時，organic 變成形容詞，帶有「身體器官的；關於身體器官的」，最後演變為指稱任何有器官的生物，或任何活著的生物。[18]

第一次使用 organic growth 的紀錄（暗指自然成長）並沒有被確切指出，雖然有些人引用 1990 年新渡戶稻造（Inazo Nitobe）探討日本武士生活方式的《武士道》（*Bushido：The Soul of Japan*）一書裡提及此用語的紀錄。最後，在 1958 年伊迪絲・潘若斯（Edith Penrose）在著作《企業成長理論》（*The Theory of the Growth of the Firm*）使用 organic growth 為主題進行廣泛的討論，而這本書主要討論公司成長速度的快慢受限於內部阻礙的狀況。[19]

out-of-pocket 形容詞

1. 聯絡不上的;沒空的。2. 用自己的錢付款(相對於向公司請款)。

商務行話定義: 當你有急事時,你的老闆通常會出現的狀況。

來源: 對我們而言,此用語可能是英語語言中最煩人的例子之一:同一個片語帶有無數種不同的意義。[20] 從我們的經驗來看,今日 out-of-pocket 最普遍的意義意指花自己的錢支付公司支出(錢直接從你的口袋而出,因此即為 out-of-pocket)。根據《牛津英語字典》,第一個帶有此意義的紀錄出自 1885 年的一本法律期刊:「原告……支付數種自費(out-of-pocket)費用。」但是,到了二十世紀早期,out-of-pocket 也開始帶有另一種意義:無法達到的或得不到的。這都多虧作家歐·亨利(O. Henry)在 1908 年 7 月《安斯莉雜誌》(*Ainslee*)上刊登〈埋藏的寶藏〉(Buried Treasure)一文中這樣使用它:「現在她不見了(out of pocket)。我必須儘快找到她。」諷刺的是歐·亨利在其多采多姿的人生裡,遭指控侵吞奧斯汀第

一國家銀行的資金,而受到執法單位追捕時,他有數次消失的紀錄。有趣的是當歐·亨利流亡於宏都拉斯時,他也創造了 banana republic 這個用語,意指任何小型、不穩定的拉丁美洲的熱帶國家。[21]

outside the box 慣用語

1. 迴避傳統或常見方式，並想出有創意的解決方法。2. 用創新或非正統的方式；帶著嶄新的觀點。

商務行話定義：當你又在辦公室找不到釘書機時，試試看問 Siri 你的釘書機發生什麼事。

來源：根據提供搜索詞源的英國網站 Phrase Finder，outside the box 源自 1960 年代與 1970 年代的管理顧問界，這個領域之中的專家鼓勵參與培訓的人員，思考用不同的方式解決問題。[22] 許多顧問運用來自 1914 年出版《薩姆・勞埃德的 5000 謎題百科：技巧，難題與答案》（*Sam Loyd's Cyclopedia of 5000 Puzzles, Tricks, and Conundrums With Answers*）裡的一種稱為「九點連線」的特定圖像。這個九個點形成的平面正方形，排成一個箱子的形狀，外加（簡單）指示：「劃一條連續的線，連接所有點的中心，用最少的筆劃連接九個點」。顧問會鼓勵客戶用 think outside the box（挑脫正方形的框架）思考以解決問題，引導他們找到成功的解決方法。[23]

有不同的人聲稱是自己讓此用語普及化。英國學者兼理論家約翰・艾達爾（John Adair）聲稱自己在 1969 年引進了這個概念。[24] 另外一方面，管理顧問麥可・凡斯（Mike Vance）說將九點難題用在顧問界，始於華特迪士尼公司的公司文化，該公司內部會使用此難題。[25] 然而，《牛津英語字典》則認為第一個此概念的文字紀錄來自 1970 年加拿大亞伯達省的新聞報紙：「問題……在於如何『跳脫框架』（outside the dots）思考如何為飢餓的世界提供食物。」

over a barrel 慣用語

1. 不足或困難的處境。2. 別無選擇。3. 任由他人擺布；脆弱。

商務行話定義：當老闆邀請你和其他人一起去喝酒，但你其實只想要回家放鬆的時候。

來源：此用語最常引用來源出自兩個地方，分別是西班牙宗教法庭（The Spanish Inquisition）與大學兄弟會霸凌事件。不論你選擇哪一方，有件事是確定的：Over a barrel 與一段痛苦、受難與欺凌強烈的相關歷史。在西班牙宗教法庭期間（1478-1834），據說其中一種拷問方式是將人懸空掛在一個「桶子」之上，或是盛滿滾燙熱油的大鍋子，威脅將此人丟入其中。哎呀。

另一個可能的出處——兄弟會霸凌事件——也沒有比較好。此出處可以追溯至 1740 年代的美國，其中涉及將幾乎要淹死或失去意識的人放入一個桶子，然後鞭打他，目的是為了清理肺部積水或欺凌對方。一則帶有此意義的早期文字紀錄出現於 1886 年 7 月德拉瓦州的報紙《共和黨日報》（*The Daily Republican*），其中報導大學兄弟會的入會儀式：「他的手腳被捆綁，然後綁在桶子上滾動（over a barrel）。接著他被脫光衣服，然後放在一塊冰塊上⋯⋯接下來他的背上被烙印上兄弟會的標誌。」（He was bound hand and foot and rolled over a barrel. Next he was stripped naked and placed upon a cake of ice... and branded on his back with the fraternity emblem.）[26]

O

POV 名詞「觀點」

point of view 的首字母縮寫。

商務行話定義：為保住飯碗，以老闆的意見為意見。

來源：Point of view 衍生自十八世紀初期的法國片語 point de vue，是描述觀察某事物所處的位置。到了二十世紀，因為「觀點拍攝」（point-of-view shots）很適合用來講故事，POV 這樣的縮寫就隨著相機和電影一起出現[1]。例如：1927 年拍攝電影《拿破崙》（*Napoléon*）時，導演亞伯·甘斯（Abel Gance）在一場打鬥戲中，為了呈現主角的視野，將攝影機包覆在護墊中，讓主角對著攝影機出拳。傳奇電影導演希區考克（Alfred Hitchcock）也會用大量的 POV 鏡頭，讓這種鏡頭為人所熟知，最有名的是《驚魂記》（*Psycho*）和《後窗》（*Rear Window*）中的場景[2]。上面的知識和在商業界使用此術語沒有半點影響，但有這樣的知識確實會讓人覺得很酷。

paint the town red 慣用語

1. 以浮誇的方式來慶祝，特別是玩遍街頭到巷尾的每一間酒吧和夜總會。2. 以喧囂和炫耀的方式享樂。

商務行話定義：在紐奧良參加商務會議時每天晚上做的事情。

來源：雖然《牛津英語詞典》說這句話源自美國，英格蘭的梅爾頓莫布雷鎮（Melton Mowbray）卻不這麼認為。的確，對萊斯特北邊的這塊小飛地而言，paint the town red 源自於當地土生土長的沃特福德侯爵（the marquis of Waterford），這位侯爵是位名聲響噹噹的酒鬼，1837 年，他領著一群喧鬧的醉漢穿過梅爾頓莫布雷鎮的大街，撞倒了花盆、破壞了鎮上的建築物。而當晚最精彩的就是侯爵和他的朋友把鎮上的關防、幾戶人家的大門都刷上了紅色油漆，而 paint the town red 也因此得名。這段描繪和侯爵的傳記吻合，侯爵是十足的流氓，其惡形惡狀包括鬥毆、偷竊、打爛窗戶，還有他真的很會「推翻運蘋果的手推車。」（upsetting apple carts，特別慣用語）

對這個起源故事抱持懷疑態度的人指出，paint the town red 根本幾乎要到五十年後才真正出現在印刷品上，而最初也只出現在美國（而非英國）。他們說，實際上這個詞在美國西部的妓院裡誕生的可能性要更大，而且指的是男人的行為舉止表現得好像整個小鎮都是紅燈區一樣[3]。不管哪個說法，這術語的第一個紙本出處可追溯到 1883 年 7 月份的《紐約時報》：「詹姆士·軒尼詩（James Hennessy）提議整組人馬向紐華克進攻、一醉方休……。接著民主黨人上了街車，被帶到了紐華克（Newark），用他們自己的比喻，開始『大肆狂歡』（paint the town red）。」[4]

parachute in 動詞

1. 突然被安插在某任務或組織中（通常在事情進行不順利時）。2. 無預期地派外部人員來處理緊急情況或不良狀態。

商務行話定義：想像自己在最後一刻飛身救援某計畫的英勇行徑——結果事後回顧，自己卻被說成「不切實際」。

來源：Parachute 這個詞彙來自法文 para，祈使形式為 parare，代表「避開、防禦、抵抗、保衛、防禦，或掩蔽」，而 chute 是「降落」的意思。這個字是雷諾曼（Louis-Sebastien Lenormand）所創，他在 1783 年改造了兩支雨傘並成功降落在樹上，發明了第一支現代的降落傘[5]。但必須指出的是，在雷諾曼跳傘前的四千年左右，中國史學家司馬遷在他

P

的《史記》裡有過類似降落傘裝置
的記述。在故事裡，一位中國皇
帝為了逃離他兇殘的父親，爬上
高高的糧倉頂端。在無路可退的
情況下，抓起兩頂竹編的草帽，
縱身一躍，滑翔至安全處[6]。

《牛津英語詞典》的來源指稱，parachute in（空
降）在美國作為商務相關用語始於二十世紀中期，
然後才往其他的英語世界遷移。最早的出處來自 1968 年英國
的《聽眾》（Listener）雜誌：「現有的統治階級裡太多的公
務員是從外面『空降』進來的（parachuted in）。」

paradigm shift 名詞

1. 做事情的方式有了重大的改變。2. 某方法或基本假設產生
根本的變化。

商務行話定義： 1. 區塊鏈、加密貨幣……或別的什麼。2. 當
自己恍然大悟原來父母是做了什麼才創造出自己時，所發生
的狀況。

來源： 加州大學教授孔恩（Thomas Kuhn）於 1962 年出版了

一本里程碑式的著作《科學革命的結構》（*The Structure of Scientific Revolutions*）。孔恩認為，驅動科學進步的是革命性的事件，而非漸進式地建立在已被接受的知識上。他說那些異常的事件可能會導致現有的範式產生變化，或稱為「典範轉移」（paradigm shift）。這本孔恩原本認為更像是「草稿」的著作初期銷量遲緩，不過到後來終於向上攀升，截至 1987 年已售出六十五萬本[7]。

英國哲學家馬斯特森（Margaret Masterson）在 1970 年的一篇深具影響力的論文〈典範的本質〉（The Nature of a Paradigm），是將這個概念從科學的領域全面向外推廣（甚至是商界）的功臣。馬斯特森認為，孔恩的典範可以指涉任何導致現存機構調整的任一特殊成就。此後，paradigm shift（典範轉移）就適用於各種事件，這包括個人電腦的出現、詹皇（Lebron James）進入 NBA、甚至是女性專屬的精靈短髮[8]。這也導致一些批評家認為 paradigm shift 太過被濫用到已經變得毫無意義了[9]。

paralysis through analysis/analysis paralysis 名詞
1. 處於一種不斷想著要做某事以至於永遠無法採取行動的狀態。2. 研究、調查、會議導致更多研究、調查、會議的相同狀態。

商務行話定義：1. 需要鼓勵時（或作為饒舌大亂鬥的參賽者在休息室等待時）會用的話。2. 這就是為什麼你沒在公司樓下的兩家餐廳中的一家用餐，而是在自動販賣機用洋芋片打發掉午餐的原因。

來源：儘管沒明說，paralysis through analysis 確實是數個世紀以來的普遍主題，在《伊索寓言》（「一種安全的方法要好過一百種不靠譜的方法」）、莎士比亞的《哈姆雷特》（他的年輕和血氣精力「被思前想後的顧慮害得變成了灰色」）還有伏爾泰的作品（「完美是善的敵人」）中都有出現。癱瘓（paralysis）和分析（analysis）同時出現的一個早期例子是在 1803 年的一本字典，這兩個字綁在一起並沒有組成任何意義，只提到押韻。就我們能找到的這個詞的首次使用紀錄是在 1928 美國聖公會的全國大會上（the General Convention of the Episcopal Church），當時牧師葛倫（C. Leslie Glenn）說到，宗教大學因過多的純理論而處於「分析癱瘓」（paralysis by analysis）的危險氛圍中。後來，在第二次世界大戰期間，英國首相邱吉爾得知登陸艇的設計師將大把的時間都花在變更設計的爭辯上後，發出以下訊息：「『只要完美、其餘免談』這句格言可以寫得更短，那就是『癱瘓』（Paralysis）。」

P

此用語的概念開始在商業情境中立足要等到 1956 年左右。那年，史瓦茲（Charles R. Schwartz）在《管理模式與概念的轉變》（*Changing Patterns and Concepts in Management*）當中的一篇文章〈作為決策工具的投報率概念〉（The Return-on-Investment Concept as a Tool for Decision Making）寫到：「我們會少猜測一點；避免因直覺而滅絕的危險；我們會採用一份相同的評估指南，藉此跳脫因分析而陷入的癱瘓（escape succumbing to paralysis by analysis）。」[10] 所以，我們現在就採取史瓦茲的建議，不再對此條目的來源做分析，往下一條前進。

parking lot 動詞

1. 開會中，對於雖然重要但非排定議程的項目，予以推遲討論（參見 back burner）。2. 將問題保留到報告的結尾（參見 put a pin in it）。

商務行話定義：在台上報告的人使出的緩兵之計，先承諾提問人待會兒會回覆問題，接著在心中跪求老天爺讓提問人忘記他們提出的棘手問題。

來源：以下摘自「我手頭時間太多，所以我要來寫停車場歷史」部門：根據停車業職人線上社群「停車網」（Parking Network）的說法，第一個給所謂汽車運輸停放的「空地」（lots）出現在二十世紀初期，第一棟多層停車場則是在 1918 年因現已拆除的芝加哥拉薩爾旅館（La Salle Hotel）（位於拉薩爾街和麥迪遜街的西北角）而興建。當然，是停車場迷多多少少都有去過這裡拍照留念，對吧？我們光是想到站在那樣的歷史附近就覺得很有感。總之……這棟旅館當時是由「霍拉比德與羅奇建築師事務所」（Holabird and Roche）所設計，他們的概念在當時非常具有革命性，因為街上車變多了，他們想出了一個提供顧客方便停車的地方 11。

到底 parking lot（停車場）是如何以及何時用在今日開會常見的慣例——將會議的非議程項目移到討論的結尾，我們並不清楚 12。我們也找不到能提供這些答案的可靠來源。也許是某處有個語言學家會議，不知道在什麼時候將待解決事項放在停車場，然後，就像大部分的待解決事項（parking lot items）一樣，沒多久就被拋諸腦後？

pass the buck 慣用語

1. 推卸責任或怪罪他人。2. 自己的行為讓他人遭罪。

商務行話定義：你那掌權已經一萬年的上司的某種超能力。

來源：撲克牌是這個詞最有可能的出處，儘管有理論認為也可能來自其他活動，如：傳錢 passing money（bucks 也有「錢」的意思）或傳鹿肉。但上述活動確切是怎麼做，還在爭論中。以下是 buck 在十九世紀美國撲克牌遊戲的兩個主要定義：

» 莊家標誌（a marker）：通常是一把刀，刀柄由鹿角（buck horn，簡稱 buck）製成的，這把小刀會放在發牌者的面前。如果玩家不想發牌，他可以藉著將「小刀」（buck）傳給下一位玩家來轉移責任。

» 根據凱勒（J.W. Keller）1887 年的《抽撲克牌遊戲》（*The Game of Draw Poker*）一書指出：「『buck』是任何無生命的東西，通常是刀或鉛筆，這東西被扔進賭金中，然後暫時由賭金的贏家拿走。每到『buck』的持有者發牌時，都必須重新下注。」

1865 年 7 月號的《新墨西哥週刊》（*Weekly New Mexican*）有關於「passing the buck」最早的文字紀錄：「他們在小賣部抽牌，也會在玩撲克牌換莊（passed the 'buck'）後抽牌。」那個時候的知名作家也會用這個詞。馬克・吐溫（Mark Twain）

在 1872 年的《苦行記》（*Roughing It*）中寫到：「我認為那不能稱作技藝。不過是下注、換莊（passing the buck）而已。」到了世紀之交，在美國 passing the buck 有將責任從一個人轉移到另一個人身上的意思。這個詞還有一個著名的變體，杜魯門（Harry Truman）總統在他的橢圓形辦公室裡有個標示牌，上面寫著 The buck stops here（責無旁貸），這意味著他終將承擔起管理政府的責任 [13]。

pass with flying colors 慣用語
1. 成就卓越。2. 壓倒性的勝利。

商務行話定義：很少人能享有的地位。

來源：這句話來自十七和十八世紀初期的航海界 [14]。由於當時沒有現代化的通訊設備，在戰鬥中，船員告訴陸上人員在海上航行情況的最佳方式就是在桅頂上懸掛旗幟（colors，彩旗）。勝利的船隊會升起旗幟，而被擊敗的船隊則以降旗表示失敗。《戰鬥術語》（*Fighting Words: From War, Rebellion, and Other Combative Capers*）一書的作者安摩（Christine Ammer）說，到了 1700 年左右，with flying colors 一詞才被當作比喻用，藉以「象徵任何形式的勝利」[15]。一個早期經常引用的出處來自喬治・法古爾（George Farquar）於 1707 年創作的一

齣戲《完美計謀》（*The Beaux's Strategem*）當中說到：「的確，朋友們開始懷疑我們口袋不深，但我們所向披靡（we came off with flying colours），不論是言語或行為都沒表現出任何的不足。」[16]

peeps 名詞

1. 人。2. 親密朋友或同事。

商務行話定義：如果你在辦公室裡說這個詞，幾乎可以確定你不會在下一任公司首席執行長的候選名人之列。

來源：不，這裡我們說的不是棉花糖品牌（Peeps），就是那個在美國和加拿大販賣、廣受歡迎、會做成小雞、兔子和其他動物造型的棉花糖果。我們說的是「人」的簡稱，根據各種來源，這個字在十九世紀首次在美國流行。一個早期的出處是來自 1847 年 12 月 29 日威斯康辛州的《簡斯維爾公報》（*Janesville Gazette*），公報引述一位法國牧師在密西根州議會進行的禱告：「喔，主啊！祝福您的子民（peeps）和他們的僕人代表。願這些代表制定法律是為了人民（peeps）而不是為了一己之私──阿們。」

有一段時間 Peeps 的使用進入冬眠期，而後在 1950 年代捲土重來。以下的引用也來自 12 月 29 日，但是摘自於 1951 年的《芝加哥每日論壇報》（*Chicago Daily Tribune*）：「全國各地的高中生現在打招呼都用『Hi, peeps'』（hello, people『哈囉，各位』的縮寫，毫無疑問！）」[17] 在二十一世紀的美國，會這麼用 peeps 的人多在三十歲以下。

phone it in 動詞

1. 用最少的力氣或注意力去做某事（稱為 half-ass）。2. 以做表面或缺乏熱情的方式做事或表現（稱為 lazy-ass）。

商務行話定義：大部分的人在美麗的星期五下午抱持的工作態度。

來源：1876 年，貝爾（Alexander Graham Bell）發明電話不久後，就開始把這個設備的名稱當動詞用（對啦你們這些語言學家，這裡說的就是「語法轉換」）。他在 1877 年的《電訊雜誌》（*Telegraphic Journal*）上描述他的發明時說：「我打電話（telephoned）給樂團的負責人，要求他把高音短號放在靠樂器的地方。」隨著貝爾設備變得普及，名詞和動詞形式都縮寫成 phone（電話）。《牛津英語詞典》強調一個早期例子是來自 1910 年的冒險故事〈少年飛行

特務〉（Boy Aviators on Secret Service）：「我去打電話（go to phone）辭職，你等一下。」

語言學家、《華爾街日報》與《大西洋》雜誌的撰稿人班‧季默（Ben Zimmer）表示，不親自露面而用電話遠距離傳送訊息，這樣的便利性也鬧出不少 phoning it in（敷衍）的笑話。季默特別提到的例子是 1938 年 2 月一篇聯合出刊名為〈參議員索珀說〉（Senator Soaper Says）的報紙專欄。專欄包含對懷爾德（Thornton Wilder）當時頗具爭議的新劇《我們的小鎮》（Our Town）做諷刺的評論，專欄參考了懷爾德設定的舞台指示：「不用布幕、也不用佈景。」參議員索珀於是說：「既然百老匯的一齣戲無佈景也能撐起票房，那之後就讓演員隨便敷衍一下就好（phone it in）。」[18]

Piggyback 動詞

1. 對先前說過的想法加以補充。2. 對他人的成就佔便宜，或建立在別人的成就基礎上做某事。

商務行話定義：1. 商業界幾乎所有的偉大創意都是靠前人的創意做出來的。2. 威爾‧史密斯（Will Smith）的孩子在好萊塢為自己的演藝生涯所做的事。

來源：Piggyback 的起源之所以迷人在於這個字與豬沒半點關係 [19]。這個用語最早形式來自於 pick pack 和 pick back 這兩個詞。第一個記錄下來的引文來自 1564 年一篇與宗教主題有關的文章。拉斯特爾（John Rastcll）的〈朱爾先生的佈道辯駁〉（A Confutation of a Sermon Pronounced by Mr. Juell）中說：「這是什麼話，教會的奉獻怎麼會讓天使來擔（on pick pack）。」同樣，卡弗希爾（James Calfhill）於 1565 年出版的〈論十字架的回答〉（An Aunswere to (John Martiall's) Treatise of the Crosse）說：「去天堂的路……太簡單，到時我們可能會帶一包東西（pickbacke）讓盧迪揹著。」Pick 在這裡指的是「搭」——像「搭帳篷」——pack 意思是裝載，back 就是字面上背部或肩部的意思。

那麼，這樣的片語是怎麼變成 piggyback 的呢？顯然，這純粹就是把原始片語給說錯了！Pig 和 back 一起出現最早的紀錄是在 1736 年，安斯沃思（Robert Ainsworth）所著的《拉丁語字典》（*Thesaurus Linguae Latinae Compendiarius*）一書當中：「扛上，扛在豬背上（pig back）。」之後的 1843 年，在霍爾（Baynard Rush Hall）寫的《新買賣：早年於遠西的歲月》（*The New Purchase: Or, Early Years in the Far West*）一書中出現了 piggyback 這個字：「與此同時，他倆以反序揹送（piggy-back），逐漸來到門前」。直到二十世紀中期，piggyback 才以隱喻的意義跨足商業界。隱喻用法最早的文字引用來自 1946 年 2 月堪薩斯《艾奇遜全球日報》（*Atchison Kansas Daily Globe*）：「這篇報導應該貼在那些靠關係（piggy-backed）就職的民主黨人的帽子上啊！」

ping 動詞

1. 寄電子郵件或發簡訊給某人。2. 透過電子通訊的方式聯絡。

商務行話定義：傳簡訊給同事，內容不是寫成期待和他們「說話」（speaking），而是寫成期待和他們「睡覺」（sleeping）。該死的自動選字！！！

來源：ping 一詞具有擬聲特性，故長年在多種語境中使用，包含用來描繪槍枝射擊聲、鈴響、潛水艇的聲納響等。實際上，在第二次世界大戰期間，聲納操作員有時被稱為 ping jockeys。

然而，直到 1980 年代 ping 才開始有我們今天所聯想的商務行話含義。網際網路的初期，ping 用來描繪一台電腦連接到另一台電腦上的過程（相當於網路伺服器）。此後，這個字也演變到人際的溝通上。以下引文提到了這種演變：在 2000 年美國方言協會（American Dialect Society）的電子報中，「一位會

P

員觀察到『和我工作的一位電腦科學人士』有時會把 ping 的意思說成是『聯絡或發提醒給某人』。」[20]

pipeline 名詞

1. 業務人員的線索管道。2. 某活動或產品正介於開始和完成之間）。

商務行話定義：當老闆找你，問過去六個月你到底都幹了什麼，你當場瞎編出來的話。

來源：美國石油學會經營一個叫 Pipeline101 的網站，這個網站提供了 pipelines 的歷史[21]。1859 年，德雷克（Edwin Drake）在賓州泰特斯維爾市的一口井中鑽到石油後沒過多久，大家就意識到這種新能源的商業潛力，於是將油品運送到城市的需求也變得顯而易見。剛開始油品是靠車伕用改裝的威士忌酒桶駕在馬車上再運到火車站，不過，基於成本考量，石油公司最終在 1862 年建造了第一條木製的輸油管（pipeline）改變了整個運送方式。到了 1905 年，原油油管已經橫跨了整個國家。再到 1940 年代中期，pipeline 這個字開始被用在和商業有關的情境中。1945 年 9 月，倫敦的《泰晤士報》報導說：「我還指示行政人員……為購買所有管道（pipeline）或倉庫裡的貨物，與接收國政府進行立即的談判。」[22]

pivot 動詞

1. 將注意力轉移到相關的周邊項目上。2. 確認目前的業務重心沒希望後，整個轉換跑道。

商務行話定義：用一個詞彙來打造自己創業的樂觀前景，而不去直面現實，認清一切都是完全、徹底的災難（參見 dumpster fire）。

來源：根據《韋氏字典》的說法，大家熟知的 pivot 作為名詞的用法出現在十四世紀，指周圍有某事物繞著轉的「軸」或「栓」。《牛津英語詞典》則表示，早在 1841 年這個字就已經轉成動詞了，那是在勒沃（Charles James Lever）的《愛爾蘭龍騎士》（*The Irish Dragoon*）中：「第七師攻佔弗雷納達（Frenada），第一師怎麼做我們就怎麼做（pivoting upon the 1st Division）。」受到新創公司和矽谷大量使用 pivot 的影響，許多人可能認為今天用這個詞的量遠比過去還來得多。[23]

然而，根據 Google 對印刷書的分析，pivot 使用的巔峰其實落在 1865 年。儘管如此，這也阻止不了人們覺得這個商務行話會被創造，都是因為要改造產品或轉變業務方向。部落客兼作家的萊斯（Eric Ries）說，他在 2009 年 6 月發表的部落格貼文〈轉向！別跳〉（Pivot, Don't Jump）是個分水嶺，此後，矽谷的公司開始經常使用該詞。《快公司》（*Fast Company*）

雜誌也把這項榮耀歸予萊斯，並認為是他把 pivot 這個字「創造」成商務行話[24]。這可能有些言過其實，但我們現在談的是矽谷，言過其實似乎是做生意的一部分。那裡的企業在歷史上成功轉型（have successfully pivoted）的名單讓人印象深刻。細想一下：

» Odeo（人們可以尋找並訂閱播客的網絡）轉型成 Twitter。
» Burbn（打卡軟體，包括從黑手黨戰爭〔Mafia Wars〕借來的遊戲元素）轉型成 Instagram
» The Point（致力於「公益」募款的網站）轉型成酷朋（Groupon）
» Tote（讓人們在喜歡的零售商店瀏覽、購物的網站）轉型成 Pinterest[25]。

play it by ear 動詞

1. 透過直覺而非按規矩或計劃來辦事。2. 見機行事。

商務行話定義：你希望彌補自己缺乏計劃或準備而和同事說的一些五四三。

來源：從字面上來看，這就是所謂的荒謬片語。想像用自己的耳朵來演奏看看！無論如何，這確實其來有自。[26] 這個詞來

自音樂界，從十七世紀中期開始，人們用它描繪無需樂譜幫忙就能彈奏樂器的方式，以下是根據普萊福德（John Playford）1658 年的《詩歌與維奧爾琴音樂技巧簡介》（*A Breefe Introduction to the Skill of Musick for Song & Violl*）：「不看譜，學著用記的或用耳來彈（to play by rote or ear）。」大約過了二百年後，這個詞現今的商務行話詞義在愛默生（Ralph Waldo Emerson）的著作中開始出現。在他 1841 年的《論文集》（*Essays*）中有一個例子：「我認識一個和藹可親、有成就的人，他實施了一次實際的改革，但我從來沒有在他身上發現他掌控愛情事業。他是從他讀過的書中，用直覺和理解（by ear and by understanding）去養成愛情。」

postmortem 名詞

1. 計畫結束時的會議或報告。2. 計畫失敗的事後檢討。

商務行話定義：每個人都努力試著和這發臭的爛主意劃清界線的時刻。

來源：postmortem 這個詞開始是從十八世紀早期的拉丁語衍生而來，post 指「在……之後」，mortem 是「死亡」之意，很自然地，postmortem 會和找出某人死因的屍體解剖有關[27]。最後，這個與病理有關的詞彙來到了商業語境，作為「機構

P

在事件發生後開始分析」的說法。《牛津英語詞典》表示，這個意義最早出現在 1850 年切弗（Henry Theodor Cheever）的書《鯨魚和他的捕獲者》（英文書名很長，要等一下……*The Whale and His Captors: or, The Whaleman's Adventures, and the Whale's Biography, as Gathered on the Homeward Cruise of the Commodore Preble*）：「就我們討論過的主題，給我一份完整、正確、審慎的事後檢討（post-mortem）報告。」[28]

「事後檢討」（Postmortems）在 1980 年代和 1990 年代的商務行話中變得異常流行，到 2007 年，另一個新的概念也開始風行。「事前預防」（premortem）的概念是由克萊恩事務所（Klein Associates）的首席科學家蓋瑞・克萊恩（Gary Klein）所提出，指企業有辦法預想出還沒發生的事件，好更準確地辨識相關的風險[29]。換句話說，「事前預防」（premortem）能幫助自己在「事後檢討」（postmortem）中看到自己是如何把某事搞砸之前，就先把它給腰斬了。

P

pot calling the kettle black 慣用語

1. 五十步笑百步。2. 自己犯了相同的錯誤卻不自知還批評他人。

商務行話定義：老闆從高爾夫球場打電話給你，要你工作加把勁。

來源：這句話頭一次出現是在謝爾頓（Thomas Shelton）1620年翻譯的《唐吉軻德》（*Don Quixote*）當中。《唐吉軻德》是塞萬提斯（Miguel de Cervantes）所寫的經典小說。[30] 在一個場景中，主角阿隆索‧吉哈諾（Alonso Quixano）（就是後來的唐吉軻德）對僕人桑丘‧潘薩（Sancho Panza）的批評怒氣沖天，吉哈諾說：「你就像人家說的，煎鍋對水壺說：『離開吧，你這黑眼圈』」。確切的西班牙原文是：「Dijo la sartén a la caldera, Quítate allá ojinegra」，翻譯成英文是：Said the pan to the pot, "Get out of there, black-eyes."

1682 年，賓州的創始人威廉‧佩恩（William Penn）在他的文集《孤獨的果實》（*Some Fruits of Solitude in Reflections and Maxims*）中，給了更接近今日慣用語意義的版本，「如果你還沒征服自己的弱點，就稱不上有德，對他人也無可置喙。貪婪者抨擊浪費、無神論者反對偶像崇拜、暴君反對叛亂，或騙子反對造假，還有酒鬼反對酗酒，就像是鍋子嫌壺黑一樣（the Pot to call the Kettle black）。」[31] 威廉‧佩恩的類比是不是全有道理，我們不確定，不過話說回來，看看賓州這德性。畢竟，這個州和給了我們「費納寶（Philly Phanatic）」的州是同一個，真沒道理啊（參見 throwing shade）。[32]

P

preaching to the choir 動詞

1. 說服已被說服的人。2. 和已經支持某事的人鼓吹同樣的事。

商務行話定義：1. 當你出現在公司康樂委員會的第一場大型活動時，現場唯一映入眼簾的就是剛剛提到的康樂委員會成員。2. 跟無神論者說上帝不存在的傳統。

來源：在英國，這個詞更為人所知的說法是 preaching to the converted，而且該主題的轉變遠比美國版本（preaching to the choir）更早出現在出版物中。[33]1857 年 11 月，《泰晤士報》報導說：「俗話說，向皈依者傳道（to preach to the converted）是沒有用的事，我可以再補充，和無法轉變的人傳道（to preach to the unconvertible）更是沒人會說謝謝的事。」

《牛津英語詞典》說，直到 1970 年美國片語 preaching to the choir 才在美國的書面紀錄中出現，同年 9 月《華盛頓郵報》寫到：「佛斯特（Foster）昨天在空軍協會坐無虛席的研討會前演說……承認這就像『多此一舉』（preaching to the choir），儘管如此，他還是繼續詳述他對美國國防能力下降的憂心。」

pull out all the stops 慣用語

1. 竭盡所能。2. 全力以赴去達成某事。

商務行話定義：在車展的展位上，讓所有可用的員工（男與女）都穿上比基尼。

來源：這個慣用語源自於地區教會的管風琴。管風琴有個用來控制通過管道氣流的組件，稱之為音栓（stop）。當拉出音栓，樂器的音量就會增大[34]。根據《牛津英語詞典》，這種操作裝置最早出自加斯科因（George Gascoigne）1576 年的諷刺作品《鋼鐵之鏡》（*The Steele Glass*）：「聲音愈悅耳、就能感覺和諧、平靜、充滿愛。走音則每個音栓都在吵架（iarre euery stoppe）。」這聽起來用在 pull out all the stops（全力以赴）似乎有點牽強，但在 1865 年，阿諾德（Matthew Arnold）的《批評論文》（*Essays in Criticism*）中，更完整地把這句慣用語和商務行話的意義連在一起：「要知道，當一個人試圖在這種……音調有些狹窄的管風琴中（指現代英國人）再多拉幾支音栓（to pull out a few more stops）時，會是多麼吃力不討好的事。」

pulling your leg 慣用語

1. 指開某人玩笑，愚弄他人。2. 以開玩笑的態度說謊騙人。

商務行話定義：通常這種惡作劇或笑話要好笑有一個條件：不是開在你身上。

來源：英國的 Phrase Finder 將此慣用語稱為「詞源學的聖杯之一」，對此我們深表贊同。這個詞的來源有兩個主要的理論，但都沒有任何實質的證據。第一個故事的起源是在古英格蘭，盜賊會把人的腿拉住（pull at people's legs）、讓他絆倒，再搶劫財物[35]。這個理論的問題在於沒有歷史證據的支持。第二個主要理論也是一樣。那時在英國小鎮帝本（Tyburn）參與公開絞刑的人據說會受雇抓緊受害者的腳（hang on to the victim's legs），好讓他們快點解脫。然而，這個理論有兩個問題。首先，拉腿（having your leg pulled）讓人好死，這聽起來不大像是有趣的招數，其次，雖然這些處決的場面有詳盡的報告，內容也沒提到拉腿（leg pulling）。

針對這個詞，專家們唯一能肯定的是，它的首次書面紀錄不在英國、而是在美國。Phrase Finder 認為最早的來源——加拉廷（J. Gallatin）的《日記》（*Diary*）——但這是假的，正確的來源是 1883 年俄亥俄州的《紐瓦克每日倡導者報》（*Newark Daily Advocate*）中：「一直以來對你扯些荒唐的謊的人就是一直在『扯你的腿』（pulling your leg），以上的表達現在可以接受。」《牛津英語詞典》也有 1883 年的來源紀錄，但那是在賓州《韋爾斯伯勒鼓動者報》（*Wellsboro Agitator*）：「這位中國巨頭曾經跟我說他家裡有六名妻子，但我覺得他是在跟我開玩笑（pulling my leg）。」

這些充滿矛盾的起源故事和引文讓我們認為，至少，當中一些 pulling your leg 的資訊一定要是假的。不然，鬧笑話的顯然會是我們。

push the envelope 慣用語
1. 超越當時認為可能的範圍。2. 以開拓和延展邊界的方式創新。

商務行話定義：通常在做真正愚蠢的事情之前說的話——就像付 100 萬美元買手機的應用程式一樣（參見 screw the pooch）。

來源：作家沃爾夫並沒有發明這個詞（這個詞第二次世界大戰就已經存在[36]）。但他 1979 年具里程碑意義的著作《太空先鋒》（*The Right Stuff*）絕對是使這個詞流行起來的原因，這是一部講述美國太空「水星」（*Mercury*）計畫的故事。[37]Push the envelope 首次出現在這本書開頭的地方：

「皮特（Pete）和珍（Jane）的整個社交圈就是第二十組內的

年輕人和他們的妻子了。……從某種意義來說，他們沒辦法和其他任何人有來往，至少不太容易，因為這些男孩能談的只有一件事：飛行。而在對話當中不斷來回貫穿的一個詞就是『挑戰極限』（pushing the outside of the envelope）。」

伍爾夫繼續解釋到 envelope 是飛行測試術語，指航空器性能的極限：特定速度下最大轉彎緊密度。飛行員指的不是「信封」（letter envelope），而是專注在「包絡線」（envelope）這個字的數學概念上——類似梯子的中心會從牆面傾倒的曲線或斜度。這個「包絡線」由一個高級的數學方程式表現，說實話，真要測試的話，測試的是我們智力試圖理解它的界線，所以，我們也就不發表在這裡來挑戰各位的極限（push the envelope with you）了。[38]

put a pin in it 動詞

把事擱著、告一段落。

商務行話定義：1. 避開某問題、且希望它再也不要被提起（參見 parking lot）。2. 比起「閉嘴」社會更能接受的說法。

來源：put a pin in it 來源的主要理論來自第二次世界大戰，當時鼓勵士兵把插銷（pin）插回未爆的手榴彈，以免爆炸[39]。

但是，我們沒有可靠的來源支持這一點，所以關於出處，就先這樣（put a pin in this origin story），可以嗎？謝謝。

put lipstick on a pig 動詞

1. 將負面的情況做正面的美化。2. 拼命讓沒魅力或沒吸引力的事物看起來恰恰相反。

商務行話定義：有人問你為什麼被上一份工作解雇時，就說：「我需要追求其他機會」。

來源：縱觀歷史，豬很少有人覺得漂亮。也許是因為皺皺的鼻子；小小、立起來的耳朵、大雙下巴和頭一樣大，或開心地在泥濘、污穢中打滾。「母豬耳朵做不成絲綢錢包」（you can't make a silk purse from a sow's ear）這句諺語可追溯到十六世紀中期，而十七世紀三〇年代在英國、荷蘭、法國的傳說中都有提到缺乏吸引力的「豬面」（pig-faced）女子（根據當時的說法，豬面是因為巫術的關係）[40]。

然而，口紅要到 1884 年才發明，所以這兩個字同時出現還要再等一陣子。最早的一個出處是在 1926 年《洛杉磯時報》，當時盧米斯（Charles F. Lummis）寫道：「我們大多數人對歷史的瞭解跟豬對口紅的瞭解一樣有得拼（as a pig does of lipsticks）。」但直到上世紀晚點的時候 putting lipstick on a pig（or hog，肉豬或家豬）一詞的確切用法才真正出現。1985年，《華盛頓郵報》引述舊金山廣播電台主持人談到不幫巨人隊在新市政中心建造體育館，而是整修燭台球場（Candlestick Park）的計畫時，KNBR 電台名人里昂斯（Ron Lyons）回答道：「那無疑是給豬塗口紅（putting lipstick on a pig）。」[41]

put to bed 動詞

1. 結束、終了。2. 某事告一段落，不是先擱在一旁、就是繼續下個步驟。

商務行話定義：是時候該處理一下那些貼在各個社群媒體上的大學時代的醜照了。

來源：在二十世紀，put to bed 常用在印刷出版品完成最後的校訂動作。在二十一世紀，出版物通常數位化，且可以不斷更新，所以如今比較像 put to nap（小睡）而不是 put to bed（上床睡）。不管怎樣，可以想見，紙本首次提到 put to bed 就和人類有關（和商務無關），而且因為自人類存在以來就在睡覺，與這個句子有關的出處也非常老套。例如：《牛津英語詞典》給我們選的是來自 1654 年的《墨丘里斯・富米戈

斯》（*Mercurius Fumigosus*），這是一本由記者克勞奇（John Crouch）出版的新聞書：「征服者是他，溫暖的織布是夜，為之而戰的淑女，躺在他臀上，相擁而眠（so to be put to Bed together）。」[42]

商務行話大跨界 I

如果只看字面意義，很難想像一些商務行話當初是怎麼逐漸轉變為當今的使用方式的。看看 raining cats and dogs（下著貓狗大雨）、drinking the Kool-Aid（喝著酷愛）、yak shaving（剪著犛牛毛）〔此處皆採直譯〕。但是，那些詭異的商務慣用語並非英語獨有。的確，怪怪的商務行話用語也是會跨界的。

看看以下這些英語裡的商務行話，相同的概念其他國家又如何表達。

the boonies （前不著村、 後不著店）	● 澳洲：the wop-wops（偏僻的地方） ● 德國：where the fox and hare say goodnight to one another（狐狸和野兔互道晚安的地方）
broke （破產）	● 澳洲：on the wallaby track（流浪、失業） ● 義大利：to be at the green（口袋空空） ● 西班牙：to be without white（一窮二白、落魄）

kill two birds with one stone（一石二鳥）	• 德國：kill two flies with one swat（一拍打死兩隻蒼蠅） • 巴西：kill two rabbits with just one shot（一槍殺死兩隻兔子）
nuts（瘋子）	• 澳洲：mad as a cut snake（瘋狂如被切斷的蛇） • 法國：being in the West（在西方） • 西班牙：to be like a goat（像山羊一樣）
piece of cake（小意思）	• 日本：I'll do it before I eat breakfast（我早餐前就會做好） • 紐西蘭：Bob's your uncle（鮑勃是你舅） • 西班牙：to be bread eaten（被麵包吃掉）
tell it like it is（實話實說）	• 法國：calling a cat a cat（稱貓為貓） • 西班牙：not having hairs on your tongue（舌頭上沒長頭髮）
when pigs fly（絕不可能發生）	• 荷蘭：when the cows are dancing on the ice（母牛在冰上跳舞） • 法國：when hens have teeth（母雞有牙齒） • 俄羅斯：when a lobster whistles on top of a mountain（龍蝦在山頂上吹口哨）

quality assurance 名詞

1. 實施在組織內的管理和程序性
活動，用來滿足產品、服務或活
動的要求和目標。2. 防止產品製
造時會產生錯誤和瑕疵的方法，

也是向客戶交付產品或服務時，避免發生問題的方法。

商務行話定義：你希望更多家公司能在他們的公用廁所方面
做的努力。

來源：quality assurance（有時簡稱 QA）的簡單概念可以追
溯到中世紀，例如在行會建立會員制以及軍事訓練，雖然看
似簡單，但在第二次世界大戰期間，美國必須檢查大量軍火
時，QA 背後的概念就變得更加重要了。1947 年，第一個「國
際標準化組織」（International Organization for Standardization,
ISO）在瑞士日內瓦成立，從那以後，ISO 公佈的標準已成為
大多數品質保證計劃的推動力。這些標準會隨著時間而變化；
而最新的系列是 ISO 9000。最初，ISO 9000 認證僅在歐洲流

行，到了 1990 年代前期才在美國開始增加。

根據《牛津英語詞典》，「品質保證」（quality assurance）
這個詞首次出現在 1940 年。它來自《美國統計學會會刊》
（*Journal of the American Statistical Association*）的會員目
錄：「貝爾實驗室品質保證部品質結果工程師（Quality
Results Engineer, Quality Assurance Department, Bell Telephone
Laboratories, Inc.）道奇・哈洛德（Dodge, Harold F.）」。在醫
療保健行業中，有些人將多那比地安（Avedis Donabedian）
博士封為「品質保證之父」。多那比地安發表了三卷《品
質評估和監控探索》（*Explorations in Quality Assessment and
Monitoring*）系列叢書，當中建立了醫療保健品質的七大指
標（seven pillars of quality healthcare），這被某些人視為行業
QA（品質保證）的標準 [1]。

quantum leap 名詞
　　1. 任何突然、巨大的改變或增加。2. 突飛猛進。

Q

　　商務行話定義：這個詞不適用於 99.9％的產品廣告，跟這詞
一起出現（如下）的詞一併也不適用，包括「顛覆市場遊戲規
則的人」（game changer）、「最先進的」（cutting-edge）、
「革命性的」（revolutionary）。

來源：最開始沒有 quantum leaps，只有 quantum jumps。quantum jump 源於物理學，指一個原子內，電子從一個能級轉變到另一能級。之所以這樣稱呼，是因為電子能從一個能級「跳」（jump）到另一能級，而這通常都發生在幾奈秒（就是十億分之一秒）或更短的時間內[2]。

許多著名的科學家像是波耳（Neils Bohr）和愛因斯坦（Albert Einstein）在 1920 年代前後發現「量子躍進」（quantum leap）之後，這個術語就開始被使用。一個早期的出處來自 1924 年 3 月的《美國國家科學院院刊》（*Proceedings of the National Academy of Science*），當中寫到：「第二行給出了量子數，該量子數標明量子跳躍（quantum jump）的可能。」1930 年的《哲學雜誌》（*Journal of Philosophy*）上，首次出現使用量子躍進（quantum leap）一詞：「我們可以將單一最終物理事件的任意特性（arbitrary character），例如量子躍進（a quantum leap），指代為整個宇宙的任意特性，其中，單一事件是整個宇宙的一部分。」

1950 年代，quantum leap 開始有了物理學以外的商務行話意義。例如，羅伯茨（Henry L. Roberts）於 1956 年發表一份關於美蘇關係以及美國政策如何應對共產主義挑戰的報告，稱為《蘇俄與美國：危機與前景》（*Russia and America: Dangers and Prospects*）：「權力的巨大加乘就是一種朝向毀滅等級的

新次序的「量子躍進」（quantum leap），非常真實、也很好
理解。」[3]

最後，若要完整回顧「量子躍進」一詞之所以普及的原因，就
一定得提到其同名電視影集的影響。《時空怪客》（*Quantum
Leap*，1989-1993）是由美國全國廣播公司（NBC）所製作，
由巴庫拉（Scott Bakula）和斯托克韋爾（Dean Stockwell）主
演的影集，該故事的核心是一位科學家，他能夠穿越時空、
「跳到」（leap）不同人的身體裡面。[4]

quick win 名詞

1. 顯而易見、立竿見影、迅速即時的改善。2. 短期獲利，花在
金錢、時間或精力上的投資。

商務行話定義：把辦公桌上的所有東西都清掉（這樣才能真
正在桌面上工作）。

來源：我們很想讓您「瞬間秒懂」（a quick win）是誰、在
何時創造了這個詞。無奈的是，一堆資料，包括大衛・艾倫
（David Allen）的著作《搞定！》（*Getting Things Done*）和
《哈佛商業評論》我們都查了[5]，卻仍找不到答案。只能說
quick（快速）和 win（勝利）已經存在很長時間。我們所能知

Q

道的是，二十世紀初期，首次出現的一些出處和字面上的意義
更相關，都是在描繪運動或比賽中的快速獲勝。

不過，到了 1960 年代，這個詞轉變成更具象徵性的用法，特
別是用在越戰時期的軍事上。以下是摘自 1965 年《外國電台
廣播每日報導》（*Daily Report, Foreign Radio Broadcasts*）中：
「他們用斯坦利－泰勒計畫（Staley-Taylor plan）企圖在十八
個月內以快攻快贏（a quick offensive and a quick win）的策略
來平定越南南部。」[6]（當然，那個「快贏」〔quick win〕並沒
成功，不是嗎？）。今天，這個詞多用在描述所有商業領域中
任何可辨識的機會或容易實現的勝利，特別是和增加收入的
潛力有關。理論上，這個詞的用法和 low-hanging fruit 一詞很
像。實際上，卻比較像找尋獨角獸那樣難得一見。

quid pro quo 名詞

1. 等價交換（和「以牙還牙」用法類似）。2. 拉丁片語，粗略
譯為「這個換那個」（this for that）。

商務行話定義：同意給予某同業
好評，前提是他也會對你這麼做。

來源：拉丁語的字面意思是「什

Q

麼換什麼」或「某物換某物」，這個詞今天主要用在法律意義，描述兩造之間任何的共同考量[7]。但是，這個詞常常會用在負面情況，例如政治（利用政治職務謀取個人利益）或性騷擾（性勒索的一種形式）的語境。Quid pro quo（等價交換）在 2020 年川普的彈劾公聽會上扮演重要角色，不過，這個概念卻可以追溯到幾百年以前。

根據《牛津英語詞典》，這個詞第一個已知用法可以追溯到 1535 年（且不是法律語境），在伊拉斯謨的《懺悔的方法和形式》（*Erasmus' Lytle Treatise Maner & Forme of Confession*）一書中寫道：「藥房和醫師的犯行比現在這些人更嚴重，他們之間有一句話，等價交換，以物易物（quid pro quo, one thynge for another）。」

但時至今日，影響許多商務人士使用這個詞的原因，可能是來自於 1991 年的電影《沉默的羔羊》（*Silence of the Lambs*）片中，安東尼・霍普金斯（Anthony Hopkins）飾演的「食人魔」漢尼拔（Hannibal "the Cannibal" Lecter）[8]。在一個難忘又令人心痛的場景中，萊克特對由茱蒂・佛斯特（Jodie Foster）飾演的聯邦調查局特工克麗絲・史達琳（Clarice Starling）說：「一問換一問（Quid pro quo）。我跟你說、妳也得跟我說。但不說這件案子。說說妳自己。一問換一問（Quid pro quo）。行或不行？克麗絲，行或不行？」有趣的是，大多數

Q

人都記得這句話是「一問換一問，克麗絲」，但事實上電影中萊克特在說完「一問換一問」之後從來不會接「克麗絲」。這雖然是一句令人不安（但難忘）的台詞，在商務背景中使用肯定要比以下電影中萊克特的另一句著名台詞更好：「曾經有一位人口普查員想測試我。我把他的肝臟配蠶豆吃了，還配上香甜的紅酒呢。Fuhfuhfuhfuhfuh（吸吮聲）。」[9]

QWERTY 形容詞

與英語標準打字機的鍵盤有關，鍵盤左上角字母鍵的前六個鍵 QWERTY。

商務行話定義：一種違反直覺的設計，但令人驚訝的是，世界上大多數的公民都因為沒有其他的選擇而適應了這種設計。

來源：仔細想想，QWERTY 可能是企業支配客戶行為最出色例子之一。QWERTY 設計來自十九世紀中期和早期的打字機。

Q

原始的編排是由肖爾斯（Christopher Latham Sholes）在 1860 年代末和 1870 年代初創造的；《韋氏字典》的說法是，肖爾斯選擇 QWERTY 設計，事實上並不是為了讓打字員打字更快，而是要讓他們減慢打字速度。他的第一台打字機很笨重，如果按太快，很容易會卡紙，因此他挑選的字母位置可以讓打字員的速度剛好快過用筆、但不會快到卡住機器。肖爾斯的設計開始流行，並在 1929 年的《泰晤士報文學增刊》（*Times Literary Supplement*）中被稱為：「『qwerty』鍵盤最早出現在 1887 年的優土特（Yost）打字機上。」最後，考量當今的電腦、筆記型電腦、行動電話的鍵盤空間有限，就算到了數位時代，設計師還是認真覺得要和 QWERTY 的編排一致。[10] 這讓今日的年輕人用拇指打字的速度快到讓大多數的父母驚訝。

Q

raining cats and dogs 慣用語

1. 傾盆大雨。2. 豪雨。

商務行話定義：我們要是能從自己辦
公室的隔板看到窗戶外，就能告訴你那
是什麼景象。

來源：這是英語最古怪的片語之一，少說也是從十七世紀就
開始流傳。最早的一個引用來自 1651 年英國詩人沃恩（Henry
Vaughn）的詩集《伊斯卡努斯》（*Olor Iscanus*），詩集中
提到一種可以防止「下貓狗大雨」（dogs and cats rained in
shower）的屋頂。1652 年，作家伯若姆（Richard Brome）在
他的喜劇《城市機智》（*The City Wit or The Woman Wears the
Breeches*）中提到：「會下……狗和雞貂雨（It shall raine . . .
Dogs and Polecats）」，而這個詞的現代版本首次出現在 1738
年斯威夫特（Jonathan Swift）的《禮貌與機智對答全集》（*A
Complete Collection of Polite and Ingenious Conversation*）中：
「我知道約翰爵士將赴會，儘管他確知會下傾盆大雨（rain

cats and dogs）。」

這個成語的起源有幾種說法。[1]一種可怖的推測是，數百年前，大雨和惡劣的衛生系統會在淹水期導致動物的死屍淹過街道。哎呀呀！另一種推測起源於北歐，與風暴之神奧丁有關。奧丁的描繪經常伴隨著狗與狼，這是風的象徵。再者，騎著掃帚的女巫常會變身成貓，這對水手來說是要下大雨的跡象。據此，可以推測 raining cats and dogs 可能指風大雨大的暴風雨。當然，這個片語或許根本不能用邏輯解釋。會用這個詞，可能就是因為它荒謬、可笑的價值。這種情況有可能的最大證據是：其他幾種語言（英語除外）對大雨也有奇怪的表述：

» 南非語——ou vrouens met knopkieries reën（下起「老婦手拿棒子」雨）
» 廣東話——落狗屎（下起「狗屎」雨）
» 荷蘭語——het regent pijpenstelen（下起「管柄或樓梯桿」雨）
» 芬蘭語——Sataa kuin Esterin perseestä（就像從埃斯特瑞的屁股下的雨）
» 德語——Es regnet junge Hunde（下起「小狗」雨）
» （巴西）葡萄牙語——chovem cobras e lagartos（下起「蛇和蜥蜴」雨）
» （哥倫比亞）西班牙語——estan lloviendo maridos（下起

R

「老公」雨）[2]。

商務行話中，更多有關文化差異的例子，請參見「商務行話大跨界」特別收錄。

ramp up 動詞；名詞

1. 增加。2. 在某過程中逐漸加強力道。

商務行話定義：離英文「抽筋」（cramp up）一個字母之遙，cramp up 是上司要你把產量「提升」（ramp up）時，你會說的話。

來源：根據《韋氏字典》，to ramp 這個動詞在十四世紀進入英語世界，意思是雙手抬起站立或做使勁的動作。而 Ramp 作名詞，有「斜坡」的意思，在十八世紀初期被收進辭典[3]。然而，ramp up 什麼時候開始有目前商務行話的意義（偶爾用作名詞）還不是很清楚。有人認為這個詞在 1960 年代開始出現，起源於裝甲運兵車的軍事用語。運兵車從後方的一個坡道進出。那時，在戰鬥開始前最後說的就是：「我們正『加速前進』（ramp up）。」[4]（我瞭，就今天的用語來看，這造句法很怪，但那可是 1960 年代的軍方，相信我，那就是個詭異的年代）。又有一些人說，它來自汽車業，指新款汽車排定時

R

程從運送的卡車上運出、交付或「上載」（ramp-up）時的用語。[5]

讓 ramp up 的起源更難確定的原因是，這個詞早在十九世紀就在各種書籍中（參考文獻混亂）出現。英國作家吉福德（William Gifford）1816 年的《班‧強森作品集》（*The Works of Ben Jonson: In Nine Volumes*）是其中的一個例子，書中的角色蒂布盧斯（Tibullus）說：「一躍而上，我的才賦（Ramp up, my genius），別反其道而行；提起膽子說啥是啥。難捉摸啊！一溜煙的繆思！如同不存在般的活著，像燉煮的朽木。」[6] 沒錯。我們也不清楚這些話是什麼意思。

另一個 1893 年的例子，我們覺得和今天的商務行話有點類似。這是摘自《防禦工事與軍事工程教課書》（*The Textbook of Fortification and Military Engineering*）第二卷：「因此，通常需要使用時，有必要將彈藥架高。可以裝在斜坡上（be taken up a ramp），或用起重機垂直升起。砲彈裝載機爬升（ramp up）的坡度不應比坡道還陡。七分之一。」[7] 跟你一樣，我們最後兩行也看不懂⋯⋯。

R

關於書面出處，ramp up 和今天的商用意義最明顯的聯繫是在 1980 年。[8] 根據《牛津英語詞典》的說法，那才是首次真正使用這個片語的時間，以下摘自《航空週刊與太空科技》

（*Aviation Week and Space Technology*）:「如果 1981 年財政年度達到八十，1982 年就會上升到（a ramp up to）九十二。」

reading the Riot Act 慣用語

1. 嚴厲警告或譴責。2. 因錯誤或過失嚴厲批評。

商務行話定義：你知道上司很氣的時候，前額的那根青筋會開始跳嗎？你知道自己覺得不舒服的時候會侷促不安嗎？如果這兩個條件同時存在，那你可能正遭到厲聲斥責（being read the Riot Act）。

來源：這句話所指的「防暴法」（riot act）是真有其事。英國於 1715 年實施《防暴法》（the Riot Act），該法賦予英國政府權力，可將任何十二個人以上的團體貼上「威脅警察」的標籤，指控其有罪，而最高可處以死刑。[9]「宣讀防暴法」（Reading the Riot Act）曾是一個真實事件，類似美國處理「米蘭達權利」（Miranda rights）或「米蘭達警告」（Miranda Warning）的方式。那時，英國的執法部門會走向人群，大聲宣讀《防暴法》，然後驅散或逮捕他們。[10]直到 1967 年，該法律才被正式廢除，但與此同時，「宣讀防暴法」（Reading the Riot Act）就成為某人嚴厲責罵他人的代名詞，這樣的用法開始在 1784 年出現，以下摘自英國劇

作家安德魯斯（Miles Peter Andrews）的喜劇《修復》（*The Reparation, a Comedy*）中：

> 史瓦格上尉：讓魔鬼來燒死我吧，不過我們就照著法國人依樣畫葫蘆──宣戰卻一個字也不通報。所以來吧！格雷戈里爵士（Sir Gregory）──我向聖派翠克發誓，你兩只耳朵只會聽到我大喊開戰！開戰！
> 〔怒吼聲〕
> 柯若上校入場。
> 柯若上校：我說，安靜！不然我會好好教訓你們（read the riot act）。

red herring 名詞

1. 某事物出現的目的是為了誤導或轉移主要議題的注意力。2. 在財務金融方面，「臨時招股說明書」通常在公司首次公開募股（IPO）之前發放，之所以這樣稱呼，是因為封面必須帶有紅色印刷的特別通知。[11]

商務行話定義：在財報視訊會議上，執行長和分析師通話時例行使用的手段。

來源：今日，red herrings 經常用在神祕的故事上，讓讀者無

R

法過早破解案子，一直以來──從克莉絲蒂（Agatha Christie）到柯南・道爾爵士（Arthur Conan Doyle）──該詞彙都用來作為一種文學手法。[12] 鯡魚（hcrring）本身是一種魚，只有用特殊的方式（味道非常臭）調製後才會變成「紅色」。鯡魚如果用鹽水醃再煙燻，出來的味道就特別有刺激性，魚肉也會變成紅色。

鯡魚的氣味非常之重，事實上，傳說拿一條這樣的鯡魚可以擾亂追蹤當中的獵犬。這就是為什麼 red herring（紅鯡魚）會開始與錯誤或轉移策略有關的原因。

儘管有書面證據表明，自十三世紀中葉以來，鯡魚已成為人類的食物來源，但大多數專家仍覺得紅鯡魚轉變成現代商務行話，主要歸功於記者科貝特（William Cobbett）。[13] 科貝特的《政治週報》（*Weekly Political Register*）在十九世紀初期是一份反對傳統社會的刊物，1807 年 2 月，科貝特發表了一篇故事，講述他小時候如何用紅鯡魚當誘餌，讓追逐兔子的獵犬轉向。他用這個故事作為隱喻來批評新聞界，因為媒體顯然被所謂拿破崙戰敗的假消息所誤導，進而失去對國內重要議題的關注。科貝特寫道：「哎呀！這只是短暫政治轉移（the political red-herring）的影響；因為，到了星期六，味道就會冷得跟石頭一樣了。」

R

然而，證據會說話，電視節目《流言終結者》（*MythBusters*）測試用紅鯡魚來讓追逐氣味的獵犬轉向，結果以失敗告終。儘管受試的獵犬在測試中停下來把魚吃掉而一度失去了目標氣味，但最後還是原路折返、鎖定了獵物。[14]事實證明，紅鯡魚的傳說就是紅鯡魚本身。

red-flag 動詞

1. 為使人特別注意而標示。2. 提醒或警告。

商務行話定義：工作表現愈多紅旗（being red-flagged），就只好舉白旗了。

來源：根據《牛津英語詞典》，關於 red flag 最早已知的引用來自 1585 年，指的是旗子的顏色，舉紅旗代表軍隊進入備戰狀態。綜觀歷史，紅色（特別是紅旗）一直用於各種提醒和警示。最近的例子包括：軍隊在做實彈演習時、野火危險、海灘水域危險勿近，賽車賽事停止以及郵箱上舉紅旗以表示當天有信要寄。[15]

到底從什麼時候 red-flag 轉成了動詞，用以代表任何形式的危險或警告，目前還不太清楚。但是早在 1748 年的一個引文就暗示了這樣的轉變。那是由安森（George Anson, Esq）所著、羅賓斯（Benjamin Robins）、瓦特（Richard Walter）編寫的《1740, 41, 42, 43, 44 年環遊世界》（*A Voyage Round the World, in the Years MDCCXL, I, II, III, IV.*）：「我們前方的船揮舞紅旗（waved a red flag）、吹著號角。這……要嘛是警告我們前有暗礁、要嘛是通知要配給我們一位領航員的信號。」《牛津英語詞典》表示，第一次真正使用 red-flag 的商務行話意義是在 1962 年伊利諾州龐蒂亞克的《每日領袖報》（*Daily Leader*）中：「我們希望針對每項重要交易建立一個『示警』（to red-flag）系統，如果有可能的詐欺或逃稅行為就能通報我們。」

resting on your laurels 慣用語

1. 不去努力精進自己的職業或地位而是靠過去的成就或好評來保持關聯或成功。2. 安於過去的成就和功勞，沾沾自喜、不思進取。3. 毫不費力取得進展。

商務行話定義：1. 荷馬寫了《伊利亞德》和《奧德賽》。當然，這兩本書都是經典，但他之後做了些什麼事？啥都沒有。2. 在每個人都簽名，之後要給同事的卡片上寫下「同上」。

來源：Resting on your laurels 的概念可以追溯到古希臘的古典時期（西元前 507 年到西元前 323 年），那時候的領導人和運

動家會戴著月桂樹的葉子（laurel leaves），而這葉子和音樂之神、射箭之神、預言之神、詩歌之神（等等）的阿波羅有密切關係。[16] 阿波羅當時的形象就是描繪成頭戴桂冠葉，最終，這種植物就變成地位和成就的象徵。後來，羅馬人採用了這種做法，向贏得重要戰役的將軍獻上花冠。

到了十九世紀，resting on your laurels 開始用來形容太過滿足於過往勝利的人。[17]《牛津英語詞典》引用 1859 年第一次提到 reposing (aka resting) on laurels 的文字出處，摘自赫爾布斯（Arthur Helps）的《議會友人》（*Friends in Council, a Series of Readings and Discourse thereon*）：「他們可能真的志得意滿、不思上進（repose upon their laurels）。」Resting on your laurels 再次被提到時是在 2018 年，那時新英格蘭愛國者隊教練貝利奇克（Bill Belichick）透露出他卓越領導力的五個規則時，其中一項就包括了永遠不要安於自己的榮譽、妄自尊大（resting on your laurels）。[18] 我們好奇這些規則中是否還包括一定要選秀時一定要選中布雷迪（Tom Brady）？

riding shotgun 慣用語

1. 旅程中，要求並坐在前排乘客的位置上。2. 保衛、守護某事物。

商務行話定義：1. 如果用這樣的方式介紹自己，不如說自己就是那個「坐降落傘的」（parachutes in），然後再封自己為「宇宙之王」（master of the universe）。2. 把座位讓給先說「我要」的人（但在那個人先坐上車之前還是搶著大叫「我要！」）。

來源：Riding shotgun 的歷史可以追溯到篷車和美國西部的大荒野時代。在那時候，穿越北美大草原非常危險，很容易受到強盜和竊賊的偷襲，因此，隊伍會有一名隊員負責控制韁繩、駕駛馬隊，另一名隊員則坐在副駕、手持獵槍（shotgun）好抵禦敵人。[19] 不過，我們並沒有找到證據顯示副駕的位置那時叫做「獵槍座位」（shotgun seat）。

然而，習慣成自然，大家就還是繼續叫它 shotgun seat。《牛津英語詞典》說，最早提到 riding shotgun 的作品出現在 1940 年的《小馬快遞員》（*Pony Express Courier*）中。維基百科則引用了一個更早的出處：1905 年李維斯（Alfred Henry Lewis）的小說《落日羊腸道》（*The Sunset Trail*）：「懷亞特和厄普在快遞公司服務。當馬車上載著稀有寶藏時，他們常一路「戒護」（riding shotgun）。近年來，riding shotgun 的意義已經更廣地涵蓋到商務行話的隱喻世界，例如，「對國家經濟保持警戒（riding shotgun）」。[20]

R

right off the bat 慣用語

1. 立即、毫無延遲。2. 第一優先。

商務行話定義：你可能覺得我們「瘋了」（bats in the belfry）
或是我們「看不清」（blind as a bat），但我們覺得「立刻」
（right off the bat）做某事和「馬上」（like a bat out of hell）
做某事很類似。我們這麼說算「腦袋斷線」（batty）嗎？

來源：可能有人會猜到，這個用語來自
棒球，和球員擊球後 right off the bat（立
即）發生的動作有關。[21] 根據《運動隱
喻指南》，當中一段早期的出處，摘

自 1869 年厄普頓（George P. Upton）的書《皮克爾書信集》
（*Letters of Peregrin Pickle*）中：「魔鬼不僅是個頑強的打擊
手、還是速度快的外野手，他會毫不遲疑（right off the bat）
地挑出那個身心軟弱的靈魂。」[22]

其他早期的文獻可以追溯到 1880 年代，特別是 1883 年印第
安納州《阿爾比恩新紀元報》（*Albion New Era*）中的一篇文
章：「沒經驗的人徒手接，五十球會接到一球，至於一打擊
出去就想（right off the bat）停下或擋住一記猛烈的平飛球，
不妨試試近距離用派若特槍（Parrot gun）射擊。」好，我們
不知道何謂「派若特槍」，但我們的確知道從 1888 年開始，

right off the bat 就用在棒球以外的語境。緬因州的《比迪福德報》（*Biddeford Journal*）中的例子就是證明：「讓我聽到那孩子再說粗話，我會立馬（right off the bat）教訓他，讓他跪地求饒。」

right up your alley 慣用語

1. 完全對到你的口味、興趣、能力（參見 wheelhouse）。2. 就是你會喜歡的或熟知的事物。

商務行話定義：那些你的上司花了好幾年才搞清楚的，你真正擅長和喜歡做的事。

來源：有些人推測，這句話源自棒球（外野手之間的空間有時稱為「巷子」〔the alley〕，球擊到這裡對任何打擊者而言都是很好的落點）。[23] 然而，right up your alley 最好的例證是來自我們如何描繪自己所居住街道。Alley（巷子）一詞來自十四世紀的中古英語（也有一些中古法文的影響），意思是「成排房子後方的狹長小道」。根據《美國成語遺產辭典》（*American Heritage Dictionary of Idioms*），用 alley（巷子）一詞指稱「自己的範圍」可追溯到十七世紀。[24] 不過，《牛津英語詞典》表示，要到 1922 年，此用法才首次在紙本中出現。那是在布隆（Heywood Broun）的《男孩長大了》

R

（*The Boy Grew Older*）當中：「我要他來和我一起把功夫放在這些比賽上……這很合他的胃口（That would be down his alley）」。[25]

rightsize 動詞

1. 解聘（參見 downsize）。2. 調整為合適的規模。

商務行話定義：由個人發起的行動，目的是要保住自己的工作。

來源：美國通用汽車公司（General Motors）或許沒創造 downsize（縮減人數）這個字（參見 downsize 的由來），但一定有說過 rightsize（員工人數最佳化）。[26]1987 年，羅伯茨（Roy Roberts）時任通用汽車公司人事行政副總裁，他用這個據說是他創造的詞。來描述那年裁減 25％汽車製造受薪員工的決定；《黑人企業》（*Black Enterprise*）雜誌報導這個故事，寫道：「羅伯茨聽到縮減人數（downsizing）這個詞很火大，他把這個過程叫做『員工人數最佳化』（rightsizing）。他計劃向白領雇員提供資遣費的方案來『裁減』（rightsize）多個部門的規模。」羅伯茨的商業用詞和他公司營運管理不當並沒有因此而讓人理解。事實上，這事件啟發摩爾（Michael Moore）拍攝電影《羅傑與我》（*Roger & Me*）。這部紀錄片

描繪通用汽車刻薄員工的行徑讓摩爾一舉成名，同時也毀了這個曾經的汽車龍頭製造商的聲譽。[27]

rings a bell 慣用語

1. 觸發記憶。2. 喚起某事物的模糊回憶。

商務行話定義：你想拖延不去承認其實是你吃掉了麥可留在休息室的午餐時，你對他說的話。

來源：無論出於什麼原因，很多英語的表達裡都有用 bell 這個字。For whom the bell tolls（也就是海明威著名的小說《戰地鐘聲》）、saved by the bell（也就是不太有名的電視劇集《救命下課鈴》）、bells and whistles（華麗的裝飾）都是其中的一些例子。

關於 ringing a bell 這個用來喚起腦中記憶的概念，來源主要有兩種說法。第一種是：在精確的計時器問世之前，鐘聲是向鎮上的人發信號用的，鐘聲響起表示有重要的事情要開始了，例如教堂禮拜、上課或慶典。[28] 另外有些人推測，這句話可能出自俄國生理學家巴夫洛夫（Ivan Pavlov），他在二十世紀初期進行了一項實驗，實驗中有隻狗聽到鈴聲就會流口水。[29] 這兩種說法雖然都有道理，卻都沒有足夠的證據。《牛津英語

R

詞典》認為，ring a bell 首次使用紀錄相對來說是最近的事：
1933 年，塞耶（Lee Thayer）在《偽鈔》（*Counterfeit*）一書
中寫道：「等等，雷……為什麼這名字會讓你想起什麼（ring
a bell with you）？」這本書的書名確實也讓我們想起了什麼
（然後不知何故讓我們突然很想吃狗食）。

rock star 名詞

1. 某組織或行業中受人景仰的
人。2. 因工作能力而備受推崇
的人。

商務行話定義：現實生活
中，離成為真正的「搖滾明
星」距離愈來愈遠的人。

來源：要找出 rock star 一詞的由來得先查清楚是誰發明
了 rock and roll（搖滾樂）這個詞。而亞倫‧佛瑞德（Alan
Freed）正是那個人，他是一名 DJ，在 1950 年代的俄亥俄州
克里夫蘭主持了一個廣播節目，他向他的白人觀眾介紹他稱之
為「rock and roll」的節奏藍調音樂。[30] 再深入去挖掘搖滾樂的
意思，就會發現更多有趣的地方。根據《牛津英語詞典》的說
法，從 1920 年代開始，動詞 roll（滾）在美國俚語有「滾床

R

單」的意思，而 rock（搖）則是描繪舞曲的另一種方式（主要是節奏藍調音樂）。結合以上兩種概念，描述搖滾樂的另一種方式可能就是「適合用來做愛的好舞曲！」[31]

《牛津英語詞典》說，rock star 一詞首次以文字形式出現是在 1960 年的《告示牌》（*Billboard*）雜誌：「最近的頭條人物是英國搖滾明星（rock star）埃米爾·福特（Emile Ford），但是在上個月杜安·艾迪（Duane Eddy）和強尼·普雷斯頓（Johnny Preston）都得過週榜冠軍」。到了 1973 年，這個詞已發展成描述任何人因其作為而受推崇的一種方式。當年 10 月，《德州月刊》（*Texas Monthly*）這樣描述了一位芭蕾舞演員：「現在他是基督、是佛陀，是一個搖滾明星（a Christ, a Buddha, a rockstar）」。[32]

roll with the punches 慣用語

1. 遇到困難時隨機應變。2. 順應逆境。

商務行話定義：每年拉預算時間，你的部門必須做的事。

來源：現今的世界，許多好人都會碰上壞事，如此看來，這或許是較為實用的片語之一。[33] 顯然，這句片語源自於拳擊運動以及為了減輕對手重拳衝擊的頭部閃避技術。《牛津英語詞

典》表示，這句片語最早的書面出處是在 1910 年的《華盛頓郵報》：「詹森在挨拳時，頭會跟著拳頭轉動（to roll with each punch），這是減輕拳擊力道的方式之一。」

而我們能找到的非拳擊的最早出處之一是 1938 年的《生活》（*Life*）雜誌，其中寫到東亞的軍事衝突：「自 1931 年以來，中國的總司令蔣介石就開始雇用德國人來訓練他的軍隊。他們建議要閃避日本的優勢軍力，要能『順應困境』（roll with the punch）。」[34] 到 2009 年，rolling with the punches 一詞作為經濟大衰退以及任何其他逆勢生存下來的商務行話流行隱喻已牢不可破。以下是摘自 2009 年 2 月 9 日的《退休收益報導者》（*Retirement Income Reporter*）：「像他這種工作穩定、房貸高於房價的人，這些日子得懂得見招拆招（rolling with the punches）。」

round-robin 慣用語
1. 一種競賽的安排方式，其中每個人或團隊至少要相互競爭一次（循環賽制）。2. 一種用於電腦計算的排程方式，其中的工作量是以交替方式分布在各個電腦之中。

商務行話定義：確保辦公室壘球隊每每在公園花上數小時，等待下一場比賽的一種形式。

R

來源：round-robin 最初的用法和我們今日所知相去甚遠。《牛津英語詞典》認為，這原先是對教堂聖餐聖體禮的一個貶抑名稱。請注意！這個文藝復興時期的「嗆聲文」正是出自於約翰·喀爾文（喀爾文運動的創始人）1546 年的書《聖體論》（*Faythfvl Treatise Sacrament*）中：「某些愚蠢的多話者……適用於這最神聖（mooste）的聖餐禮，輕蔑及無恥之名，也稱之為玩具盒、肥鳥（round roben）等等，不僅是愚蠢更是褻瀆的稱呼」。[35]

好的！首先，我們是 mooste 這個字的鐵粉，我們讚美喀爾文用了很多的 y 和 e，但他在說些什麼實在很難懂。我們很確定他提到了「玩具盒」（Jack in the Box），但我們不確定這家名為「玩具盒」的速食連鎖店和這個話題有啥關係。總之……。

之後，round-robin 一詞用來描繪幾件事：包括一種胖嘟嘟的鳥（知更鳥）、一種小煎餅、一種人、一種魚、一種文件（將簽名者的姓名以圓形來排列，以隱藏簽名順序）。而我們今天熟知的這個詞的演變最可能就是源自這種以前水手經常使用的文件格式。[36] 以下例子摘自 1698 年《英國高等海事法院考試與解答》（*British High Court of Admiralty Exam & Answers*）：「他們一些人草擬了一般稱為聯合請願書（Round-robin）的文件並附上簽名，暗示如果船長不讓他們休假離船上岸，他們就會走人。」

rule of thumb 名詞

1. 一種基於經驗而不是理論或科學知識的通用方法或途徑。2. 一種粗略而實際的行動方法。

商務行話定義：1. 經驗法則（rule of thumb）好的例子：將實得工資的 25％存入退休福利計劃或退休基金。經驗法則不好的例子：任何規則都以拇指粗細為準（rule of thumb）。2. 經驗法則第一條：不能跟別人提起鬥陣俱樂部〔譯註：出自 1990 年電影《鬥陣俱樂部》台詞〕。嗯……等等，抱歉，當我沒說。

來源：有時候一個謠言會導致壞事情的發生（記得 2008 年人們以為賈伯斯心臟病發作，蘋果股價發生什麼事了嗎？）[37] 但這也是讓 rule of thumb 一詞的來源如此有趣的原因。事情開始於十八世紀的一個謠言，而這謠言引發的可怕後果數百年來緊咬著這個商務行話不放！以下是事情發生的經過。

據說，1782 年左右，一位名叫法蘭西斯・巴勒爵士（Sir Francis Buller）的英國法官曾裁定，男人只要用不超過拇指粗的鞭子就能鞭打妻子。[38] 雖說巴勒出了名的偏頗、衝動，卻沒

R

證據顯示他做出這樣的裁示。不過也無所謂了。這主張廣為流傳，巴勒還被英國諷刺漫畫家吉爾雷（James Gillray）封為「拇指法官」（Judge Thumb）並因此留名。[39] 隨後，美國法院判決家暴案時提到一種「古代規矩」（ancient doctrine），那就是丈夫可以用不厚於拇指的家庭工具教訓妻子——也可稱之為「拇指法則」（rule of thumb）。這讓 rule of thumb 一字不差地在 1970 年代和家暴案扯上關係，儘管該用語的法律基礎並不可靠，但當時的許多法律期刊都拿來當事實引述。到了1982 年，美國民權委員會（U.S. Commission on Civil Rights）還發表了一份標題為《依據經驗／拇指法則》（*Under the Rule of Thumb*）的報告。

慶幸的是，rule of thumb 還有一個完全不同的起源故事，大多是根據事實發現而非謠言。第一筆 rule of thumb 的文字紀錄比巴勒法官所謂的裁示還要早，那是在 1658 年，引述來自蘇格蘭的傳教士達拉謨（James Durham）去世後出版的佈道集中：「許多自以為是的基督徒就像愚蠢的木匠，他們憑猜測、憑拇指法則（rule of thumb）做事。」幾年後，這一詞又出現在霍普爵士（Sir William Hope）1692 年的書《極致劍術大師》（*The Compleat Fencing Master*）中：「他的所作所為都是憑經驗（rule of Thumb）而非憑技藝。」從歷史上看，拇指的寬度或「拇指幅度」（thumb's breadth）在布匹買賣上相當於一英寸，而多年來，拇指在釀酒業也用來測量釀酒桶的熱度。[40]

run it up the flagpole (and see who salutes) 慣用語

1. 嘗試一下，看看大家是如何反應。2. 提出建議，作為測試。
（也可以說：「Will it play in Peoria?」（這產品會賣嗎？））。

商務行話定義：如果你在辦公室用這個詞，很有可能 1. 你是
愛國者，或者 2. 你還是那個會加碼說：
「想當年……」的人。

來源：1950 年代和 1960 年代美國的流
行語，起源雖然不太確定，但確定的是
在用法的影響上，早期是來自 1957 年
亨利‧方達（Henry Fonda）主演的電影
《十二怒漢》（*12 Angry Men*）。在陪
審團的一次審議的過程中，由韋伯（Robert Webber）飾演的
廣告公司主管當時擔任第十二號陪審員，他大聲說：「好，
這樣吧！大家先把意見丟出來、看看會有什麼反應（Let's run
it up the flagpole and see if anyone salutes it）。」[41] 後來，在
弗雷柏格（Stan Freberg）1961 年的喜劇專輯《弗雷柏格戲
說美利堅合眾國》（*Stan Freberg Presents the United States of
America: The Early Years*）中也出現這個句子。那是飾演華盛
頓（George Washington）的角色剛從羅斯（Betsy Ross）那收
到這個國家的新國旗後，說到他會「升起旗幟……看看有沒有
人會敬禮（run it up the flagpole . . . see if anyone salutes）」。[42]

running amok 動詞

1. 恣意肆虐，造成失序和混亂。2. 以狂妄、不受控的方式行事。

商務行話定義：當主管的副總裁被要求打包回家時，你所在的部門會有的德性。不過仔細想想，這也是她被解雇之前，你部門原有的樣子。

來源：Running amok 一詞在最近常用來描寫狂野或脫序的行為，但實際上該詞最初的記載是一種醫學用語，指一種和謀殺有關的疾病。歐洲遊客早在 1516 年造訪馬來西亞的時候就知道有一種特殊的精神疾病，這種疾病會導致原本正常的部落成員變得兇殘、如同隨機殺人般瘋狂。他們剛開始稱其為「阿沐克」（Amuco），以當地一群以無差別暴力傾向聞名的爪哇和馬來戰士命名。以下的描述來自葡萄牙商人巴爾博扎（Duarte Barbosa）十六世紀的手稿翻譯：「其中一些（爪哇）人⋯⋯走上街頭，濫殺無辜⋯⋯人稱阿沐克（Amuco）。」超過一百五十年之後，英國詩人、政治家馬維爾（Andrew Marvell）又在 1672 年寫下：「就像發怒的印度人⋯⋯像阿沐克（mucke，那裡的人這麼稱）見人就砍」，延續了這種病態的迷戀。這種現象曾被認為是邪魔附身，之後被放進精神病學手冊，最終成為我們今日所知的片語 running amok。至今，這仍是可診斷的精神疾病。[42]

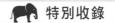
商務行話大跨界 II

像 running amok（失控暴衝）這種商務行話用語的文化靈感來源與絕大多數英語系國家都不相同。若能瞭解這些文化的眉眉角角，就能幫助我們欣賞世界各地商務行話用語的差異。例如，若能知道玉器在中國歷史上的價值，就能明白 casting a brick to attract jade（拋磚引玉）這個成語為什麼會和英文 brainstorming（腦力激盪）有相同的意思。同樣，瞭解俄國的戰爭史的話，galloping across Europe（指「匆忙或隨意地做某事」）一詞聽起來就比較有道理了。這很費功夫，但正如日本人說的 If you don't enter the tiger's cave, you can't catch its cub——基本上指「不入虎穴、焉得虎子」。以下是一些來自世界各地，以動物為主角的商務行話諺語。

澳洲

rattle ya dags!	快點！（Hurry up!）Dags 是在綿羊屁股附近的毛，通常打結並和糞便黏在一起，綿羊奔跑時，就會發出「咯咯聲」。

巴西

to buy a cat thinking it was a rabbit	被騙
to swallow frogs	保持緘默

中國

nine cows and one strand of cow hair	九牛一毛

克羅埃西亞

you sing like an elephant farted in your ear	音癡
to talk about the wolf	說曹操，曹操就到

法國

jumping from the rooster to the donkey	毫無邏輯改變主題
a rabbit has been put on you	被放鴿子

義大利

a chicken waiting to be plucked	容易被佔便宜的人
a dog in church	不速之客

日本

to wear a cat on one's head	藏著利爪、假裝友好、無害的人
willing to borrow a cat's paws	因為太忙、誰來幫忙都好

葡萄牙

he who doesn't have a dog hunts with a cat	充分利用擁有的東西
pay the duck	為了不是自己造成的事情,而承擔責難

南韓

a dog with feces scolds a dog with husks of grain	要批評別人之前,先檢討自己

瑞典

there's no cow on the ice	不需要擔心
to slide in on s shrimp sandwich	不需要工作就能達到目前地位的人

泰國

the hen sees the snake's feet and the snake sees the hen's boobs	知道彼此祕密的人

S

SEO 名詞

1.「搜尋引擎最佳化」（search engine optimization，SEO）的縮寫。2. 確保網站在搜索引擎顯示的結果排在列表的前面，讓網站的造訪人次盡可能達到最多。

商務行話定義：這就相當於嘗試爬一座不停長高的高山，一邊擊敗競爭對手、一邊還大喊：「喂！看我！看我！」。

來源：今日，SEO 可能是數位及內容行銷專家的聖杯，雖然對於到底是誰發明了這個術語仍有些爭議，但搖滾樂團「傑弗遜星船」（Jefferson Starship）卻和這個故事最廣為接受的起源（很奇怪地）有關。[1]

1995 年夏天，傑弗遜星船是網際網路行銷公司賽博納提克（Cybernautics）的客戶。樂團的經理對於星船的網站（由賽博納提克架設）顯示在搜尋結果的第四頁深感不滿。午夜時分，他打電話給賽博納提克的共同創辦人鮑伯‧海曼（Bob Heyman）大罵：「#$%$ ！為什麼這該死的東西前四頁沒有我們？第 #$%$ 四頁，你 #$%$ 是白痴啊！」。第二天，海曼和賽博納提克的另一位共同創辦人利蘭·哈登（Leland Harden）把團隊大夥兒聚在一起，做了些調整，將重點放在掌握搜索引擎的排名上。海曼和哈登說，他們就是在那個時候發明了 search engine optimization（搜尋引擎最佳化，後簡稱 SEO）一詞，在這之後不久，他們聘請了第一位 SEOM（搜尋引擎最佳化經理）。[2]

今日，SEO 是一個價值 800 億美元的行業，有些公司每年收取數百萬美元的費用，只為專注於改善公司的搜索結果。[3] 當然，這個活動不要和 SEM（search engine marketing，搜尋引擎行銷）搞混了，SEM 是在搜索引擎的付費或贊助列表區的廣告投放位置，通常在顯示結果的頂端或底部。

sacred cow 名詞

1. 不能批評或移除的事物。2. 超然於批評的觀念、習俗或機構之上。

商務行話定義：上司說：「這是我想過最棒的點子！」之後會有的結果。

來源：這個詞的來源是因為印度教中對牛的崇敬。在印度教

S

的社會中，牛的地位尊貴，象徵母性的無私奉獻。[3] 然而，對於許多西方人來說，牛就只是牛，因此，十八世紀後期開始，sacred cow 一詞出現在紙本當中，就是當作釐清這種差異的方式。

這個詞我們能找到的最早出處是在 1795 年由布魯克斯（Richard Brookes）編寫的英國法律雜誌《通用地名辭典》（*The General Gazetteer*）當中：「1670 年，英國人開始在這裡蓋工廠，當時廠方的鬥牛犬咬死了一頭聖牛（a sacred cow），當地人群起而攻、把廠裡的人都殺光了。」[5] 到了十九世紀中期，這個詞開始用來指稱任何不可碰觸的事物。根據《牛津英語詞典》，已知用作比喻的最早出處是來自英國週報的《星期六評論》（*Saturday Review of Politics, Literature, Science, and Art*），該報於 1867 年 4 月刊出如下訊息：「在勞（Lowe）先生眼中，『修訂法典』（Revised Code）是某種聖牛（sacred cow），不容世俗或褻瀆的手玷污，或用他更簡短的講法，不容『修改』。」

S

sandbag 動詞

1. 故意拖延或緩慢移動。2. 隱藏或淡化自己的優勢。3. 為了取得不公平的優勢而故意表現不佳。

商務行話定義：在餐廳的化妝室裡拖延時間，好盡可能地避開商務晚餐。

來源：將 sand 和 bag 兩個字合在一起，這個字的起源就出來了。實際上，sandbag 這個名詞的不同來源可追溯到十六世紀後期，簡單指裝滿沙的袋子，通常用來當作武器或築防禦工事。[6]這個名詞在十九世紀演變為動詞，意思是用沙袋攻擊別人。另外，不，我們不知道為什麼有人會選擇用笨重的沙袋去攻擊另一個人，但很顯然當時人們就是這麼幹的，好嗎？看看這份 1887 年肯塔基州《路易斯維爾信使日報》（*Courier-Journal of Louisville*）上的報導：「第二天，克萊托（Claytor）出現在中央車站，帶來一則奇幻故事，說他在回家的路上遭沙袋襲擊（sand-bagged）。」

到了 1940 年代，sandbagingg 發展成一個撲克用語，指擁有一手好牌的玩家在剛開始下注時會表現出一副自己很弱的樣子，好吸引其他玩家繼續下注。《牛津英語詞典》引用了賈克比（Oswald Jacoby）在 1940 年出版的《撲克》（*Poker*）一書當中的一個例子：「若有三張相同的牌或更好的牌時，就是該裝弱（to sandbag）的時候了。」[7]「為了取得日後的優勢而保留實力」的現代的意義是在 1970 年代左右開始成形，要說最近，則是體育界人士老是用這個字來形容某些為了下個賽季的選秀前途而故意輸球的球隊。上網搜尋一下「費城 76 人隊」

S

（Philadelphia 76ers）、「過程」（The Process）就知道了。[8]

scalable 形容詞

1. 只需少許相關資源即可進入市場而且很具競爭力。2. 無需花費大量時間或金錢就能輕鬆擴展或升級。

商務行話定義：以下產品開發商認為可以套用在這些產品上的一個字：福特艾德塞（Edsel）、新可口可樂（New Coke）、美國足球聯盟（AAF）。[9]

來源：Scalable 一詞已有數百年的歷史，最早出現在十六世紀末期，和「攀爬」有關。[10] 諾斯爵士（Sir Thomas North）1579年至 1580 年翻譯的《希臘羅馬名人傳》（*Plutarch's Lives*）當中有個早期的出處：「沒有牆，高度不是很大，可輕鬆用梯子攀爬（scalable）。」考慮到這個字有往上升的軌跡，（廣義上來說）就會演變成需求量增加時，也有增加產量的能力。[11]

然而，scalable 的商用定義（除了「極高的」或「攀升的」來源外）在經濟學上可以說扎根更深。具體來說，許多人引用的是《國富論》（*The Wealth of Nations*）著名的作者、蘇格蘭經濟學家亞當・史密斯（Adam Smith）的「規模經濟」（economies of scale），規模經濟是指透過提高生產水平來達

S

到相對應的成本節省，這在微觀經濟概念的最終發展上起了重要的作用。[12] 史密斯的另一個概念是「看不見的手」（the invisible hand），意指一種自由放任的生產方法，他認為社會在沒有政府干預的情況下，由個人利益和生產自由來掌控才最合適。史密斯許多這類的經濟指標今日仍然適用，從某種意義上說，他的概念已經憑自己的力量規模化（scaled）了。

screw the pooch 動詞

1. 把事情徹底搞砸（亦稱 snafu）。2. 以超糗的方式犯下代價很大的錯誤（亦稱 Freudian slip）。

How did I just blow that deal?

商務行話定義：1. 犯大不敬？絕對是。差不多是無視上司警告時表現出的愚蠢程度？毫無疑問地。2. 相信我。你不會想要知道這個詞的字面定義。

來源：如果沒有沃爾夫的《太空先鋒》及改編自這本小說的電影「水星」太空計畫，當然，流行語辭典中就不可能出現這個詞。[13] 沃爾夫多次使用這個詞，包括出現在名為「不可搞砸」（The Unscrewable Pooch）當中的一段：「好了吧，你看，經典的分手信。即使他很抽離，還是意識到自己或許是

搞砸了（screwed the pooch），就算難以相信。他早被遠遠拋在腦後了。」

這句話沃爾夫最有可能是從「水星」計劃的試飛員那兒學到的，試飛員長期暴露在軍中幹話 f*ck the dog（靠狗）當中，而這個詞又可追溯到 1930 年代。f*ck the dog 最後轉變成 screw the pooch 的可能由來，則出自於耶魯大學畢業生約翰·羅林斯（John Rawlings）的之口。羅林斯參與「水星」計畫工作，他說 screw the pooch 這個詞是他從 DJ 朋友傑克·梅（Jack May）那聽來的，傑克·梅把這個舊有的軍中粗話改得柔和、順耳些。[14] 梅在 2014 年和記者季默（Ben Zimmer）分享了這個故事的起源：

約翰·羅林斯（John Rawlings）是建築系學生。他的一個計畫應該要在 1950 年的春天完成，但他拖延了。顯然，所有建築系的學生都這樣。他連自己的討論會都遲到。所以基於好心，我對他說了以下的話。
傑克：你遲到了，約翰，你糟糕了。都靠狗（f*cking the dog）了。
約翰：真是的，怎麼這麼粗魯、下流。我不想聽。
傑克：你就是遲了。這樣有比較好嗎？你在和狗亂來（screwing the pooch）。
約翰：（尖聲大笑）。[15]

show your true colors 慣用語

1. 以負面方式，展現真實自我。2. 揭露自己真實的樣貌。

商務行話定義：工作時看到有人要來與你交談，馬上戴上耳機、假裝通話中。

來源：大多數學者認為，這句話源自於海事，與軍艦使用旗幟傳達不同事情的做法有關。早在十六世紀，作家就開始提到船隻航行時會用「假色」（false colors，指用不同國家或不同效忠的旗幟）來躲避或欺瞞敵人。Showing your true colors（顯露你的真面目）行為的背後是一艘軍艦和另一艘軍艦在打招呼時用的是一面旗，但當軍艦進入射程範圍時就會升起自己的旗。[16] 英國外交官兼學者艾略特爵士（Sir Thomas Elyot）在1531 年出版的《州長之書》（*The Boke Named the Governour*）中提到這一概念：「他會……善用智慧，好好偽裝（false colour of lernyng）一番，反正大雨一來都會沖走。」[17]至於我們今天認識的這個詞的完整比喻用法，《牛津英語詞典》則引用了莎士比亞 1600 年的《亨利四世：第二部》（*Henry IV, Part II*）：「我們要怎麼看到法斯塔夫（Falstaffe）今晚露出真面目（in his true colours），又不會被發現？」

S

snail mail 名詞

1. 透過實體郵寄而非電子方式傳送的訊息。 2. 實體發送的郵件。

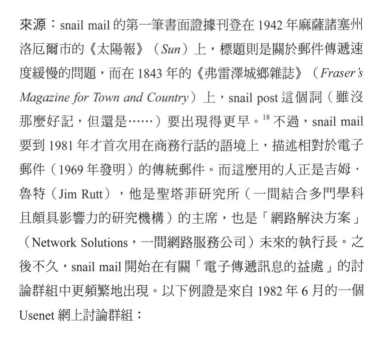

商務行話定義：因為「樹懶郵政」（sloth post）和「信鴿快遞」（carrier pigeon express）聽起來沒那麼好記，所以發明這個詞。

來源：snail mail 的第一筆書面證據刊登在 1942 年麻薩諸塞州洛厄爾市的《太陽報》（*Sun*）上，標題則是關於郵件傳遞速度緩慢的問題，而在 1843 年的《弗雷澤城鄉雜誌》（*Fraser's Magazine for Town and Country*）上，snail post 這個詞（雖沒那麼好記，但還是……）要出現得更早。[18] 不過，snail mail 要到 1981 年才首次用在商務行話的語境上，描述相對於電子郵件（1969 年發明）的傳統郵件。而這麼用的人正是吉姆・魯特（Jim Rutt），他是聖塔菲研究所（一間結合多門學科且頗具影響力的研究機構）的主席，也是「網路解決方案」（Network Solutions，一間網路服務公司）未來的執行長。之後不久，snail mail 開始在有關「電子傳遞訊息的益處」的討論群組中更頻繁地出現。以下例證是來自 1982 年 6 月的一個 Usenet 網上討論群組：

回覆：在 net.unix-wizards 的 Yacc Wizardry Sought

說：「我們的 Unix-Wizard 郵件最近比蝸牛郵件
（snail mail）還慢。」

Spitballing 動詞

1. 估計。2. 不經修飾、丟出想法（參見 brainstorm）。

商務行話定義：就像這個字暗示的那樣，這個過程產出的想法通常不成熟、具有高度破壞性，且多半會讓人想吐。

來源：大部分來自字典的資料都說 spitball 起源於 1840 年代的美國，指稱一張咀嚼過的紙，小學生會把它揉成一團互相投擲。到了二十世紀初，這個詞開始和棒球扯上關係。投手會把自己的唾液（或其他液體，凝膠，油或異物）塗在球上，藉由改變空氣力學特性讓投球時產生更多運動。有些人推測，spitballing 用做商務行話來自被唾沫浸濕的學校拋投物，另一些人說是起源於棒球，而丟球的「丟」（tossing）在職場上則變成「丟出」想法的概念。[19]

無論是哪種，到了 1950 年代，這個詞肯定是今日我們用在商務行話環境中所熟知的意義。一個早期的引用出自庫尼茲（Harry Kurnitz）1955 年的著作《隱私侵犯》（*Invasion of Privacy*）當中：「我只是把腦中的想法大聲說出來……在電

S

影界，我們稱之為 Spitballing（不經思考，丟出想法）。」[20]

steal one's thunder 慣用語

1. 某概念的原創者還沒機會使用自己的創意之前，有人為了自身利益而據為己用。2. 某人為了得到可能的關注或讚美，會先發制人。3. 搶了別人的風頭。

商務行話定義：在辦公室的生日驚喜派對，比眾人都先要喊出：「Surprise!」。

來源：在挖掘這個片語由來的過程當中，我們得到很大樂趣。這個片語出自劇場界，他們在演出時會用假雷聲來模仿真雷聲。這一切都要從一位著名的（顯然很受挫的）十八世紀劇場評論家兼劇作家丹尼斯（John Dennis）開始說起，他發明了一種機器，可以用在戲劇中模仿連續爆裂、低沈的轟隆雷聲[21]。根據歷史，這種「假雷聲」是丹尼斯為《阿皮烏斯和維吉尼亞》（*Appius and Virginia*）所發明的，這是一齣 1709 年製作，在倫敦著名的「皇家劇院」（Drury Lane Theatre）上演的戲。這齣戲經過短暫的上演後，就被劇院下檔，而接檔的是《馬克白》（*Macbeth*），不過在戲裡的雷聲用的還是丹尼斯發明的方法。丹尼斯聽到這個消息感到十分憤怒並宣稱：

S

「那是我的雷聲，天吶；這群壞蛋用了我的雷聲、卻不用我的戲」。其他來源引用丹尼斯的話說得更直接一些，像是：「他媽的！他們不讓我的戲繼續演、卻偷走了我的雷聲。」[22] 就這樣，一個商務行話界的巨星誕生了。

stick to one's guns 慣用語

1. 保持信念或行動。2. 堅持自己的意見或行動方針。

商務行話定義：和你意見相左時，發薪水的那人會做的事；之後是：「好好好，隨便你怎麼說！」

來源：根據辭典網（Dictionary.com），這個表達方式最初是指「槍手待在崗位的旁邊」，那時候的說法是 stand to one's guns（站在槍枝的旁邊）。這樣的用法可以追溯到十九世紀中期。《牛津英語詞典》說，最早提到 stick to one's guns 的說法來自英國大律師華倫（Samuel Warren）在 1841 年創作的小說《一年一萬英鎊》（*Ten Thousand a Year*）：「山雀雖然很驚恐，卻也穩穩地站在槍上（stood to his gun pretty steadily）。」儘管不是當前用法的確切結構，但由於華倫的小說在英國和美國都廣為流行，stick to one's guns 這個詞很可能是源自於此。

S

不過，我們找到更早的出處，那是出自博斯韋爾（James Boswell）於 1791 年出版的《約翰生傳》（*The Life of Samuel Johnson, Volume 1*）：「薩勒（Thrale）夫人以極大的勇氣堅持己見（stood to her gun）捍衛情色歌謠……。」另外，我們能找到最早提到的、以目前的比喻形式使用這個商務用詞的是來自於里德爾（Charlotte Riddell）1881 年的小說《神祕宮殿花園》（*The Mystery in Palace Gardens*）中：「他堅持不懈（He stuck to his guns）。」

straight and narrow 慣用語

1. 以道德和守法的方式行事。2. 誠實正直。

商務行話定義：安隆公司（Enron）、雷曼兄弟（Lehman Brothers）、伯納德·馬多夫（Bernie Madoff）的相反。[23]

來源：這個片語出自《聖經》（確切是馬太福音 7：14[24]），考量到片語的意義，有個以行正道聞名的出處就十分合理。另外，因為我們熱愛「詹皇」（Lebron James），以下會引用詹姆士王（King James）欽定版聖經：「引到永生，那門是窄的，路是小的（strait is the gate, and narrow is the way），找著的人也少。」或者，如下的其他版本：「通往滅亡的門是寬的，路是大的，通往直徑的窄門（narrow is the gate and straight is the way）才能進入上帝的王國。」（有關源自聖經的其他商務行話用語，參見第 208 頁的特別收錄。）

某些時候，straight and narrow 成為傳達這類思想的縮寫，正如珍‧李森（Jane E. Leeson）1842 年《讚歌與兒時景致》（*Hymns & Scenes of Childhood*）中寫的那樣：「慈愛的牧人，靠近點，要教您的羔羊聽您的話；莫要讓我的步伐離開那又直又窄的道（the straight and narrow way）。」

除了詹皇，我們也愛「何許人合唱團」（The Who）以及彼特‧湯森（Pete Townshend），所以我們如果沒提到他們和他們 1971 年的《誰是下一位》（*Who's Next*）專輯中的經典曲目「合調」（Getting in Tune），那就太不負責任了。[25] 以下的歌詞，進一步鞏固 straight and narrow 在英文詞典裡的位置：

> 都在我腦子裡了
> 沒什麼好說的了
> 我只是用力彈奏我的舊鋼琴
> 合上那又直又窄的調（I'm getting in tune to the straight and narrow）

straight from the horse's mouth 慣用語

1. 最可靠的消息來源。2. 真實而原始的權威。

商務行話定義：通常這句話出自中層經理階級的口中，為了幫來自上層的愚蠢政令辯護。

來源：這個詞於 1920 年代開始在寫作中出現，似乎有種影響的因素，一個是賽馬，另一個是和馬的牙齒能精準看出馬的年齡的事實有關。[26]

正如我們在 long in the tooth 中解釋的那樣，馬的牙齦會隨著年齡增長而退縮，年紀愈大、牙齒看起來就愈長。這意思是，如果想知道馬的真實年齡，直接看牙齒就會知道。或是就直接查電腦紀錄，因為我們確定當今世界，養馬的人不會白白地把手指伸進馬兒的嘴裡，而是用更好的方式查知動物的年齡，對吧？

賽馬因素會變成起源，嗯，那是因為我們大多數的人都是墮落的賭徒，我們總是找尋賽道上一馬當先的方式，所以能得到可靠的消息來源（如比賽當天的狀態）就會是件好事吧？Straight from the horse's mouth 最早的出處顯然與賽馬有關，這可以在 1913 年 5 月的《雪城先驅報》（*Syracuse Herald*）中找到：「我昨天得知一樁內幕，就算不是最可靠的消息來源

（straight from the horse's mouth），也有七八成把握。」[27]

馬在整個歷史上對人類的重要性（包括運輸、勞動、打仗等）不言而喻，因此，像 straight from the horse's mouth 這種與馬相關的術語在商務行話的世界中十分豐富自然也很合理。本書的其他地方已經定義了一些，不過您是否也能辨識出以下這些靈感來自馬兒的用語呢？

» a horse of a different color─某事比較起來完全不一樣
» back the wrong horse─支持失敗的人或事
» cart before the horse─本末倒置
» change horses midstream─在完成原本的任務之前改變行動方針；在做某事的過程中轉而支持新的領導者；陣前換將
» dark horse─出乎意料之外獲勝或成功的人
» I could eat a horse─非常餓
» one's high horse─趾高氣揚

straw man 名詞

1. 某構想或計劃剛開始發展的初稿或草稿。2. 腦力激盪後的提案，目的是要引起討論、激發出更新更好的提案。

商務行話定義：如果是執行長提出的想法，那就是出色概念

S

的開端、絕對不能錯過。如果是來自有競爭性的同事，那就是史上最爛的提議！

來源：您或許已經猜到，真正 straw man 這個詞可以追溯到幾個世紀以前，是描寫稻草製成人形的方式。根據《牛津英語詞典》，straw man 最早的出處來自普里莫代耶（Pierre de la Primaudaye）1586 年的著作《法國學院》（*French academie*，湯瑪士‧鮑伊〔Thomas Bowes〕譯）：「嚇烏鴉（scarre-crowe），像我們用木偶和稻草人（strawe-men）來對付小孩和小鳥一樣。」[28] 但是，straw man 開始被用來描述某事最初的計劃，是好幾百年以後。

一位研究人員認為，這個詞出自密西根大學學生於 1878 年出版的《紀事報》（*The Chronicle*）的文章，文章中說到這樣的概念，即設下一個假想的稻草人、一個荒謬的對手，這樣的對手在辯論時會很容易擊敗：「一般辯論者都知道，沒有比給稻草人一頓痛擊來得更有趣了。我們多少次聽到那野心勃勃的雄辯者用他蠢中之蠢、稻草人（the straw man）的利舌贏得勝利。稻草人嘴裡放進去的是不可能的論點，這些論點表達出來時，辯論者很得宜地繼續展示這稻草人有多麼的白痴。」

然而，大多數的來源指出，這個商務行話的起源實際上與 1970 年代的軍隊有關，更具體地說，它與「美國國防部」

（DoD）相關。當時，國防部正在開發程式設計語言「阿達」（Ada），而阿達的每個建立過程都有配置不同名稱。[29] 在發展的各個階段首先是「稻草人」（straw man）、再來是「木頭人」（wooden man）、然後是「錫人」（tinman）、接著是「鋼鐵人」（ironman），最後是「石頭人」（stoneman）。[30] 我們猜測每次說到鋼鐵人，有人就會想到英國重金屬樂團「黑色安息日」（Black Sabbath）的經典之作「鋼鐵人」（Iron Man），還是沒有？

strike while the iron is hot 慣用語

1. 在有利的情況下採取行動。2. 打鐵趁熱。

商務行話定義：要求加薪的時刻。

來源：這個片語有數百年的歷史，指的是鐵匠手工打鐵，以火加熱金屬，使其通紅炙熱，產生延展性。鐵匠只能趁鐵還是熱的時候用錘子敲打塑形，這就是此成語的由來。[31]

《牛津英語詞典》表示，最早提到這個概念大約在 1400 年左右。各位讀者，這是在美洲大發現以前。我們不禁好奇，還有什麼是從那時候就留到現在的呢？

» 水蛭作為醫療用途？是的。[32]

» 人們獵捕獨角獸？當然。[33]

» 相信地球是平的？哦，沒有喔。[34]

總之，此處為您呈上第一個來源文獻，摘自 1405 年喬叟（Geoffrey Chaucer）的《梅里白》（*Melibeus*）：「俗話說，打鐵要趁熱（Right so as whil þt Iren is hoot men sholde smyte）。」茲記錄如下，hoot 和 smyte 現在正式加入 mooste，列入到我們最喜歡的中世紀單字表中。

sweat equity 名詞

1. 投入一個計畫所花費的努力。2. 通常指新創公司和員工為換取未來股權而做的努力。

商務行話定義：一家新創公司在雇用你之始承諾的企業所有權計劃，在破產時無可避免地收回承諾，並閃人。

來源：1937 年，名為「美國教友會」（American Friends Service Committee，AFSC）的貴格會組織開始在美國某些地區資助「工作隊」[35]。這些工作隊基本上從事住房的自助與興建計畫，參與計劃的男女都投入體力勞動。而作為體力活的交換，營隊成員可享有當地社區的生活權。在 1950 年代，AFSC

S

幫助加州移民建造自己的房屋時，創造了 sweat equity（血汗產權）一詞來描述這種交換。[36]

商業界很快將這個詞據為己用。在 1990 年代和 2000 年代初期，sweat equity（勞動增值）成為現金不夠充裕的公司創始人用來描述工作條件的流行方式，藉此，和那些通常會提供資金而擁有較多百分比股份的投資者做出分別。之後這些公司大多在面臨倒閉時，一些參與勞動的工作者會使用不同的商務行話用語來形容他們的經歷（參見 dumpster fire）。

swim lane 名詞

1. 公司、過程或流程圖中的特定職責（又稱 silo）。2. 在企業組織中特定的功用、角色。

商務行話定義：你在表面上絕不能逾越的範圍，至少在上位者面前。

來源：Swim lane 作為商務行話的第一次出現是在 1940年代，當時的早期流程圖中，有稱為「多柱流程圖」（multicolumn process charts）的變體出現。而「泳道流程圖」（swimlane flowchart）與其他流程圖不同之處在於，它將流程和決策放在不同欄位上做視覺上的分組。[37]1990 年代，拉姆

S

勒（Geary Rummler）和布拉奇（Alan Brache）出版了一本名為《流程聖經》（*Improving Performance: How to Manage the White Space on the Organization Chart*）的書，書中強調了泳道流程圖（swim-lane diagrams），讓該流程圖在今日的商業界中廣受歡迎。[38]

Swim lane 在商務行話的世界中非常獨特，因為另外一個術語：stay in your lane 的誕生至少部分要歸功於它。（該指出的是，有些人也認為 stay in your lane 受到賽車、籃球、足球的啟發）。這些字作比喻用背後的概念是怕自己的工作受影響，不願承擔分外的事情。（我們能找到）這用法的一個紙本例證是摘自 1972 年 1 月路易斯安那州巴頓魯治市的《倡導者報》（*Advocate*），刊登在體育版的一篇文章：「沃特斯（Waters）說：『我一定得確保待在自己的車道（to stay in my lane），不要被誤導』。『重要的是，我得讓莫里斯（Morris）轉向裡道』。」[39]

SWOT/SWAT team 名詞

1. 為解決問題而聚集的一群專家。2. 為處理一個無人能解的問題而組成的特殊小組。

商務行話定義： 無論如何，都表示你陷入大麻煩了。

來源：你說「SWOT」，我說「SWAT」（有沒有人開始唱起「你喜歡說 tomato，我喜歡說 tomahto」？還是只有我們？[40]）SWOT team 和 SWAT team

這兩個版本的詞發音相同，實際上卻代表不同事情。SWOT 代表「優勢、劣勢、機會、威脅」（strengths, weaknesses, opportunities, and threats），SWAT 則是「特種武器和戰術」（special weapons and tactics）的縮寫。[41] 在商務行話界使用這個同音的術語通常指的是 SWOT 小組。除非你想找狙擊手解決人質問題，那麼要找的可能就是 SWAT 小隊。無論哪種，sending in a SWAT team（派出特種武器和戰術部隊）都已經變成解決疑難雜症的婉轉說法。以下是 SWOT 小組和 SWAT 小隊的起源。

SWOT Team

SWOT 出現在上世紀中葉，是從商業戰略規劃研究發展出來的。而 SWOT 的概念到底是誰發明的，至今並不清楚，不過許多人認為是漢佛列（Albert Humphrey）。漢佛列在史丹佛大學研究的「利益關係者概念」（Stakeholder Concept）經常被商業領袖、經濟學家、政治家拿來作為參考，這個概念發展到最後成為人們所熟知的 TAM 或「團隊行動管理」（team action management）。[42] 其他人認為 SWOT 應該歸功於哈佛商學院政策部的教授艾伯特（George Albert Jr.）、克里斯譚森（C. Roland Christensen）、安德魯斯（Kenneth Andrews），他們三人最終發展出 SWOT 的用法和實際應用之道。[43]

SWAT Team 特種武器和戰術小隊

SWAT 誕生於 1960 年代。這些特殊警察部隊的成立是為了處理人質救援以及與危險的嫌疑犯有關的極端情況。有人認為最初動用到這個小組的是費城警局。但是，一般多認為當時洛城警局的督察達爾・蓋茲（Daryl Gates）才是 SWAT 之「父」。蓋茲後來在「洛城暴動」（L.A. riots）和「羅德尼・金毆打事件」（Rodney King beating）期間因擔任警察局長一職而惡名昭彰，他說他在 1960 年代發展出 SWAT 一詞來代表「特種武器攻擊隊」（special weapons attack team），不過後來又用「特種武器和戰術」（special weapons and tactics）代替。[44]

synergy 名詞

1. 與人合作讓事情變得更好。2. 與他人合作完成一項商業任務（也稱為 there is no I in team，個人是小、團隊是大）。

商務行話定義：每說一次都會讓自我感覺變差的字。

S

來源：如果讓所有的商業人士進行投票，synergy 會榮登商業世界最討厭的詞彙第一名。過度使用嗎？沒錯。有點蠢嗎？哦，有喔。是我們把這個字用爛掉的，常態性地變化運用在體育、領導、產業合併等任何形式上。[45] 有趣的是，從這個字最近的使用量來看，其起源並不如我們想像中的那麼近。

Synergy 一詞源自希臘語 synergos（意指「合作或協作」），字典收錄的來源是 1632 年諾里奇鎮的主教雷諾茲（Edward Reynolds）的一篇神學教義。該教義言明，個人的救贖要藉由人類意志與神聖恩典的「協作與共同合作」（synergie and co-partnership）才能實現。到了十九世紀，這個字的用法轉變進入生理學，接著再到社會心理學的領域。1896 年，法國新聞工作者梅澤爾（Henri Mazel）在他的《社會協作》（*La Synergie Sociale*）中用了 synergy 這個字作為半個書名，他認為達爾文（Charles Darwin）在討論進化論的時候，未能對「社會協作」（或一種「社會愛」，social love）的意義做出解釋。[46]

儘管 synergy 這個字使用得很早，但直到 1957 年，在商務行話中這個字才開始普及。那年，英國心理學家卡泰爾（Raymond Cattell）在他的《人格與動機、結構及測量》（*Personality and Motivation Structure and Measurement*）一書中用以下的方式重新詮釋了 synergy 的原始意義：「由於對同儕成員感到滿意，透過團體成員的立即協同作用

S

（synergy）……表達出進入團體生活的能量。」[47] 到了 1980
年代及整個千禧年，synergy 變成併購的時髦通俗用語，原因
之一是「美國線上」和「時代華納」交易（AOL–Time Warner
deal）的併購（synergy）讓大家跌破眼鏡，呃，比較不好的那
種。（參見 screw the pooch）。[48]

S

T

table stakes 名詞

1. 做生意所需的最低金額。2 要在某行業
有競爭力所需的最少投資或資源。

商務行話定義：1. 這對於專業的食品
品嚐師來說，指的就是那張嘴。2. 賭博術語，但諷刺的是，
現在這個術語都是厭惡風險的人在用（參見 B-school 與 bean
counter）。

來源：首先要搞清楚，我們這裡說的不是吃的牛排
（steaks）。不是！Table stakes 這個用語出自賭博和撲克牌
界，在最近幾年變成表達「最低賭注門檻」的時髦用詞。
[1] 這個詞在撲克牌界的定義有諸多限制[2]——像玩家只能以桌
面上的籌碼來進行遊戲且不得加碼（儘管無論多少籌碼都可
以用「全押」來爭奪底池）——即使如此，桌面籌碼（table
stakes）一般的賭博都能適用，描述某賭博遊戲入場的最低門
檻。例如每次賭注都設有所需金額的高風險遊戲二十一點。

有趣的是，發明這個用法的人及其發明的原因文字證據尚付之闕如。《牛津英語詞典》指出，已知最早的引用摘自威廉斯（Dick Williams）1874 年所著的《紳士遊戲手冊》（*The American Hoyle: or, Gentleman's Hand-Book of Games*），以下語句出自川普：「這可以省去很多時間，每位玩家亮出自己的賭本，玩『桌面籌碼』（table stakes）；俱樂部現在都這麼玩。」將近一百年後，這個詞開始出現在商業的語境中。1970 年由商務關係管理學院（Business Relationship Management Institute）出版的《商務關係管理專業知識指南》（*The BRMP Guide to the BRM Body of Knowledge*）指出：「桌面籌碼（Table stakes）代表商業合夥人的基本需求，沒了它，滿足更高訂單價值的期許就會沒有意義或無法實現。」[3]

take this offline 動詞

將待解決的事項延後（參見 parking lot 與 put a pin in it）。

商務行話定義：用到這個詞時，你真正的想法是：真希望整件事情一彈指就能煙消雲散。

來源：Offline 本身有個很有意思的起源，可回溯到十九世紀的鐵路用語（參見 offline）。不過，另外有些人認為，這個詞之所以在近代發展更快，有其他的影響因素，例如 1960 年

代的控制系統或 1970 年代的裝配線，有時需要將庫存或系統 offline。我們可以找到 taken offline 的一個早期引用是來自歐文‧楊（Irving G. Young）1972 年出版的《石化業儀器配置》（*Instrumentation in the Petroleum and Chemical Industries, vol. 8*）：「此類別的警報訊息包括：1. 設備斷線（taken offline）警報。」[4]

takeaway 名詞

1. 會議或討論的結論或行動要點。2. 商務會議的標題。

商務行話定義：說白了，就是底線、總結、最重要之處、要點……你懂的！

來源：名詞 takeaway 的創造結合了兩個常用單字 take 和 away，不過，這樣的組合有個問題，就是隨時間的推移，其生成的單字可以有多種的使用方式。[5] 在十六世紀，takeaway 是以動詞的形式出現。1576 年戴瑞（Edward Dering）所著的《二十七篇講課》（*XXVII. Lectvures: Or Readings, Vpon Part of the Epistle Written to the Hebrues*）是其中的一個例子：「再次，你帶走（takeaway）福音書講道的同時，也將信仰一併帶走了（takeaway）。」[6] 時間快轉到 1990 年代初期，這個字也作數學用語，用來描述從較大的一組數目中減去（take away）

一個數目。而在 1930 年代，這個字變成專門運送原木的一種火車。到了 1940 年代，takeaway 在愛爾蘭和英國指不在店內吃的食物，就像美國的 takeout（外帶）一樣。在 1970 年代，takeaway 可以指一場考試、高爾夫球的一記揮桿或帶球球員，又或者是曲棍球賽事中，從對方球隊手中搶得控球權。

最後，在近期以來，takeaway 開始在商業用法中成形，此時為「學到的課程或原則」的另一種說法。這種說法的一個例子是擷取自 1976 年《自然》（*Nature*）雜誌的部落格「文法好可怕」（Grammarphobia）中：「我們從鄧巴斯（Dunbars）的專文中學到的重點（takeaway）訊息是，表面相似的社會制度可能是不同行為方式的產物。」[7]

tallest midget 名詞

從一堆不好的選項中盡可能做出最好的選擇。

商務行話定義： 1. 這是一個用起來保證會讓周邊身材不高的同事覺得受辱和想要疏遠你的詞。2. 這個詞和 open the kimono 類似，都應該要跟渡渡鳥（dodo bird）一樣絕種。[8]

來源： 十九世紀中期並不是一個充滿寬容和理解的時代。一個奴隸制還未廢除、女性沒投票權、「象人」約瑟夫·梅里克

（Joseph Merrick，有嚴重畸形的英國男性）被公開展示的年代。[9] 在這種背景下，midget 一詞用來形容軟骨發育不全（導致侏儒症的遺傳狀況）的人，也收進了英語辭典中。[10]

這個字的字根是 midge，midge 是一種類似蚋的小型叮咬昆蟲。這不太算是個討喜的起源，對吧？諷刺的是，這個字的廣為流傳要歸功於哈里特．比徹．斯托（Harriet Beecher Stowe），也就是《湯姆叔叔的小屋》（*Uncle Tom's Cabin*，一本描繪奴隸制度弊端的小說，間接推動了美國南北戰爭、終結了奴隸制度[11]）的作者。

沒錯，斯托當初以手中的那隻筆對抗奴隸制度時，反覆用了 midget 來描繪孩童和極矮小的人，例如她在 1854 年的《陽光燦爛的異國回憶》（*Sunny Memories of Foreign Lands*）中寫道：「有六到八個侏儒（midgets）在跳繩，爸爸媽媽幫他們搖繩子。」

而 tallest midget 這個用詞在二十世紀初期左右開始出現在書籍中。一個早期的出處來自「公平員工福利協會」（Fair Employees Benefit Association），他們 1919 年出版的月刊《蜂鳴器》（*Buzzer*）當中寫道：「史蒂夫．雷（Stevie Rail）──全世界最高的侏儒（Tallest midget in the world）。」

T

但是，要說到是誰讓 tallest midget 的商務行話版本在公眾意識上站穩腳跟的話，就非羅伊高（Mike Royko）莫屬了，羅伊高是《芝加哥日報》（*Chicago Daily News*）、《芝加哥太陽報》（*Chicago Sun-Times*）、《芝加哥論壇報》（*Chicago Tribune*）的著名專欄作家。他外表給人粗裡粗氣、實話實說的感覺，一度被認為是美國最偉大的專欄作家，他在 1960 年代至 1990 年代的三十年職業生涯中發表了七千五百多篇文章。在專欄和訪談中，則經常會使用「馬戲團中最高的侏儒」（tallest midget in the circus）來形容自己，也用這個詞來形容芝加哥市議會議員、甚至是像是《華盛頓郵報》（*Washington Post*）的博斯威爾（Thomas Boswell）等其他作家。[17]

希望本書是最後一次收錄這個用語的書。

the third degree 名詞

1. 嚴密的訊問。2. 一連串快速、帶有指控的提問。

商務行話定義：被懷疑拿了別人手機的充電器時，會有的待遇。

來源：這個詞可以算在共濟會的頭上。大多數字典的來源都

說 the third degree 和某建築師的神祕組織有關，這個組織的成員在成為「三級」（third degree）石匠師傅之前，必須經歷嚴厲的盤問與檢視。[13] 候選人在共濟會會所接受三級資格（1770年代前後確立的地位）時，他受到的盤問與體能挑戰都比前兩級要來得更加困難。

早在 1576 年，（不同意義的）third degree 就已經出現在寫作上了，但是，直到 1880 年的 2 月，《哈佛諷刺家》（*Harvard Lampoon*）雜誌才提到今日商務行話所用的「逼供」的意思：「他遇到小時候的一個高個頭、有名氣的弟兄。他停下來打招呼，冷不防地被這位弟兄用拐杖敲了一下頭。接著是私人的嚴刑逼問（in the third degree）。」[14]

thought leader 名詞

1. 個人或公司是某領域公認的權威，常有單位向其尋求專業諮詢、其也常常受到獎勵。2. 某問題需要指引與方向時，必找的人或組織。3. 在智識上對團體或組織有影響力的人（參見 KOL 及 influencer）。

商務行話定義：1. 有時候這個人會與房間中講話最大聲的那個人（又稱吹牛大王）搞混。2. 如果是必須給自己貼上思維領導標籤的人，那可能並不是真正的思維領導。3. 有時候，這個

T

人是在辦公室裡看最多 TED 演講的人。

來源：Thought leader 最早的文字證據來自 1876 年出版的《神學年鑑》（*The Theistic Annual*），該書討論了一位美國最著名的散文家和哲學家：「愛默生（Ralph Waldo Emerson）雖然年事已高，但依然如他半世紀以前做到的那樣反應當代議題，不愧是思維領導（thought-leader）的巫師力量。」[15] 然而，該詞要到一百年後，才會用在和商務行話更相關的語境裡。[16] 一般認為，1964 年麥肯錫公司（McKinsey & Company）發行的《麥肯錫季刊》（*McKinsey Quarterly*）開啟思維領導行銷（thought-leadership marketing）的第一例，而該季刊也為其他顧問公司出版類似期刊鋪好了路。1994 年，《戰略與經營》（*Strategy & Business*）雜誌主編柯茲曼（Joel Kurtzman）寫道：

> 思維領導者（A thought leader）是受同事、客戶、行業專家認可的人，他們對自己投入的行業、客戶的需求，和其所經營的市場全貌都有深刻的理解。他們具有特殊的原創想法、獨到的見解以及新穎的洞見。

各位，以上就是商界中某些思維領導者對思維領導的定義。[17]

T

throw under the bus 動詞

1. 把錯誤歸咎於別人。2. 出於自私的原因而犧牲朋友或盟友。

商務行話定義：面對失策，非常多的經理會對其員工做的事。

來源：像許多本書中的術語，這個描述性片語也有些不一致的地方。前總統演講稿撰寫人暨《紐約時報》語言專欄作家薩費爾認為，該用語最早來自棒球。[18] 他引用俚語專家狄克森（Paul Dickson）並參考 1980 年《華盛頓郵報》上的一篇文章，當中叫球員登上球隊巴士，用「巴士要離開了。要嘛上車，要嘛就去車底（Be on it or under it）。」來當作來源資料。

其他的說法則認為這詞彙的首次使用是在 1982 年 6 月倫敦的《泰晤士報》上，當時克里奇利（Julian Critchley）寫道：「加爾鐵里（Galtieri）總統把她推到巴士下面（pushed her under the bus，陷害之意），小道消息說這是除去她的唯一手段。」之後，記者瑞明尼克（David Remnick）在 1984 年《華盛頓郵報》中的一篇關於唱片藝人辛蒂・羅波（Cyndi Lauper）的文章用到該術語，瑞明尼克寫道：「在搖滾圈，不是在巴士上就是被當墊背（on the bus or under it）。在比尤特的一間自助餐廳裡與艾迪和康德思（Condos）合奏〈感覺〉（Feelings）這首歌，就是當墊背。」[19]

T

throwing shade 慣用語

1. 對某人表達蔑視或不贊成。2. 用很有技巧的方式去無視、污衊或批評某人某事。

商務行話定義：引導出自己內在的碧昂絲（Beyoncé），用創意地技巧來批評同事 PowerPoint 選擇的字型。[20]

來源：throwing shade 一詞有悖於我們的想法，不像我們想的那麼新。這個詞開始流行可歸功於 1980 年代後期紐約市的拉丁裔和黑人同性戀社區——確切來說，是哈林區的變裝文化。在紀錄片《巴黎在燃燒》（*Paris Is Burning*）中的一位主要角色（名叫科瑞〔Dorian Corey〕的變裝皇后）解釋陰影（shade）的含義：「陰影的意思是我不跟你說你很醜，而不必跟你說是因為你知道自己很醜，這就是陰影。」[21]

不過，throwing shade 的真正出處卻要早於 80 年代。在珍·奧斯汀（Jane Austen）的小說《曼斯菲爾德公園》（*Mansfield Park*）中，主角貝特倫（Edmund Bertram）對某位來晚餐的女客人感到不悅，因為這位客人有些鄙視好心收留她的叔叔：「她是如此活潑地對克勞福太太滿懷溫暖的感情，以至於不貶低上將一下（throwing a shade on the Admiral，上將也就是那位叔叔）就無法表達對克勞福太太的情深義重。」[22] 是啊，真

T

有你的！貝特倫，真有你的！

tiger team 名詞

1. 為達成於特定目標而組成的專家團隊。2. 在資訊科技界，一群透過駭客入侵的策略來測試系統的專家。

商務行話定義：一群容易激動的狂熱份子，專門把時間浪費在解決假想的問題，而非腳踏實地的工作。

來源：一般認為，1964 年「汽車工程學會」（Society of Automotive Engineers）的一篇論文〈設計與開發中的程式管理〉（Program Management in Design and Development）是 tiger team 最早的出處之一，這篇論文由登普賽（J.R. Dempsey）、戴維斯（W.A Davis）、克羅斯菲爾德（A.S. Crossfield）、威廉斯（Walter C. Williams）所合著，論文中將 tiger team 定義為「一支體制外、不受拘束的專家技術團隊，該團隊成員的挑選是根據他們的經驗、能力與想像力，其任務則是無條件追蹤到太空船子系統中一切可能的故障源。」[23]

toe the line 慣用語

1. 遵循領導者或組織制定的規則和標準。2. 遵守團體或個人的思想、目標和原則。

商務行話定義：害怕被解雇時必須做的事。

來源：儘管我們很想說這句話來自 1980 年伯內特（Rocky Burnette）的著名歌曲「厭倦聽話」（Tired of Toein' the Line），這是那個年代我們的最愛之一，但可惜我們不能。[24] 這是一個軍事術語，源自於士兵服從檢查時，要將腳尖保持在一直線上（keeping their toes on a line）。有些意外的是，這個用語至少可以追溯到十八世紀。在 1775 年皮克林（Timothy Pickering）出版的《民兵紀律簡易計劃》（*An Easy Plan of Discipline for a Militia*）中，可以看到以下段落：「例如，踏出第一步時，所有人的腳趾必須成一直線（bring all their toes to the line），第二步時腳趾對準線（toe the line）。」[25]

touch base 動詞
1. 與某人聯絡（參見 ping）2.「談話」、「見面」或「拜訪」的另一種說法。

商務行話定義：說話者不想約定日期或時間做實質的造訪時，通常會用的字。

來源：這個詞源自美式棒球。根據《牛津英語詞典》，第一

個文字出處是在 1875 年內布拉斯加州《林肯日報》（*Lincoln Daily State Journal*）的體育版上：「麥克法蘭（McFarland）碰到壘包（touched base），被判出局。」《牛津英語詞典》表示，已知這個片語第一次用在商務行話的語境上是在 1918 年帕默爾（Frederick Palmer）的出版品《法國天空下的美國》（*America in France*），其中談到美國在法國的武裝部隊：「總部的每張辦公桌他都有聯絡（touched base at every desk），卻沒機會討論戰爭的情況。」[26]

troll 動詞

1. 在網上刻意發佈錯誤或挑釁的訊息，意圖引起對立或懲治性回應。2. 監視或企圖破壞競爭對手的線上活動。

或者

troll 名詞

故意在網路上騷擾別人以獲得回應的人。

商務行話定義：如果你上網的時間夠長，最有可能跟你產生互動的人（參見 roll with the punches）。

來源：這個商務行話用語最初靈感來自 troll 這個字不同意義的首次用法，包括：

» 一種捕魚的方式：「想一想神如何藉祂的傳道者為你拉餌釣魚（trowleth）」，摘自《釣魚之書》（*Booke of Angling or Fishing*），加德納（Samuel Gardiner）（1606 年著）。

» 以宏亮的聲音輪唱：「他們很好地把聲音發出來，一字一句清晰地從嘴裡高聲輪唱（trolling the words clearly）」，摘自《杭特自傳》（*The Autobiography of Leigh Hunt*）杭特（Leigh Hunt，1850 年著）。

但是，最常和商務行話相關的起源則來自北歐神話和斯堪地納維亞的民間傳說，巨怪（troll）這個角色。巨怪是一種獨自生活在曠野深處的生物，外表有的醜惡、有的怪異、也有的可愛。然而，無論外表多迷人，巨怪幾乎都不算友善，碰到它們很少會有好下場。據消息指出，巨怪從十七世紀就已經存在了。

現在，時間快轉到 1990 年代初和 Usenet 小組的年代（現代網路論壇的前身）。當時，flame wars（網路論戰）比 trolling 要更常用來指稱個人惡意的網路攻擊，而 net weenies（網路多事份子）是最早做這類事的人的頭銜。[37] 某些消息指出，一直要到某位匿名使用者在 4chan 這個很受歡迎的貼圖板討論網站給 troll 這個詞非常具體的定義之後，這個字的名詞（與動詞）版本才跟著流行起來，用以紀錄這種活動。[38] 對於這些使用者而言，「攻訐他人」（trolling）是個人主動的選擇。更重要的是，成為酸民（troll）也是個人的「選擇」。[39]

多年來，不斷有些人很傲嬌地（我們必須說，奇怪地）將自己定義為酸民。這種特殊的次文化用這樣的方式，將這個概念據為己有，他們利用自己的創意製作流行的網路迷因。對某些人而言，他們與受害者的交流已經變成線上的娛樂。事實上，根據《牛津英語詞典》，第一個網上的書面出處指出，即使在 1992 年，trolling（網路攻訐）那時也轉變得像嗜好一樣。在 1992 年 10 月的 Usenet 討論小組寫道：「也許我發佈後，大家可以來戰一下（go trolling）看看會怎樣。」

turn a blind eye 慣用語

1. 故意忽視某些惡行。2. 假裝視而不見

商務行話定義：品質保證的反面（參見 QA）。

來源：眾所皆知，這個片語源自英國海軍上將納爾遜（Horatio Nelson），據說，在 1801 年「哥本哈根戰役」

T

（Battle of Copenhagen）期間，較為謹慎的海軍上將帕克爵士（Sir Hyde Parker）下達了停戰命令，但納爾遜卻無視這個命令。[40] 傳言指出，納爾遜抗命時用他那隻瞎掉的眼睛對準望遠鏡，因為要確保自己不會看到上級發出的任何撤退信號。納爾遜加緊進攻，最後打到停火。帕克羞於自己下的命令，最後被召回，而納爾遜則被任命為波羅的海的總司令。[41] 騷塞（Robert Southey）1814 年出版的傳記《納爾遜生平》（*The Life of Nelson*）記錄了納爾遜當時的行動：

「停攻？我才不！」轉頭對上尉說：「弗利（Foley），你知道，我只有一隻眼，有時，用瞎眼也是我的權利」。然後，他將眼鏡放在失明的眼上，帶著苦澀的心情，大喊：「我真的沒看到那信號。」

這故事的確很棒，納爾遜促成這個片語的廣為流傳更是實至名歸，不過，事實也很清楚，他並沒有真正發明這個詞彙。[42] 根據《牛津英語詞典》，意義上更接近「視而不見」（turn a blind eye）這個成語的還有更早的出處，包括以下摘自英國牧師暨哲學家諾里斯（John Norris）（早於納爾遜使用一整個世紀，1698 年出版）的《幾個神學主題的實踐論述》（*Practical Discourses Upon Several Divine Subjects, 1st ed.*）：「我們受洗，要對世界上所有的富麗堂皇和浮華虛空充耳不聞、視而不見（turn the deaf Ear, and the blind Eye）。」[43] 可憐吶，諾里斯。

似乎一旦納爾遜的故事傳開後，人們就對幾十年前的這個用法視而不見（turned a blind eye）了。

turnkey 形容詞

1. 可立即使用的。2. 用於解決方案的通用修改器，現成、開箱即用（即插即用）。

商務行話定義： 幾乎從來沒有像只需轉個鑰匙那般容易。

來源： 根據《牛津英語詞典》，turnkey 一詞在十七世紀開始出現在書中，大多數的觀察者都同意這字最初指的是獄卒（實際上打開牢房的人）。[44] 一個早期的引用來自 1655 年出版、埃斯特蘭奇（Hamon L'Estrange）所著的《查理王朝》（*The Reign of King Charles*）：「阿特尼先生（Mr. Atturney）轉開鑰匙（turn-key），暫時性的讓他們由一扇門一個個進來，再從另一扇們離開。」

這個詞當「獄卒」的代名詞使用，持續到二十世紀，但在 1930 年代開始有了「可以立即使用的」的商務行話意義，原因不明。的確，《新韋氏國際英語字典》（*Webster's New International Dictionary of the English Language*）指出，從 1934 年開始這個字就有用來描述一種工作。五十年後的 1984 年，建築法教授華萊士（Duncan Wallace）讓 turnkey 在商務行話界更具體，他用合約來定義這個字：「『統包』（Turnkey）是……一份合約，其設計是由承包商而非業主產生或提供，而結案後的設計、適用性、工作表現等法律責任應由承包商來負擔……『統包』（Turnkey）僅僅用來表示承包商的設計責任。」[45]

今天，這個術語已廣泛應用在商業上，各種領域都能看到，包括電腦、投資、網站、房地產、鑽探等等。[46]

tycoon 名詞

1. 商業巨頭（亦稱大亨）。2. 地位舉足輕重、有錢、有權、有勢的人（亦稱大人物）。

商務行話定義：在當今的商業界中，常常應用程式的設計者才二十三歲。

來源：tycoon 一詞源於日語字 taikun（發音類似），tai 的意思是「偉大」或「大」，kun 表示王子或領主，這個詞於 1857 年收入英語詞典。[47] 那年，海軍准將培理（Matthew Perry）——（這都是他演出《六人行》之前的事）[48]（參見 pulling your leg）——幫西方世界「打開」日本國門後回到美國。[49] 日本在

培理之前處於完全鎖國的狀態，而准將拒絕與日本次要官員會面，堅持要求「帝國最高級別的要員」（這又是在萊諾‧李奇（Lionel Richie）加入《海軍准將樂團》以前的事）[50]（再參見 pulling your leg）。當時，日本實際的統治者是德川幕府而不是多為儀式存在的孝明天皇。[51] 問題是 shogun（幕府首領）事實上翻譯成「將軍」，因此日本人編造了全新的字 taikun 來滿足培理的要求。培理將這個字帶回了美國，當時林肯總統身邊的助手約翰（John Hay）和尼古拉（John Nicolay）對這個字特別有感，他們此後就開始稱總統為「那位大人物」（the tycoon）。[52] 以下摘自約翰《1861 年日記》（*1861 Diary*）：「巴特勒將軍（Gen. Butler）已向總統發出請求，允許其將馬里蘭州那些議員叛徒的巢穴給一網打盡。這個提議被「那位大人物」（the Tycoon）所禁止。」隨著時間流逝，這個字演變成單指有錢人，而非泛指偉人、領主或王子。[53]

T

商務行話大跨界 III

日本官員編造一個新的商務行話單字（tycoon）去安撫從美國來的外國訪客，這樣的情況很少見。通常，外地人必須學習當地的習俗和用語，據此再調整其商業溝通。

以德國為例。德國人熱愛美食，當然，食物就會出現在商用對話中。在德國的商場上有可能聽到某些人說他們想 add their mustard（發表意見）或 clear as dumpling broth（透明）。你絕不會想遇到 has tomatoes on one's eyes（無視周遭事情）的人或 talks around the hot porridge（說話兜圈子）的人。

然而，並非只有德國人喜歡在商務行話中談論食物。義大利人有時會說，everything makes soup 來表示「任何一點都是幫助」，他們也可能把一個愛挑剔的人形容成 looking for hairs in the egg。說葡萄牙語的人也可能會使用這個片語，他們還會用 to stuff a sausage 來表示某人不停地說卻沒說些真正有用的話。波蘭人想說「這很容易」時會說 it's a roll with butter，荷蘭人有時會說這東西是 for an apple and an egg 買的，意思是我用很便宜的價錢買的。法國人也喜歡主題為食物的商務行話，像 the carrots are cooked！（事情無法挽回了！）。

U

under the radar 慣用語

1. 不受注意。2. 做某事而不為人知。

商務行話定義：順手把辦公室的計算機放進了自己的電腦包摸回家，因為孩子需要用它來做家庭作業。

來源：雷達本身——代表「無線電偵測和定距」——開始於十九世紀末德國科學家赫茲（Heinrich Hertz）的實驗。赫茲證明了無線電波可以被金屬物體反射，但是一直到 1935 年 6 月 17 日，第一個無線電探測和測距系統才在英國首次展示出來，而這都要歸功於專門研究無線電波的物理學家瓦特（Robert Watson-Watt）的努力。[1]

發明 under the radar 這個用詞的人自己就是在雷達之下的人。《牛津英語詞典》表示，這句話直到 1981 年才在《華盛頓郵報》上首次出現：「就像某些大型武器系統可以避開雷達（under the radar）一樣，珍妮·庫克（Janet Cooke）的造假逃過了偵測，而這樣的偵測是為了抓出更常見的粗心和失誤而設計的一般保護程序和技術。」

即使如此，許多人仍認為這是一個起源於第二次世界大戰的術
語，當時戰鬥人員發現如果飛機朝地面低空飛行，信號會受地
面干擾，雷達就無法偵測到。[2] 首次針對躲避雷達偵測而做的
嚴肅嘗試（開創隱形戰鬥機的時代）開始於第二次世界大戰的
最後幾年，那是在納粹德國開發的霍頓（Horten）Ho 229 飛行
翼戰鬥機轟炸機。[3] 這款飛機具有獨特的木製表皮，使用膠合
板樹脂粘合，設計用來吸收雷達波。此外，它還可以在低空
（50-100 英尺）飛行，意即它能避開當時英國雷達系統的偵
測。

under the weather 慣用語

1. 生病；不舒服。2. 宿醉。

商務行話定義：一種更謹慎的方
式跟公司說：「喂，我在一個陌生
的地方醒來，而且宿醉。今天就不進辦公室了。」

來源：有些商務行話用語很搞笑，對那些企圖搞懂這些用語
的非英語母語人士我們也很抱歉，而這就是那些用語之一。
（「你說你 under the weather。這是否意味你被暴風雨的殘骸

U

或其他什麼給困住了呢？）。但是，一旦瞭解這個片語的故事起源，一切就比較有道理了。[4]

專家認為，under the weather 一詞源自於水手用的語言。[5] 早些時候，當外海發生暴風雨且水勢洶湧時，水手會躲到甲板下方，這樣可以安然度過風暴，也才不會暈船。作家比維斯（Bill Beavis）和麥克洛斯基（Richard G. McCloskey）認為這個詞的整體意義其實是「在惡劣的天氣條件下」（under the weather bow）。根據他們在 2014 年出版的《鹹狗談天》（*Salty Dog Talk: The Nautical Origins of Everyday Expressions*），天氣弓（weather bow）是「船的迎風面，也就是受壞天氣影響的那一面」。[6]

如我們所知，這個片語在十九世紀初期開始出現在文學界。[7]《牛津英語詞典》提到第一次引用是出現在《奧斯丁文檔》（*Austin Papers*）中，那是美國殖民主義者、也是德克薩斯革命戰爭英雄米連（Benjamin Rush Milam）在 1828 年的一篇文章（1924 年才首次發表）：「福瑞多尼亞人（fredonians）都在這，毫無損傷（rather under the wether）。」[10] 到了二十世紀，這個術語變得太流行，連辭典都有收錄。

U

unicorn 名詞

1. 具有獨特技術或經驗的人，而該技術或經驗會讓人變得極為稀有和有價值。
2. 估值超過十億美元的科技新創公司。

商務行話定義：十歲女孩會迷戀上牠、矽谷的企業家喜歡假裝自己是牠的一種神祕生物。

來源：當然，若沒有神話般像馬一樣的有角動物，我們在商業界就不會有 unicorns，畢竟獨角獸在三千年來一直是歐洲和亞洲民間傳說的一部分。[9] 人們認為獨角獸最早的已知圖畫來自印度河流域文明——從公元前 3300 年到 1300 年居住在南亞西北地區的人民。後來，古希臘作家克特西亞斯（Ctesias）在其公元前五世紀的《印度紀聞》（*Indica*）一書中，據說把印度的獨角獸描繪得像真的一樣：「貌似野驢、步履如飛、有一角，角長一肘半（28 英寸），色白、紅、黑。」[10]

令人驚訝的是，直到最近（距其首次的書面文獻已超過兩千五百年），unicorn 才開始有了商務行話的含義。2013 年，風險資本家艾琳・李（Aileen Lee）想找一種方法來描述一些新成立、受風險投資支持、市值達 10 億美元的公司。[11] 她發現這些公司在統計學上很少見，2013 年 9 月就在 TechCrunch 網站上發表了一篇文章，把這些公司比做神話中的生物：「歡迎來

U

到獨角獸俱樂部（Unicorn Club）：向 10 億美元的新創企業學習」。[12] 到 2020 年初，有四百五十家公司加入了獨角獸俱樂部。根據 CB Insights（一家科技市場情報平台公司）的統計，截至 2020 年初，有四百五十家公司加入了獨角獸俱樂部。這些公司各個都人有來頭，像 DoorDash、Airbnb、SpaceX 和 Peloton。[13]。

upper hand 慣用語

1. 在某情況下保有優勢獲具控制權。2. 處於支配或領導地位。

商務行話定義：你的薪水低到即使被解雇、被裁員也無法對你構成威脅。

來源：關於這個片語的來源有不同的理論。有些人認為，這是指夫妻牽手時，誰的手在上面（the upper hand），據傳手在上面的那個人就是掌控關係的人。其他人則認為這用語來自古老的童年遊戲，用來決定某事由誰先上：從下往上開始，每位玩家依次用一隻手握住一支棍子或棒子，最後誰的手放在最上面（也就是 the upper hand）誰就獲勝。

無論怎麼說，我們知道這個用詞本身可以追溯到幾個世紀以前，少說也得回到十五世紀。[14]《牛津英語詞典》引用蒂普

U

托夫特（John Tiptoft）於 1481 年發表的《老年之紗》（*Tulle on Old Age*），內容如下：「阿提魯斯（Marcus Attilius）……有搬運工的優勢（vppirhande）和勝算。」歷史大約再走個一百年，還有另一個 upper hand 的例子，那是在 1575 年由尼可拉斯（Henry Nicholis）所著的《公義杯的神聖理解》（*An Introduction to the holy Understanding of the Glasse of Righteousnes*），當中已經可以看到我們今日的拼寫方式：「人類之子遭受的慘劇、苦難、悲傷、無望。那是因為邪惡佔了上風（For the wickednes hath the Upper Hand）。」

看到這裡我們注意到有趣的是，即使從四百多年前到現在，時代都已經變了，人們擔心的還是相同的事，即邪惡「佔了上風」（hath the Upper Hand）。

upshot 名詞

1. 某事的收益或結局。2. 某論點或命題的主旨（參見 takeaway）。

商務行話定義：upshot（結局）？聽到這個字更像是聽到 upchuck（嘔吐）。

來源：多數人都同意，這個字可以追溯到十六世紀，由箭術

而來，upshot 是箭術比賽中最後一箭的意思。到了 1603 年，
這個字在莎士比亞的《哈姆雷特》中出現，是一種傳達最終
結果的方式：「結果（in this upshot）弄巧反拙自食其果。」
但是為什麼他們一開始會把射箭比賽的最後一箭稱為 upshot
呢？關於這點有不少說法。[15] 有些人認為那是因為當時這樣
的比賽很重要，會影響參賽者的社會地位，所以，某人若在
最後一射中贏了那局，他不僅可以「晉級」比賽，社會地位
也會因此跟著「上升」。其他人認為，up 只是指比賽終了，
類似於「時間到」（time's up）的結構。所有這些猜想的結
局（upshot）又是什麼呢？這已經成功地提供一些下次聽到
upshot 一詞時可以有的思考方向。

USP 名詞

1.「獨特銷售賣點（或主張）」（unique selling point，USP）的
縮寫。2. 市場行銷中常用的術語，用來定義自身產品與眾不同
之處以及對客戶有益的原因。

商務行話定義：「因為我們說了算」這句話沒用時，它很好
用。

來源：Unique selling proposition 的概念是美國電視廣告先驅
里維斯（Rosser Reeves）的原創，他相信消費者購買特定產品

U

有其獨特的原因。[16] 里維斯在 1940 年代初擔任泰德貝茨公司
（Ted Bates & Company）董事長時首次提出 USP，用來解釋
成功的廣告宣傳活動的一種方式。他的理論是，成功的廣告定
義出獨特產品、為客戶帶來優勢，然後利用這樣的優勢幫助產
品在競爭中脫穎而出。里維斯說，一旦找到了 USP，其他所
有的事情都只是話術。

時至今日，里維斯團隊用這種技巧創造出來的口號依然存
在，像 M&M 的「只融你口，不溶你手」。[17] 1958 年，里維斯
在邁耶（Martin Mayer）的書《美國麥迪遜大道》（*Madison
Avenue, USA*）中首次以書面的方式定義了 USP 的概念：
「USP 有三項規則。第一、要有明確的主張……。第二、主
張要獨特……。第三、主張必須要能賣錢。」[18]

U

value add 名詞

　1.附加價值。2.讓某事物接受度更大的好處。

　商務行話定義：將一個字放在另一個字的字尾，表示添加、不加、實加、推加。（add no-add real-add reason-add.）

　來源：若要說到 value 和 add 這兩個字的首次同時出現，那就得提一提牛頓爵士（Sir Isaac Newton）的《租賃更新買賣表》（*Tables for Renewing and Purchasing of Leases*）（1735 年身後出版）。這位著名的數學家在討論年復一年租金的增加時，放了一行標有「即，兩年附加價值（The 2 Years Value add）」的項目在表中。

　如同我們所知今日的商務行話環境，大多數的專家認為 value add 是從 value-added 一詞演變而來。[1] 然而，這些詞源都沒有確鑿的證據足以表明直接的關係。最早的可能關係來自經濟學，《牛津英語詞典》認為 value-added 第一次的書面紀錄是在 1873 年，當時用來描述某物品在其生產的每個階段增加價值的合計方式，這當中不包括原料成本、外購零件和服務。

電訊和電腦計算業有一個稱為 value-added network 的術語，用來描述在標準電話系統以外所提供的附加服務（如：電子郵件），根據《牛津英語詞典》，這個術語首次出現在紙本上是一九七四年。附加價值（Valued-added）也適用於股東價值（shareholder value）一特別指任何可以為公司擁有者增加利潤（或增加價值）的行為[2]一原材料加工，還有轉售過程。所有以上可能會產生附加價值嗎？尋找附加價值的來源本身就能忙上好一陣子了。

vertical 名詞

一群圍繞在某特定利基（niche）[1]上相互連結的公司和客戶。

或

vertical 形容詞

一個公司購置且控制其供應鏈的其他業務時的用詞。

商務行話定義：在商場上使用這個字時，有些人可能會想把你擺平（lay you out horizontal）。

來源：在今日的商場中，vertical 的用法主要有兩種。第一種

是 vertical market（垂直市場），英文有時只會用 the vertical 來表達，就是上文中的第一個定義（名詞版）[3]。第二種是 vertical integration（垂直整合），英文有時會只說 going vertical，這反映的是第二個定義（形容詞版）。[4]

Vertical 起源於十六世紀的一個數學術語。1704 年則是開始以描述直線上下的任何事物的方式出現。[5]

最早將 Vertical integration（垂直整合）用在商場上的人正是偉大的產業家卡內基（Andrew Carnegie）。卡內基用這樣的方法基本上幫「卡內基鋼鐵公司」收購了整個供應鏈和配送鏈（供應端的礦石和煤礦，配送端的鐵路和運輸公司）。[6]一些消息人士指出，卡內基創造了這個詞，但是《牛津英語詞典》所引用的「垂直整合」的最早出處並不是來自卡內基，而是來自 1920 年倫敦的報紙《西敏寺公報》（*Westminster Gazette*）：「由史當（Stumm），賽森（Thyssen）和其他原材料巨頭組成的垂直信託（The vertical Trusts）。」

誰創造了 vertical market（垂直市場）這個術語並不是很確定，

---

① 編註 niche 法文原意是房屋外牆上的小神龕，也是攀岩當中的「石縫」，後用以指合意稱心的職位或工作環境。後也用在「利基市場」（niche market）裡面，用以表示被大企業忽略的細小與隙縫市場。

儘管我們發現最早提到這個用語的書面記載是「西貝爾出版公司」（Siebel Publishing Company）於 1940 年出刊的《布魯爾文摘》（*Brewer's Digest, Vol. 15*）：「以下是監督水平和垂直市場（vertical markets）最簡單的方式之一……。水平市場區域建立後，下一步就是垂直市場（vertical market）分析」。《牛津英語詞典》引用了 vertical 的一個更早的出處，也適用於這裡的用法，那是索羅金（Pitirim Aleksandrovich Sorokin）1927 年的《社會流動》（*Social Mobility*）：「社會的流動有兩種主要類型：水平的和垂直的（horizontal and vertical）」。

VIP 名詞

1.「非常重要的人」（very important person）的首字母（V-I-P）縮寫（參見 honcho；KOL；tycoon）。2. 因地位或重要性而被給予特殊權利或管道的人（參見 Master of the Universe；influencer 或 rock star）。

商務行話定義：1. 公司坐位窗外風景最好的人。2. 如果生活周遭有紅絲絨帶②（velvet ropes）幫您開路、有頭等艙旅遊、還有花俏的名人朋友，那麼，我的朋友，您就是 VIP。反之，生活裡有大排長龍、枯燥的通勤人生、用塑膠盒裝午餐，那麼你就和我們其他人一樣，沒有到「非常」、只是「重要」而已。

來源：VIP 這個詞比較現代，但是 very important person 這個概念可以追溯到 1893 年。英國的《分析家》（*The Analyst: A Quarterly Journal of Science, Literature, Natural History, and Fine Arts*）這麼介紹這個概念：

> 我們所有人都坐在低矮的壁爐旁，討論該怎麼辦才好；善良的人因沒能提供住宿而感到遺憾，他們建議我們繼續往下，走到距離不到十五分鐘的村子上，那裡應該比附近的其他地方都還來的舒適，因為那兒有座石屋，是一位很有錢、很重要的人（very important person）的資產。[7]

專家認為，VIP 一詞出自於軍方簡稱，用來描述高級官員或政要。第一個以書面形式提到這個詞的人是第一次世界大戰期間在地中海東部任職於英國情報局的人，後來此人在 1932 年寫的一本名為《希臘回憶》（*Greek Memories*）的書中被控洩露國家機密。[8] 麥肯奇（Compton Mackenzie）則根據上述書籍於 1933 年出版一部戲仿的間諜小說《水腦症》（*Water on the*

---

② 編註：紅絲絨帶常見於高級夜店、旅館等開幕儀式或是門口，這個詞暗示有錢有勢的朋友。

Brain），以下擷取於書中段落：「現在他和 VIP 在一起」……格利登小姐似乎直覺猜到他的困惑，她轉過身來，噘起嘴小聲說：『非常重要的人』（Very Important Personage）。」

virus 名詞

1. 一種會自我複製的電腦程式，對日常的電腦使用會造成傷害。2. 一種未經授權的程式，會自動嵌入電腦系統當中並干擾正常的操作。

商務行話定義： 1. 那個會導致電腦做出讓《大法師》（*The Exorcist*）看起來弱爆了的事情。2. 史蒂夫拒絕請病假而帶進辦公室的東西。

來源：「我是偷窺者，有本事來抓我！」（I'm the creeper, catch me if you can!）。這個稱為「偷窺者」（the Creeper）的實驗性自我複製程式是第一個編寫出來的電腦病毒。它是為了測試數學家諾伊曼（John von Neumann）於 1949 年首次提出的理論，並由一位名叫湯瑪士（Bob Thomas）的人於 1971 年製造出來的。[9] 不過，這個程式被稱為 virus（病毒）還要再等上幾年的時間。要了解這件事的前因後果，還得追溯到 1400

年左右。

那個時候，英語第一次使用 virus。而這個詞來自醫學界，是用來描述傷口分泌物的一種方式。[10] 以下摘自蘭弗朗克（Lanfranc of Milan）的《外科學》（*Science of Cirurgie*）：「要徹底消滅病毒（virus）用水清洗〔潰瘍〕。」到了十八世紀，病毒更多演變成比喻術語，用來描述任何會傳播感染的事物。傑西（John Heneage Jesse）在 1778 年的《塞爾文和他的年代》（*George Selwyn and His Contemporaries: with Memoirs and Notes*）當中寫到：「威尼斯是一只臭鍋，充斥著地獄的病毒（the very virus of hell）！」（哇！傑西真是很討厭威尼斯，是吧？總之……）。時間快轉到現代，更確切地說，是轉到 1983 年的南加大（USC），我們的故事進入到下一章。

阿德曼（Len Adleman）是南加大的一名老師，他之所以喜歡把能自我複製的電腦程式叫做「病毒」（viruses）是因為這些東西有「感染」（infect）電腦系統的能力。他的一個學生科恩（Fred Cohen）寫了一篇以該語言為題的論文，名為《電腦病毒：理論與實驗》（*Computer Viruses—Theory and Experiments*）。自此，柯恩會繼續其豐富的生涯、發展網路安全技術，而 virus 一詞也會跟著他一起發揚光大。同樣地，阿德曼後來成為 R.S.A. 加密演算法的創造者，這種演算法是現代電腦用來對資訊加密與解密的一種廣為人知的手段。[11]

源自棒球的商務行話

如果您注意到身邊有一堆的棒球術語正影響著我們這本書，那麼您的感覺沒錯。美國許多單子和片語都來自運動。除了我們書中定義的詞，以下是一些選自我們稱為「美式娛樂」的運動。

swinging for the fences	試圖達到成就非凡的事
hit and run	造成交通事故，然後不承擔責任就離開
rain check	承諾晚些履行某事
cover all the bases	來回檢查所有可能發生或將要發生的事情
off base	錯誤或被誤導
pinch hitter	代替他人
out of one's league	試圖實現無能為力的事情（不自量力；無法勝任某事）

W

WIIFM 慣用語

1.「對我有什麼好處」（What's in it for me?，WIIFM）的縮寫。2. 聚焦在定義對受眾有益處的某事。

商務行話定義：有點像「傾全村之力」（it takes a village）的相反詞。

來源：這個表達的起源至少可以追溯到二十世紀初，部分和致力於戒酒有關。1909 年 1 月，薩瑟蘭（John M. Sutherland）在「麻州全戒酒協會」（Massachusetts Total Abstinence Society，聽起來像個有趣的團體）出版的刊物《戒酒理由》（*The Temperance Cause*）中，寫了一首關於自我縱容的醉鬼的詩、常被人引用，其內容如下：「沙龍店的老闆或許都是好人，那對我又有什麼好處（what is there in it for me）？我在那兒噴錢、在牢裡醒來，那對我又有什麼好處（what is there in it for me）？……我們泡在酒池子裡游遍這個國家，那對我又有什麼好處（what is there in it for me）？」[1]

好問題，約翰。這還有個問題一併丟給你：是誰把「對我有什麼好處？」（What's in it for me?）轉成商務行話縮寫 WIIFM ？我們不知道，如果你找到答案，請告訴我們。

What is the ask? 疑問句

1. 要求定義一個要求。2. 為某事物定價格。

商務行話定義：有些人說只能當動詞用的字，我們把它當名詞用。

來源：有些人認為，這個詞商務行話版本的初登場是與股票交易相關的投資術語，在交易市場中，「出價」（bid）是股票經紀人給出的買方價格，「報價」（ask）是賣方會出售的價格。[2] 然而，根據《牛津英語詞典》的說法，ask 作為名詞可追溯到幾個世紀以前，而最早的引用在大約一千年前出現。據說，ask 之所以會轉變成名詞是因為那時還沒發明 request 這個字，這個字少說也要等到十四世紀才從法國那裡借來。

但還是不免俗要問：What is the ask?（要求是什麼？）這個詞的商務行話用法的到底是怎麼轉變而來的？好吧，根據《牛津英語詞典》，ask 的商務行話意義首次出現是在 1975 年 4 月澳洲雪梨的一份期刊《公報》（*The Bulletin*）上：「我是說，古爾徹（Gulcher），我是高收入者……雖然要價也高（A big ask, though）。但他們要的可是一千啊！」[3] 之後，1996年，史密斯（George Smith）在他的書《聰明要錢》（*Asking Properly: The Art of Creative Fundraising*）中提供一個讓這個詞彙得以發展完全的重要事件。[4] 史密斯說，那是在荷蘭舉行的國際募款工作坊（International Fundraising Workshop）上發生的事，當時來自英國的成員羅斯（Bernard Ross）發表了名為「提出要求」（Making the Ask）的演講。史密斯寫道：「這個新名詞很快就流行起來了。作家找簡報時問道：『要求是什麼東西？』（What's the ask?）。承辦該演講的人說『你要的要求在這裡』（Here's the ask）。每個人都說：『我覺得應該要讓那個要求變不一樣』（I think we should vary the ask）。」

wheelhouse 名詞

1. 在您的專業或興趣上（又稱為 sweet spot，最佳擊打點）。
2. 能發揮自己長處的技能或任務（又稱為 shooting fish in a barrel，探囊取物）。

商務行話定義：商場上就算從來都拿不到錢而你也會去做的事……不幸的是，也很少有。

來源：最早使用 wheelhouse 一詞的是在農業界。查爾斯・溫

哥華（Charles Vancouver）1808 年出版的一本關於英國鄉村農業的書《德文郡農業概況》（*General View of the Agriculture of the County of Devon*）中提出，wheelhouse 是用在某種建築物的術語，簡而言之，就是儲放手推車輪子的地方：「穀倉卜、25 平方英尺的輪子房（wheel-house）。」這個詞的根源和十九世紀的航海也有很強的聯繫，用來描述船隻的結構，一個放置方向舵的空間。[5] 以下摘自 1835 年英格拉姆（Joseph Holt Ingraham）的《西南》（*The South-West*）：「舵手站在他孤獨的舵手室（wheel-house）中。」不過，大多數來源指出，最可能把 wheelhouse 一詞轉為商務行話的應該是棒球界。[6]

無論什麼緣由——可能因為 wheelhouse 是打擊者的中心擊球點，如同舵手室（wheelhouse）是船的心臟一樣[7]——這個字在 1950 年代就開始用來描述球落在本壘板的最佳打擊區域。1959 年的《舊金山紀事報》（*San Francisco Chronicle*）寫到：「他有兩球不偏不倚投入最佳打擊區（wheelhouse），就是那種隨便一敲就能安打的球，球員卻擊出界外。」接著，數十年後，《牛津英語詞典》說 wheelhouse 這個字終於在商務行話的世界做比喻用法出現。以下是 1987 年《音樂家》（*Musician*）雜誌中的一個例子：「他對我說他沒辦法演奏雷鬼。當然他有辦法，只是他不拿手（it wasn't his wheelhouse），他想忠於自己的演奏。」[8]

white elephant 名詞

1. 昂貴、不切實際、又不能隨意處置的禮物。2. 營運和維護成本過高而無法盈利的事業或投資。3. 一種派對遊戲，會交換一些有趣但不切實際的禮物。

商務行話定義：上司得到一個馬桶型咖啡馬克杯的原因。

來源：暹羅國王（現為泰國）可能是此商務行話用語存在的原因。正如（一個未經證實的）傳說所言，國王因來朝訪問者而心生不悅時，會贈與其白象一隻。這些有白化症的大象是神聖的象徵而無法用來工作，因此照顧一頭象的費用很容易會讓人傾家蕩產。[9] 這個故事在十七世紀的英格蘭出現，《牛津英語詞典》說 white elephant 最早的書面隱喻用法出現在 1721 年的《倫敦日報》（*London Journal*）上：「簡言之，榮譽和勝利一般不過就是白象（white Elephants）；而為了白象（white Elephants）最具毀滅的戰爭常常會被挑起。」

根據另一個未經證實的傳說指出，white elephant 之所以會收錄在辭典中，康乃爾大學的聯合創始人也發揮了作用。[10] 埃茲拉・康乃爾（Ezra Cornell）在 1820 年代後期還創辦了「西聯匯款」（Western Union），據說他喜歡舉辦豪華派對，派對客人會收到沒用、無意義的禮物，純粹為了娛樂，稱為「白象」

（white elephant）交換禮物。

今天美國的職場中，這些交換禮物活動在節慶假日期間很流行，有時也稱為 Yankee Swaps（洋基交換）或 Dirty Santa（骯髒的聖誕老人）。[11] 如果有天您也墜入這種「白象」禮物交換的場子，我們的建議會是什麼呢？快跑！不過，如果必須參與，千萬拜託別買奇異子手作盆栽①，要去買個酷死人不償命的尤達開瓶神器，保證每個人都會記得！

white space 名詞

1. 有商業需求、卻沒有解決這些需求的服務或產品的地方。2. 頁面空白區，用來作為構圖和設計的元素。

商務行話定義：工作頁面的空白區域，也是別人和你說話時用來亂畫的絕佳空間。

來源：這是另一個在商業界會因為不同語境而產生多種含義的術語。最初 white space（白空間，也稱為負空間）是印刷設計中的美學元素，印刷設計的留白可以為周圍的物體提供浮雕和聚焦的效果。這種 white space 的一個早期出處是在史密斯（Robert Smith）於 1738 年撰寫的《全光學系統》（*A Compleat System of Opticks: A Mechanical Treatise, Book III*）

當中。《牛津英語詞典》紀錄說，（在 1888 年的）一百五十年後，《服裝與傢俱商》（*The Clothier & Furnisher*）雜誌上也提到這個意義：「廣告和顯示列上下方的留白空間（white space），我隨性使用。」

今日，網頁設計和商機辨識上，有很多 white space 的討論。在辨識商機上，2009 年強生（Mark Johnson）的著作《搶佔白地》（*Seizing the White Space: Business Model Innovation for Growth and Renewal*）中寫到這個概念並使其得到推廣。的確，就在一年之後，時任美國線上公司（AOL）的首席執行長阿姆斯壯（Tim Armstrong）借用了「我們把地方看作廣袤的白地」（We see local as the big white space）這句話，來描述其公司做出擴大地方新聞報導的決定，而其他人則開始使用這個術語來描述線上商機。[12]

white-collar 形容詞

　　1. 非體力的勞動，通常是辦公室的工作。2. 行政、管理、文書人員的特徵。

---

① 編註：Chia pet，一種以卡通人物或著名人物頭像為設計形狀的盆栽，植物長出來以後，就會成為卡通人物的頭髮或任一身體的部分。那如果長不出來或盆栽死掉了呢？這大概是為何作者不建議 Chia pet 作為垃圾交換禮物選擇。

商務行話定義：1. 不要與「雪花石膏領」（alabaster-collar）混淆，雪花石膏領可是比「白領」要高一級至兩級的領子。這種領子周圍只會出現 Gucci、Maybachs、Jimmy Choos。2. 或許這和大家想得不太一樣，但「犯罪」二字不是總跟在白領的後面。雖然，這個詞老少皆知的確有它的道理。

來源：美國著名作家辛克萊（Upton Sinclair）在 1919 年出版的《賄賂：美國新聞研究》（*Brass Check: A Study of American Journalism*）一書中經常提到 white-collar 一詞。[13] 他在書中這麼描繪那些坐辦公桌的人：「商業世界裡的走卒，那些可憐的辦公室雇員，就因為准許他們穿上白領（white collar）……他們就認為自己是資本主義階級的一份子。」[14] 那個時候的辛克萊肯定在美國社會已經有了影響力。他的 1906 年小說《叢林》（*The Jungle*）暴露了美國肉品包裝業的勞動和衛生條件，對於 1906 年「純淨食品與藥物法」（Pure Food and Drug Act）和「肉類製品檢驗法」（Meat Inspection Act）的通過少說也起了部分推波助瀾的作用。[15]

但是，white-collar 一詞在辛克萊使用之前也已經存在幾年了。[16] 根據《牛津英語詞典》的說法，這個詞至少可以追溯到 1910 年，在那年的 8 月 20 日（印第安納州）《洛根斯波特每日記者報》（*Logansport Daily Reporter*）中有提到：「受白領（white collar）的誘惑，他來到城市，找到一份可以整週都穿上白領（white collar）的工作。」另一個早期提到的隱喻來自「芝加哥商業協會」（Association of Commerce in Chicago）的主席邁道爾（Malcolm McDowell），以下是《芝加哥商業》（*Chicago Commerce*）雜誌於 1914 年 5 月 8 日引述他所說的話：「白色領子的人（white collar men）是你們的店員；你們的簿記員、出納員、坐辦公桌的人。我們稱他們為『白領人士』（'white collar men'）以區分那些穿制服和工作服、帶飯盒的人。」

近年來，white-collar crime（白領犯罪）一詞變得很普遍。[17]這個詞是由犯罪學家蘇哲蘭（Edwin Sutherland）於 1939 年首次提出，他將其定義為「具有崇高社會地位的人，在其職業活動過程中的不法行為。」[18] 日常用語中，白領犯罪則指的是非暴力的罪行，如賄賂、洗錢、欺詐、電子盜竊、盜用公款、逃稅、內線交易等。

wiggle room 名詞

1. 可談判或操作的空間。2. 行動自由。

商務行話定義：錯過了重要計畫的截止日之後，希望能有的東西。

來源：我們的語言中有 wiggle room 一詞的原因可能和我們腳上穿的鞋子有關。這個片語最早的文字引用出現在 1940 年代的鞋類廣告中。Wiggle room（擺動空間）和 wriggle room（扭動空間）指鞋頭空間，當時作為賣點銷售。[19] 的確，《牛津英語詞典》說，人們所知的第一個出處來自 1941 年 9 月 3 日刊登在內華達州《雷諾晚報》（*Reno Evening Gazette*）上的一則廣告：「淺口鞋看來小巧……擺動空間卻大（give you lots of wiggle room）。」

已故的演講詞撰稿人暨《紐約時報》語言專欄作家薩費爾曾說，wiggle room 作商務行話用是在 1970 年代的政治圈內成長茁壯的。他引用的首次使用是刊登在 1978 年 9 月 11 日《商業週刊》（*Businessweek*）上的一篇報導：「國會以賦予代理權的方式起草監管立法……盡可能縮小『迴旋空間』（wiggle room）」。他指出，隨後一週《新聞週刊》（*Newsweek*）又報導說：「說到幫民主黨候選人做宣傳，羅莎琳·卡特（Rosalynn Carter）的敏感度高到給每個人都留了一點迴旋空間（wiggle room），徹底和她丈夫的政治責任劃清界線。」[20]

但是，我們找到了一個更早的出處，那是在 1969 年 7 月 17 日的《生活》雜誌上一篇對時任國務卿的魯斯克（Dean Rusk）的訪談，他在訪談中說：「對於程序中的小配件我很懷疑。你必須要有很大的幹旋空間（wiggle room）才能考慮像是在迦納讓恩克魯瑪（Nkrumah）下台的政變或俄國人決定進入捷克斯洛伐克的事。」[21] 此外，《牛津英語詞典》表示，在商務行話的語境下，最早的引用來自較少人知道、刊登在 1965 年 4 月賓州的《蓋茨堡時報》（*Gettysburg Times*）上：「在對抗共產黨游擊隊的軍事行動上，克拉克（Clark）說：『我們已到達極限』。他說他希望給談判留出『斡旋空間』（wiggle room），以避免大規模的戰爭。」

有了這些新證據，我們可以確定，即使已故的薩費爾都希望能有一些迴旋餘地（wiggle room）來改變這個商務行話的起源歷史。

wild goose chase 慣用語

1. 愚蠢、無用或絕望的追尋（參見 herding cats/squirrels）。2. 為無法達成的事開創的徒勞事業（參見 red herring）。

商務行話定義：當你被叫去幫公司同事到餐廳取餐時，導航系統卻把你帶到加油站。

來源：這是由莎士比亞帶入（或普及）到字典裡的許多片語之一，wild goose chase 首先出現在莎士比亞的《羅密歐與朱

麗葉》中，那是羅密歐與莫枯修（Mercutio）的一段對話，莫枯修說：「比機靈要是像賽馬（wild-goose chase），領先的那匹愛怎麼撒野就怎麼撒野，落在後邊的只有死命追趕，那麼我確實就輸定了。因為要論撒野，我就是再長四個腦袋也比不上你這隻一個腦袋的野鵝。怎麼樣，這下壓你一頭了吧。」就像莎士比亞大多數的作品一樣，聽起來很悅耳，不過他的文字若能有現代英語的翻譯來幫忙理解的話會更好。

根據 Sparknotes 網站的「莎翁不怕」（No Fear Shakespeare）系列，莫枯修用今天的話來說可能就是：「如果我們的笑話繼續像野鵝追逐（wild-goose chase）那樣，我就玩完了。你一個笑話裡的野鵝就已經勝過我五個笑話裡的野鵝了。野鵝追逐的戲碼我甚至可曾接近過你？」[22]

歷史學者認為，莎士比亞的確創造了許多名詞，但 wild goose chase 並不是他發明的；相反地，是他借用了現成的表達。據說這是從一種比賽演變而來的，在這種比賽中，馬以固定的距離跟隨領先的馬跑，樣子很像野鵝飛的型態。[23] 我們可以繼續像這樣白費工夫地（wild goose chase）追溯這種比賽的最早出處，但是我們認為最好還是用《羅密歐與朱麗葉》的另一句著名的話來做結尾：「分離是如此甜蜜悲傷啊！晚安、晚安、晚安，直到天明。」

win-win 名詞

1. 雙方都受益的情況。2. 對參與的每個人都有好處。

商務行話定義：小林丸（Kobayashi Maru）的反面。如果你看不懂剛剛那句，別擔心，這是《星際爭霸戰》（*Star Trek*）的宅宅笑話……

來源：對資訊來說網路是很棒的資源。問題在於，即使所獲得的資訊來自多個網站也無法全然盡信（參見 straight from the horse's mouth）。Win-win 就是這種情況的一個例子。[24] 一些線上的資料顯示，這個名詞是談判專家柯漢（Herb Cohen）於 1963 年創造的，當時他的雇主「全州保險公司」（Allstate Insurance Company）贊助了一個為期兩週的理賠理算人和律師課程，而他是在教授有關談判知識時發明了這個詞。[25] 然而，《牛津英語詞典》卻說 win-win 第一次的書面出處比那還早一年，在辛格的書《威懾、軍備控制與裁軍》（*Deterrence, Arms Control & Disarmament*）中：「在零和遊戲中，有贏家就一定有輸家；不可能有所謂的『雙贏』結果（a 'win-win' outcome）……。客觀來說，雙贏的結果（a win-win outcome）是可得的，但囚犯表現得一副不可得的樣子。」[26] 因此，雖然柯漢用他的作品推廣了這個用語，但他當然不是起源。這意味著，我們研究的雙贏（win-win）對於那些將柯漢列為此用語來源的網站而言卻更像雙輸（lose-lose）。真抱歉。

witch hunt 名詞

1. 對於那些被指控犯下輕罪或和自己意見相左的人予以不當的搜查或懲罰。2. 針對具有非正統或非主流觀點的個人或團體的一種反對運動。

商務行話定義：有人和老闆打你的小報告時，你在辦公室的行為（又稱為 opening up a can of whoop-ass，打到你屁滾尿流）。

來源：若是身處於 1450 年至 1750 年間的歐洲或北美殖民地，那能選擇的消遣其實非常有限。也許可以騎馬、射箭，或者，幸運的話，去獵些女巫！Witch hunts（獵巫）在歐洲和北美洲持續了好幾個世紀，導致的處決各處記三萬五千至十萬次不等。獵巫行動中，許多（無辜）被標示為女巫的人受到追捕，其中很多受害者都在儀式中被活活燒死。令人驚訝的是，獵巫行為在撒哈拉以南的非洲和巴布亞新幾內亞的一些國家仍在發生，而沙烏地阿拉伯和喀麥隆也仍然可以找到禁用巫術的相關法條。[27]

1637 年，班強生（Benjamin Jonson）在他的書中首次寫下 the sport of witch-hunting（獵巫運動），那本書剛好就叫做《班強生作品集》（*The Workes of Benjamin Jonson*）：「你說阿爾

肯（Alken），好像你知道獵巫（the sport of Witch-hunting）或巫婆的由來一樣」。[28] 最早的一個比喻用法出自哈葛德（H. Rider Haggard）爵士 1885 年寫出的廣受歡迎的小說《所羅門王的寶藏》（*King Solomon's Mines*），在書中，主角夸特梅因（Allan Quatermain）驚呼道：「哎！大地因他（泰瓦拉國王）的殘暴而哭泣。今晚會有一場大型的獵巫行動（witch-hunt），被查出會妖術的人都得處死。沒人是安全的。」[29]

在美國，麥卡錫（Joseph McCarthy）這個名字等同於隱喻的獵巫。這位來自威斯康辛州的前美國參議員在 1950 年代率先發起一場運動，企圖剷除美國的共產主義。麥卡錫指控數百位有這樣政治意識形態的知名人士。而後陸軍首席顧問韋爾奇（Joe Welch）有效地結束了這場獵巫活動（以及麥卡錫的職業生涯），當時他在電視的直播上對參議員說了以下的名句：「先生，到頭來難道您沒有羞恥心嗎？一點羞恥心都不剩了嗎？」[30]

with a grain of salt 慣用語

1. 對某陳述採取一定的保留態度。2. 以懷疑的態度看待某事。

商務行話定義：對幾乎所有的推銷手法抱持的態度。

來源：一般認為老普林尼（Pliny the Elder）發明了這個詞。普林尼是羅馬帝國早期著名的海軍和陸軍將領[31]。他於西元 77 至 79 年左右出版的《博物誌》（*Naturalis Historia*）當中，有如下的一段譯文：

> 格奈烏斯．龐培（Gnaeus Pompeius）擊潰那位強大的君主米特里達梯六世（Mithridates）後，在他的私人密室中發現了他親筆寫下的解毒配方；為達如下的效果：取兩枚核桃乾、兩粒無花果、二十片芸香葉；全部一起搗碎，加一撮鹽（with the addition of a grain of salt）；如果空腹服下這種混合物，當天就能百毒不侵。[32]

這段話暗示「加一撮鹽」（with the addition of a grain of salt）可以中和毒藥產生的不良影響。[33]

然而，其他人像愛歐尼（Amy Ione）在她 2016 年的著作《藝術與大腦》（*Art and Brain*）[34] 中則認為，這個片語實際上是誤譯，而一錯再錯的結果便是把普林尼當成了這個片語的發明者。無論如何，直到幾個世紀之後該詞才會以更籠統、隱喻的形式來表達對某聲明採取健康的懷疑態度。1647 年，英國神學家崔普（John Trapp）在《使徒書及聖約翰啟示錄的評註或說明》（*A Commentary or Exposition Upon All the Epistles and* the Revelation of John the Divine）中寫道：「希臘有句俗語：一無所知活著最勇敢。但對這句話必須抱持懷疑的態度（with a grain of salt）。」[35] 我們不確定當時崔普確切的含義，但這也許就是為什麼（而且應當這麼做）對於這片語的來源我們也應當「將信將疑」（with a grain of salt）。

with all due respect 慣用語

1. 一種禮貌用語，用於減輕受批評時的影響。2. 用於表達不同意見之前的句子。

商務行話定義：通常用在對某人表達零尊重時。

來源：有人認為這個詞來自法律界，辯護人在為案件辯護時用這個詞來表達對對手的「尊重」（respect）。[36] 這個詞本身少說也能追溯到幾世紀以前的十七世紀初期。《牛津英語詞典》引用的第一個出處是 1614 年泰勒（Robert Tailor）的作品，名為《霍格遺失了珍珠》（*The Hogge Hath Lost His Pearle*）：「尊敬的大人（With all respect Sir），請進。」另外有些人認為這個詞的第一個書面出處其實還要再早一年（1613 年），那是佛勒德所寫的書，名為《給薩伊德騎士的信》（*Purgatories Triumph Over Hell, Maugre the Barking of Cerberus in Sir Edward Hobyes Counter-Snarle, a Letter to the*

Sayd Knight from I. R.）（沒錯，英文書名就是這麼長）。[37]對於這麼認為的人，恕我直言（With all due respect），網路上找不到足以佐證的資料，所以我們決定《牛津英語詞典》1614年的參考資料才是正確的。再次，恕我直言（前述的各位錯了）〔Again, with all due respect (you're wrong)〕。

wolf in sheep's clothing 慣用語

1. 在友善外表下隱藏不良意圖的人（參見 with all due respect）。2. 裝做朋友的敵人。

商務行話定義：剛買走貴公司的公司首席執行長。

來源：聖經得一分！這句話出自馬太福音 7:15。我們是詹皇球迷（參見 straight and narrow），再次參考詹姆士王譯本聖經：「提防假先知！他們披著羊皮到你們當中，裡面卻是殘暴的狼。」（Beware of false prophets, which come to you in sheep's clothing, but inwardly they are ravening wolves.）而聖經之外最早的出處則是《牛津英語詞典》引用的十五世紀的兩個例子。第一個是摘自 1400 年的《玫瑰傳奇》（*Roman Rose*）：「不管披羊皮的是誰，裡頭都包裹著一匹貪婪的狼。」（Who-so

toke a wethers skin, And wrapped a gredy wolf therin.）第二個是
摘自 1460 年《馬克羅劇》（*The Macro Plays*）中的《智慧》
（*Wisdom*）：「羊皮裡有隻狼」（Ther ys a wolffe in a lombys
skyn.）[38]

worth one's salt 慣用語

1. 有效率或有能力。2. 在某領域或範圍很值得尊敬。

商務行話定義：通常用於否定表達，例如：He's not worth his
salt（他不適任），這個詞可以完美代替諸如：「白痴」、「無
知」、「腦袋有問題」等用語。

來源：鹽（Salt）是生命最必要的成分之一。鹽不僅可以保存
食物，還可以調節體內水分的平衡。簡單來說，沒有鹽我們都
會死翹翹。歷史學家說，由於其本身的高價值，鹽作為文明與
文明之間首要交換的商品，通常和黃金等量。的確，英語單字
salary（薪水）源自於拉丁文 salarium，意思就是「鹽」。[39]

因此，worth one's salt 一詞成為職場上常用來描繪某人價值
的一種方式就很合理。《牛津英語詞典》說，這個詞第一次用
於寫作是在 1830 年馬里亞特（Frederick Marryat）的《國王
所屬》（*King's Own*）。[40] 但是，英國 Phrase Finder 網站不

認為這個出處不「適切」（worth its salt）。Phrase Finder 引用了比弗（Philip Beaver）1805 年的《非洲備忘錄》（*The African Memoranda*），在當中有一篇關於幾內亞比索的探險報告：「班納特（Bennet）除了在堡上匍匐，什麼都沒做；海爾斯（Hayle）是我最有用的人，但最近卻也不怎麼稱職（not worth his salt）。」[41] 另外，幾年後（1808 年），克羅克（Bithia Mary Croker）在《巴爾曼小姐的往事》（*Miss Balmaine's Past*）中提到某位女性「很稱職」（worth her salt）：「作為一名護士的她很稱職（worth her salt），幫助他人減輕痛苦。」[42]

writing is on the wall 慣用語

1. 事情將要惡化的跡象或預兆。2. 暗示正在走向一個糟糕的結果。

商務行話定義：被解雇後，同事才會對你說的話，一副他們都知道會發生（但事先都不告訴你）。#EveryoneKnewButYou。

來源：我們是否提過聖經是商務行話用語很常見的來源？（參見 208 頁的特別收錄。）沒錯，而且這個詞更加證明了這點。

Writing is on the wall 出自舊約聖經中的但以理書 5:25。書中講述了以色列國王伯沙撒（Belshazzar）的故事，伯沙撒違反上帝、犯了罪，他崇拜假偶像，偷了耶路撒冷一座聖殿裡的東西，大擺盛宴、還展示偷竊品（這不就是典型網紅會做的事？！不過，就這樣……）。在慶祝活動中，一名神祕男子的手指憑空顯現，並且在牆上寫了以下文字：mene, mene, tekel, upharsin.[43] 伯沙撒看不懂牆上的字（再次，典型的網紅），叫來以有智慧出名的但以理。但以理為國王解釋了這句話，總的來說，就是他的大限已近（的確也是）。[44]

根據 Phrase Finder，the writing is on the wall 這個概念在十八世紀初期就開始出現象徵用法了，也就是說，無關乎實際的文字或牆面，指的就是大難臨頭的警告。網站引用史威夫特（Jonathan Swift）1720 年《雜作》（*Miscellaneous Works*）當中的例子：

> 上鉤的銀行家因此落寞
> 從他自己的手中可以預見自己的墜落；
> 他們擁有了他的靈魂、他的債券；
> 就像是大難即將臨頭的預兆（Tis like the Writing on the Wall）。[45]

X factor 名詞

1. 一種使某人與眾不同、特殊、無法定義的感覺。2. 一種無法
適切描述、具吸引力的特質。

商務行話定義：當你問說，升遷為何沒你時，這就是他們口
中你所缺的東西。

來源：不，這裡說的不是高維爾（Simon Cowell）擔任評審的
實境秀、不是漫威漫畫系列、不是出血性疾病，更不是「鐵娘
子樂團」（Iron Maiden）出的專輯。[1] 我們說的是商務行話的
由來，這個詞可以追溯到 1930 年、不、甚至更遠的年代。不
過要到那裡之前，我們得先複習一下數學，又稱「真掃興」
（buzzkill）。

因數（a factor）是指任何可以整除（沒有餘數）另一個數目的
數。[2] 在數學方程式中，字母 x 通常代表一個未知的因數（例
如：x – 2 = 1）。也就是說，x factor 指的是未知因數，需要在
方程中求解答。在今日的用法上，作術語的 x factor 當然很可

能源自於這樣的方程式。畢竟，決定 X 因子的確就是有些說不出的特質。

而用在數學以外，到底是誰造了這個詞並沒有紀錄，但我們確實知道，從 1930 年代該詞就開始大範圍地（從哲學到林業各方面）用在比喻上。[3]《牛津英語詞典》引用最早的非數學用法來自 1930 年 1 月 21 日的《紐約日報》：「我們現在必須處理這種疾病當中的未知元素（an unknown element）。這個未知元素和那個會定期出現將人類從傲慢中搖醒的 X 因子（X factor）是同一個」。

xerox 動詞

1. 複印或複製。2. 影印。

商務行話定義：可以坐在上面影印自己屁股的東西。

來源：Xerox 一詞的故事源頭始於 1936 年紐約法學院的法律圖書館中。就是在那裡，一位名叫卡爾森（Chester Carlson）的法學院學生開始研究把法律書籍裡的註釋影印下來的方法，也就是比用一般手寫要來的更輕鬆的方法。卡爾森在自己的公寓廚房裡進行幾次充滿異味（有時會爆炸）的實驗

後，發明了一種印製圖像的方法，當時稱為「電子照相術」（electrophotography）。幾年後的 1946 年，位於紐約羅徹斯特的哈洛德攝影器材公司（Haloid Photographic Company）看到了卡爾森發明的商業前景後，和他簽下一紙共同開發協議。哈洛德公司尋思要為新系統取一個區別用語，於是就用兩個意義為「乾寫」（dry writing）的希臘字根創造了 xerography（電子照相）這個字，之後乾脆將其縮寫為 Xerox（全錄）。哈洛德公司隨後在 1958 年更名為「哈洛德全錄」（Haloid Xerox），1961 年再改為「全錄公司」（Xerox Corporation）。

1963 年，全錄公司推出了第一台桌上型普通紙影印機，公司開始一飛沖天，在商業界 xerox 一詞同等於影印。[4]《牛津英語詞典》說，xerox 作動詞用的第一個紀錄出現在康寧漢（E.V. Cunningham）1966 年的書《海倫》（*Helen*）當中：「任何您想要的副本，我們都會印出來（Xerox it out）。」[5]

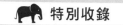

與品牌相關的商務行話

這裡提到的 Xerox（影印）和 dumpster fire（糟糕透頂）只是公司品牌名轉成商務用語的兩個例子。而在商務行話界，這樣的例子俯拾皆是。想一想，最近說了幾次類似以下的話呢？

FedEx 和 UPS	「明天早上，我會第一時間 FedEx/UPS（快遞）給你」。
Google	「我 google（上網搜尋），還找到了解決方案」。
Skype	「我會 Skype 你（和你通話），到時候聊」。
Tweet	「老闆喜歡在深夜 tweet（發推文說）他的想法」。
Uber	「我們就從機場叫 Uber（外送）吧」。
Velcro	「我把它 velcroed（用魔鬼氈黏）在一起就不會掉了」。

yada yada 慣用語

1. 瑣碎而無趣的進一步細節，通常隨意地說，就像 blah, blah, blah 之類的。2. 可預測的、無關緊要的。

商務行話定義：需要一再說明為什麼工作用電腦下週才會修好的「資訊技術」原因時，通常會說的字。

來源：二十世紀初期風行的是 blah blah blah（等等等等），二十世紀後期則是 yada yada（等等等等）的年代。電視節目《歡樂單身派對》（*Seinfeld*）在 1997 年製播的某一集很受歡迎，連帶讓這個詞在現代美國辭典中站穩腳跟，不過，該詞在此之前就很普遍了。[1]

Phrase Finder 說這個詞出現在第二次世界大戰期間或之後，剛開始也不是這樣拼，而是像 yatata, yatata；yaddega, yaddega，等等。Phrase Finder 引用了刊登在 1948 年 8 月版的加州《長堤獨立報》（*Long Beach Independent*）[1]上的一篇廣告，是為該詞彙最早的紙本證明：「諸如此類……（Yatata...yatata...）
大家都在談『話匣子』，克諾斯（Knox）自產小『湯姆男孩
帽』，年輕、不可一世！」[2]

1960 年代著名喜劇演員布魯斯（Lenny Bruce）在他的暢銷
喜劇專輯《蘭尼本色》（*Essential Lenny Bruce*）中使用了
這個詞之後，他便成了它的同義詞：「他們不是好東西，
Yaddeyahdah，很多都不是，他們都是禽獸！」我們也可以從
此一直叨唸下去，說這個詞在這裡提過或是在那裡寫過，但，
yada yada，你知道的。

yak shaving 慣用語

1. 執行一項任務會帶到執行另一項相關任務，再以此類推，直
到偏離原初的目標（#GoingDownARabbitHole）。2. 為達到實
際目標，得先完成一系列煩人的任務。

商務行話定義：說些晦澀難解的話，難解的程度甚至連自己
都要時不時上網搜尋來提醒自己說的那是什麼意思。

---

① 編註：與本書之前引用的《長堤新聞電報》是同一家報社，但獨立報於 1938 年才創立，並
很快地成為新聞電報的支線。

來源：說實話，我們自己都很猶豫要不要把這個詞收進來，但有人用就可能證明是我們失去了集體記憶（也可能證明我們需要另一個商務行話填進本書的 Y 段落）。

Yak shaving 是麻省理工學院的博士維埃里（Carlin Vieri）發明的詞，靈感來自於卡通《萊恩和史丁比》（*The Ren & Stimpy Show*）1991 年其中的一集「牛刮鬍子日」（Yak Shaving Day）。[3]「牛刮鬍子日」的故事大綱講的是一個類似聖誕節的假期，在這天，大家要掛的是尿布而不是襪子、要在橡膠靴子裡塞滿涼拌捲心菜、要等候一頭刮了鬍子的牛坐在迷人的獨木舟中從眼前飄過。[4] 維埃里在 2018 年接受美國運通部落客暨開發商威斯特（Donovan West）的採訪時解釋了 yak shaving 如何在商業應用：

「牛刮鬍子」（"Yak shaving"）不僅僅是讓人分心之事，應該還是指那些圍繞著主要目標的事情……例如：設備該更新，或其他讓自己偏離主要任務、但還回得來的一些小障礙。[5]

Z

(a) zero 名詞

1. 失敗者。2. 沒有價值的人或事物。

商務行話定義：如果有人在職場上這樣叫你，那就這樣反駁：「我是彈力球，你是膠水，你說什麼都會從我身上反彈到你身上。」屢試不爽，每次都有用。

來源：有人若叫你 a zero，就得知道這或許是至今自己得到的最大稱讚，因為眾所公認，數學「零」的發明是人類史上最偉大的創新之一。沒有「零」，就沒有文藝復興時期、沒有月球登陸、沒有個人電腦。零的概念（代表無數字）古代就已經存在。然而，我們足足花了兩千年的時間才真正認知並學習使用零。在七世紀的印度，一位名叫婆羅摩笈多（Brahmagupta）的天文學家開始推廣零（shunya）的概念。零不只作為表示位置中空無一物的「預留位置」（placeholder），而且本身也代表

一個可以在計算中使用的數字。[1] 這個概念刺激數學邁向全新領域，帶來一連串的新知和發現。而零的理解一在南亞得到廣泛接受後便進入了中東世界，在伊斯蘭學者的倡導下成為阿拉伯數字系統的一部分。

然而，「零」（zero）要跨入歐洲時卻面對一場硬仗，因為此時也正是基督教十字軍和伊斯蘭教對抗的年代。此時，阿拉伯的任何思想都受到廣泛的懷疑和不信任，就連數學也一樣。例如，1299 年，義大利的佛羅倫斯禁用據說會鼓勵詐欺的「零」和所有的阿拉伯數字。此外，他們認為「零」是通向負數的門戶，這會變相讓負債和借貸的概念變正當。[2] 還好十五世紀也都還有些頭腦清醒（聰明）的人，「零」以及其他所有阿拉伯數字最終都被接受，在歷史上從「小卒變英雄」（zero to hero）。[3]

《牛津英語詞典》表示，把 zero 用在商務行話的語境描繪「失敗者」的首次書面證據是出自穆林（Lewis Du Moulin）的《基督教地方官在聖事中的權力》（*The Power of the Christian Magistrate in Sacred Things*），當中有一段 1650 年的「嗆聲文」：「這使得地方官在聖事上顯得無用或無足輕重（a cipher or zero）。」（參見 throwing shade）

zeitgeist 名詞

1. 決定某個時代的精神，通常會在那個時代的社會和文化趨勢上展現出來。2. 由人們普遍的思想、信仰、態度眼光來看某時間和地點的總體感覺。

商務行話定義：很可能就是您當地啤酒廠出產的微釀啤酒的名稱。

來源：啊！抓住一個「時代的精神」（zeitgeist）才能真正戰勝民心！這個用語本身源自德語，zeit 表示「時代」，geist 表示「精神」（時代精神）。多數人將此用語的普及歸功於德國哲學家格奧爾格・威廉・弗里德里希・黑格爾（Georg Wilhelm Friedrich Hegel，你看他重要到有四個名字！），他在 1807 年的《精神現象學》（*Phenomenology of the Spirit*）中使用各種形式的 geist 來定義他的思想：

» weltgeist（世界精神）
» volksgeist（國家精神）
» 片語 geist der zeiten 或 zeitgeist（時代精神）。[4]

黑格爾的精神觀融合了心理學、政治、歷史、藝術、宗教、哲學以及其他領域。《牛津英語詞典》認為，（除了黑格爾自己的書或評論）時代精神最早的書面出處之一是出自

1834 年卡萊爾（Thomas Carlyle）寫的《衣裳哲學》（*Sartor Resartus*）：「我常想，在你一生艱苦的戰鬥中，你自己和同輩的時代精神（Zeitgeist）是如何不斷打擊、中傷、摧殘、束縛、絆倒、恫嚇、虐待你的。」

話雖如此，在整個十九世紀和二十世紀的大部分時間裡，這個詞僅在英語中偶爾使用。不過，當矽谷那些裝模作樣的人（hipsters）開始用這個詞來描述在新千禧年，他們的新產品與服務是如何補捉公眾的想像時，這個詞就紅了。[5] 沒錯，這個詞此時顯然正在享受著自己的「時代精神時刻」（zeitgeist moment），連 Google 也都舉辦稱為「Google 時代精神」（Google Zeitgeist）的年度思想領袖會議（始於 2007 年，是全球頂尖思想家和領導人的親密聚會），事實上，這可能也意味著「時代精神」（zeitgeist）一詞的時代精神結束（the end of the zeitgeist）。[6]

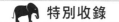
源自德文的商務行話

Zeitgeist（時代精神）只是商務行話世界中仍在流行的幾個德語單字之一。以下是其他例子。

angst	不滿或除魅
doppelgänger	相貌極其相似的人
kaput	損壞或搗毀
kitschy	太多愁善感的、廉價的、製作粗糙的、訴諸大眾口味的
schadenfreude	因他人發生不好的事情而感到開心
über	搭載服務；德語的介系詞或前綴詞，有「較高」或「較棒」的意思
wanderlust	一種悸動，會讓人有旅遊和看世界的慾望

註解

簡介

1. 這句話 "history is written by the victors" 據說來自邱吉爾、馬基維利、伏爾泰與其他人，但似乎沒有任何文件證據顯示以上的人物曾說過這句話。大部分搜尋到的資料都指向邱吉爾。

2. USDA, "Nebraska Women Lunch n Learn," *Extension Service Review 44*, no. 7-8 (1973): 3. https://archive.org/stream/CAT10252415499/CAT10252415499_djvu.txt

3. 但我們想說《牛津英語詞典》不是「唯一最重要」的資料。在很多狀況下，我們都能夠找到比這本被讚譽有加的詞典更早的出處紀錄（多虧了 Google 的檢索能力）。誰能想到兩個在家坐在電腦前的男子能達成這項任務？

4. 要找出誰創造了 "trash disco" 是件不可能的事情。此用語是由俄亥俄州萊克伍德默默無聞的鐵槌頭樂團（Iron Hammer）在 1980 年代晚期創造。我們是怎麼知道的呢？提姆·伊藤有該樂團專輯內頁的說明可以證明。

#

1. "NBA League Averages - Per Game," Basketball Reference, accessed April 7, 2019. www.basketball-reference.com/leagues/NBA_stats_per_game.html.

2. "Where does 24/7 come from?" BBC News UK magazine, July 25, 2007. http://news.bbc.co.uk/2/hi/uk_news/magazine/6915516.stm.

3. Shanyu Ji, "What Is the Origin of the 360 Degree Measurement?" University of Houston Department of Mathematics, July 6, 2015, www.math.uh.edu/~shanyuji/History/Appendix /Appendix-1.pdf; Bob Sillery,

editor, "Who Determined That a Circle Should Be Divided Into 360 Degrees?" *Popular Science*, February 5, 2002. www.popsci.com/scitech/ article /2002-02/who-determined-circle-should-be-divided-360-degrees.

4. Beautiful Science, "Do You Know Why 360 Is Special?" video, September 19, 2017. www.youtube.com/watch?v=WzkW3P7HPvs.

A

1. "Above board," The Word Detective, October 21, 2009. www.word-detective.com/2009/10/above-board; "The Meaning and Origin of the Expression: Above board," The Phrase Finder. www.phrases.org.uk.

2. "Across the board" Phrase Finder. www.phrases.org.uk.

3. "Action," Online Etymology Dictionary. www.etymonline.com.

4. "Action Man," Phrase Finder, www.phrases.org.uk.

5. "William Lambarde," Wikipedia, https://en.wikipedia.org/wiki/William_ Lambarde; "William Lambarde · Archion: or, a commentary upon the high courts of justice in England," OED, www.oed.com.

6. 《牛津英語詞典》說是 "Charles Frederick"，但其實應該是 Christine Frederick，根據國家人文中心出版 1913 年《婦女家庭雜誌》（*Ladies Home Journal*）的摘錄而來。(Research Triangle Park, NC, 2005): Christine Frederick, "The New Housekeeping: Efficiency Studies in Home Management 1913 | Excerpts," *Ladies Home Journal* Sept–Dec, 1912. http://nationalhumanitiescenter.org/pds/gilded/progress/text4/frederick.pdf; "Actionable," Online Etymology Dictionary. www.etymonline.com.

7. Armistead Maupin, Tales of the City (New York: Harper & Row, 1978).

8. "Administrator" Online Etymology Dictionary, www.etymonline.com; "Administrator," OED, www.oed.com; "History of IAAP," IAAP, www. iaap-hq.org/?page=HistoryIAAP; Abby Quillen, "From Secretary to Administrative Assistant: How the Admin Role Has Evolved Over Time," Quill.com (blog), June 30, 2017. www.quill.com/blog/office-tips/from-secretary-to-administrative-assistant-how-the-admin-role-has-evolved-over-

time.html.

9. "Against the grain," The Phrase Finder, www.phrases.org.uk. "What Does Against the Grain Mean?" Writing Explained. https://writingexplained.org/idiom-dictionary/against-the-grain.

10. "Coriolanus," Wikipedia. https://en.wikipedia.org/wiki/Coriolanus.

11. William Shakespeare, Coriolanus, a Tragedy, act II, scene VIII. (London: J. Tonson, 1734)

12. "All Hands," *Merriam-Webster*. www.merriam-webster.com; "What Does All Hands on Deck Mean?" Writing Explained. https://writingexplained.org/idiom-dictionary/all-hands-on-deck.

13. 《牛津英語詞典》引用以下的出處為 all hands 用於口語紀錄的最早紀錄:Samuel Hartlib, *The Reformed Common-Wealth of Bees, Presented in Severall Letters and Observations to [and ed. by] Sammuel Hartlib. With The Reformed Virginian Silk-Worm* (London: Printed for Giles Calvert at the Black-Spread-Eagle at the West-end of Pauls, 1655).

14. Greg Sandoval, "Insiders Say the Press Leaks During Google's All-Hands Meeting Backfired and Handed Sergey Brin the Moral High Ground." *Business Insider India*, August 17, 2018. www.businessinsider.in/insiders-say-the-press-leaks-during-googles-all-hands-meeting-backfired-and-handed-sergey-brin-the-moral-high-ground/articleshow/65443254.cms.

15. 如同引自 "Have an Axe to Grind," The Phrase Finder. www.phrases.org.uk.

16. "Anointing," Wikipedia. https://en.wikipedia.org/wiki/Anointing; "Anoint," Online Etymology Dictionary. www.etymonline.com/word/anoint.

17. Richard Creed, "YOU ASKED: Origin of Using 'Ask' as Noun Sort of Muddy," *Winston-Salem Journal*, December 13, 2009. www.journalnow.com/archives/you-asked-origin-of-using-ask-as-noun-sort-of/article_5fab1a08-2d75-5bfc-9e10-e75bd5445b2b.html; Colin Schultz, "People Have Been Saying "Ax" Instead of "Ask" for 1200

Years," Smart News, *Smithsonian* magazine, February 6, 2014. www.smithsonianmag.com/smart-news/people-have-been-saying-ax-instead-ask-1200-years-180949663; Henry Hitchings, "Those Irritating Verbs-as-Nouns," Opinionator, *New York Times*, March 30, 2013. https://opinionator.blogs.nytimes.com/2013/03/30/those-irritating-verbs-as-nouns.

18. Raymond Chen, "Words I'd Like to Ban in 2004," The Old New Thing (blog), Microsoft, January 7, 2004. https://devblogs.microsoft.com/oldnewthing/20040107-00/?p=41173.

19. Ebenezer Erskine, *The Whole Works of the Rev. Ebenezer Erskine: Consisting of Sermons and Discourses on Important and Interesting Subjects* (Philadelphia: W.S. & A. Young, 1836).

20. Patricia T. O'Conner and Stewart Kellerman, "At the End of the Day," Grammarphobia, November 13, 2012. www.grammarphobia.com/blog/2012/11/at-the-end-of-the-day.html.

21. "Authoritative," Online Etymology Dictionary. www.etymonline.com; "Authoritative," Dictionary.com; "Authoritative," *Merriam-Webster*. www.merriam-webster.com.

22. 你可以在以下的連結觀賞《百萬金臂》（*Bull Durham*）的場景：www.youtube.com/watch?v=85RZMIAL7vM; Dwight's seen can be found here: https://youtu.be/ez6Xdf_p7Yg.

B

1. "Business School," Wikipedia. https://en.wikipedia.org/wiki/Business_school.

2. 如同《牛津英語詞典》所引用。："Biz-to-Biz Info Exchange Launched," *Marketing News*, September 12, 1994.

3. "BtoB (band)," Wikipedia. https://en.wikipedia.org/wiki/BtoB_(band).

4. "25 Interesting Facts About Cold War," Kickass Facts Encyclopedia, July 3, 2014. www.kickassfacts.com/25-interesting-facts-about-cold-war; "Hedy Lamarr," Wikipedia. https://en.wikipedia.org/wiki/Hedy_Lamarr;

"Korean Air Lines Flight 007," Wikipedia. https://en.wikipedia.org/wiki/Korean_Air_Lines_Flight_007; David Collins, "Grizzly End: Bears Were Fired Out of US Supersonic Jet in Ejector Seat Tests," *Mirror*, December 21, 2012. www.mirror.co.uk/news/world-news/bears-were-fired-out-of-us-supersonic-1501169.

5. "Back Burner," The Phrase Finder, October 31, 2000, www.phrases.org.uk/bulletin_board/6/messages/582.html; "Back Burner, (Put Something On the)." www.idioms.online/back-burner.

6. Gordon Bock, "The History of Old Stoves," *Old House Journal*, August 3, 2012, updated May 9, 2019. www.oldhouseonline.com/kitchens-and-baths-articles/history-of-the-kitchen-stove.

7. "Back-of-the-Envelope," *Merriam-Webster*. www.merriam-webster.com; Sarah K. Cowan, "Phrase Origins: Why Is it Called a 'Back of the Envelope' Calculation?" Quora, February 3, 2011. www.quora.com/Phrase-Origins-Why-is-it-called-a-back-of-the-envelope-calculation.

8. "Laser History & Development," Interview with Charles H. Townes, Laser Fest. http://laserfest.org/lasers/video-history.cfm.

9. "Bait-and-Switch," Wikipedia. https://en.wikipedia.org/wiki/Bait-and-switch.

10. "Ballpark Figure," The Idioms. www.theidioms.com/ballpark-figure.

11. "History of the Ruhr." Wikipedia. https://en.wikipedia.org/wiki/History_of_the_Ruhr.

12. "Keep the Ball Rolling," The Phrase Finder. www.phrases.org.uk/meanings/keep-the-ball-rolling.html.

13. "A Brief History of Juggling," Juggling Information Service. www.juggling.org/books/artists/history.html.

14. "The New Meaning of 'Bandwidth,'" *Merriam-Webster*, November 21, 2017. www.merriam-webster.com/words-at-play/what-is-the-new-meaning-of-bandwidth.

15. "What Is the Origin of 'More Bang for the/Your Buck'?" May 4, 2016,

https://english.stackexchange.com/questions/323520/what-is-the-origin-of-more-bang-for-the-your-buck; Prose, "More Bang for Your Buck," Minds. com, February 11, 2016. www.minds.com/blog/view/544493942322769920.

16. Eric Partridge, *A Dictionary of Slang and Unconventional English* (New York: Routeledge, 1937) 如同《牛津英語詞典》所引用。

17. Brian O'Dalaigh, "Why Is County Clare Often Called 'The Banner County'?" Clair County Library FAQ, February 1, 2001. www.clarelibrary. ie/eolas/coclare/history/faqs/bannerc.htm; "Banner Year," Q&A About Words, Wordsmith.org. October 17, 2005. https://wordsmith.org/board/ubbthreads.php?ubb=showflat&Number=148975.

18. Thomas Chalmers, *Congregational Sermons* (London: Hamilton, Adams, and Co, 1848), xi.

19. Charles D. Clark, "The Red Headed Girl," Running column in the *Lewiston Saturday Journal*, June 1, 1907. https://news.google.com/newspapers?nid=oQQVFBP0nzwC&dat=19070601&printsec=frontpage&hl=en; "Bean Counter," The Phrase Finder. www.phrases.org.uk.

20. "Beat a Dead Horse," Ginger, Phrase of the Day, March 10, 2013, www. gingersoftware.com/content/phrases/beat-a-dead-horse.

21. "Beauty Contest," Dictionary.com; Times Reporter, "The Origin of Beauty Pageants," *The New Times*, February 2, 2012. www.newtimes.co.rw/section/read/101038.

22. 如同《牛津英語詞典》所引用：圖書館館員引用來自1914年《美國圖書館協會佈告欄刊物》（*Bulletin American Library Association* 8 274/2）而來。《富比士》則是引自1976年6月號裡 "Off Coors" 一文。

23. Alfred Pollard, *Bombers Over the Reich* (London: Hutchinson & Co, 1941).

24. William Ellis, *Agriculture Improv'd: or, The Practice of Husbandry Display'd* (Printed for T. Osborne, 1746).

25. Robert Mearns Yerkes, "Psychological Examining in the United States Army," vol. xv of the *Memoirs of the National Academy of Sciences*

(Washington, DC: US Government Printing Office, 1921), p. 67.

26. "What's the Origin of 'Beta' to Describe a 'User-Testing' Phase of Computer Development?" English Language and Usage, August 30, 2011, https://english.stackexchange.com/questions/40013/whats-the-origin-of-beta-to-describe-a-user-testing-phase-of-computer-devel.

27. Peppersack, "An Introduction to Data Science: Making Big Data Usable," DSF Whitepaper, July 2, 2017. https://datascience.foundation/sciencewhitepaper/an-introduction-to-datascience:-making-big-data-usable; Mark van Rijmenam, "A Short History of Big Data," Datafloq, January 6, 2013. https://datafloq.com/read/big-data-history/239; Steve Lohr, "The Origins of 'Big Data': An Etymological Detective Story," Bits (blog), February 1, 2013, https://bits.blogs.nytimes.com/2013/02/01/the-origins-of-big-data-an-etymological-detective-story; "Big Data," Wikipedia. https://en.wikipedia.org/wiki/Big_data.

28. Charles Tilly, "The Old New Social History and the New Old Social History," CRSO Working Paper No. 218, October 1980. 取自 www.scribd.com/document/227409180/The-Old-New-History-Charles-Tilly.

29. "Steve Jobs - It's Not Binary," video, January 3, 2016, www.youtube.com/watch?v=GE6VHtUlO4M.

30. "Claude Shannon," Wikipedia. https://en.wikipedia.org/wiki/Claude_Shannon; "A Symbolic Analysis of Relay and Switching Circuits," Wikipedia. https://en.wikipedia.org/wiki/A_Symbolic_Analysis_of_Relay_and_Switching_Circuits.

31. *David Epstein*, Range: Why Generalists Triumph in a Specialized World (New York: Riverhead Books, 2019), p. 45.

32. "Bio Break," *Merriam-Webster*, Words We're Watching. www.merriam-webster.com/words-at-play/bio-break-meaning-and-origin.

33. Satoshi Nakamoto, "Bitcoin: A Peer-to-Peer Electronic Cash System," Whitepaper, November 1, 2008. https://bitcoin.org/bitcoin.pdf.

34. Anderson Cooper, "Bitcoin's Wild Ride," CBS News, *60 Minutes*, May 19,

2019. www.cbsnews.com/news/bitcoins-wild-ride-60-minutes-2019-05-19; Lee Grant, "What is Blockchain? - Definition, Origin, and History," TechBullion, September 6, 2016. www.techbullion.com/blockchain-definition-origin-history.

35. Chris Morris, "Winklevoss Twins Used Facebook Payout to Become Bitcoin Billionaires," *Fortune*, December 4, 2017. https://fortune.com/2017/12/04/winklevoss-twins-bitcoin-billionaires; Jake Frankenfield, "Bitcoin Definition," Investopedia, October 26, 2019. www.investopedia.com/terms/b/bitcoin.asp.

36. 恩，我們就是喜歡布萊恩·亞當斯（Bryan Adams）的這首歌"Cuts Like a Knife"。www.youtube.com/watch?v=6VZhSkREYBc.

37. "Is There a Difference Between 'Leading Edge' and 'Bleeding Edge'?" English Language and Usage, August 29, 2011. https://english.stackexchange.com/q/39918; Thomas C. Hayes, "Hope at Storage Technology," *New York Times*, March 21, 1983. www.nytimes.com/1983/03/21/business/hope-at-storage-technology.html.

38. Laura Metz, "What Does 'Bleeding Edge' Mean?" wiseGEEK, February 29, 2020. www.wisegeek.com/what-does-bleeding-edge-mean.htm; "Bleeding Edge," Dictionary.com.

39. Grant, "What is Blockchain?"

40. "W. Scott Stornetta Bio," World Crypto Index. www.worldcryptoindex.com/creators/w-scott-stornetta; "Blockchain," Wikipedia. https://en.wikipedia.org/wiki/Blockchain.

41. Troy Segal, "Blue Sky Laws Definition," Investopedia." February 16, 2020. www.investopedia.com/terms/b/blueskylaws.asp; ESC, "Blue Sky," posted on December 6, 2003, in reply to "Grey Skies Thinking?" posted by pdianek on December 6, 2003, The Phrase Finder. www.phrases.org.uk/bulletin_board/26/messages/921.html.

42. Margaret Rouse, "Boil the Ocean," WhatIs.com, December 2013. https://whatis.techtarget.com/definition/boil-the-ocean.

43. 羅伯‧林克的話也被引用於 1930 年 3 月號的《美國童子軍》（*Scouting*）雜誌之中。

44. Christopher Klein, "Where Did the Word 'Boondoggle' Come From?" History Stories, September 17, 2015, updated August 29, 2018. www.history.com/news/where-did-the-word-boondoggle-come-from; "Boondoggle," Dictionary.com.

45. "Pull Yourself Up by Your Bootstraps," The Phrase Finder. www.phrases.org.uk; Sarah Alvarez, "Where Does the Phrase 'Pull Yourself Up by Your Bootstraps' Actually Come From," State of Opportunity, April 7, 2015. https://stateofopportunity.michiganradio.org/post/where-does-phrase-pull-yourself-your-bootstraps-actually-come.

46. "What Is the Origin of the Phrase, 'The Bottom Line'?" English Language and Usage, September 28, 2017. https://english.stackexchange.com/questions/411911/what-is-the-origin-of-the-phrase-the-bottom-line.

47. 「在腦力激盪時不用承擔責任幾乎等同就認為人不用為了失去自我控制而負責。」（To hold a man a man irresponsible during a brainstorm is practically to maintain that a man is not responsible for losing his self-control.）來自 "Remedies Proposed," *The Outlook*, February 26, 1910, in *The Outlook: A Weekly Newspaper* January–April, 1910, p. 420.

48. David Segal, "In Pursuit of the Perfect Brainstorm," *New York Times*, December 19, 2010. www.nytimes.com/2010/12/19/magazine/19Industry-t.html.

49. Jennifer Bridges, "Top 10 Brainstorming Ideas for Your Team," ProjectManager, February 26, 2018. www.projectmanager.com/training/top-brainstorming-ideas-team; "Brainstorm," *Merriam-Webster*. www.merriam-webster.com; "Brainstorm," Online Etymology Dictionary. www.etymonline.com.

50. "Bullish," Dictionary.com; "Bullish," Online Etymology Dictionary. www.etymonline.com; Daven Hiskey, "Origin of the Stock Market Terms 'Bull' and 'Bear,'" Today I Found Out, April 16, 2013. www.todayifoundout.com/

index.php/2013/04/origin-of-the-stock-market-terms-bull-and-bear.

51. "The Burning Platform," Problem Solving Techniques, April 19, 2009. www.problem-solving-techniques.com/Burning-Platform.html; Daryl Conner, "The Real Story of the Burning Platform," Conner Partners (blog), August 15, 2012. www.connerpartners.com/frameworks-and-processes/the-real-story-of-the-burning-platform.

C

1. "Cannibal" and "Cannibalize" Online Etymology Dictionary. www.etymonline.com.

2. *Select Works of Edmund Burke*, vol. 2, *Reflections on the Revolution in France* (Indianapolis: Liberty Fund, 1999).

3. "Cannibalize," *Merriam-Webster*. www.merriam-webster.com.

4. Jeff Haden, "That Elon Musk Advice to Just Walk Out of Unproductive Meetings Sounds Great But Is Actually Career Suicide," Inc., May 1, 2018. www.inc.com/jeff-haden/that-elon-musk-advice-to-just-walk-out-of-unproductive-meetings-sounds-great-but-is-actually-career-suicide.html.

5. 我們從 OED 網站上找到來自實際的《每日平原人報》（*The Huronite and The Daily Plainsman*）的新聞剪報。

6. "Word of the Day: Catalyst," Macmillan Dictionary Blog, April 3, 2017. www.macmillan dictionaryblog.com/catalyst.

7. Floyd C. Mann and Franklin W. Neff, *Managing Major Change in Organizations: An Underdeveloped Area of Admininstration and Social Research* (Ann Arbor, MI: Foundation for Research on Human Behavior, 1961).

8. "Client," *Merriam-Webster*. www.merriam-webster.com; "client," Online Etymology Dictionary. www.etymonline.com.

9. Peter Drucker, *The Practice of Management* (Burlington, MA: Butterworth-Heinemann).

10. "Cookie Cutter," The Phrase Finder. www.phrases.org.uk; "Cookie-

Cutter," Dictionary.com.

11. *Religious Pamphlets*, vol. 43, *A Conversation on Decrees and Free Agency, Between James and John; In Which the Doctrine of the Presbyterian Church Is Explained and Scripturally Defended* (New York 1834), p. 160.

12. "Core Competency," Wikipedia. https://en.wikipedia.org/wiki/Core_competency; Margaret Rouse, "Core Competency (Core Competencies)" Tech Target, SearchCIO, March 2017. https://searchcio.techtarget.com/definition/core-competency.

13. Maeve Maddox, "Cost-Effective vs. Cost-Efficient," Daily Writing Tips, October 2015. www.dailywritingtips.com/cost-effective-vs-cost-efficient; "Cost-Effective," *Merriam-Webster*. www.merriam-webster.com.

14. "Creativity," Wikipedia. https://en.wikipedia.org/wiki/Creativity.

15. "Can 'Creative' Be a Noun?" *Merriam-Webster*, Usage Notes, October 17, 2018. www.merriam-webster.com/words-at-play/can-creative-be-a-noun-usage-history; "Creative," *Merriam-Webster*. www.merriam-webster.com.

16. "Critical Mass (Disambiguation)," Wikipedia. https://en.wikipedia.org/wiki/Critical_mass_(disambiguation).

17. "Critical Mass," Wikipedia. https://en.wikipedia.org/wiki/Critical_mass.

18. Alex Wellerstein, "Critical Mass," Restricted Data: The Nuclear Secrecy Blog, April 10, 2015. http://blog.nuclearsecrecy.com/2015/04/10/critical-mass.

19. "Critical Mass (Sociodynamics)," Wikipedia. https://en.wikipedia.org/wiki/Critical_mass_(sociodynamics).

20. "Cross-Functional Team," Wikipedia. https://en.wikipedia.org/wiki/Cross-functional_team; "Cross-Functional Teams," Inc.com, Encyclopedia of Business Terms, March 28, 2019. www.inc.com/encyclopedia/cross-functional-teams.html. Accessed 29 May. 2019; "Cross Functional Teams Law and Legal Definition," US Legal, October 20, 2005. https://definitions.uslegal.com/c/cross-functional-teams.

21. "Pollination," Wikipedia. https://en.wikipedia.org/wiki/Pollination; "Cross-Pollination," *Merriam-Webster*. www.merriam-webster.com; "Cross-Pollination," Dictionary.com.

22. *U.S. House of Representatives Committee on Interstate and Foreign Commerce and U.S. Senate Committee on Interstate and Foreign Commerce. Automobile Dealers Territorial Security Hearings... Eighty-sixth Congress, Second Session, June 20-22, 1960* (Washington, D.C.: U.S. Government Printing Office, 1960). www.google.com/books/edition/Automobile_Dealers_Territorial_Security/I9cuAAAAMAAJ?hl=en&gbpv=0.

23. Justas Markus, "Cross-Selling," eCommerce Wiki, December 23, 2016, www.oberlo.com/ecommerce-wiki/cross-selling; Margaret Rouse, "Cross-Sell," WhatIs.com. https://searchcustomerexperience.techtarget.com/definition/cross-sell.

24. "Cutting Edge / Leading Edge," The Word Detective, December 18, 2011. www.word-detective.com/2011/12/cutting-edge-leading-edge.

25. Charles Coulton Gillispie, *The Edge of Objectivity: An Essay in the History of Scientific Ideas* (Princeton, NJ: Princeton University Press, 1960) p. 54.

D

1. "A Timeline of Database History," Quick Base, October 3, 2010. www.quickbase.com/articles/timeline-of-database-history.

2. "What is a Database Dump?" Techopedia, October 25, 2012. www.techopedia.com/definition/23340/database-dump.

3. "A Deep Dive on 'Deep Dive,'" *Merriam-Webster*, Words We're Watching, August 20, 2018. www.merriam-webster.com/words-at-play/what-is-a-deep-dive-history-words-were-watching.

4. "Deliverable," Online Etymology Dictionary, www.etymonline.com; "Deliverable," Dictionary.com.

5. 這可能是提姆最喜歡的場景："De Plane De Plane | Tatoo on Fantasy Island." https://youtu.be/USfKJYZcUmI.

6. "William Caxton," Wikipedia. https://en.wikipedia.org/wiki/William_ Caxton; "Deploy," Online Etymology Dictionary. www.etymonline.com.

7. Marc Prensky, "Digital Natives, Digital Immigrants," On the Horizon 9, no. 5 (October 2001). www.marcprensky.com/writing/Prensky%20%20 Digital%20Natives,%20Digital%20Immigrants%20-%20Part1.pdf.

8. John Perry Barlow, "A Declaration of the Independence of Cyberspace," Electronic Frontier Foundation, February 8, 1996. www.eff.org/cyberspace-independence; Oliver Joy, "What does it mean to be a digital native?" CNN. com, December 8, 2012. www.cnn.com/2012/12/04/business/digital-native-prensky/index.html; "Digital Native," Wikipedia. https://en.wikipedia.org/ wiki/Digital_native.

9. "Disruptive Innovation," Wikipedia. https://en.wikipedia.org/wiki/ Disruptive_innovation; Alexandra Twin, "Disruptive Innovation," Investopedia, June 5, 2019. www.investopedia.com/terms/d/disruptive-innovation.asp.

10. 如同《牛津英語詞典》所引用。

11. "Dog and Pony Show," Wikipedia. https://en.wikipedia.org/wiki/Dog_ and_pony_show.

12. Grant Barrett, "Dog and Pony Show Origins," A Way With Words, September 29, 2012. www.waywordradio.org/dog-and-pony-show-origins.

13. "Dogfooding: Take Pride in Your Code," DevIQ, February 20, 2013. https://deviq.com/dogfooding; "Alpo Dog Food Commercial (Lorne Greene, 1976)," video, September 23, 2017. www.youtube.com/ watch?v=cHUMaKWgfS0.

14. "Eating Your Own Dog Food," Wikipedia. https://en.wikipedia.org/wiki/ Eating_your_own_dog_food; Tim Slavin, "Dogfooding," beanz magazine, August 15, 2019. www.kidscodecs.com/dogfooding; Dale Haines, "A Brief History of Dog Fooding," KwikTag, June 25, 2018. www.kwiktag.com/ a-brief-history-of-dog-fooding; Iman Gadzhi, "Why I Eat Dog Food." LinkedIn Pulse, March 1, 2019. www.linkedin.com/pulse/why-i-eat-dog-

food-iman-gadzhi.

15. "Dovetail," Wiktionary. https://en.wiktionary.org/wiki/dovetail.

16. "Dovetail," Online Etymology Dictionary. www.etymonline.com; "Dovetail," *Merriam-Webster*. www.merriam-webster.com.

17. "Downsize (Automobile)," Wikipedia. https://en.wikipedia.org/wiki/Downsize_(automobile).

18. "Downsize," Online Etymology Dictionary. www.etymonline.com.

19. Nicholas Rossolillo, "Is Eastman Kodak Company a Buy?" The Motley Fool, October 11, 2018. www.fool.com/investing/2018/10/11/is-eastman-kodak-company-a-buy.aspx.

20. 如同《牛津英語詞典》所引用。

21. "Jonestown," Wikipedia. https://en.wikipedia.org/wiki/Jonestown.

22. "Drinking the Kool-Aid," Wikipedia. https://en.wikipedia.org/wiki/Drinking_the_Kool-Aid.

23. "Ducks in a Row, Part 2," The Word Detective, July 31, 2007. www.word-detective.com/2007/07/ducks-in-a-row-part-2; "Ducks in a Row," Historically Speaking (blog), August 22, 2011. https://idiomation.wordpress.com/tag/nine-pine-bowling.

24. "Due Diligence," Word of the Day (blog), EVS Translations, April 10, 2014. https://evs-translations.com/blog/due-diligence.

25. Joanna Bourke-Martignoni, "The History and Development of the Due Diligence Standard in International Law and Its Role in the Protection of Women Against Violence," in *Due Diligence and Its Application to Protect Women From Violence*, edited by Carin Benninger-Budel (Boston: Martinus Nijhoff, 2008).

26. Bill Muller of the Arizona Republic reviewing The Texas Chainsaw Massacre on Rotten Tomatoes, October 16, 2003. www.rottentomatoes.com/m/texas_chainsaw_massacre/reviews?type=top_critics&sort=&page=2; Claire Fallon, "Where Did 'Dumpster Fire' Come From? Where Is It Rolling?" HuffPost, June 24, 2016, www.huffpost.com/entry/dumpster-fire-

slang-history_n_576474d4e4b015db1bc97923.

商務行話縮寫

1. Justin, "The 37 Most Common English Acronyms and Abbreviations," RealLife English, June 2, 2014. https://reallifeglobal.com/acronyms.

E

1. "English Journal," Wikipedia. https://en.wikipedia.org/wiki/English_ Journal.
2. "Daniel Goleman," Wikipedia. https://en.wikipedia.org/wiki/Daniel_ Goleman; "Emotional Quotient: Meaning, Definition, Components and Benefits." Your Article Library, April 2, 2014. www.yourarticlelibrary.com/ human-resources/emotional-quotient-meaning-definition-components-and-benefits/32401.
3. "Peter Salovey," Wikipedia. https://en.wikipedia.org/wiki/Peter_Salovey; "John D. Mayer," Wikipedia. https://en.wikipedia.org/wiki/John_D._ Mayer; "John Mayer," Wikipedia. https://en.wikipedia.org/wiki/John_ Mayer.
4. "Critical review of Daniel Goleman," EQI.org, February 1, 2002. http:// eqi.org/gole.htm.
5. "Easter Egg (Media)," Wikipedia. https://en.wikipedia.org/wiki/Easter_ egg_(media).
6. SC Messina Capital, "Who Invented the Term EBITDA? Was It KKR? Milken?" ValueWalk, September 22, 2015. www.valuewalk.com/2015/09/ ebitda-milken.
7. Chris B. Murphy, "What Is the Difference Between EBIT and EBITDA?" Investopedia, June 24, 2019. www.investopedia.com/ask/answers/020215/ what-difference-between-ebit-and-ebitda.asp.
8. Murphy, "What Is the Difference Between EBIT and EBITDA?"
9. John English, "How Did the Phrase 'the Elephant in the Room' Come

to Originate?" Quora, September 10, 2016. www.quora.com/How-did-
the-phrase-the-elephant-in-the-room-come-to-originate; "Elephant in the
Room," Wikipedia. https://en.wikipedia.org/wiki/Elephant_in_the_room;
"Elephant in the Room," Know Your Phrase, August 14, 2019. https://
knowyourphrase.com/elephant-in-the-room.

10. Presenting: Rob, "Elevator Pitches: A Brief History." Tips and Tricks for
Presentations and Pitches (blog), January 14, 2016. http://presentingrob.
blogspot.com/2016/01/elevator-pitches-brief-history.html.

11. "Elevator Pitch," Wikipedia. https://en.wikipedia.org/wiki/Elevator_pitch;
Graham Wilson, "The History of the Elevator Speech," The Confidant
(blog), November 25, 2012. www.the-confidant.info/2012/the-history-of-
the-elevator-speech.

12. "Emerging," Dictionary.com; "Emerging," *Merriam-Webster*. www.
merriam-webster.com; Samuel Bolton (1606-1654)," A Puritan's Mind,
April 16, 2015. www.apuritansmind.com/puritan-favorites/samuel-
bolton-1606-1654.

13. Ben Russell, "Dozens Burned in Tony Robbins' Hot-Coals Walk in Dallas,"
NBC DFW, June 24, 2016. www.nbcdfw.com/news/local/several-injured-
after-walking-across-hot-coals-dallas-police/2020166.

14. "Work of the Day: Empower," Macmillan Dictionary Blog, January
10, 2018. www.macmillandictionaryblog.com/empower; "Empower,"
Vocabulary.com; Nicola Denham Lincoln, Cheryl Travers, Peter Ackers, and
Adrian Wilkinson, "The Meaning of Empowerment: The Interdisciplinary
Etymology of a New Management Concept," *International Journal of
Management Reviews*, 2002. https://doi.org/10.1111/1468-2370.00087;
"Empowerment," Wikipedia. https://en.wikipedia.org/wiki/Empowerment.

15. "End-to-End Principle," Wikipedia. https://en.wikipedia.org/wiki/End-
to-end_principle; Simson Garfinkel, "The End of End-to-End?" *MIT
Technology Review*, July 1, 2003. www.technologyreview.com/s/401966/
the-end-of-end-to-end.

16. CU Ergo, "Ergonomics Origin and Overview," Cornell University Ergonomics Web, Class Notes from DEA 3250/6510. http://ergo.human. cornell.edu/dea3250flipbook/dea3250notes/ergorigin.html; "History of Ergonomics," Japan Human Factors and Ergonomics Society, July 25, 2011. www.ergonomics.jp/e_index/e_outline/e_ergono-history.html.

容易混淆的商務行話專有詞彙

1. Christina DesMarais, "43 Embarrassing Grammar Mistakes Even Smart People Make," Inc. com, July 11, 2017. www.inc.com/christina-desmarais/43-embarrassing-phrases-even-smart-people-use.html.

F

1. DARPA, "ARPANET: About Us." www.darpa.mil/about-us/timeline/ arpanet.
2. "FAQ," Wikipedia. https://en.wikipedia.org/wiki/FAQ; "Faq," Dictionary. com.
3. Shara Tibken, "FaceTime Creator Details Its History, Including Code Name," CNET, April 22, 2014. www.cnet.com/news/apple-engineer-details-facetimes-history-includingoriginal-codename.
4. "Face Time," *Merriam-Webster*. www.merriam-webster.com.
5. William Safire, "On Language; Face Time," *New York Times*, September 9, 1990. www.nytimes.com/1990/09/09/magazine/on-language-face-time.html.
6. 如同《牛津英語詞典》所引用。
7. Shari Waters, "What Does Facing Mean in Retail?" The Balance Small Business, May 8, 2019. www.thebalancesmb.com/what-is-meant-by-facing-in-retail-stores-2890188; "Facing (Retail)," Wikipedia. https://en.wikipedia. org/wiki/Facing_(retail).
8. "Fake News," Wikipedia. https://en.wikipedia.org/wiki/Fake_news.
9. 前兩個引文出自 "The Real Story of 'Fake News,'" *Merriam-Webster*, Words We're Watching (blog), March 23, 2017. www.merriam-webster.

com/words-at-play/the-real-story-of-fake-news.

10. Donald Trump (@realDonaldTrump), "Reports by @CNN that I will be working on The Apprentice during my Presidency, even part time, are ridiculous & untrue – FAKE NEWS!" Twitter, December 10, 2016, 3:11 p.m.

11. Christopher Rosen, "All the Times Donald Trump Has Called the Media 'Fake News' on Twitter," *Entertainment Weekly*, July 24, 2017. https:// ew.com/tv/2017/06/27/donald-trump-fake-news-twitter.

12. "Feeding Frenzy," Ginger Phrase of the Day, January 1, 2013. www. gingersoftware.com/content/phrases/feeding-frenzy; "Feeding frenzy," The Phrase Finder. www.phrases.org.uk; "Media Feeding Frenzy," Wikipedia. https://en.wikipedia.org/wiki/Media_feeding_frenzy.

13. Nick Saint, "10 First-to-Market Products That Lost," *Business Insider*, December 1, 2009.www.businessinsider.com/10-first-to-market-companies-that-lost-out-to-latecomers-2009-11.

14. Marvin B. Liberman and David B. Montgomery, "First-Mover Advantages," *Strategic Management Journal* Summer 1988. https://doi.org/10.1002/ smj.4250090706.

15. Steve Blank, "Steve Blank: Here's Why The First-Mover Advantage Is Extremely Overrated," *Business Insider*, The Cheat Sheet, October 19, 2010. www.businessinsider.com/steve-blank-first-mover-advantage-overrated-2010-10; "First-Mover Advantage," Wikipedia. https:// en.wikipedia.org/wiki/First-mover_advantage; George Anders, "He Who Moves First Finishes Last," Fast Company, Consultant Debunking Unit, August 31, 2000. www.fastcompany.com /40793/he-who-moves-first-finishes-last.

16. 雖然這可能每個月都是這個口味,這事實上也讓「每月口味」(flavor of the month)顯得沒意義。

17. "Flavor of the Month," The Phrase Finder. www.phrases.org.uk; Pascal Treguer, "Meanings and Origin of 'Flavour of the Month/of the Week.'"

Word Histories, September 22, 2018, https://wordhistories.net/2018/09/22/ flavour-month-week.

18. Oliver Smith, "Ben & Jerry's Bets on Blockchain to Cancel Out the Carbon in Every Scoop," *Forbes*, May 29, 2018. www.forbes.com/sites/ oliversmith/2018/05/29/ben-jerrys-bets-on-blockchain-to-cancel-out-the-carbon-in-every-scoop.

19. Dan Herman, "Introducing Short-Term Brands: A New Branding Tool for a New Consumer Reality," *Journal of Brand Management* May 1, 2000. https://doi.org/10.1057/bm.2000.23.

20. Peter Kozodoy, "The Inventor of FOMO Is Warning Leaders About a New, More Dangerous Threat," Inc.com, October 9, 2017. www.inc. com/peter-kozodoy/inventor-of-fomo-is-warning-leaders-about-a-new-more-dangerous-threat.html; "Fear of Missing Out," Wikipedia. https:// en.wikipedia.org/wiki/Fear_of_missing_out; Roger Dooley, "Episode 107: The Unexpectedly Smart Way to Become an Entrepreneur," Brainfluence Podcast Transcript, April 21, 2016. www.rogerdooley.com/wp-content/ uploads/2016/04/EP107-BrainfluencePodcastTranscript.pdf.

21. "Which Is Correct: 'Could Care Less' or 'Couldn't Care Less'?" English Language and Usage, August 13, 2010. https://english.stackexchange.com/ questions/706/which-is-correct-could-care-less-or-couldnt-care-less.

22. "For all Intents and Purposes," The Phrase Finder. www.phrases.org. uk; "Intensive Purposes," The Word Detective. www.word detective. com/2009/01/intensive-purposes.

23. "10 Best Quotes From Terminator Movies," Time Out Bahrain, June 28, 2015. www.timeoutbahrain.com/films/features/64412-10-best-quotes-from-terminator-movies.

24. Nicholas Davis, "What Is the Fourth Industrial Revolution?" World Economic Forum, January 19, 2016. www.weforum.org/agenda/2016/01/ what-is-the-fourth-industrial-revolution.

25. Logical Design Solutions, "The Industry Leap From Vertical Markets

to Ecosystems," LDS whitepaper, September 27, 2018. www.lds.com/ pov/industry-leap-vertical-markets-ecosystems; Bernard Marr, "The 4th Industrial Revolution Is Here - Are You Ready?" *Forbes*, August 13, 2018. www.forbes.com/sites/bernardmarr/2018/08/13/the-4th-industrial-revolution-is-here-are-you-ready.

26. "Purchase Funnel," Wikipedia. https://en.wikipedia.org/wiki/Purchase_funnel.

G

1. "Game Plan," *Merriam-Webster*. www.merriam-webster.com.

2. "Game Plan," Collins English Dictionary. www.collinsdictionary.com.

3. "Game," Online Etymology Dictionary. www.etymonline.com.

4. "What Game Did 'Game Changer' Originally Refer To?" English Language and Usage, June 24, 2016. https://english.stackexchange.com/ questions/333671/what-game-did-gamechanger-originally-refer-to; Hendrik Hertzberg, "Nobody Said That Then!" *The New Yorker*, February 10, 2014. www.newyorker.com/news/hendrik-hertzberg/nobody-said-that-then.

5. 如同《牛津英語詞典》所引用。

6. Kurt Lewin, "Forces Behind Food Habits and Methods of Change," chap. 8 in *The Problem of Changing Food Habits: Report of the Committee on Food Habits* 1941–1943 (Washington, D.C.: National Research Council, 1943). www.nap.edu/read/9566/chapter/8.

7. "Communication Theories Sorted by Category," University of Twente. www.utwente.nl/en/bms/communication-theories; "Gatekeeping (Communication)," Wikipedia. https://en.wikipedia.org/wiki/Gatekeeping_(communication); "Kurt Lewin," Wikipedia. https://en.wikipedia.org/wiki/Kurt_Lewin.

8. "Generation X: Tales for an Accelerated Culture," Wikipedia. https://en.wikipedia.org/wiki/Generation_X:_Tales_for_an_Accelerated_Culture.

9. Rich Cohen, "Why Generation X Might Be Our Last, Best Hope," *Vanity*

Fair, August 11, 2017. www.vanityfair.com/style/2017/08/why-generation-x-might-be-our-last-best-hope; "Generation X," Wikipedia. https://en.wikipedia.org/wiki/Generation_X.

10. Sir. William Johnson, Papers of Sir William Johnson (Albany, NY: The Division of Archives and History). https://archive.org/stream/papersofsirwilli07johnuoft/papersofsirwilli07johnuoft_djvu.txt.

11. Christine Ammer, *The Dictionary of Clichés: A Word Lover's Guide to 4,000 Overused Phrases and Almost-Pleasing Platitudes* (New York: Skyhorse Publishing, 2013).

12. "Get the Ball Rolling and Start the Ball Rolling," Grammarist. https://grammarist.com/idiom/get-the-ball-rolling-and-start-the-ball-rolling; "Croquet," Wikipedia. https://en.wikipedia.org/wiki/Croquet; "Get (Keep) the Ball Rolling," The Phrase Finder, November 10, 2000. www.phrases.org.uk/bulletin_board/6/messages/706.html; "William Henry Harrison," Wikipedia. https://en.wikipedia.org/wiki/William_Henry_Harrison.

13. Anne Fletcher, "Setting the AA Record Straight: Clearing Up Misconceptions," Pro Talk, National Rehabs Directory, November 4, 2019. www.rehabs.com/pro-talk-articles/setting-the-aa-record-straight-clearing-up-misconceptions-part-1; Joan White, "Get With the Program," *New York Times*, August 18, 1991. www.nytimes.com/1991/08/18/magazine/l-get-with-the-program-987091.html.

14. William Safire, "On Language; Poetic Allusion Watch, Explained," *New York Times*, July 21, 1991. www.nytimes.com/1991/07/21/magazine/on-language-poetic-allusion-watch-expanded.html.

15. Maj. Charles H. Metzger, "Is Your NOTAM Showing?" *Aerospace Safety: United States Air Force* (January 1963), p. 25.

16. "Ghost," Wikipedia. https://en.wikipedia.org/wiki/Ghost.

17. Gardner R. Dozois, *Geodisic Dreams: The Best Short Fiction of Gardner Dozois* (New York: Macmillian, 1992), p. 211.

18. Valeriya Safronova, "Exes Explain Ghosting, the Ultimate Silent

Treatment," *New York Times*, June 26, 2015. www.nytimes.com/2015/06/26/
fashion/exes-explain-ghosting-the-ultimate-silent-treatment.html.

19. "Gif," Dictionary.com; "GIF," Wikipedia. https://en.wikipedia.org/wiki/
GIF; Amy Kay, "What Is a GIF?" Techwalla, February 9, 2017. www.
techwalla.com/articles/what-is-a-gif.

20. Logitech, "The History of the GIF and How to Make Your Own," Logitech
Blog, June 26, 2013. https://blog.logitech.com/2013/06/26/the-history-of-
the-gif-and-how-to-make-your-own.

21. "Temporary Work," Wikipedia. https://en.wikipedia.org/wiki/Temporary_
work; "What Is a Gig Economy? Definition and Examples," Market
Business News, December 11, 2016. https://marketbusinessnews.com/
financial-glossary/gig-economy-definition-meaning; "Gig Economy,"
Dictionary.com; "Gig Economy," *Macmillan Dictionary* Buzzword, January
17, 2017. www.macmillandictionary.com/buzzword/entries/gig-economy.
html.

22. Angela Tung, "10 Phrases That Come From Horse Racing," Wordnik, May
1, 2014. https://blog.wordnik.com/10-phrases-that-come-from-horse-racing.

23. "Glad-Hand," Grammarist, September 18, 2012. https://grammarist.com/
words/glad-hand; "Glad Hand," Online Etymology Dictionary. www.
etymonline.com.

24. "10 of the Biggest Mistakes Ever Made in History," Unbelievable Facts,
September 5, 2017. www.unbelievable-facts.com/2017/09/biggest-mistakes-
in-history.html.

25. Josh Chetwynd, *The Field Guide to Sports Metaphors: A Compendium of
Competitive Words and Idioms* (New York: Ten Speed Press, 2016).

26. Hayden Bird, "A Merriam-Webster Editor Explained Tom Brady's Role in
'GOAT' Entering the Dictionary," Boston.com, September 7, 2018. www.
boston.com/sports/new-england-patriots/2018/09/07/tom-brady-goat-
dictionary.

27. "G.O.A.T. (Greatest of All Time)," Grammarphobia (blog), July 22, 2016.

www.grammarphobia.com/blog/2016/07/goat.html.

28. 如同《窈窕淑女》（*My Fair Lady*）裡唱歌的內容：「西班牙的雨大多落在平原。」（The rain in Spain stays mainly in the plain.）

29. "Golden Parachute," Wikipedia. https://en.wikipedia.org/wiki/Golden_parachute; "Howard Hughes," Wikipedia. https://en.wikipedia.org/wiki/Howard_Hughes.

30. "Charles Tillinghast, Jr." Slide 1 of 10 in "Biggest Golden Parachutes," *Time*, October 9, 2008. http://content.time.com/time/specials/packages/article/0,28804,1848501_1848500_1848418,00.html; "What Is a Golden Parachute?" Corporate Finance Institute, March 8, 2018. https://corporatefinanceinstitute.com/resources/knowledge/deals/golden-parachute.

31. "Guerrilla," Online Etymology Dictionary. www.etymonline.com; "Guerrilla Marketing," Wikipedia. https://en.wikipedia.org/wiki/Guerrilla_marketing; "Guerrilla Marketing." http://gmarketing.com.

與軍事相關的商務行話

1. Tom Hawking, "Our Casual Use of Military Jargon Is Normalizing the Militarization of Society," Quartz, November 30, 2016. https://qz.com/847577/our-casual-use-of-military-jargon-is-normalizing-the-militarization-of-society; David Moore, "10 Common Words and Phrases You Didn't Know Had Military Origins," Veterans United, February 19, 2013. www.veteransunited.com/network/face-the-music-and-other-common-words-and-phrases-with-military-origins.

H

1. "Hackathon," Wikipedia. https://en.wikipedia.org/wiki/Hackathon.

2. "Usenet," Wikipedia. https://en.wikipedia.org/wiki/Usenet.

3. Matt Weinberger, " 'There Are Only Two Rules'—Facebook Explains How 'Hackathons,' One of Its Oldest Traditions, Is Also One of Its Most Important," *Business Insider*, June 11, 2017. www.businessinsider.com/

facebook-hackathons-2017-6.

4. Garrett Reim, "Marijuana Hackathon Attracts National Attention and Crowns First-Ever Winner," Built in Colorado, October 2, 2014. www. builtincolorado.com/2014/10/01/marijuana-hackathon-attracts-national-attention-crowns-first-ever-winner; Katherine Noyes, "NBA Holds Its First Hackathon—Should Your Company, Too?" Computer World, August 19, 2016. www.computerworld.com/article/3109872/nba-holds-its-first-hackathon-should-your-company-too.html; Andrea Valdez, "Inside the Vatican's First-Ever Hackathon," WIRED, March 12, 2018. www.wired. com/story/inside-vhacks-first-ever-vatican-hackathon.

5. Lia Eustachewich and Mara Siegler, "Fyre Festival paid $250K for Kendall Jenner Instagram Post," Page Six, May 4, 2017. https://pagesix. com/2017/05/04/fyre-festival-co-founder-blew-through-millions-on-models-yachts.

6. "Halo Effect," Wikipedia. https://cn.wikipedia.org/wiki/Halo_effect.

7. "Hammer," Wikipedia. https://en.wikipedia.org/wiki/Hammer; "Hammer," Online Etymology Dictionary. www.etymonline.com; "Bring the Hammer Down," The Word Detective, November 22, 2009. www.word-detective. com/2009/11/bring-the-hammer-down.

8. "Hammer Out," *Merriam-Webster*. www.merriam-webster.com.

9. "Handle," Tech Terms, April 8, 2015. https://techterms.com/definition/ handle; Douglas Currens, "What Is the Origin of the Term 'Handle' in CB Radio Communication?" Quora, January 30, 2015. www.quora.com/What-is-the-origin-of-the-term-handle-in-CBradio-communication; "Citizens Band Radio," Wikipedia. https://en.wikipedia.org/wiki/Citizens_band_radio.

10. Chetwynd, *The Field Guide to Sports Metaphors*.

11. "Doubleday Myth," Wikipedia. https://en.wikipedia.org/wiki/Doubleday_myth.

12. "Baseball Before We Knew It," Wikipedia. https://en.wikipedia.org/wiki/

Baseball_Before_We_Knew_It.

13. "Who Invented Baseball?" History, March 27, 2013, updated March 28, 2019. www.history.com/news/who-invented-baseball; "Baseball (ball)," Wikipedia. https://en.wikipedia.org/wiki/Baseball_(ball); "Play Hardball," Dictionary.com.

14. This clip of Jabba the Hut's laugh from *Star Wars* is a great example: https://youtu.be/OPcod8IS214

15. VOA English, "Does This Story Have Legs?" VOA Learning English, Words and Their Stories (blog), April 16, 2016. https://learningenglish.voanews.com/a/does-this-story-have-legs/3287704.html.

16. Belle Beth Cooper, "The Surprising History of Twitter's Hashtag Origin and 4 Ways to Get the Most out of Them," Buffer Research, September 24, 2013. https://buffer.com/resources/a-concise-history-of-twitter-hashtags-and-how-you-should-use-them-properly.

17. "Chris Messina (Open Source Advocate)," Wikipedia. https://en.wikipedia.org/wiki/Chris_Messina_(open-source_advocate)

18. Amy Edwards, "#Fail: When Hashtags Go Wrong," Social Media Today, July 28, 2013. www.socialmediatoday.com/content/fail-when-hashtags-go-wrong; John Souza, "6 Tips to Getting Twitter Hashtags Right," Social Media Impact, December 3, 2014. www.socialmediaimpact.com/6-tips-getting-twitter-hashtags-right/#.

19. "Heavy Hitter," Dictionary.com; "Heavy Hitter," *Merriam-Webster*. www.merriam-webster.com.

20. Robert Hendrickson, *God Bless America: The Origins of Over 1,500 Patriotic Words and Phrases* (New York: Skyhorse Publishing, 2013).

21. "Mickey Cochrane," Wikipedia. https://en.wikipedia.org/wiki/Mickey_Cochrane.

22. Mark Nichol, "30 Baseball Idioms," Daily Writing Tips, April 28, 2016. www.dailywritingtips.com/30-baseball-idioms.

23. "Hedge Your Bets," The Phrase Finder. www.phrases.org.uk.

24. "What Does Hedge Your Bets Mean?" Writing Explained, September 18, 2017. https://writingexplained.org/idiom-dictionary/hedge-your-bets.

25. Jon Emmons, "Cat Herding," Life After Coffee (blog), March 31, 2006. www.lifeaftercoffee.com/2006/03/31/cat-herding; "Herd Cats," Wiktionary. https://en.wiktionary.org/wiki/herd_cats.

26. Brad Lemley, *Washington Post Magazine*, June 9, 1985; "Origin of the Term 'Herding Cats,'" Google Answers, February 18, 2003.

27. Warren Clements, "Cat's Got Our Tongue," *The Globe and Mail*, June 8, 2000. www.theglobeandmail.com/arts/cats-got-our-tongue/article25464248; Ben Reed, "50 Cat Idioms and Phrases," Owlcation, January 19, 2019. https://owlcation.com/humanities/50-Cat-Idioms-and-Phrases.

28. "Squirrel Away," The Free Dictionary. www.thefreedictionary.com.

29. "Hired Gun," Dictionary.com; "Hired Gun," *Merriam-Webster*. www.merriam-webster.com; "Hired Gun," *Collins English Dictionary*. www.collinsdictionary.com.

30. "Honcho," *Merriam-Webster*. www.merriam-webster.com.

31. "Clifford Stoll," Wikipedia. https://en.wikipedia.org/wiki/Clifford_Stoll; "The Cuckoo's Egg," Wikipedia. https://en.wikipedia.org/wiki/The_Cuckoo%27s_Egg.

32. "Honeypot (Computing)," Wikipedia. https://en.wikipedia.org/wiki/Honeypot_(computing); Caleb Townsend, "What Is a Honeypot?" *United States Cybersecurity Magazine*, August 2, 2018. www.uscybersecurity.net/honeypot.

33. "Wednesday," Wikipedia. https://en.wikipedia.org/wiki/Wednesday.

34. "Hump Day," The Phrase Finder, July 4, 2001. https://www.phrases.org.uk/bulletin_board/9/messages/498.html; "Who Is Wednesday Named For?" Everything After Z, Dictionary.com. "Happy Hump Day," Slang Dictionary, Dictionary.com. www.dictionary.com/e/slang/happy-hump-day.

I

1. Paul Yeager, "Ideation and Ideating," Everything Language and Grammar (blog), February 16, 2008. https://languageandgrammar.com/2008/02/16/ ideation-and-ideating.

2. "In a Nutshell," The Phrase Finder. www.phrases.org.uk; David Bevington, "Hamlet," Britannica.com. www.britannica.com/topic/Hamlet-by-Shakespeare.

3. Ruth Walker, "Going Deep Into the Weeds," *The Christian Science Monitor*, February 1, 2008. www.csmonitor.com/The-Culture/The-Home Forum/2008/0201/p18s02-hfes.html; "In the Weeds," The Phrase Finder, November 25, 2003. www.phrases.org.uk/bulletin_board/26/messages/576. html; "Getting Into the Weeds," The Word Detective, May 4, 2011. www. word-detective.com/2011/05/getting-into-the-weeds.

4. "What's the Origin of the Phrase 'Into the weeds'?" English Language and Usage, February 6, 2015. https://english.stackexchange.com/ questions/225595/whats-the-origin-of-the-phrase-into-the-weeds.

5. *In the Weeds* (2000), IMDb. www.imdb.com/title/tt0210756.

6. Merrill Perlman, "The '-ize' Have It," *Columbia Journalism Review*, July 6, 2010. www.cjr.org/language_corner/the_ize_have_it.php; "The Differences in British and American Spelling," Oxford International English Schools. www.oxfordinternationalenglish.com/differences-in-british-and-american-spelling.

7. Tarpley Hitt, "The Inscrutable Rise of the Online 'Influencer,'" The Daily Beast, October 5, 2018. www.thedailybeast.com/the-inscrutable-rise-of-the-online-influencer; "Cambridge Platonists," Wikipedia. https://en.wikipedia. org/wiki/Cambridge_Platonists; "Henry More," Wikipedia. https:// en.wikipedia.org/wiki/Henry_More.

8. Zameena Mejia, "How Kylie Jenner Became the World's Youngest Self-Made Billionaire at 21," CNBC, March 5, 2019. www.cnbc.

com/2019/03/05/forbes-kylie-jenner-is-the-worlds-youngest-self-made-billionaire.html.

9. "Kevin Ashton," Wikipedia. https://en.wikipedia.org/wiki/Kevin_Ashton.

10. Allison DeNisco Rayome, "How the Term 'Internet of Things' Was Invented," TechRepublic, July 27, 2018. www.techrepublic.com/article/how-the-term-internet-of-things-was-invented; "Internet of Things," Wikipedia. https://en.wikipedia.org/wiki/Internet_of_things.

11. 如同《牛津英語詞典》所引用。

12. William Safire, "It Is What It Is," *New York Times*, March 5, 2006. www.nytimes.com/2006/03/05/magazine/it-is-what-it-is.html.

13. *It Is What It Is* (2001), IMDb. www.imdb.com/title/tt0309722; Lyrics to "It Is What It Is" by The String Cheese Incident can be found at www.justsomelyrics.com/2262478/the-string-cheese-incident-it-is-what-it-is-lyrics.html.

14. Liane Gabora, "The Hidden Meaning of 'It Is What It Is,'" *Psychology Today*, May 23, 2014. www.psychologytoday.com/us/blog/mindbloggling/201405/the-hidden-meaning-it-is-what-it-is.

J

1. "Where Does 'Jet Lag' Come From and When Was It Coined?" English Language and Usage, September 5, 2017. https://english.stackexchange.com/questions/374473/where-does-jet-lag-come-from-and-when-was-it-coined; "Jet Lag," *Merriam-Webster*. www.merriam-webster.com.

2. "Jockey for Position," English Club. www.englishclub.com/ref/esl/Idioms/American/jockey_for_position_645.php; "Jockey for Position," The Free Dictionary. https://idioms.thefreedictionary.com/jockey+for+position.

3. "John Hancock," Wikipedia. https://en.wikipedia.org/wiki/John_Hancock.

4. F.N. Litten, "Front Page Stuff," *Boy's Life*, May 1932, p. 14.

5. Lyrics to "Happiness Is a Warm Gun" by The Beatles can be found at www.songfacts.com/lyrics/the-beatles/happiness-is-a-warm-gun.

源自聖經的商務行話

1. Amanda N. "32 Biblical Idioms and Sayings," Improving Your English," March 19, 2016. https://improving-your-english.com/biblical-idioms.

K

1. "KISS Principle," Wikipedia. https://en.wikipedia.org/wiki/KISS_principle.
2. "Elihu Katz," Wikipedia. https://en.wikipedia.org/wiki/Elihu_Katz; Elihu Katz, Personal Influence: *The Part Played by People in the Flow of Mass Communications* (New York: Routledge, 2005); "Opinion Leadership," Wikipedia. https://en.wikipedia.org/wiki/Opinion_leadership.
3. William Congreve, *The Old Bachelor*, Project Gutenberg, www.gutenberg.org/files/1192/1192-h/1192-h.htm; "The Old Bachelor," Wikipedia. https://en.wikipedia.org/wiki/The_Old_Bachelor.
4. "Handle With Kid Gloves," The Phrase Finder. www.phrases.org.uk.
5. 我們很喜愛出自 1971 年版《威利・旺卡與巧克力工廠》（ *Willy Wonka and the Chocolate Factory*）的這幕 (https://youtu.be/JASsbo7fvc4).。別人更可能記著旺卡黃金票，但我們認為鵝能下金蛋這件事情比較酷。
6. "The Goose That Laid the Golden Eggs," Wikipedia. https://en.wikipedia.org/wiki/The_Goose_That_Laid_the_Golden_Eggs; "Kill the Goose That Lays the Golden Egg," The Idioms. www.theidioms.com/kill-the-goose-that-lays-the-golden-egg.
7. "AltaVista," Wikipedia. https://en.wikipedia.org/wiki/AltaVista; Sean Fennessey, "Reality Bites: 'Captain Marvel' and the Lie of the '90s," The Ringer, March 7, 2019. www.theringer.com/movies/2019/3/7/18254204/captain-marvel-90s-culture-music-mcu-black-panther-avengers.
8. Mark Wilkinson, "20 of the Worst (But Funniest) Email Mistakes People Have Made atWork," Coburg Banks, November 23, 2016. www.coburgbanks.co.uk/blog/friday-funnies/20-of-the-worst-email-mistakes.

9. "Bird Play," Grammarphobia (blog), August 2, 2013. www. grammarphobia.com/blog/2013/08/bird-play.html; "Daedalus," Wikipedia. https://en.wikipedia.org/wiki/Daedalus.

10. "Knockoff," Dictionary.com; "Knock Off," The Phrase Finder. www. phrases.org.uk.

11. "What Are the Origins for the Phrases 'Knock it off' and 'Cut it Out,'" English Language and Usage, January 6, 2013. https://english. stackexchange.com/questions/96696/what-are-the-origins-for-the-phrases-knock-it-off-and-cut-it-out.

12. "Peter Drucker," Wikipedia. https://en.wikipedia.org/wiki/Peter_Drucker; "Knowledge Economy," Wikipedia. https://en.wikipedia.org/wiki/ Knowledge_economy; Rick Wartzman, "What Peter Drucker Knew About 2020," *Harvard Business Review*, October 16, 2014. https://hbr.org/2014/10/ what-peter-drucker-knew-about-2020.

13. "Kudos," Dictionary.com; "Kudos," Online Etymology Dictionary. www. etymonline.com.

L

1. You can find the rules to the *NYPD Blue* drinking game, created by Alan Sepinwall, here: www.stwing.upenn.edu/~sepinwal/drink.html.

2. Adam Hanft, "Neolawisms," Legal Affairs, January/February 2003. www. legalaffairs.org/issues/January-February-2003/scene_hanft_janfeb2003.msp; Ben Zimmer, "Lawyering Up With the Help of 'NYPD Blue,'" *Wall Street Journal*, June 22, 2017. www.wsj.com/articles/lawyering-up-with-the-help-of-nypd-blue-1498150876.

3. Connie Schultz, "Review: Sheryl Sandberg's 'Lean In' Is Full of Good Intentions, But Rife With Contradictions," *The Washington Post*, March 1, 2013. www.washingtonpost.com/opinions/review-sheryl-sandbergs-lean-in-is-full-of-good-intentions-but-rife-with-contradictions/2013/03/01/3380e00e-7f9a-11e2-a350-49866afab584_story.html.

4. Olivia Solon, "Sheryl Sandberg: Facebook Business Chief Leans Out of Spotlight in Scandal," *The Guardian*, March 29, 2018. www.theguardian.com/technology/2018/mar/29/sheryl-sandberg-facebook-cambridge-analytica.

5. "The Lunacy of the Leave Behind," Better Presenting, November 17, 2009. www.betterpresenting.com/editorial/leave-behind.

6. "Snipe Hunt," Wikipedia. https://en.wikipedia.org/wiki/Snipe_hunt.

7. "Bagholder," Wikipedia. https://en.wikipedia.org/wiki/Bagholder; "Left Holding the Bag," World Wide Words, November 30, 2002. www.worldwidewords.org/qa/qa-lef1.htm; "What's the Origin of the Idiom 'to Be Left Holding the Bag'?" English Language and Usage, March 10, 2017. https://english.stackexchange.com/questions/377789/whats-the-origin-of-the-idiom-to-be-left-holding-the-bag.

8. "Long in the Tooth," The Free Dictionary, Idioms. https://idioms.thefreedictionary.com/long+in+the+tooth.

9. Lucas Reilly, "The Origins of 12 Horse-Related Idioms," *Mental Floss*, May 22, 2014. http://mentalfloss.com/article/56850/origins-12-horse-related-idioms.

10. 欲知更多有關遠射（Longshot）的能力、敵人與歷史，請前往 www.marvel.com/characters/longshot.

11. 華盛頓將軍籃球隊（The Washington Generals）在一萬七千場賽事中敗給哈林環球旅行者籃球隊（Globetrotters）。華盛頓將軍隊最後一場打敗哈林環球旅行者隊的比賽是在 1971 年的 1 月 5 日。: "Get to Know the History Behind the Washington Generals." www.washingtongenerals.com/history.

12. "Long Shot," Online Etymology Dictionary. www.etymonline.com; "Not by a Long Shot and Not by a Long Chalk," Grammarist. https://grammarist.com/idiom/not-by-a-long-shot-andnot-by-a-long-chalk.

13. Max Mallet, Brett Nelson, and Chris Steiner, "The Most Annoying, Pretentious and Useless Business Jargon," *Forbes*, January 26, 2012, www.

forbes.com/sites/groupthink/2012/01/26/the-most-annoying-pretentious-and-useless-business-jargon.

14. 如同《牛津英語詞典》所引用。

15. 如同《牛津英語詞典》所引用。

16. Mark Liberman, "Memetic Dynamics of Low-Hanging Fruit," Language Log, September 30, 2009. https://languagelog.ldc.upenn.edu/nll/?p=1778; "Low-Hanging Fruit," Grammarist. https://grammarist.com/idiom/low-hanging-fruit.

17. MJB2010, "Whoever Invented the Lunch and Learn," All Nurses, February 24, 2012. https://allnurses.com/whoever-invented-lunch-learn-t421555/?page=2

18. The full text for the *Extension Service Review* is available at https://archive.org/stream/CAT10252415499/CAT10252415499_djvu.txt.

源自拉丁文的商務行話

1. Erica Urie, "24 Latin Phrases You Use Every Day," Inklyo, October 7, 2015. www.inklyo.com/latin-phrases-you-use-every-day

M

1. "Modus Operandi," *Merriam-Webster*. www.merriam-webster.com.

2. "Magic Bullet," Science Museum, March 2, 2009. http://broughttolife.sciencemuseum.org.uk/broughttolife/techniques/magicbullet; "Magic Bullet (Medicine)," Wikipedia. https://en.wikipedia.org/wiki/Magic_bullet_(medicine).

3. "Magic Bullet," Wikipedia. https://en.wikipedia.org/wiki/Magic_bullet.

4. "Seinfeld - The Magic Loogie, Reconstructed." (video) April 19, 2011. www.youtube.com/watch?v=tBz3PqA2Fmc.

5. Ilyce Glink, "10 of the World's Most Expensive Homes," CBS News, November 22, 2014. www.cbsnews.com/media/10-of-the-worlds-most-expensive-homes.

6. "The Bonfire of the Vanities," Wikipedia. https://en.wikipedia.org/wiki/The_Bonfire_of_the_Vanities; Tom Wolfe, "A Selection from The Bonfire of the Vanities: A Novel," B&N Readouts. www.barnesandnoble.com/readouts/the-bonfire-of-the-vanities-a-novel; Minda Zetlin, "Even if You've Never Read Tom Wolfe, You Probably Use These Phrases He Invented," Inc., May 15, 2018. www.inc.com/minda-zetlin/tom-wolfe-death-influence-terms-coined-vocabulary.html.

7. "Masters of the Universe," Wikipedia. https://en.wikipedia.org/wiki/Masters_of_the_Universe.

8. "Meeting of the Minds," Wikipedia. https://en.wikipedia.org/wiki/Meeting_of_the_minds; "Oliver Wendell Holmes Jr.," Wikipedia. https://en.wikipedia.org/wiki/Oliver_Wendell_Holmes_Jr.; Richard Orsinger, "170 Years of Texas Contract Law," State Bar of Texas, April 11, 2013. www.orsinger.com/PDFFiles/170-Years-of-Texas-Contract-Law.pdf.

9. Caitlin Berens, "Buffett, Zuckerberg & the Meeting of Billionaires," Inc.com, July 7, 2012. www.inc.com/caitlin-berens/buffett-zuckerberg-and-the-meeting-of-billionaires.html; Rakesh Krishnan, "Bilderberg Conference 2019: What Happens in the Secretive Meet of the World's Most Powerful People?" Business Today, June 6, 2019. www.businesstoday.in/opinion/columns/bilderberg-conference-2019-secretive-meeting-of-worlds-most-powerful-people-western-elite-us-mike-pompeo-satya-nadella-microsoft-donald-trump/story/354219.html.

10. Maya Kachroo-Levine, "What Is a Meme? Here's What the Thing Is You Always Hear People Talking About So You Can Stop Smiling and Nodding," Bustle, May 27, 2015. www.bustle.com/articles/86077-what-is-a-meme-heres-what-the-thing-is-you-always-hear-people-talking-about-so; "Meme," Wikipedia. https://en.wikipedia.org/wiki/Meme.

11. "Kilroy Was Here," Wikipedia. https://en.wikipedia.org/wiki/Kilroy_was_here.

12. "Millennial," Online Etymology Dictionary. www.etymonline.com;

"Millennials," Wikipedia. https://en.wikipedia.org/wiki/Millennials.

13. Robert L. Heath, *Encyclopedia of Public Relations*, 2nd ed., (New York: SAGE Publications).

14. Ryan Holiday, "What Is Growth Hacking? A Definition and a Call to Action," HuffPost, September 4, 2013. www.huffpost.com/entry/what-is-growth-hacking-a_b_3863522; "Edward Bernays," Wikipedia. https://en.wikipedia.org/wiki/Edward_Bernays.

15. "Boat," Dictionary.com.

16. "John Henry Newman," Wikipedia. https://en.wikipedia.org/wiki/John_Henry_Newman.

17. Pascal Treguer, "Origin of 'to Miss the Buss' (to Miss an Opportunity)," Word Histories, September 15, 2016. https://wordhistories.net/2016/09/15/to-miss-the-bus.

18. "Mission Critical," Wikipedia. https://en.wikipedia.org/wiki/Mission_critical.

19. "Trade," Wikipedia. https://en.wikipedia.org/wiki/Trade.

20. Robert Spector, *The Mom & Pop Store: True Stories from the Heart of America* (New York: Walker Books, 2010).

21. "Mom-and-Pop," Dictionary.com; "White Collar: The American Middle Classes," Wikipedia. https://en.wikipedia.org/wiki/White_Collar:_The_American_Middle_Classes.

22. Peter Jensen Brown, "The History and Origin of 'Monday Morning Quarterback,'" Early Sports and Pop Culture History Blog, July 21, 2014. https://esnpc.blogspot.com/2014/07/the-history-and-origin-of-monday.html; "Monday-Morning Quarterback," Idioms Online. www.idioms.online/monday-morning-quarterback; Chetwynd, The Field Guide to Sports Metaphors.

23. Brian McCullough, "The Real Reason Excite Turned Down Buying Google for $750,000 in 1999." Internet History Podcast, November 17, 2014. www.internethistorypodcast.com/2014/11/the-real-reason-excite-turned-down-

buying-google-for-750000-in-1999.

24. "Move the Needle," Wiktionary. https://en.wiktionary.org/wiki/move_ the_needle; Giovanni Rodriguez, "Office Talk: 'Moving the Needle,'" The Hubbub, November 26, 2006. https://hubbub.typepad.com/blog/2006/11/ office_talk_mov.html.

N

1. "Net-Net Definition," Investopedia, April 8, 2019. www.investopedia.com/ terms/n/net-net.asp.

2. "Benjamin Graham," Wikipedia. https://en.wikipedia.org/wiki/Benjamin_ Graham.

3. Guru Focus, "5 Stocks Become Ben Graham Net-Nets In Market Decline," *Forbes*, December 7, 2018. www.forbes.com/sites/gurufocus/2018/12/07/5-stocks-become-ben-graham-net-nets-in-market-decline; Timothy Green, "Net-Net Investing: How to Identify Value Stocks," The Motley Fool, June 3, 2015. www.fool.com/investing/general/2015/06/03/net-net-investing-how-to-identify-value-stocks.aspx.

4. "New Normal (Business)," Wikipedia. https://en.wikipedia.org/wiki/ New_Normal_(business); Mohamed A. El-Erian, "Paul Ryan's Plan and the Next 'New Normal,'" *The Washington Post*, August 13, 2012. www.washingtonpost.com/opinions/paul-ryans-plan-and-the-next-new-normal/2012/08/13/53fdfda4-e566-11e1-936a-b801f1abab19_story.html; Jon Hartley, "How 'The New Normal' Of Economic Growth Took Shape," *Forbes*, February 29, 2016. www.forbes.com/sites/jonhartley/2016/02/29/ falling-productivity-underlying-slow-gdp-growth-and-how-monetary-policy-became-the-only-game-in-town; ALG Research, "Can the Trump Trade Agenda Sustain the Current Economic Boom, Grow the Labor Force, and Get America Back to Work," ALG Research Foundation, September 26, 2018. http://algresearch.org/2018/09/can-the-trump-trade-agenda-sustain-the-current-economic-boom-grow-the-labor-force-and-get-america-back-

to-work; Mohamed A. El-Erian, "The End of the New Normal?" Project Syndicate, February 2, 2016. www.project-syndicate.org/commentary/the-end-of-the-new-normal-by-mohamed-a--el-erian-2016-02.

5. J.E. Luebering, "Henry Chettle," *Encyclopedia Britannica*. www.britannica.com/biography/Henry-Chettle.

6. "The Woman Hater," Wikipedia. https://en.wikipedia.org/wiki/The_Woman_Hater.

7. 《牛津英語詞典》確認 earshot 與 prostitute 的首次使用紀錄並收錄在維基百科中; "Nip in the Bud," The Phrase Finder. www.phrases.org.uk.

8. Barry Popik, "This Ain't My First Rodeo," The Big Apple, September 4, 2006. www.barrypopik.com/index.php/new_york_city/entry/this_aint_my_first_rodeo2.

9. Jonathan Becher, "This Ain't My First Rodeo," *Forbes*, April 22, 2015. www.forbes.com/sites/sap/2015/04/22/this-aint-my-first-rodeo; "Frank Yablans," Wikipedia. https://en.wikipedia.org/wiki/Frank_Yablans.

源自賽馬的商務行話

1. Tung, "10 Phrases That Come From Horse Racing"; Elizabeth Harrison, "7 Expressions You Might Not Know Came From Horse Racing," History, May 2, 2014. www.history.com/news/7-expressions-you-might-not-know-came-from-horse-racing; Mark McGuire, "Horse Racing Terms Common in Everyday Language," *The Daily Gazette*, August 12, 2015. https://dailygazette.com/article/2015/08/12/0812_horselingo.

2. Bad actor 已經在該產業中使用並且普遍流行,但不確地此用語的實際出處是否源自賽馬。

3. 請注意,upset 這詞彙很可能是由賽馬而普遍流行—最顯著的例子即是 1919 年,偉大的 Man O' War 之「惱火」(upset),而在這之前,此詞彙在四十年前也曾被提到。"Sports Legend Revealed: Did the Term 'Upset' in Sports Derive From a Horse Named Upset Defeating Man o' War?" *Los Angeles Times*, May 10, 2011. https://latimesblogs.latimes.com/

sports_blog/2011/05/sports-legend-revealed-did-the-term-upset-in-sports-derive-from-a-horse-named-upset-defeating-man-o-.html.

4. 此主張是根據約略的引用數而來，但仔細檢視，似乎不是如此。從好的方面想，該年度有 238 篇文章提及 Seabiscuit，這也相當厲害。David Mikkelson, "Seabiscuit," Snopes, January 21, 2006. www.snopes.com/fact-check/seabiscuit.

5. Thom Loverro, "Seabiscuit vs. War Admiral: The Horse Race That Stopped The Nation," *The Guardian*, November 1, 2013. www.theguardian.com/sport/2013/nov/01/seabiscuit-war-admiral-horse-race-1938-pimlico.

6. "Horse Racing," Wikipedia. https://en.wikipedia.org/wiki/Horse_racing.

7. Chetwynd, *The Field Guide to Sports Metaphors*.

O

1. "Online and Offline," Wikipedia. https://en.wikipedia.org/wiki/Online_and_offline.

2. Evan Andrews, "Who Invented the Internet?" History, December 18, 2013. www.history.com/news/who-invented-the-internet.

3. Walt Hickey, "The Longest Filibuster in History Lasted More Than a Day—Here's How It Went Down," *Business Insider*, March 6, 2013. www.businessinsider.com/longest-filibuster-in-history-strom-thurmond-rand-paul-2013-3.

4. Chetwynd, *The Field Guide to Sports Metaphors*; "Schoolboy Days; Or, Ernest Bracebridge by W.H.G. Kingston," Goodreads, September 1, 2015. www.goodreads.com/book/show/29821655-schoolboy-days-or-ernest-bracebridge.

5. "Onboarding," Wikipedia. https://en.wikipedia.org/wiki/Onboarding.

6. Robert D. Marx, Todd Jick, Peter J. Frost, *Management Live*: The Video Book (Englewood Cliffs, NJ: Prentice Hall, 1991), p. 283.

7. Conner Burt, "The History of Employee Onboarding, Pt. 1," Lessonly, September 30, 2014. www.lessonly.com/blog/the-history-of-employee-

onboarding-pt-1.

8. "20 English Idioms With Their Meanings and Origins," Oxford Royale Academy, January 23, 2014. www.oxford-royale.co.uk/articles/bizarre-english-idioms-meaning-origins.html; "American Idioms (Meanings and Origins) [I thru P]," Pride UnLimited. www.pride-unlimited.com/probono/idioms2.html; Emily Upton, "The Origin of the Phrase 'Once in a Blue Moon,'" Today I Found Out, June 10, 2013. www.todayifoundout.com/index.php/2013/06/the-origin-of-the-phrase-once-in-a-blue-moon; Donovan Alexander, "The Reason Why We Say 'Once in a Blue Moon.'" Interesting Engineering, December 13, 2017. https://interestingengineering.com/the-reason-why-we-say-once-in-a-blue-moon; "Once in a Blue Moon," The Phrase Finder. www.phrases.org.uk.

9. Mark Nichol, "25 Idioms About Bread and Dessert," Daily Writing Tips, December 29, 2012. www.dailywritingtips.com/25-idioms-about-bread-and-dessert.

10. Katie Halper, "A Brief History of People Getting Fired for Social Media Stupidity," Rolling Stone, July 13, 2015. www.rollingstone.com/culture/culture-lists/a-brief-history-of-people-getting-fired-for-social-media-stupidity-73456; "One-Two Punch," Dictionary.com.

11. "The Old One-Two," Know Your Phrase. https://knowyourphrase.com/the-old-one-two.

12. Aaron Rinberg and Scott Tobin, "Amazon's One-Two Punch: How Traditional Retailers Can Fight Back," Tech Crunch, April 18, 2019. https://techcrunch.com/2019/04/18/amazons-one-two-punch-how-traditional-retailers-can-fight-back.

13. Lydia Dishman, "The Problematic Origins of Common Business Jargon," Fast Company, September 27, 2018. www.fastcompany.com/90239290/six-business-phrases-that-have-racist-origins.

14. Steve Haruch, "Why Corporate Executives Talk About 'Opening Their Kimonos,'" NPR, November 2, 2014. www.npr.org/sections/

codeswitch/2014/11/02/360479744/why-corporate-executives-talk-about-opening-their-kimonos; Radio Ray, "Open the Kimono," Urban Dictionary, September 24, 2005. www.urbandictionary.com/define.php?term=open%20the%20kimono.

15. "Vote for the Worst Business Jargon of all Time," Fast Company, August 3, 2015. www.fastcompany.com/3049222/vote-for-the-worst-business-jargon-of-all-time.

16. "History of IBM: 1880," IBM. www.ibm.com/ibm/history/history/decade_1880.html; "History of IBM: 1920," IBM. www.ibm.com/ibm/history/history/decade_1920.html.

17. "The Evolution of the Org Chart," Pingboard, March 3, 2017. https://pingboard.com/org-charts/evolution-org-charts; "Organizational Chart," Wikipedia. https://en.wikipedia.org/wiki/Organizational_chart.

18. "Organic," World Wide Words, March 14, 1998. www.worldwidewords.org/topicalwords/tw-org1.htm.

19. "Organic Growth," Wikipedia. https://en.wikipedia.org/wiki/Organic_growth; "Edith Penrose," Wikipedia. https://en.wikipedia.org/wiki/Edith_Penrose.

20. "Where Did the 'Unavailable' Meaning of 'Out of Pocket' Come From?" English Language and Usage, December 16, 2013. https://english.stackexchange.com/questions/68729/where-did-the-unavailable-meaning-of-out-of-pocket-come-from; Mark Liberman, "Out of Pocket," Language Log, June 22, 2009. https://languagelog.ldc.upenn.edu/nll/?p=1526; Merrill Perlman, "Empty Pockets," Columbia Journalism Review, June 5, 2012. www.cjr.org/language_corner/empty_pockets.php; "Out of Pocket, Revisited," Grammarphobia, April 16, 2010. www.grammarphobia.com/blog/2010/04/out-of-pocket-revisited.html.

21. "O. Henry," Wikipedia. https://en.wikipedia.org/wiki/O._Henry.

22. "Think Outside the Box," The Phrase Finder. www.phrases.org.uk.

23. Mark Strauss, "Let's Take This Offline Where We Can Brainstorm a Little

More Outside the Box," *Mel magazine*, April 21, 2016. https://melmagazine. com/en-us/story/lets-take-this-offline-where-we-can-brainstorm-a-little-more-outside-the-box; "Thinking Outside the Box," Wikipedia. https:// en.wikipedia.org/wiki/Thinking_outside_the_box.

24. "John Adair (author)," Wikipedia. https://en.wikipedia.org/wiki/John_ Adair_(author).

25. "Mike Vance," Creative Thinking Association of America. www. thinkoutofthebox.com/mikevance.html.

26. Luke Lewis, "The Surprising Origins of 35 English Phrases," BuzzFeed, May 13, 2013. www.buzzfeed.com/lukelewis/the-surprising-origins-of-35-english-phrases; "To Be Over a Barrel (Origin)," Grammar Monster. www.grammar monster.com/sayings_proverbs/to_have_someone_over_ the_barrel.htm; "Over a Barrel," The Phrase Finder. www.phrases.org.uk/ meanings/over-a-barrel.html.

P

1. Garry Westmore, "The History and Future of the POV Film," ACMI, April 8, 2016. https://2015.acmi.net.au/acmi-channel/2016/the-history-and-future-of-the-pov-film; "Point-of-View shot," Wikipedia. https://en.wikipedia.org/ wiki/Point-of-view_shot.

2. 來自《驚魂記》（*Psycho*）和《後窗》（*Rear Window*）中的場景。

3. Evan Andrews, "10 Common Sayings With Historical Origins," History, April 23, 2013, updated August 22, 2018. www.history.com/news/10-common-sayings-with-historical-origins.

4. "Paint the Town Red," The Phrase Finder, www.phrases.org.uk.

5. "First Parachute Jump Is Made Over Paris," History, March 4, 2010, update October 18, 2019. www.history.com/this-day-in-history/the-first-parachutist.

6. "Parachute," Wikipedia. https://en.wikipedia.org/wiki/Parachute.

7. John Naughton, "Thomas Kuhn: The Man Who Changed the Way the World

Looked at Science." *The Guardian*, August 18, 2012. www.theguardian. com/science/2012/aug/19/thomas-kuhn-structure-scientific-revolutions; L. Patton, "Kuhn, Pedagogy, and Practice: A Local Reading of Structure," first published in *The Kuhnian Image of Science*, edited by Moti Mizrahi (London: Roman & Littlefield, 2017). https://core.ac.uk/download/pdf/160113784.pdf.

8. BT Editors, "Paradigm Shift Definition," Business Terms, March 4, 2019. https://businessterms.org/paradigm-shift; Brian Windhorst, "LeBron James Changed the Game as a Basketball Prodigy," ESPN, March 28, 2018. www.espn.com/nba/story/_/id/22924664/lebron-james-changed-game-basketball-prodigy-nba.

9. Tania Lombrozo, "What Is A Paradigm Shift, Anyway?" NPR, July 18, 2016. www.npr.org/sections/13.7/2016/07/18/486487713/what-is-a-paradigm-shift-anyway; "Paradigm Shift," Wikipedia. https://en.wikipedia.org/wiki/Paradigm_shift;

10. "Analysis Paralysis," Wikipedia. https://en.wikipedia.org/wiki/Analysis_paralysis.

11. "The History of Parking Lots," Parking Israel, www.parkingisrael.co.il/the-history-of-parking-lots; "About Parking Network," Parking Network, www.parking-net.com/about-parking-network; "Parking Lot," Dictionary.com; "La Salle Hotel," Wikipedia. https://en.wikipedia.org/wiki/La_Salle_Hotel; PPA Staff, "#TBT: America's First Multi-Storey Parking Garage," The Philadelphia Parking Authority, March 23, 2016. www.philapark.org/2016/03/tbt-americas-first-multi-storey-parking-garage.

12. Harvey Schachter, "Don't Forget the Meeting Items You Put in the 'Parking Lot,'" *The Globe and Mail*, November 11, 2012, updated May 9, 2018. www.theglobeandmail.com/report-on-business/careers/management/dont-forget-the-meeting-items-you-put-in-the-parking-lot/article5168705.

13. "Pass the Buck," The Word Detective, November 18, 2008, www.word-detective.com/2008/11/pass-the-buck; "Pass the Buck," The Phrase Finder.

www.phrases.org.uk; "Buck Passing," Wikipedia. https://en.wikipedia.org/
wiki/Buck_passing.

14. Rex Trulove, "Did You Wonder Where 'Passed With Flying Colors' Came
From?" Virily, October 18, 2018. https://virily.com/other/did-you-wonder-
where-passed-with-flying-colors-came-from.

15. Christine Ammer, *Fighting Words: From War, Rebellion, and Other
Combative Capers* (NTC Pub Group, 1999).

16. "The Beaux' Stratagem," Wikipedia. https://en.wikipedia.org/wiki/The_
Beaux%27_Stratagem; "Flying Colors; False Colors," The Phrase Finder,
October 31, 2000. www.phrases.org.uk /bulletin_board/6/messages/572.
html.

17. "Peeps," Wikipedia. https://en.wikipedia.org/wiki/Peeps; "Where'd
Ya Get Those Peeps?" Grammarphobia (blog), March 20, 2008. www.
grammarphobia.com/blog/2008/03/whered-ya-get-those-peeps.html.

18. Ben Zimmer, "Mailbag Friday: 'Phoning It In,'" Visual Thesaurus, October
17, 2008. www.visualthesaurus.com/cm/wordroutes/mailbag-friday-
phoning-it-in.

19. "Piggyback," The Word Detective, March 2008. www.word-detective.
com/2008/03/piggyback; "Piggyback," The Phrase Finder. www.phrases.
org.uk/meanings/piggyback.html.

20. Strauss, "Let's Take This Offline"; Katy Waldman, "The Thing About
Ping," *Slate*, January 20, 2015. https://slate.com/human-interest/2015/01/
history-of-ping-a-warlike-word-used-by-business-people-trying-to-be-cute.
html.

21. "1800s," Pipeline101, The History of Pipelines. https://pipeline101.org/
The-History-of-Pipelines/1800.

22. "Pipeline," Dictionary.com.

23. Alan Spoon, "What 'Pivot' Really Means," Inc.com. August 10, 2012.
www.inc.com/alanspoon/what-pivot-really-means.html; "What Is a 'Pivot'
in a Business?" Quora, July 10, 2015. www.quora.com/What-is-a-pivot-in-

a-business.

24. Adam L. Peneberg, "How Eric Ries Coined 'The Pivot' and What Your Business Can Learn From It." *Fast Company*, August 9, 2012, www.fastcompany.com/1836238/how-eric-ries-coined-pivot-and-what-your-business-can-learn-it.

25. Jason Nazar, "14 Famous Business Pivots," *Forbes*, October 8, 2013. www.forbes.com/sites/jasonnazar/2013/10/08/14-famous-business-pivots

26. "20 English Idioms," Oxford Royale Academy.

27. "Post-Mortem," Online Etymology Dictionary. www.etymonline.com; "Postmortem," Dictionary.com; "Postmortem," *Merriam-Webster*. www.merriam-webster.com.

28. Henry T. Cheever, *The Whale and His Captors, Or, the Whaleman's Adventures* (New York: Harper & Brothers, 1850).

29. Gary Klein, "Performing a Project Premortem," *Harvard Business Review*, September 2007. https://hbr.org/2007/09/performing-a-project-premortem; Guy Kawaski, "Startups: How to Do a Pre-Mortem (and Prevent a Post-Mortem)," Guy Kawasaki, May 20, 2015. https://guykawasaki.com/startups-how-to-do-a-pre-mortem-and-prevent-a-post-mortem.

30. "Don Quixote," Wikipedia. https://en.wikipedia.org/wiki/Don_Quixote.

31. "The Pot Calling the Kettle Black," Wikipedia. https://en.wikipedia.org/wiki/The_pot_calling_the_kettle_black.

32. "Phillie Phanatic," Wikipedia. https://en.wikipedia.org/wiki/Phillie_Phanatic.

33. "Preaching to the Choir," The Phrase Finder. www.phrases.org.uk.

34. "Organ Stop," Wikipedia. https://en.wikipedia.org/wiki/Organ_stop; "Pull Out all the Stops," The Phrase Finder. www.phrases.org.uk.

35. Jes D.A. "20 English Idioms With Surprising Origins," Inklyo, August 4, 2016. www.inklyo.com/english-idioms-origins.

36. "Push the Envelope," The Phrase Finder. www.phrases.org.uk.

37. Tom Wolfe, *The Right Stuff* (New York: Picador, 1979); Thu-Huong Ha,

"Tom Wolfe Has Died, But His Best Quotes Are Eternal," Quartzy, May 15, 2018. https://qz.com/quartzy/1278495/tom-wolfe-has-died-but-his-best-quotes-are-eternal.

38. "Envelope (Mathematics)," Wikipedia. https://en.wikipedia.org/wiki/Envelope_(mathematics).

39. "Where Does the Phrase 'Let's Put in a Pin in That One' Come From?" Democratic Underground, May 30, 2014. www.democraticunderground.com/1018622299; Samara Veler, "What Does 'Put a Pin in' Mean?" Quora, October 18, 2016. www.quora.com/What-does-put-a-pin-in-mean.

40. "Pig-Faced Women," Wikipedia. https://en.wikipedia.org/wiki/Pig-faced_women.

41. Ben Zimmer, "Who First Put 'Lipstick on a Pig'?" *Slate*, September 10, 2008. https://slate.com/news-and-politics/2008/09/where-does-the-expression-lipstick-on-a-pig-come-from.html; Marti Covington and Maya Curry, "A Brief History Of: 'Putting Lipstick on a Pig,'" Time, September 11, 2008. http://content.time.com/time/nation/article/0,8599,1840392,00.html.

42. John Crouch, "Mercurius Fumigosus: Slang Decoded," *Newsbooks @ Lancaster*. www.lancaster.ac.uk/fass/projects/newsbooks/dict.htm.

Q

1. "Quality Assurance," Wikipedia. https://en.wikipedia.org/wiki/Quality_assurance; Margaret Rouse, "Quality Assurance (QA)," TechTarget, July 2019. https://searchsoftwarequality.techtarget.com/definition/quality-assurance; M. Best and D. Neuhauser, "Avedis Donabedian: Father of Quality Assurance and Poet," *BMJ Quality & Safety* 13: 472-473. https://qualitysafety.bmj.com/content/13/6/472.

2. "Atomic Electron Transition," Wikipedia. https://en.wikipedia.org/wiki/Atomic_electron_transition.

3. Henry L. Roberts, "Russia and America: Dangers and Prospects,"

Foreign Affairs, July 1956. www.foreignaffairs.com/reviews/capsule-review/1956-07-01/russia-and-america-dangers-and-prospects; "Quantum Leap," The Phrase Finder. www.phrases.org.uk.

4. "Quantum Leap (TV Series 1989–1993) - IMDb." www.imdb.com/title/tt0096684/.

5. Mark E. Van Buren and Todd Safferstone, "The Quick Wins Paradox," *Harvard Business Review*, January 2009. https://hbr.org/2009/01/the-quick-wins-paradox.

6. Central Intelligence Agency, "Daily Report, Foreign Radio Broadcasts," Issues 136-140, July 19, 1965.

7. "Quid Pro Quo," The Phrase Finder. www.phrases.org.uk; "Quid Pro Quo," The Free Dictionary. https://legal-dictionary.thefreedictionary.com/Quid-pro-quo.

8. "The Silence of the Lambs," Wikipedia. https://en.wikipedia.org/wiki/The_Silence_of_the_Lambs_(film).

9. You can watch the quid pro quo scene here: www.youtube.com/watch?v=YlRLfbONYgM
其他的場景參見以下 : www.youtube.com/watch?v=bHoqL7DFevc.

10. "Qwerty," *Merriam-Webster*. www.merriam-webster.com; "QWERTY," Wikipedia. https://en.wikipedia.org/wiki/QWERTY.

R

1. "Why Do We Say: 'Raining Cats and Dogs'?" History Extra, October 22, 2014. www.historyextra.com/period/early-modern/why-do-we-say-raining-cats-and-dogs; LOC, "What Is the Origin of the Phrase 'It's Raining Cats and Dogs'?" Library of Congress, Everyday Mysteries. www.loc.gov/rr/scitech/mysteries/rainingcats.html; "20 English Idioms," Oxford Royale Academy; Lewis, "The Surprising Origins of 35 English Phrases" ; "Odin," Wikipedia. https://en.wikipedia.org/wiki/Odin; "Raining Cats and Dogs," The Phrase Finder. www.phrases.org.uk.

2. "Rain of Animals," Wikipedia. https://en.wikipedia.org/wiki/Rain_of_animals.

3. "Ramp," *Merriam-Webster*. www.merriam-webster.com.

4. "Etymology of 'ramp up'?" English Language and Usage. https://english.stackexchange.com/q/44930.

5. "Ramp-Up," Urban Dictionary, August 16, 2009. www.urbandictionary.com/define.php?term=Ramp-up. Accessed 28 Jun. 2019.

6. Ben Jonson, William Bulmer, John Cuthell, R.H. Evans, William Gifford, et al. *The works of Ben Jonson: In Nine Volumes* (London: G. and W. Nicol, 1816).

7. Royal Military Academy, *Text Book of Fortification and Military Engineering.*

8. "Ramp-Up," *Merriam-Webster*. www.merriam-webster.com.

9. Andrews, "10 Common Sayings With Historical Origins"; "Read the Riot Act," The Phrase Finder. www.phrases.org.uk.

10. "American Idioms (Meanings and Origins) [A thru H]," Pride UnLimited. www.pride-unlimited.com/probono/idioms1.html; "Riot Act," Wikipedia. https://en.wikipedia.org/wiki/Riot_Act; Pascal Treguer, "Meaning and Origin of the Phrase 'To Read the Riot Act,'" Word Histories, February 11, 2017. https://wordhistories.net/2017/02/11/riot-act.

11. "Red Herring Definition," Investopedia, April 18, 2019. www.investopedia.com/terms/r/redherring.asp; "Red Herring," Dictionary.com.

12. Alison Flood, "Agatha Christie: Little Grey Cells and Red Herrings Galore," *The Guardian*, October 1, 2010. www.theguardian.com/books/2010/oct/01/agatha-christie-at-her-best; "Red Herring," Literary Devices. https://literarydevices.net/red-herring.

13. Esther Inglis-Arkell, "Linguistic Mysteries: The Origin of 'Red Herring' Was a Red Herring," Gizmodo, May 11, 2014. https://io9.gizmodo.com/linguistic-mysteries-theorigin-of-red-herring-was-a-1574673551; "The Lure of the Red Herring," World Wide Words, October 25, 2008. www.

worldwidewords.org/articles/herring.htm.

14. "Red Herring," Wikipedia. https://en.wikipedia.org/wiki/Red_herring.

15. "Red Flag (Idiom)," Wikipedia. https://en.wikipedia.org/wiki/Red_flag_ (idiom); James Briggs, "Red Flags," The Phrase Finder, May 23, 2003. www.phrases.org.uk/bulletin_board/21/messages/131.html.

16. Joshua J. Mark, "Hellenic World: Definition," Ancient History Encyclopedia, September 2, 2009. www.ancient.eu/Hellenic_World.

17. Andrews, "10 Common Sayings With Historical Origins" ; "Why Do We Say 'Resting on Your Laurels,'" History Extra, BBC History Revealed, January 21, 2015. www.historyrevealed.com/eras/ancient-greece/why-we-say-resting-on-your-laurels.

18. Suzy Welch, "Bill Belichick Reveals His 5 Rules of Exceptional Leadership," CNBC, April 13, 2017. www.cnbc.com/2017/04/13/bill-belichick-leadership-rules.html.

19. Jes D.A. "20 English Idioms With Surprising Origins"; Shotgun Rules, "The History of Calling Shotgun," The Official Shotgun Rules, June 17, 2018. www.shotgunrules.com/history-of-shotgun.

20. Alfred Henry Lewis, The Sunset Trail (New York: A.L. Burt Company, 1906); "Riding Shotgun," Wikipedia. https://en.wikipedia.org/wiki/Riding_ shotgun; "Ride Shotgun," Dictionary.com.

21. English Idioms Online, "Right off the Bat Idiom Meaning," video, April 15, 2018. www.youtube.com/watch?v=KShHj4kxCBI.

22. Chetwynd, The Field Guide to Sports Metaphors.

23. Karen Hill, "Where Does the Phrase "Right up One's Alley" Come From and What Does It Mean?" Zippy Facts. https://zippyfacts.com/where-does-the-phrase-right-up-ones-alley-come-from-and-what-does-it-mean.

24. "Alley," Dictionary.com; Suzanne Grubb, "Proverbs, Sayings and Adages: Where Did the Phrase 'Right up My Alley' Come From?" Quora, January 10, 2012. www.quora.com/Proverbs-Sayings-and-Adages-Where-did-the-phrase-right-up-my-alleycome-from.

25. Heywood Broun, *The Boy Grew Older* (Self-Published, 2017).

26. "Rightsize," Dictionary.com.

27. "Roger & Me," Wikipedia. https://en.wikipedia.org/wiki/Roger_%26_Me.

28. "American Idioms [A thru H]," Pride UnLimited.

29. "Ring a Bell," The Phrase Finder. www.phrases.org.uk.

30. Melissa Hellmann, "DJ Alan Freed's Ashes Removed From Rock and Roll Hall of Fame," *Time*, August 4, 2014. https://time.com/3078967/alan-freed-ashes-rock-and-roll-hall-of-fame-museum.

31. "The Real Reason Why 'Rock and Roll' Music Is Called 'Rock and Roll'," I'm a Useless Info Junkie, July 17, 2017. https://theuijunkie.com/rock-n-roll-name-origin.

32. Suzanne Shelton, "Armadillos in Toe Shoes," *Texas Monthly*, October 1973. www.texasmonthly.com/articles/armadillos-in-toe-shoes.

33. "Yin and Yang," Wikipedia. https://en.wikipedia.org/wiki/Yin_and_yang.

34. "China's German Military Advisers Go Home," *Life*, August 1, 1938, p. 18. https://books.google.com/books?id=lk8EAAAAMBAJ&printsec=frontcover#v=onepage&q&f=false.

35. "John Calvin," Wikipedia. https://en.wikipedia.org/wiki/John_Calvin.

36. "Round-robin," The Phrase Finder. www.phrases.org.uk.

37. Steve Hargreaves, "Apple's Stock Hit by Web Rumor," CNN Money, October 3, 2008. https://money.cnn.com/2008/10/03/technology/apple; Glenn Thompson, "7 Bullshit Rumors That Caused Real World Catastrophes," Cracked.com, December 11, 2008. www.cracked.com/article_16869_7-bullshit-rumors-that-caused-real-world-catastrophes.html.

38. "Sir Francis Buller, 1st Baronet," Wikipedia. https://en.wikipedia.org/wiki/Sir_Francis_Buller,_1st_Baronet.

39. "James Gillray," Wikipedia. https://en.wikipedia.org/wiki/James_Gillray.

40. "Rule of Thumb," Wikipedia. https://en.wikipedia.org/wiki/Rule_of_thumb.

41. Catch the flagpole quote in 12 Angry Men here: https://yarn.co/yarn-clip/

e41bd190-851b-47b7-b997-728a2fa64262.

42. "What Does the Idiom Run It Up the Flagpole Mean?" Answers.com, July 8, 2008. www.answers.com/Q/What_does_the_idiom_run_it_up_the_ flagpole_mean; "Run It Up the Flagpole," Wikipedia. https://en.wikipedia. org/wiki/Run_it_up_the_flagpole.

43. Andrews, "10 Common Sayings With Historical Origins"; Daven Hiskey, "What's the Origin of the Phrase 'Run Amok'?" Mental Floss, August 29, 2013. http://mentalfloss.com/article/51176/whats-origin-phrase-run-amok; "Running Amok," Wikipedia. https://en.wikipedia.org/wiki/Running_ amok.

S

1. "Jefferson Starship," Wikipedia. https://en.wikipedia.org/wiki/Jefferson_ Starship.

2. Bob Heyman, "Who Coined the Term SEO?" Search Engine Land, October 2, 2008. https://searchengineland.com/who-coined-the-term-seo-14916.

3. Hristina Nikolovska, "SEO Statistics 2018: Search Engine Evolution & Market Share in Numbers," Moto CMS (blog), November 23, 2018. www. motocms.com/blog/en/seostatistics-local-industry-roi.

4. "Hinduism," Wikipedia. https://en.wikipedia.org/wiki/Hinduism.

5. R. Brookes, The General Gazetteer (London: B. Law, 1795).

6. "Sandbag," Dictionary.com; "Sandbag," Merriam-Webster. www. merriam-webster.com.

7. "Oswald Jacoby," Wikipedia. https://en.wikipedia.org/wiki/Oswald_ Jacoby.

8. Brooke Julia, "What Is the Origin of Sandbagging?," SportsRec, June 17, 2009. www.sportsrec.com/origin-sandbagging-5097732.html; Max Rappaport, "The Definitive History of 'Trust the Process,'" Bleacher Report, August 23, 2017. https://bleacherreport.com/articles/2729018-the-definitive-history-of-trust-the-process.

9. "Edsel," Wikipedia. https://en.wikipedia.org/wiki/Edsel; "New Coke," Wikipedia. https://en.wikipedia.org/wiki/New_Coke; "Alliance of American Football," Wikipedia. https://en.wikipedia.org/wiki/Alliance_of_American_Football.

10. "Scalable," *Merriam-Webster*. www.merriam-webster.com; "Scalable," Dictionary.com; "Scalable," Online Etymology Dictionary. www.etymonline.com/word/scalable.

11. Gene M. Amdahl, "Validity of the Single Processor Approach to Achieving Large Scale Computing Capabilities," Paper presented at the AFIPS Spring Joint Computer Conference, 1967. www-inst.eecs.berkeley.edu/~n252/paper/Amdahl.pdf; "Designing Your Application for Growth," Leaseweb (blog), May 22, 2014. https://blog.leaseweb.com/2014/05/22/designing-application-growth.

12. "The Wealth of Nations," Wikipedia. https://en.wikipedia.org/wiki/The_Wealth_of_Nations; "Economies of Scale," Wikipedia. https://en.wikipedia.org/wiki/Economies_of_scale; Joe S. Bain, "Economies of Scale," Encyclopedia.com. www.encyclopedia.com/social-sciences-and-law/economics-business-and-labor/businesses-and-occupations/economies-scale; Troy Segal, "External Economies of Scale," Investopedia, April 18, 2019. www.investopedia.com/terms/e/externaleconomiesofscale.asp.

13. Wolfe, *The Right Stuff*; Watch the clip here: https://getyarn.io/yarn-clip/3b2a2f4f-96ce-4a1a-ab9d-411db33d0040.

14. John, "Screw the Pooch," The Phrase Finder, May 17, 2010. www.phrases.org.uk/bulletin_board/61/messages/865.html; "Origin of 'Screw the Pooch,'" English Language and Usage, December 18, 2013. https://english.stackexchange.com/questions/142312/origin-of-screw-the-pooch.

15. Ben Zimmer, "A Reporter Said 'Screw the Pooch' on Face the Nation. Where Does That Phrase Come From?" *Slate*, January 14, 2014. https://slate.com/human-interest/2014/01/screw-the-pooch-etymology-of-the-idiom-dates-back-to-nasa-and-the-military.html.

16. "Show Your True Colors, to," Idioms Online. www.idioms.online/show-your-true-colors-to; "5 Idioms With Unexpected Origins," AutoCrit, January 10, 2018. www.autocrit.com/blog/5-idioms-unexpected-origins.

17. "Thomas Elyot," Wikipedia. https://en.wikipedia.org/wiki/Thomas_Elyot; Christine Ammer, *Seeing Red or Tickled Pink: A Rainbow of Colorful Terms* (Self-Published, 2012); "Sir Thomas Elyot," *Encyclopedia Britannica.* www.britannica.com/biography/Thomas-Elyot.

18. On page 91 of the April 3, 1942, issue of the *Lowell Sun Newspaper.* https://newspaperarchive.com/lowell-sun-apr-03-1942-p-91; "Fraser's Magazine," Wikipedia. https://en.wikipedia.org/wiki/Fraser%27s_Magazine; "Snail Mail," Wikipedia. https://en.wikipedia.org/wiki/Snail_mail.

19. "Spitball," Online Etymology Dictionary. www.etymonline.com; "Spitball," Baseball Reference, November 28, 2015. www.baseball-reference.com/bullpen/Spitball.

20. "Spitballing," Historically Speaking (blog), June 10, 2013. https://idiomation.wordpress.com/2013/06/10/spitballing; "How Did Spitballing Originate," English Language and Usage, July 23, 2017. https://english.stackexchange.com/questions/382067/how-did-spitballing-originate.

21. "John Dennis (Dramatist)," Wikipedia. https://en.wikipedia.org/wiki/John_Dennis_(dramatist).

22. Lewis, "The Surprising Origins of 35 English Phrases" ; "Steal One's Thunder," The Phrase Finder. www.phrases.org.uk.

23. Troy Segal, "Enron Scandal: The Fall of a Wall Street Darling," Investopedia, May 29, 2019. www.investopedia.com/updates/enron-scandal-summary; "Lehman Brothers Declares Bankruptcy," History, January 19, 2018. www.history.com/this-day-in-history/lehman-brothers-collapses; Robert Lenzner, "Bernie Madoff's $50 Billion Ponzi Scheme," *Forbes*, December 12, 2008. www.forbes.com/2008/12/12/madoff-ponzi-hedge-pf-ii-in_rl_1212croesus_inl.html.

24. "Matthew 7:14," Bible Hub. https://biblehub.com/matthew/7-14.htm;

"Matthew 7:14," Wikipedia. https://en.wikipedia.org/wiki/Matthew_7:14; "Straight and Narrow: Phrases," English for Students. www.english-for-students.com/Straight-and-Narrow.html.

25. "Getting in Tune," Wikipedia. https://en.wikipedia.org/wiki/Getting_in_Tune.

26. "What Does Straight From the Horse's Mouth Mean?" Writing Explained. https://writingexplained.org/idiom-dictionary/straight-from-the-horses-mouth; Jes D.A. "20 English Idioms With Surprising Origins."

27. "Straight From the Horse's Mouth," The Phrase Finder. www.phrases.org.uk; "Straight From the Horse's Mouth," Bloomsbury Idiom of the Week, www.bloomsbury-international.com/en/index/25-en/ezone/idiom-of-the-week/1703-straight-from-the-horse-s-mouth.html; "Horse," The Free Dictionary. https://idioms.thefreedictionary.com/horse.

28. Mignon Fogarty, " 'Straw Man' Origin," Grammar Girl, Quick and Dirty Tips, February 11, 2016. www.quickanddirtytips.com/education/grammar/straw-man-origin.

29. "Ada (Programming Language)," Wikipedia. https://en.wikipedia.org/wiki/Ada_(programming_language).

30. "Strawman: The Technical Requirements—April 1975." DoD, Overview of the ADA Language Competition. http://iment.com/maida/computer/requirements/straw man.htm; "Straw Man Proposal," Wikipedia. https://en.wikipedia.org/wiki/Straw_man_proposal.

31. "Strike While the Iron Is Hot," The Phrase Finder. www.phrases.org.uk.

32. "What Is Leech Therapy?" Healthline, April 21, 2017. www.healthline.com/health/what-is-leech-therapy.

33. "About the Unicorn Hunters," Lake Superior State University. www.lssu.edu/banished-words-list/unicorn-hunters.

34. Jasper Pickering and Fraser Moore, "This Is Why Some People Believer the World Is Flat, According to an Astronomer," *Business Insider*, January 8, 2018. www.businessinsider.com/why-some-people-believe-the-world-is-

flat-according-to-an-astronomer-2018-1.

35. "American Friends Service Committee," Wikipedia. https://en.wikipedia. org/wiki/American_Friends_Service_Committee; To see a copy of an AFSC work camp brochure for June 28–August 23, 1940, visit the American Friends Service Committee website: www.afsc.org/sites/default/files/ documents/1940%20Work%20Camp%20Brochure_0.pdf.

36. "Sweat Equity," Merriam-Webster. www.merriam-webster.com; "Sweat Equity," Wikipedia. https://en.wikipedia.org/wiki/Sweat_equity

37. "Swim Lane," Wikipedia. https://en.wikipedia.org/wiki/Swim_lane.

38. "Geary Rummler," Rummler-Brache. www.rummlerbrache.com/geary-rummler; "Alan Brache," Rummler-Brache. www.rummlerbrache.com/alan-brache; "What Is a Swimlane Diagram," Lucidchart. www.lucidchart.com/ pages/swimlane-diagram.

39. " 'Stay in Your Lane': A History," Merriam-Webster, Word History (blog), December 12, 2018. www.merriam-webster.com/words-at-play/stay-in-your-lane-origin-phrase-history.

40. Bob, "You Say Tomato, I Say Tomahto," The Phrase Finder, April 26, 2006. www.phrases.org.uk/bulletin_board/47/messages/878.html.

41. "What Does SWAT Stand for in Case of Launching a New Business," Answers.com, May 1, 2010. www.answers.com/Q/What_does_swat_stand_for_in_case_of_launching_a_new_business.

42. "Albert S. Humphrey," Wikipedia. https://en.wikipedia.org/wiki/Albert_S._Humphrey; Sidharth Thakur, "SWOT – History and Evolution," Bright Hub Project Management, December 22, 2010. www.brighthubpm.com/ methods-strategies/99629-history-of-the-swot-analysis.

43. Tim Friesner, "History of SWOT Analysis," Marketing Teacher, September 3, 2008. www.marketingteacher.com/history-of-swot-analysis; "SWOT Analysis," Wikipedia. https://en.wikipedia.org/wiki/SWOT_analysis.

44. "SWAT," Wikipedia. https://en.wikipedia.org/wiki/SWAT.

45. Ben Zimmer, "The Meaning of 'Synergy': Working Together, for Good

and Ill," *Wall Street Journal*, December 14, 2018. www.wsj.com/articles/the-meaning-of-synergy-working-together-for-good-and-ill-11544804040; "Synergy," Online Etymology Dictionary. www.etymonline.com; Strauss, "Let's Take This Offline."

46. "Henri Mazel," Wikipédia. https://fr.wikipedia.org/wiki/Henri_Mazel; Menri Mazel, La Synergie Sociale. . . . French ed. (Charleston, SC: Nabu Press, 2010).

47. "Raymond Cattell," Wikipedia. https://en.wikipedia.org/wiki/Raymond_Cattell; Emma Green, "The Origins of Office Speak," *The Atlantic*, April 24, 2014. www.theatlantic.com/business/archive/2014/04/business-speak/361135.

48. Stephen Grocer, "What Happened to AOL Time Warner?" *New York Times*, June 15, 2018. www.nytimes.com/2018/06/15/business/dealbook/aol-time-warner.html.

T

1. "Table Stakes," Wikipedia. https://en.wikipedia.org/wiki/Table_stakes.

2. Albert H. Morehead, Oswald Jacoby, William N. Thompson, "Poker," *Encyclopedia Britannica*, August 6, 2019. www.britannica.com/topic/poker-card-game.

3. *Business Relationship Management: BRM Professional* (Atlanta, GA: BRM Institute).

4. "Origin of 'Let's Take It Offline,'" English Language and Usage, February 18, 2011. https://english.stackexchange.com/questions/13193/origin-of-lets-take-it-offline.

5. "Takeaway," Dictionary.com.

6. "Edward Dering (Priest)," Wikipedia. https://en.wikipedia.org/wiki/Edward_Dering_(priest).

7. "What's the Takeaway?" Grammarphobia (blog), April 17, 2012. www.grammarphobia.com/blog/2012/04/takeaway.html.

8. The dodo is believed to have gone extinct during the second half of the 17th century. Emily Anthes, "The Smart, Agile, and Completely Underrated Dodo," *The Atlantic*, June 8, 2016. www.theatlantic.com/science/archive/2016/06/the-dodos-redemption/486086.

9. "Joseph Merrick," Wikipedia. https://en.wikipedia.org/wiki/Joseph_Merrick.

10. "Achondroplasia," Wikipedia. https://en.wikipedia.org/wiki/Achondroplasia.

11. Robert McNamara, "Did Uncle Tom's Cabin Help to Start the Civil War?" ThoughtCo., April 30, 2019. www.thoughtco.com/uncle-toms-cabin-help-start-civil-war-1773717.

12. Robert Reed, "Recalling the Golden Age of Chicago's Best Columnist," Crain's Chicago Business, September 11, 1999. www.chicagobusiness.com/article/19990911/ISSUE01/1000424/recalling-the-golden-age-of-chicagos-best-columnist; "Mike Royko," Chicago Literary Hall of Fame, April 29, 1997. https://chicagoliteraryhof.org/inductees/profile/mike-royko; Mike Royko, "Factor Made A's the World Chumps," *Chicago Tribune*, October 22, 1990. www.chicagotribune.com/news/ct-xpm-1990-10-22-9003280527-story.html.

13. Andrews, "10 Common Sayings With Historical Origins."

14. "Third-Degree," Dictionary.com; "The Third Degree," The Phrase Finder. www.phrases.org.uk.

15. "Thought Leader," Wikipedia. https://en.wikipedia.org/wiki/Thought_leader.

16. Peter Cook, "A Brief History of Thought Leadership," Thought Leaders (blog), August 15, 2012. https://petercook.com/blog/a-brief-history-of-thought-leadership; Bob Buday, "A Brief History of Thought Leadership Marketing," The Bloom Group, November 25, 2008. https://bloomgroup.com/content/history-thought-leadership-marketing-consulting-and-it-services; Margaret Rouse, "Thought Leader (Thought Leadership)," Tech

Target. https://searchcio.techtarget.com/definition/thought-leader.

17. "5 Characteristics of a Thought Leader," Langhout International (blog), October 13, 2015. www.langhoutinternational.com/blog/2016/9/2/5-characteristics-of-a-thought-leader.

18. "William Safire," Wikipedia. https://en.wikipedia.org/wiki/William_Safire; William Safire, "Netroots," *New York Times*, November 19, 2006. www.nytimes.com/2006/11/19/magazine/19wwln_safire.html.

19. "Throw Under the Bus," Wikipedia. https://en.wikipedia.org/wiki/Throw_under_the_bus. "What's the Origin of 'Throwing Someone Under the Bus'?" English Language and Usage. https://english.stackexchange.com/questions/30698/whats-the-origin-of-throwing-someone-under-the-bus; "Under the Bus, to Throw," The Word Detective, February 12, 2008. www.word-detective.com/2008/02/under-the-bus-to-throw; Lea Tassie, "Thrown Under the Bus," Rainforest Writer (blog), December 30, 2018. https://leatassiewriter.com/2018/12/30/thrown-under-the-bus.

20. Steven Knott, "How to Channel Your Inner-Beyoncé," Odyssey, December 1, 2015. www.theodysseyonline.com/how-to-channel-your-inner-beyonce.

21. Linette Lopez, "This is Where the Expression 'Throw Shade' Comes From," *Business Insider*, March 4, 2015. www.businessinsider.com/where-the-expression-throw-shade-comes-from-2015-3.

22. "Edmund Bertram," Wikipedia. https://en.wikipedia.org/wiki/Edmund_Bertram; "Throw Shade," Wikipedia. https://en.wikipedia.org/wiki/Throw_shade.

23. "Tiger Team," Wikipedia. https://en.wikipedia.org/wiki/Tiger_team.

24. "Tired of Toein' the Line," Wikipedia. https://en.wikipedia.org/wiki/Tired_of_Toein%27_the_Line.

25. Timothy Pickering, *An Easy Plan of Discipline for a Militia* (Gale ECCO, 2010).

35. Strauss, "Let's Take This Offline"; CRB, "Let's Touch Base. Or Was That Basis?" Intelligent Instinct (blog), July 26, 2011. http://intelligentinstinct.

blogspot.com/2011/07/lets-touch-h*****r-was-that-bass.html.

36. Prof. Geller, "Troll," Mythology.net, January 19, 2017. https://mythology. net/norse/n*****-creatures/troll; "Troll," Dictionary.com.

37 Ashley Feinberg, "The Birth of the Internet Troll," Gizmodo, October 30, 2014. https://gizmodo.com/the-first-internet-troll-1652485292.

38. "4chan," Wikipedia. https://en.wikipedia.org/wiki/4chan.

39. Whitney Phillips, "A Brief History of Trolls," The Daily Dot, May 20, 2013. www.dailydot.com/via/phillips-brief-history-of-trolls.

40. Jes D.A. "20 English Idioms With Surprising Origins."

41. "Horatio Nelson, 1st Viscount Nelson," Wikipedia. https://en.wikipedia. org/wiki/Horatio_Nelson,_1st_Viscount_Nelson.

42. "Turning a Blind Eye," Wikipedia. https://en.wikipedia.org/wiki/Turning_ a_blind_eye; Andrews, "10 Common Sayings With Historical Origins" ; "Turn a Blind Eye," The Phrase Finder. www.phrases.org.uk; "20 English Idioms," Oxford Royale Academy.

43. "John Norris (Philosopher)," Wikipedia. https://en.wikipedia.org/wiki/ John_Norris_(philosopher).

44. "Origins of 'Turnkey,'" English Language and Usage, June 7, 2014. https://english.stackexchange.com/questions/175580/origins-of-turnkey; "Turnkey," Dictionary.com.

45. Anthony Thornton and William Godwin, Construction Law: Themes and Practice (London: Sweet & Maxwell, 1998).

46. "Turnkey," Wikipedia. https://en.wikipedia.org/wiki/Turnkey.

47. "Taikun," Wikipedia. https://en.wikipedia.org/wiki/Taikun.

48. "Matthew Perry," Wikipedia. https://en.wikipedia.org/wiki/Matthew_ Perry.

49. "Matthew C. Perry," Wikipedia. https://en.wikipedia.org/wiki/Matthew_ C._Perry.

50. "Lionel Richie," Wikipedia. https://en.wikipedia.org/wiki/Lionel_Richie.

51. "Tokugawa Shogunate," Wikipedia. https://en.wikipedia.org/wiki/

Tokugawa_shogunate; "Emperor K mei," Wikipedia. https://en.wikipedia.
org/wiki/Emperor_K%C5%8Dmei.

52. "Tycoon," Online Etymology Dictionary. www.etymonline.com; "John
Hay," Wikipedia. https://en.wikipedia.org/wiki/John_Hay; "John George
Nicolay," Wikipedia. https://en.wikipedia.org/wiki/John_George_Nicolay.

53. "Business Magnate," Wikipedia. https://en.wikipedia.org/wiki/Business_
magnate.

U

1. "History of Radar," Wikipedia. https://en.wikipedia.org/wiki/History_of_
radar.

2. "Under the Radar," The Idioms. www.theidioms.com/under-the-radar.

3. "Stealth Aircraft," Wikipedia. https://en.wikipedia.org/wiki/Stealth_
aircraft; "Horten Ho 229," Wikipedia. https://en.wikipedia.org/wiki/Horten_
Ho_229.

4. "Under the Weather," Know Your Phrase. https://knowyourphrase.com/
under-the-weather.

5. Susan Higgins, "Where Did the Term 'Under the Weather' Come From?"
Farmers' Almanac, September 28, 2015. www.farmersalmanac.com/where-
did-the-term-under-the-weather-come-from-21566.

6. Bill Beavis and Richard McCloskey, *Salty Dog Talk: The Nautical Origins
of Everyday Expression* (London: Bloomsbury Publishing, 2014).

7. "Feeling Under the Weather," The Phrase Finder, February 10, 2004.
www.phrases.org.uk/bulletin_board/28/messages/325.html.

8. "Benjamin Milam," Wikipedia. https://en.wikipedia.org/wiki/Benjamin_
Milam.

9. "Unicorn—a Brief History of the Mythical Creature," Psy Minds,
September 15, 2018. https://psy-minds.com/unicorn-mythical-creature;
"Unicorn," Wikipedia. https://en.wikipedia.org/wiki/Unicorn.

10. "Ctesias," Wikipedia. https://en.wikipedia.org/wiki/Ctesias; "Indica

(Ctesias)," Wikipedia. https://en.wikipedia.org/wiki/Indica_(Ctesias).

11. Scott Carey, "What Is a Tech Unicorn? Here's How the Tech Startup Landscape Is Changing and Why You Should Care," Tech World, April 18, 2016. www.techworld.com/startups/what-is-tech-unicorn-3638723.

12. Salvador Rodriguez, "The Real Reason Everyone Calls Billion-Dollar Startups 'Unicorns.'" International Business Times, September 3, 2015. www.ibtimes.com/real-reason-everyone-calls-billion-dollar-startups-unicorns-2079596; Aileen Lee, "Welcome to the Unicorn Club: Learning From Billion-Dollar Startups," TechCrunch, November 2, 2013. https://techcrunch.com/2013/11/02/welcome-to-the-unicorn-club.

13. "Unicorn (Finance)," Wikipedia. https://en.wikipedia.org/wiki/Unicorn_(finance); "The Global Unicorn Club," CB Insights. www.cbinsights.com/research-unicorn-companies.

14. "Get the Upper Hand," The Phrase Finder. www.phrases.org.uk.

15. "Upshot," Online Etymology Dictionary. www.etymonline.com/word/upshot; "Upshot," The Word Detective, January 2012. www.word detective.com/2012/01/upshot; "Hamlet: Act 5, Scene 2," Spark Notes, No Fear Translation. www.sparknotes.com/nofear/shakespeare/hamlet/page_334; "What's the Upshot?" English Language and Usage, December 31, 2012. https://english.stackexchange.com/q/96200.

16. "35 Terms to Enhance Your Business English Vocabulary," Oxford Royale Academy, September 13, 2014. www.oxford-royale.co.uk/articles/business-english-vocabulary.html.

17. "Unique Selling Proposition," Wikipedia. https://en.wikipedia.org/wiki/Unique_selling_proposition.

18. Martin Mayer, *Madison Avenue, USA* (New York: Pocket Books, 1959).

V

1. Erik Deckers, "Stop Saying 'Value Add,'" Pro Blog Service, June 29, 2011. https://problogservice.com/2011/06/29/stop-saying-value-add; "Value-

Added," *Merriam-Webster*. www.merriam-webster.com.

2. Emma Green, "The Origins of Office Speak," *The Atlantic*, April 24, 2014. www.theatlantic.com/business/archive/2014/04/business-speak/361135.

3. Julie Young, "Vertical Market," Investopedia, April 24, 2019. www. investopedia.com/terms/v/verticalmarket.asp; "Vertical Market," Wikipedia. https://en.wikipedia.org/wiki/Vertical_market.

4. Will Kenton, "Vertical Integration," Investopedia, May 31, 2018. www. investopedia.com/terms/v/verticalintegration.asp; "Vertical Integration," Wikipedia. https://en.wikipedia.org/wiki/Vertical_integration.

5. "Vertical," Dictionary.com.

6. "Andrew Carnegie," *Encyclopedia Britannica*, November 27, 2019. www. britannica.com/biography/Andrew-Carnegie; "36 c. The New Tycoons: Andrew Carnegie," U.S. History. www.ushistory.org/us/36c.asp; "Carnegie Steel Company," Wikipedia. https://en.wikipedia.org/wiki/Carnegie_Steel_ Company.

7. W. Holi, *The Analyst a Quarterly Journal: Of Science, Literature, Natural History and the Fine Arts*, Classic Reprint (Charleston, SC: Bibliolife, 2017).

8. "Compton Mackenzie," Wikipedia. https://en.wikipedia.org/wiki/ Compton_Mackenzie; Richard Norton-Taylor, "Mackenzie Memoirs Banned for Spilling Spy Secrets to Be Republished," *The Guardian*, November 18, 2011. www.theguardian.com/books/2011 /nov/18/mackenzie-memoirs-banned-republished; Barry Popik, "VIP (Very Important Person)," The Big Apple, April 28, 2012. www.barrypopik.com/index.php/new_york_ city/entry/vip_very_important_person.

9. "Timeline of Computer Viruses and Worms," Wikipedia. https:// en.wikipedia.org/wiki/Timeline_of_computer_viruses_and_worms.

10. "Virus," Wikipedia. https://en.wikipedia.org/wiki/Virus.

11. "RSA Algorithm," Simple English Wikipedia. https://simple.wikipedia. org/wiki/RSA_algorithm; Sabrina Pagnotta, "Professor Len Adleman

Explains How He Coined the Term 'Computer Virus,'" We Live Security, November 1, 2017 www.welivesecurity.com/2017/11/01/professor-len-adleman-explains-computer-virus-term.

源自棒球的商務行話

1. Mark Nichol, "30 Baseball Idioms."
2. "Hit and Run," The Free Dictionary. www.thefreedictionary.com.
3. "Cover All the Bases," The Free Dictionary, Idioms. https://idioms. thefreedictionary.com/cover+all+the+bases.

W

1. John Macleod Sutherland, "What Is There in It?" Poem About Temperance, www.newspapers.com/clip/14281037/poem_by_john_macleod_sutherland_ about.
2. Richard Creed, "You Asked: Origin of Using 'Ask' as Noun Sort of Muddy," Winston-Salem Journal, December 13, 2009. www. journalnow.com/archives/you-asked-origin-ofusing-ask-as-noun-sort-of/ article_5fab1a08-2d75-5bfc-9e10-e75bd5445b2b.html.
3. "The Bulletin (Australian Periodical)," Wikipedia. https://en.wikipedia. org/wiki/The_Bulletin_(Australian_periodical).
4. George Smith, *Asking Properly: The Art of Creative Fundraising* (London: The White Lion Press, 1996).
5. "Wheelhouse," Dictionary.com.
6. Anne Curzan, "In One's Wheelhouse: From Boats, to Baseball," *The Chronicle of Higher Education*, Lingua Franca (blog), September 9, 2013. www.chronicle.com/blogs/linguafranca/2013/09/09/in-ones-wheelhouse-from-boats-to-baseball-to.
7. Strauss, "Let's Take This Offline."
8. "Are You in Our Wheelhouse?" Grammarphobia (blog), January 8, 2014. www.grammarphobia.com/blog/2014/01/wheelhouse.html; Melissa Mohr,

"Business Jargon Isn't in Her Wheelhouse," *Christian Science Monitor*, May 23, 2019. www.csmonitor.com/The-Culture/In-a-Word/2019/0523/Business-jargon-isn-t-in-her-wheelhouse.

9. Andrews, "10 Common Sayings With Historical Origins"；"A White Elephant," The Phrase Finder. www.phrases.org.uk; "White Elephant," Dictionary.com.

10. Maggie Lange, "White Elephant Has No Winners," *GQ*, December 8, 2016. www.gq.com/story/white-elephant-has-no-winners.

11. "White Elephant Gift Exchange," Wikipedia. https://en.wikipedia.org/wiki/White_elephant_gift_exchange; Caroline Bologna, "Why Do We Call That Holiday Game Yankee Swap, White Elephant, and Dirty Santa," HuffPost, December 18, 2017. www.huffpost.com/entry/holiday-game-yankee-swap-white-elephant-dirty-santa_n_5a2ecdb9e4b06e3bccf30ce6.

12. Chuck Leddy, "Seize the White Space: Q&A With Mark W. Johnson," National Center for the Middle Market, August 16, 2018. www.middlemarketcenter.org/expert-perspectives/seize-the-white-space-qanda-with-mark-w-johnson; Mark W. Johnson, "Where Is Your White Space?" *Harvard Business Review*, February 12, 2010. https://hbr.org/2010/02/where-is-your-white-space; Julia Boorstin, "CEO Tim Armstrong on AOL's Big Local News Bet," CNBC, August 17, 2010. www.cnbc.com/id/38743752; "Whitespace," Business Today, August 7, 2011. www.businesstoday.in/magazine/focus/meaning-of-the-word-whitespace/story/17200.html.

13. "Designation of Workers by Collar Color," Wikipedia. https://en.wikipedia.org/wiki/Designation_of_workers_by_collar_color; "White-Collar Worker," Wikipedia. https://en.wikipedia.org/wiki/White-collar_worker.

14. Upton Sinclair, *The Brass Check: A Study of American Journalism* (Champaign: University of Illinois Press, 2003).

15. Kristen L. Rouse, "Meat Inspection Act of 1906," *Encyclopedia Britannica*, July 1, 2019. www.britannica.com/topic/Meat-Inspection-Act.

16. Rob Berger, "The Difference Between White Collar and Blue Collar," Dough Roller, November 5, 2017. www.doughroller.net/personal-finance/the-difference-between-white-collar-and-blue-collar; "White Collar," Market Business News. https://marketbusinessnews.com/financial-glossary/white-collar-definition-meaning.

17. "White-Collar Crime," Wikipedia. https://en.wikipedia.org/wiki/White-collar_crime.

18. "Edwin Sutherland," Wikipedia. https://en.wikipedia.org/wiki/Edwin_Sutherland.

19. "What Is the Difference Between 'Wriggle Room' and 'Wiggle Room,'" English Language and Usage, July 15, 2013. https://english.stackexchange.com/questions/119293/what-is-the-difference-between-wriggle-room-and-wiggle-room; "Wiggle Room," *Merriam-Webster*. www.merriam-webster.com.

20. "Wiggle Room," The Phrase Finder, March 8, 2004. www.phrases.org.uk/bulletin_board/29/messages/251.html; William Safire, "Secret Plan," *New York Times*, On Language, September 9, 1984. www.nytimes.com/1984/09/09/magazine/on-language-secret-plan.html.

21. You can see the quote on page 62B of the January 17, 1969, issue of Life: https://books.google.com/books?id=rFIEAAAAMBAJ&lpg=PA62-IA2&dq=%22wiggle%20room%22&pg=PP1#v=onepage&q&f=false.

22. "Romeo and Juliet: Act 2 Scene 4," SparkNotes, No Fear Shakespeare. www.sparknotes.com/nofear/shakespeare/romeojuliet/page_110.

23. "Wild Goose Chase," The Phrase Finder. www.phrases.org.uk; "Wild Goose Chase: Origin and Meaning," Bloomsbury Idiom of the Week, March 17, 2014. www.bloomsbury-international.com/en/student-ezone/idiom-of-the-week/list-of-itioms/102-wild-goose-chase.html.

24. "Win-Win," *Merriam-Webster*. www.merriam-webster.com.

25. "Herb Cohen (Negotiator)," Wikipedia. https://en.wikipedia.org/wiki/Herb_Cohen_(negotiator); "Herb Cohen: Master Negotiator," CBN,

April 6, 2002. www.cbn.com/700club/guests/bios/Herb_Cohen_020404. aspx; "Biography," Herb Cohen on Negotiating and Selling. www. herbcohenonline.com/biography.htm; Chris Geraci, "The Art of 'Win-Win,'" SAP Litmos (blog), February 11, 2015. www.litmos.com/blog/healthcare/the-art-of-win-win.

26. Raymond H Dawson, "Deterrence, Arms Control, and Disarmament: Toward a Synthesis in National Security Policy. By J. David Singer. (Columbus: Ohio State University Press, and the Mershon Center for Education in National Security, 1962. Pp. Xi, 279. $5.50). The Strategy of Disarmament. By Henry W. *Forbes*. (Washington: Public Affairs Press, 1962. Pp. Viii. 158. $3.75.)." *American Political Science Review* 57, no. 3 (1963): 732–33. doi:10.1017/S0003055400288242.

27. "Witch-Hunt," Wikipedia. https://en.wikipedia.org/wiki/Witch-hunt; "Witch Hunt," Online Etymology Dictionary. www.etymonline.com.

28. Ben Jonson, *The Workes of Benjamin Jonson* (London: Printed for Richard Meighen, 1640). https://archive.org/details/workesofbenjamin00jons.

29. Henry Rider Haggard, "The Witch Hunt," ch. 10 in King Solomon's Mines (Leipzig: BernhardTauchnitz, 1886).

30. "McCarthyism," Wikipedia. https://en.wikipedia.org/wiki/McCarthyism.

31. "Pliny the Elder," Wikipedia. https://en.wikipedia.org/wiki/Pliny_the_Elder.

32. "Natural History (Pliny)," Wikipedia. https://en.wikipedia.org/wiki/Natural_History_(Pliny).

33. "Take With a Grain of Salt," The Phrase Finder, www.phrases.org.uk; "Grain of Salt," Wikipedia. https://en.wikipedia.org/wiki/Grain_of_salt.

34. Amy Ione, *Art and the Brain: Plasticity, Embodiment, and the Unclosed Circle* (Leiden, Netherlands: Brill Rodopi, 2016).

35. "John Trapp," Wikipedia. https://en.wikipedia.org/wiki/John_Trapp.

36. Lewis, "With All Due Respect," The Phrase Finder, May 2, 2003. www.phrases.org.uk/bulletin_board/20/messages/870.html.

37. John Patrick Flood, *Purgatories Triumph Over Hell, Maugre the Barking of Cerberus in Sir Edward Hobyes Counter-Snarle, a Letter to the Sayd Knight from I. R.* (Nabu Press, 2010).

38. "Digital Library of Medieval Manuscripts," Johns Hopkins University. http://dlmm.library.jhu.edu/en/digital-library-of-medieval-manuscripts.

39. Elizabeth Nix, "Where Did the Expression 'Worth One's Salt' Come From?" History, October 15, 2014. www.history.com/news/where-did-the-expression-worth-ones-salt-come-from.

40. Frederick Marryat, *The King's Own*, first published 1830 (Ithaca, NY: McBooks Press, 1999).

41. "Bolama," Wikipedia. https://en.wikipedia.org/wiki/Bolama; "Philip Beaver," Wikipedia. https://en.wikipedia.org/wiki/Philip_Beaver; "Worth One's Salt," The Phrase Finder. www.phrases.org.uk/meanings/worth-ones-salt.html.

42. Bithia Mary Croker, *Miss Balmaine's Past* (Palala Press, 2018).

43. "Mene, Mene, Tekel, Upharsin," *Collins Dictionary*. www.collinsdictionary.com/us/dictionary/english/mene-mene-tekel-upharsin; Isidore Singer and M. Seligsohn, "Mene, Mene, Tekel, Upharsin," Jewish Encyclopedia. www.jewishencyclopedia.com/articles/10678-mene-mene-tekel-upharsin.

44. "Belshazzar's Feast," Wikipedia. https://en.wikipedia.org/wiki/Belshazzar%27s_feast; "The Handwriting on the Wall or the Writing on the Wall," Grammarist. https://grammarist.com/idiom/the-handwriting-on-the-wall-or-the-writing-on-the-wall.

45. "The Writing Is on the Wall," The Phrase Finder. www.phrases.org.uk.

X

1. "The X Factor," Wikipedia. https://en.wikipedia.org/wiki/The_X_Factor; "X-Factor (Comics)," Wikipedia. https://en.wikipedia.org/wiki/X-Factor_(comics); "Factor X Deficiency," Genetics Home Reference, NIH. https://

ghr.nlm.nih.gov/condition/factor-x-deficiency; "The X Factor (Album),"
Wikipedia. https://en.wikipedia.org/wiki/The_X_Factor_(album).

2. "Factor," iCoachMath.com, Math Dictionary. www.icoachmath.com/
math_dictionary/factor.html; "Factor," *Encyclopedia Britannica*, April 4,
2014. www.britannica.com/science/factor-mathematics.

3. "X Factor," *Merriam-Webster*. www.merriam-webster.com.

6. "Xerox," Wikipedia. https://en.wikipedia.org/wiki/Xerox; "Xerox
As a Verb: Definition and Meaning," Market Business News. https://
marketbusinessnews.com/financial-glossary/xerox-verb-definition-meaning.

7. E.V. Cunningham, Helen (Pan Books; New Ed edition, 1968).

與品牌相關的商務行話

1. "Xerox As a Verb," Market Business News; Mike Hoban, "Google This:
What It Means When a Brand Becomes a Verb," Fast Company, January 18,
2013. www.fastcompany.com/3004901/google-what-it-means-when-brand-
becomes-verb.

Y

1. "The Yada Yada," Wikipedia. https://en.wikipedia.org/wiki/The_Yada_
Yada.

2. "Yada Yada," The Phrase Finder. www.phrases.org.uk.

3. Jeremy H. Brown, "GSB: 5:30pm, 7ai playroom," Email to all-ai@ai.mit.
edu, February 11, 2000. https://projects.csail.mit.edu/gsb/old-archive/gsb-
archive/gsb2000-02-11.html; Mike Pope, "Heavy Lifting and Shaving
Yaks: Corporate Lingo," Visual Thesaurus, October 22, 2014. www.
visualthesaurus.com/cm/wc/heavy-lifting-and-shaving-yaks-corporate-
lingo; "The Ren & Stimpy Show," Wikipedia. https://en.wikipedia.org/wiki/
The_Ren_%26_Stimpy_Show.

4. "Yak Shaving," Wiktionary. https://en.wiktionary.org/wiki/yak_shaving.

5. Donavon West, "Yak Shaving: A Short Lesson on Staying Focused,"

American Express Technology, August 9, 2018. https://americanexpress.io/
yak-shaving.

Z

1. Jessie Szalay, "Who Invented Zero?" Live Science, September 18, 2017. www.livescience.com/27853-who-invented-zero.html.
2. Hannah Fry, "We Couldn't Live Without 'Zero'—But We Once Had to," BBC, December 6, 2016. www.bbc.com/future/story/20161206-we-couldnt-live-without-zero-but-we-once-had-to.
3. John Matson, "The Origin of Zero," *Scientific American*, August 21, 2009. www.scientificamerican.com/article/history-of-zero; "0," Wikipedia. https://en.wikipedia.org/wiki/0.
4. "Georg Wilhelm Friedrich Hegel," Wikipedia. https://en.wikipedia.org/wiki/Georg_Wilhelm_Friedrich_Hegel.
5. "Zeitgeist," Wikipedia. https://en.wikipedia.org/wiki/Zeitgeist.
6. "Great Expectations," Google Zeitgeist, https://wearesparks.com/work_experiential/google-zeitgeist-2016.

源自德文的商務行話

1. Ryan Sitzman, "33 Uber-Cool Words Used in English That Are Totally German," FluentU, April 28, 2016. www.fluentu.com/blog/german/german-words-used-in-english

國家圖書館出版品預行編目(CIP)資料

這些商務行話為什麼這麼有哏？：趣味解析 301 個內行人才
懂的商務詞彙，讓你聽得懂、還會用，不再一臉表情包 / 鮑
勃．威爾馮 (Bob Wiltfong), 提姆．伊藤 (Tim Ito) 著；林楸燕譯.
-- 初版. -- 臺北市：日出出版：大雁文化事業股份有限公司發
行, 2022.02
496 面；13.5*19 公分
譯自：The BS Dictionary : uncovering the origins and true meanings of
business speak
ISBN 978-626-7044-28-5(平裝)

1. CST: 商業英文 2. CST: 詞彙

805.12   111001714

這些商務行話為什麼這麼有哏？

趣味解析 301 個內行人才懂的商務詞彙，讓你聽得懂、還會用，不再一臉表情包

THE BS DICTIONARY: UNCOVERING THE ORIGINS AND TRUE MEANINGS OF
BUSINESS SPEAK
by BOB WILTFONG AND TIM ITO
Copyright: © 2020 ATD
This edition arranged with the Association for Talent Development, Alexandria, Virginia USA.
through Big Apple Agency, Inc., Labuan, Malaysia.
Traditional Chinese edition copyright:
2022 Sunrise Press, a division of AND Publishing Ltd.
All rights reserved.

作　　　者	鮑勃‧威爾馮 (Bob Wiltfong) 與提姆‧伊藤 (Tim Ito)
譯　　　者	林楸燕
責任編輯	李明瑾
協力編輯	于念平
封面設計	Sandy
內頁排版	陳佩君
發 行 人	蘇拾平
總 編 輯	蘇拾平
副總編輯	王辰元
資深主編	夏于翔
主　　　編	李明瑾
業　　　務	王綬晨、邱紹溢
行　　　銷	曾曉玲
出　　　版	日出出版
	地址：台北市復興北路 333 號 11 樓之 4
	電話（02）27182001　傳真：（02）27181258
發　　　行	大雁文化事業股份有限公司
	地址：台北市復興北路 333 號 11 樓之 4
	電話（02）27182001　傳真：（02）27181258
	讀者服務信箱 andbooks@andbooks.com.tw
	劃撥帳號：19983379 戶名：大雁文化事業股份有限公司

初版一刷 2022 年 2 月
定　　價 650 元
版權所有‧翻印必究
ISBN 978-626-7044-28-5